当我给卑贱物一种崇高的意义，
给寻常物一副神秘的模样，
给已知物以未知物的庄重，给有限物一种无限的表象，
我就将它们浪漫化了。

——诺瓦利斯

我虽然向浪漫派发起过毁灭性的讨伐，
但我本人始终是一个浪漫派作家，
并且比我本人预料的还要高一级的浪漫派作家。

—— 海 涅

Ueber die deutsche
ROMANTIK

论德国浪漫派

陈恕林 著

上海社会科学院出版社
Shanghai Academy of Social Sciences Press

目　录

前　言

◎张　黎

《论德国浪漫派》的作者陈恕林，是我的老同学、老同事。我们在大学同窗5年。从在莱比锡工农学院一起学习德国语言开始，然后又一起在莱比锡卡尔马克思大学攻读德国文学，毕业后，我们又一起分配到中国科学院文学研究所（中国社会科学院外文所前身），从事德语文学研究。直到他2011年12月辞世，我们在一起经历了60年的风风雨雨，从青年时代的磕磕绊绊，到晚年的相知甚笃，可谓缘分不浅。令我欣慰的是，他辞世之后，我居然有机会为他整理这部遗稿，给我们漫长岁月中形成的友谊平添了一抹带有悲剧味道的浓郁色彩。整理过程中，他生前的音容笑貌，不断浮现在我的眼前。他在朋友中间常常开些大男孩儿式的玩笑，他那广式普通话会引起阵阵笑声。每次到我家来，只要赶上吃饭，总要说一声："瞧你们家过的这城市平民生活。"那是"文革"后期，主副食供应紧张，一家四口围着一碗素炒白菜吃饭，在他看来，这日子过得太寒酸了。

遗憾的是在60年的相处中，我们极少谈起个人的身世。我们都影影绰绰地知道，他生在南方的穷乡僻壤，我长在北国的野岭荒村，彼此都有过不幸的少年时代，仿佛那是我们的最痛，谁都不愿意触摸那不堪回首的岁月。想不到我们都"混"入了知识分子行列。就我们的身世来说，若在旧中国，根本不可能有读书的机会，是新中国改变了我们的命运，为我们开辟了连做梦也想不到的前程，我们不仅能念中学，读大学，而且成了新中国最初的一批公费留学生。依照旧日的眼光，在中国读书，特别是“读大书”，被认为是“光宗耀祖”的事情。可我们家祖祖辈辈没有出过读书人，用我们家乡的话来说，到我们这一辈，我们家“祖坟上冒了青烟”。我们都是幸运的。我们虽然天生有些木讷，不善于用语言表达内心感情，但我们始终没有忘记，我们是新中国最早的既得利益者，我们不但知道感恩，也懂得知恩图报，我们都怀有为新中国更加美好未来贡献绵薄己心的热忱。

在整理他的遗稿过程中，我想起一些德国文化史上文人相助的佳话。不是“文人相轻”，而是文人相助。他们鼓励我把朋友的遗稿当作自己的事情来做，尽量兢兢业业，不留或者少留遗憾。不为别的，就是为了表明我这位老同学虽然出身寒微，祖上没有传给他什么文化基因，在新中国的培育下却为祖国的社会主义文化事业作出了有益的贡献。

阅读过马克思《资本论》的人都知道，马克思过世的时候，朋友们最关心的是《资本论》除已经出版的第一卷之外，还有没有后续遗稿。起初连恩格斯也说不清楚。他在整理马克思遗物时，发现一大摞手稿，经仔细辨认，原来它们就是《资本论》的后续内容。这个发现令马克思的朋友们欢欣鼓舞。恩格斯根据马克思的手稿，很快整理出资本论第二卷，于他去世两年后在汉堡出版。第三卷的整理工作花费了恩格斯整整10年时光，他在这一卷书上花费的功夫，远不只是整理两字所能表达，马克思原稿表述得比较晦涩的地方，他必须作一些词句调整，使之明白晓畅；原稿资料重复，内容不够简练的地方，他必须对某些篇章进行删减和压缩；某些读者难以理解的术语，他必须作些改动，等等。为了完成朋友的未竟之业，恩格斯不惜停止自己的研究工作。没有恩格斯这种无私奉献，《资本论》不会有现在这样完整的面貌。

德国浪漫派文学时期，也涌现过不少这样的动人事例。早期浪漫派作家威廉·亨利希·瓦肯罗德，不满25岁便因伤寒病而辞世。他的遗稿经过同窗好友路德维希·蒂克精心整理，还加写了一篇《前言》和三篇文章，编成《一个热爱艺术的修士的内心倾诉》，于作者去世第二年出版。这本书真实地记录了那一代德国文学青年对文学艺术的认识和理解，其成书过程具有弗里德里希·施莱格尔倡导的所谓"协作文学"和"综合艺术作品"特点，是一部具有划时代意义的浪漫派文学经典。我国已有谷裕教授译文，对德国浪漫派感兴趣的读者，可以通过自己的阅读来感受德国浪漫派的风采。

诺瓦利斯是早期德国浪漫派代表性诗人，不满30岁便死于肺结核，可谓英年早逝。他去世以后，他的朋友蒂克和弗里德里希·施莱格尔，共同整理了他的遗稿，出版了两卷本《诺瓦利斯文集》，从而扩大了诺瓦利斯作品的读者群。诺瓦利斯那具有丰富想象力、充满哲理性、风格浑厚凝重的诗歌，在19世纪欧洲诗歌创作中产生广泛影响，开了一代新诗的风气，有力地冲击了古典美学的条条框框。

德国浪漫派文学领军人物弗里德里希·施莱格尔，是个居无定所的学者型作家，一辈子以旅行授课为生。1829年刚刚开始，在德累斯顿波兰饭店讲授他的哲学三部曲（《生命哲学》《历史哲学》和《语言哲学》）最后一部的时候，死于突发心脏病。他的朋友诗人蒂克和哲学家温迪士曼，得知施莱格尔去世的消息，立刻向他的太太多罗苔娅伸出援手，帮助她搜集和出版他的遗稿。奥地利首相梅特涅得悉噩耗，也亲自张罗把施莱格尔散落在德累斯顿的手稿运往维也纳，交给暂居那里的施莱格尔遗孀。第二次世界大战以后德国能出版35卷本

《施莱格尔全集》,全得益于当年众多朋友的热心相助。

在以上三次抢救文人遗稿的活动中,每一次都活跃着蒂克的身影,显然,他是个十分重视友情,珍惜同行精神劳动成果的作家。这些热心肠的德国文人,为保存和发扬德国文化所作的贡献,是值得人们点赞的。

《论德国浪漫派》是我国学者在这个领域撰写的第一部专著。它开了中国学术界系统研究德国浪漫派文学的先河,使我们开始摆脱对这个领域一知半解的窘困状态。无疑,它将起到"抛砖引玉"的作用,带动我国学界同仁对此开展深入研究,撰写新的著作。我这位老同学在这个课题上花了差不多三十年的时间,这部著作是他辛勤耕耘三十年的结晶。我非常钦佩他那种做学问的钉子精神,一旦认准方向,便心无旁骛,咬住不放,不取得自己满意的成果决不撒手,正是这种精神成就了这部专著,它将在我国学术著作书架上放出异彩。

记得20世纪80年代初期,"文革"后第一次召开的德国文学讨论会上,我作了一个《歌德与德国浪漫派》的发言,旨在提醒同行关注各国德语文学界关于浪漫派问题的讨论。我在撰写发言稿时,多次与陈恕林一起讨论,征求他的意见。我们当年都注意到厘清这个问题,不仅关系对长期争论不休的这段德国文学史的认识,对理解西方现代派文学的渊源具有重要意义,而且我们还意识到我国学术界面对当时世界各国同行的讨论,基本上是置身度外,无动于衷,实际上是没有发言权的。作为中国的德国文学工作者,我们心里很不是滋味,有一种失职的感觉,可也无可奈何,毕竟在业务上荒废了十年,还未来得及补课。20世纪六七十年代,人家争论得热火朝天的时候,我国出版界不知是由于信息不灵,还是故意唱反调,居然出版前苏联学者伊瓦肖娃的《十九世纪外国文学史》，其中对德国浪漫派的批判文字十分扎眼。直到“文革”过后，常常还有人习惯性地重复这本书里一些明显站不住脚的结论。我记得在那次德国文学讨论会上，南京大学赵瑞蕻教授以诗人的炙热话语，作了一次激昂慷慨的发言，他对这种倾向表示无法理解。当年我在写发言稿时，就意识到陈恕林对这种状况十分痛心，我当时就注意到他在搜集和阅读资料，执意要在这个领域取得发言权，推动我国学术界对德国浪漫派进行深入独立研究，摆脱重复外国学人结论的局面。

我这位出身广东罗定农村的老同学，别看平时话语不多，普通话说得也不够利落，但却是个很有担当的人。他决心要做一件事情，既不惜力，亦不吝时。在别人看来，像他这样盯住一个课题，一干就是三十年，不计时间，不计精力，不计成果，不计职称升迁，颇有点“笨”，至少人家会说他“事倍功半”。可我这位老同学不这样看待自己，他是个做事极端认真的人，既然是做学问，就要做到真懂，这个领域该掌握的知识，要尽量掌握，决不满足于一知半解，停留于人云亦云的水平。他没有这样干，凭着他的性格，也不会这样干。他是个主张厚积薄发的人，不急于表现自己。他更没有争名于朝，争利于市的念头。他去世以后，我在他家里发现，他为研究浪漫派所收集的论文、专著和评论文章复印件，足足订了厚厚的二十几大册，规规矩矩地堆放了一大摞。他的夫人沈代珍指给我看那一大堆装订得整整齐齐、分门别类的复印资料，颇有一种望洋兴叹之感。这些资料有他自己出国考察带回来的，有我们研究室的同事从国外为他收集回来的，也有他的德国同行、朋友、旧日的老同学陆续寄给他的。他并不满足阅读这些文字材料，为了理解某些浪漫派作家的生活与创作，他甚至乘身在德国之机，去做些“身临其境”的调查。莱比锡大学时代的老同学，克劳斯·裴佐德（Prof. Dr. Klaus Pezold）教授，曾经亲自驾车带他考察了萨克森地区的魏森费尔斯小镇和附近乡村，以增进对诺瓦利斯精神世界的理解，对他诗歌内含和艺术特点的认识。有一次，克劳斯与我谈起这件事情，对我们这位老同学的敬业精神，表达了他那由衷的赞许和钦佩。

《论德国浪漫派》写成如此令人羡慕和敬佩的学术著作，绝对不是偶然的，这部著作是他花费了足够的时间和精力经营出来的。当初设计这部著作时，我们曾经一起讨论，拟写成一部断代史类型的著作，后来我读了他陆续发表的几篇论文，发现他要冲击更高的目标，突出议论的分量。如今我们看到这部著作的第二篇和第三篇的内容和写法，远远超出了原来的设想，尤其是第三篇，突出了论争的色彩，执意要对历史上关于德国浪漫派的争论，发表自己的看法，表明自己的立场，以匡正学术界长期以来某些人云亦云，违背历史唯物主义的谬误。本书第三篇可以称为这部著作最精彩的篇章，它们当年以论文形式发表时，曾经引起学术界同行的关注，在德国浪漫派研究中起了引领方向，改变风气的作用，有的论文，例如《启蒙运动与德国浪漫派》，还在香港学术界获得"国际优秀论文奖"。细心的读者一定还会注意到，作者在为德国浪漫派辩护时，表现了惊人的理论勇气，他选择了德国文化史上三位重量级的大人物，即歌德、海涅和卢卡契作为他的论战对象。尊重和敬畏这些文化伟人的成就，绝不等于盲目地随波逐流，也不等于可以姑息他们的谬误，况且作者在批评他们关于德国浪漫派的错误言论时，采取的是心平气和充分说理的语言，与他们当年对待浪漫派那种讽刺、挖苦、判决辞式的语言迥然不同。这是这部学术著作的一个重要特点。

另一个重要特点是，本书对德国浪漫派形成历史的梳理十分仔细，下足了功夫，在浪漫派形成时间、地理分布、人员构成、地方特点等方面，尽量分门别类，交代得清清楚楚。作者在行文中不断强调，德国浪漫派是个派中有派的复杂现象，不可用一把尺子衡量他们，把握这一特性，你就容易理解为何耶拿浪漫派偏于理论，柏林浪漫派偏于小说创作，海德堡浪漫派偏于民间文艺的发掘和整理，巴伐利亚浪漫派偏于抒情诗创作，等等。这样的梳理有利于读者避免对德国浪漫派作囫囵吞枣式的理解，在方法论上更接近历史唯物主义的考察。

还有一个重要特点是，本书的学术视野十分广阔，作者的描述对象并未局限于德国浪漫派自身，而是把与浪漫派有关的启蒙运动、古典文学、浪漫派同时代的文学现象，都纳入了自己的讨论范围。不仅如此，为了便于读者全面认识德国浪漫派，理解德国浪漫派与其他国家文学之间的关系，作者把同时代的斯拉夫语世界的文学、英语世界的文学（包括北美文学）、罗曼语世界的文学、北欧文学等，只要与德国浪漫派有关系，都纳入了他的考察视野。浪漫派在西方是个国际性的现象，评论家对浪漫派的定义、评价历来众说纷纭，作者把他们联系起来进行综合考察，有利于读者全方位多角度地把握这种文学现象，避免坐井观天的一孔之见。从这个角度来说，《论德国浪漫派》是一部能够使读者放开眼界、展开联想、富有启发性的著作。

我在整理这部遗稿过程中，常常会联想到我国魏晋南北朝时代的某些文学现象。德国浪漫派文学与我国魏晋文学，虽然产生自亚欧两个大陆的两端，具有截然不同的民族文化传统，时间上相距1 600年之遥，但我们却能发现，它们具有某些大体相似或相同的特征，这是很值得文学史家思考的。例如它们都重视哲学思辨。中国传统称谓是“玄思”、“玄学”或“清谈”，德国浪漫派作家创作的“断片”（Fragment），或译成“语录”，也具有“玄思”特点，它们都是对自然、社会、人生、艺术进行哲理思考的文字，而且都体现了求真、自由、平等、创新精神，为当时的思想文化发展注入了活力。

又例如它们都重视文学批评。魏晋文学时期是个文学批评繁荣兴盛时期，作家们从人物品藻发展为作品品评、文体辨析以至形成文学理论体系，提出许多新的文学概念如风骨、风韵、形象、形神，等等。这期间出现了不少文论名家名作，如陆机的《文赋》、刘勰的《文心雕龙》、钟嵘的《诗品》等。德国浪漫派，尤其是早期浪漫派，是个大力提倡文学批评的时期，弗里德里希·施莱格尔曾经借助论文、文学讲座，尤其是借助断片形式，就浪漫诗歌、文学批评、文学体裁、文艺形式以及神话学等问题，阐述了浪漫派的文艺思想和美学观念，他的《论莱辛》《评歌德〈威廉·迈斯特〉》，他哥哥奥古斯特·威廉·施莱格尔的三卷本《论戏剧艺术与文学》，都是那个时代具有代表性的文学批评、文学史著作。

还比如魏晋文学和德国浪漫派都有聚会结社的风气，文艺家们通过聚会交流创作心得，促进文艺思潮的兴旺发达。文学史家普遍认为，在我国文人聚会风气大约始于汉末魏初，其中最著名的是“建安七子邺宫西园之会”，邺城在今日安阳北，临漳西。曹丕、曹植、王粲、刘桢、应玚、陈琳、徐干等人游于一处，“行则同舆，止则接席……觞酌流行，丝竹并奏，酒酣耳热，仰而赋诗”[①]。朋友们郊游之际，饮酒赋诗，呈现一派亲密无间，情谊深笃的气氛。他们留下的那些《公宴诗》表达了崇尚自然的审美情趣。邺宫西园之会被认为是后代文人聚会活动的滥觞。此外还有发生在三国魏晋正始年间，今日辉县西北武修带的“竹林七贤之会”，发生在西晋以石崇为首的“金谷之会”，地点在今日洛阳以西的金谷涧；更著名的是发生在东晋会稽的以王羲之为首的“兰亭之会”，此会在中国文化史上留下了“兰亭修禊，曲水

① 曹丕：《与吴质书》。

流觞”的美谈。

德国浪漫派时代也有这种聚会结社的风气。弗里德里希·施莱格尔于1796年来到耶拿，被视为他踏入德国文学和哲学界的开端，在这里他与哥哥结识了哲学家谢林、诗人蒂克，拜访了莱比锡时代的老同学诺瓦利斯，并创办了面向知识精英的刊物《雅典娜神殿》，他们的初次聚会被文学史家认为是德国浪漫派的开端，弗里德里希·施莱格尔是他们的领袖。他们的活动甚至延伸到了德累斯顿画廊。后来他们迁往柏林，在这座城市传统的英国楼“周三会”上结识了神学家施莱尔马赫，于是又以施莱格尔为首形成一个思想活跃的新团体。他们的活动内容，也从耶拿时期的宣传浪漫派纲领，转向了构建浪漫主义的“道德体系”，更关注个性、自主性、独创性、友谊、爱情、妇女地位、两性关系，等等。有趣的是E. T. A·霍夫曼并未加入这个小团体，他在柏林是个单枪匹马的浪漫派小说大家。他的地位颇似我国陶渊明，在文学史上并未隶属于任何集团，而是以超然不群的姿态，高踞于众人之上。海德堡浪漫派小圈子，是从阿尼姆和布伦塔诺开始的，他们带着编纂和出版古代民歌的计划，于1804-1805年来到海德堡，很快团结了一批同好，如格雷斯、格林兄弟等人，他们除编辑出版《隐士报》外，还主要从事民歌、民间故事的搜集、研究和普及工作。他们留下了举世著名的《格林童话》《男童的神奇号角》和《德国民间故事书》等。除上述共同特点之外，我国魏晋文学和德国浪漫派还有重想象、追求无限、崇尚个性解放、崇尚学问、激浊扬清，即批判精神等共性。

从上述类似的共性可以看出，无论是我国魏晋文学还是德国浪漫派，在各自国家文学史上都是一个充满活力的创新时期，文学艺术的创作，竭力冲破历史上形成的美学框架，审美情趣，一时之间文学艺术的题材、体裁、形式、语言表达方式等出现了新的更为个性化的特点。文学艺术的这种所谓“新变”，与文学家、艺术家的“文学自觉”、“艺术自觉”是分不开的，它们是文学艺术新时代来临的标志，奠定了后来文艺发展的方向。

关于《论德国浪漫派》这部书稿的整理过程，我还要交代几句。作者去世后，按照我与陈夫人沈代珍的约定，先由作者女儿陈菲把他的手稿进行初步加工整理，并输入电脑。然后把电子稿传给我，由我做第二遍加工整理。我补写了作者未来得及完成的第四篇第一、第二两章，对全书表述未尽完善之处，加了些补苴罅漏的文字。最后由我老伴儿刘迎晖对完成稿作通盘审读、润饰，对书中所用术语、人名、地名、书名进行统一。全书整理工作花了我们三人三年时间。刚刚整理完毕，最后的审读尚未结束，上海社会科学院出版社编辑熊艳同志来电约稿，听见熊艳同志的问询，我当时的感觉是如释重负。那时我的心里正盘算着如何出版这部书稿，想不到天旱适逢及时雨。在这部遗稿即将付梓之际，我代表已故老同学陈恕林和他的家属，对熊艳编辑的热情相助表示由衷感谢。

三十年弹指一挥间，我这位老同学挥汗苦读，撰写了一部学术著作，终于要变成铅字了。我作为他的老朋友，自然是欣喜万分，可他自己却未能看到这部著作问世。他病重期间，我去他家探望，他一再惋惜地说：“那本书本来快要结束了……”我安慰他说：“安心休养，留得青山在，不怕没柴烧。”他只是苦苦一笑。我知道，眼看着谢七爷、范八爷们的影子房前屋后转悠，我那些安慰的话是多么苍白无力呀。他生前多次嘱咐我，一定要为这本书写个前言。他知道我是从来不为别人的书稿写前言后记的，这次是责无旁贷，必须满足我这位老同学的遗愿。呜呼，愿他在天之灵安息！

导 论

浪漫派一词解读

本书要探讨的对象——德国浪漫派，是德国文学史的重要篇章，但问题复杂，争议颇多。争论往往由于对Romantik（浪漫派或浪漫主义）这一概念的误解而引起。德国一些浪漫派问题学术讨论会，常常在会议伊始，就对这一概念的含义展开争辩，常常是唇枪舌剑。因此，在我们着手探讨德国浪漫派问题之前，首先得弄清Romantik 这个概念的真实含义。

德文Romantik及其派生形容词romantisch（浪漫派的或浪漫主义的），自问世至今，已有两个多世纪，随着历史的发展，其自身含义也发生了深刻的变化。Romantik一词，源出于中世纪古代法语romanz，所谓romanz，原先是指罗马语族中的“大众语言”以及随后用这种语言撰写的诗体或散文体小说，中世纪盛期和晚期广为流传的骑士故事和冒险故事，均被称为romance。到了17世纪，法文romance一词被“引进”德国，被德国人改造成Roman，它的意思是长篇小说，18世纪在德国广为流传的骑士故事和冒险故事，也都归入Roman（长篇小说）范围之内。

Romantick，汉语译作“罗曼蒂克”或者“浪漫蒂克”，简译作浪漫，作为形容词，它的“发明专利权”归英国所有。1650年，英国人托马斯·贝利（Thomas Baily）首先使用了这个词，这个词“引进”德国以后，被改写为romantisch。18世纪，romantisch这个词已经有了多重含义。起初表示像小说描写的那样，即虚构的、杜撰的、富有诗意的，继而表示幻想的、富于想象力的、异想天开的、稀奇古怪的、惊险的、过于紧张的，等等。随后又用来表示各种类型的自然美景，如原始森林、巉岩峭壁、万丈深渊、名川大山等风光。然而这个词的含义远远不止于此，一个人，一个人的想法和想象，一个事物，等等，都可与“浪漫的”这个词挂上钩，前提是不管是人还是物，都是脱离现实的，譬如一个人，整天耽于幻想、想入非非，或者醉生梦死，人们就称他为“浪漫的”。所谓“浪漫的”，往往是与脱离现实生活、稀奇古怪、神秘莫测、难以理解的事物联系在一起。

在Romantik这个词的发展史上，法国人和英国人分别作出了自己的贡献，例如法国人提供了语源学上的romanz这个词根，英国人创造了romantic这个形容词。德国人在这个词的发展上也是功不可没的，正是他们把浪漫主义一词运用于文学和文艺批评，而这首先得归功于德国浪漫派作家，例如奥古斯特·威廉·施莱格尔（后文简称奥·威·施莱格尔——编者注）在他的《论戏剧艺术与文学》一书中，曾经把浪漫主义文学定义为具有基督教精神的中世纪的现代文学（mittelalterliche “moderne” Literatur aus dem Geist der christlichen Religion）；浪漫派诗人诺瓦利斯则认为，Romantik既不是自己所处时代的名称，也不是自己所属流派的称谓，而主要是指长篇小说写作指南，即浪漫化、理想化的小说写作艺术，Romantiker则是指长篇小说作家或作者，而不是指归属浪漫派的作家；路德维希·蒂克（后文简称蒂克——编者注）把Romantik与Poesie（诗，诗艺）等量齐观，他说：

如果有人要求给浪漫主义下个定义，那我是无能为力的，我知道在poetisch与romantisch之间根本不存在区别；另外一个年轻的浪漫派代表人物布伦塔诺，他倒是给浪漫主义下了一个定义，但那是一个需要仔细琢磨的定义，他说浪漫主义是我们的眼睛与远处事物之间的中介物，只要它能让我们接近远处的事物，让我们的眼睛看见远处的事物，便是浪漫主义的。布伦塔诺从中得出的结论是：浪漫主义是远景，或者确切地说，是望远镜的颜色，是借助望远镜确定的目标；在浪漫派理论家弗里德里希·施莱格尔（后文简称弗·施莱格尔——编者注）看来，现代诗（即浪漫诗）是指欧洲中世纪以来的基督教文学。不难看出，弗·施莱格尔所说的浪漫主义的含义，从时间上来说是不包括古希腊罗马时期的，从区域范围上来说不仅包括德国，而且还包括除此之外的欧洲，从思想倾向来说主要是基督教的，从形式与风格来说不包括古典主义。由此可见，他所说的浪漫主义既是一个时代概念，也是一个形式风格概念。

浪漫派代表人物的论述表明，他们对浪漫主义一词的理解也是见仁见智，不尽相同，但是有一点却是一致的，即他们都不把自己的世界观和创作方法视为浪漫主义的，同时也都不把自己视为浪漫派作家。鉴于世人对该词理解的差异，有时甚至大相径庭，在该词的运用上难免引起误解和混乱。奥·威·施莱格尔曾经要求他的理论家弟弟给“浪漫主义”一词下个定义。1797年12月1日，弗·施莱格尔在他给哥哥的信里说，我对浪漫主义一词的阐释不好寄给你，因为它长达125个印张。据称，这相当于2 000张印刷页。这种情况曾经引起了不少文人墨客们的关注。自18世纪末期以来，书刊上有关该词定义和解说层出不穷，难以胜数，据有人统计说，关于浪漫主义一词的定义和解说多达700种。难怪德国晚期浪漫派作家艾兴多夫在他的长篇小说《诗人和他们的伙伴们》（1834）中，借助福图纳特这个人物发出这样的感慨："唉，尊贵的朋友，我宁愿浪漫派这个词汇没有造出来！"

18世纪末在德国和之外的欧洲出现的浪漫主义，是一次波及范围大、影响足够深远、"余波"至今尚未停息的文化思潮。它波及文学艺术、哲学社会科学、自然科学诸领域，席卷了精神生活的方方面面。我们这里要探索的德国浪漫派，仅仅是这个思潮的一部分。所谓德国浪漫派，今天是指18世纪90年代至1850年前后由施莱格尔兄弟、诺瓦利斯等掀起，随后又有布伦塔诺、阿尼姆、克莱斯特、霍夫曼、艾兴多夫等大批作家参与的一场文学运动，通常称之为Romantik（浪漫派），诗人海涅和文学史家格尔维努斯（Georg Gottfried Gervinus）则称之为Romantische Schule（惯译浪漫派）。

Romantik一词通常译作浪漫派，有时也译作浪漫主义。在两者之间不宜画上等号，因为后者的含义比前者宽些。如果说前者（浪漫派）一般指特定历史时期的文艺流派（思潮），那么后者（浪漫主义）则具有双重含义：既指特定历史时期的文艺流派，又指特定的文艺创作方法。两者既有联系，又有区别。前者为特定历史时期的产物，属文学史范畴；后者源远流长，古已有之，属美学范畴。

浪漫派产生的时代

18世纪末至19世纪初，英国、法国、西班牙、葡萄牙、俄国等欧洲国家，资本主义的发展取得了长足的进步，而德意志仍是个经济落后的封建国家。它名义上称作"德意志民族神圣罗马帝国"，实际上帝国内部诸侯割据，四分五裂。1789年法国大革命爆发时，这个"德意志民族神圣罗马帝国"约有300个封建小邦国。其中最强大的是奥地利和普鲁士，后者实为一个反动堡垒，马克思称其为"封建专制、官僚统治和封建制度的混合体"。各小邦国各自为政，各行其是，对资本主义发展极为不利。此外，帝国内部关卡林立，例如在汉堡与德累斯顿之间的易北河上运输货物，先后得交纳35次关税，严重阻碍了商业的发展，而各地盛行的中世纪行会制度也愈来愈制约了手工业的发展，显然，这种封建割据成了德意志土地上经济发展的绊脚石。

经济的落后归因于政治的腐朽。封建诸侯狂妄自大，专横残忍，除了欺压臣民外，他们只知寻欢作乐，骄奢淫逸，人民大众深受欺压，生活处于水深火热之中，不满情绪笼罩全国。由于资本主义发展缓慢，新兴资产阶级不仅政治经济上软弱无力，而且力量分散，无法组织与领导一场反封建的革命，也没有这种要求。

虽然当时德国政治经济和社会方面的情况“一团糟糕”，但文化方面却呈现了人才辈出、群星璀灿、欣欣向荣的景象。两者适成鲜明对照。对于当时的德国状况，恩格斯有过精辟的论述，他说当时的德国“政治和社会方面是可耻的”，但在文学方面却是“伟大的”。那时的德意志不仅拥有名扬天下的音乐家海顿、莫扎特、贝多芬，伟大的哲学家康德、费希特、谢林、黑格尔等，同时还拥有举世闻名的文学家莱辛、歌德、席勒、霍夫曼、海涅等。1789年法国大革命前后，知名或比较知名的作家除歌德和席勒外，还有克洛卜施托克、维兰德、赫尔德、马蒂亚斯·克劳迪乌斯、利希滕贝格、弗斯特、克林格、伦茨、毕尔格、雅各比、福斯等。1789年后，一大批才华横溢的年轻作家相继步入文坛，其中许多是浪漫派作家，如让·保尔、荷尔德林、蒂克、瓦肯罗德、弗·施莱格尔、诺瓦利斯、布伦坦诺、阿尼姆、克莱斯特、富凯、海涅、艾兴多夫等。据文学史家统计，法国大革命爆发时德国作家的数量多达7 000人左右。需要指出的是，他们中的一些人，如荷尔德林、弗·施莱格尔、诺瓦利斯、霍夫曼、布伦塔诺等，长期以来蒙受曲解，直到20世纪，他们的实际意义才逐渐为世人发现和接受。

法国1789年大革命到1830年七月革命，正是德国浪漫派所处的时期，它无疑是德国文学的黄金时期，但同时也是政治上和社会上的动乱年代。法国大革命震撼了整个欧洲和德意志，用恩格斯的话来说：它“像霹雳一样击中了这个叫做德国的混乱世界”。法国国民议会所采取的一系列革命措施，诸如发表《人权宣言》，取消封建特权，没收教会财产，解散修道院和教团，实行学校国有化，解放犹太人社团等，都受到德国开明资产阶级的欢迎。在法国大革命的影响下，德意志土地上虽然也发生过工人罢工、农民和手工业者的暴动事件，但总的说来，法国大革命事件对德意志诸小邦国政治经济触动不大，但在思想文化领域，反响却颇为强烈，“成千上万的德国诗人，没有一个不歌颂光荣的法国人民”，德意志的知识界，从老一辈的克洛卜施托克、赫尔德、席勒到年轻一代的知识分子，包括几乎所有的早期浪漫派作家，无不为伟大的邻邦推翻封建统治而欢欣鼓舞，无不像黑格尔说的那样，把这一事件称赞为一个新时代的“壮观的日出”。但是德国知识界对法国革命的欢迎和支持多半局限于革命的理论主张，而对革命的实践、革命的暴力行为，则持怀疑或否定态度。因此，当革命深入发展，雅各宾党人1793年实行专政，处死国王，镇压僧侣、贵族反抗和叛乱的时候，他们就对革命的暴力行为产生了恐惧和反感。弗·施莱格尔的反响极具普遍性，在他们看来，雅各宾党人的专政，简直是一次“全球性的地震”，“一场极大的洪水”。德国知识分子对待法国革命的动摇性和两面性，暴露了德国资产阶级的弱点，德国资产阶级不愿意也没有能力阻止德意志封建统治者对法国发动武装干涉。德国的封建统治阶级，一开始就对法国大革命十分恐惧和仇恨，他们勾结欧洲反动势力，策划反对年轻的法兰西共和国的战争，妄图扼杀法国大革命的影响，维护其苟延残喘的封建统治。但是战争进程表明，封建制度是腐朽的，脆弱的。1792年9月，普鲁士和奥地利军队联合入侵法国，被法国革命军打得落花流水，被赶出法国领土。在法国大革命影响下，德国西部美因兹一带出现了类似法国雅各宾俱乐部的“人民之友社”，一些激进的知识分子试图在德国推行法国大革命的理论和主张。拿破仑执政以后，连年发动对外掠夺战争，德国封建势力对此一筹莫展，不仅被迫取消了有名无实的“德意志神圣罗马帝国”，连莱茵河以西大片土地、新成立的威斯特伐利亚王国，都成了法国的附属领土。

这里涉及拿破仑的对外侵略战争，对这个问题，有必要采用历史唯物主义的方法，作些具体分析。从某种意义上说，它具有矛盾的双重性。拿破仑执政以后，为了应对欧洲封建势力形成第二次反法联盟，除了离间英国、俄国和土耳其的关系之外，于1800年率领军队占领意大利，打败奥地利，并于1801年，逼迫奥地利签订《吕内微尔和约》，将奥属尼德兰、卢森堡以及莱茵河左岸大片领土割让给法国，最终瓦解了第二次反法联盟。1805年10月，法军在乌尔姆击败奥地利军队，攻下维也纳，1806年，又在耶拿击败了普鲁士军队，攻占柏林，根据《和约》，法国在西部建立一个由16个邦国组成的附属法国的“莱茵联盟”。所谓的“德意志民族神圣罗马帝国”从此寿终正寝，拿破仑成了德意志命运的主宰者。在拿破仑统治区，法国部队推行一系列改革，诸如废除封建特权，农奴制、等级制，实行宗教自由，给犹太人以平等地位。所有这些划时代的措施，对摧毁德国封建统治的基础，促进德意志资本主义的发展，都发挥了重要作用。从这个意义上说，拿破仑发动的侵略战争带有一定的进步性和革命性。但是另一方面，它又具有侵略性和掠夺性。1794年，雅各宾党专政垮台，1799年，拿破仑发动雾月政变，解散督政府，实行军事独裁，法国大资产阶级随着其统治地位的巩固和国内资本主义的发展，对外侵略扩张的欲望与日俱增。反对外国干涉，进行革命防卫的正义战争，逐渐蜕变为侵略战争和掠夺战争。权欲熏心的拿破仑采用残酷手段强迫被占领国人民为他的战争目的效劳，给德国和其他欧洲国家带来了深重灾难。

在异族统治下，德意志民族处于生死存亡的紧要关头，各阶层人民、各种力量纷纷奋起反抗，拯救自己的祖国。德意志民族意识和感情得到激发，爱国情绪和运动不断高涨。为了民族的振兴，普鲁士出现了一些开明的改革家，如，普鲁士先后两任首相卡尔·冯·施泰因男爵（Karl Reichsfrhr. vom und zum Stein）和卡尔·奥·冯·哈登贝格侯爵（Karl August Fuerst von Hardenberg），普鲁士将军格哈德·冯·沙恩霍斯特（Gerhard von Scharnhorst）和奥·奈·冯·格奈泽瑙（August Neidhardt von Gneisenau）等，都提出过废除农奴制、推行教育改革等措施，史称“施泰恩—哈登贝格改革”。知识界的爱国者不断以诗篇、歌曲等不同文艺形式唤醒民众，诗人阿恩特、哲学家费希特、学者洪堡、著名的“体操之父”雅恩等人，在反对拿破仑入侵的解放战争中所起的作用尤为突出。

以拿破仑为代表的法国资产阶级与德意志资产阶级之间具有特殊的复杂关系，前者既是后者的恩人，又是它的仇敌。拿破仑在德意志土地上摧毁了封建制度的基础，为资本主义发展扫清了道路，从这个意义上说，拿破仑是德国资产阶级的恩人。但是拿破仑在德意志土地上实行异族统治和掠夺政策，又同德国资产阶级的根本利益相左，因此，两者又存在对抗性矛盾。从历史的影响来说，拿破仑入侵引起德国人民的反抗，同时也促进了德意志民族意识的觉醒；1806年普鲁士对法战争的失败，使普鲁士统治集团不得不推行某些有限的改革；改革的结果推动了德国资本主义的发展。由此可见，法国军队在德意志领土上实行异族统治，推行拿破仑法典，给德国资产阶级带来了社会解放，德国资产阶级一方面反对自己的解放者，另一方面又要为压迫自己的人效劳，协助拿破仑夺取了胜利，却未得到应得的胜利果实。

1815年6月，法国军队在比利时的滑铁卢惨遭失败，拿破仑统治彻底垮台，此后，接踵而来的是欧洲封建势力的复辟。1815年6月8日成立的所谓德意志邦联，只是个松散的联盟，由34个各自为政的主权邦国和4个自由市（美因河畔的法兰克福、不来梅、汉堡和吕贝克）组成。四分五裂的状况依然如故，邦联内部仍存在双雄（普鲁士和奥地利）争霸的局面。人民大众要求祖国统一的希望成了泡影，他们争取自由民主的权利被削夺了。鄙俗、恭顺的资产阶级无力改变现状，它的诗人和哲学家只好在精神世界里寻求寄托，去描绘他们理想王国的图景。

德国浪漫派的哲学基础

德意志是个以善于思辨、富于理想而著称的民族，这里涌现了世界上众多名声显赫的哲学家、作家和音乐大师。哲学和音乐构成了德意志文化的两大支柱。德国古典哲学早在莱布尼茨、沃尔夫、鲍姆加登时代就奠定了自己的传统，法国大革命有力地推动了它的发展，德国古典哲学盛行的年代，正是浪漫主义运动蓬勃发展的岁月，两者从一开始就结下了不解之缘。德国古典哲学构成了“哲学领域里的浪漫运动”，而浪漫主义运动，用诺瓦利斯的话来说，则成了“诗化的唯心主义”。朱光潜先生曾经指出：“德国古典哲学本身就是哲学领域里的浪漫运动。它成为文艺领域里的浪漫运动的理论基础。”[1] 从浪漫派作家与德国古典哲学家之间的关系不难看出，德国浪漫派的文艺理论具有深厚的哲学基础。

① 朱光潜：《西方美学史》（下册），人民文学出版社1964年版，第349页。

康德(1724－1808),德国古典唯心主义哲学的创始人,他把自己的哲学命名为“先验唯心主义”。按照他的说法,意识的形成是先天的,先于经验,并且是经验的条件。康德虽然承认意识之外存在实物世界,即所谓自在之物的客观世界,却又否认“自在之物”是可以认识的,是彼岸的,即“超验”的。康德哲学对当时和后世产生了广泛而深刻的影响。他的美学论著《判断力批判》(1790)成为歌德时代美学思想的指南。

费希特(1762－1814),德国古典哲学的另一位代表人物,他继承并发展了康德的先验唯心主义,成为这一哲学运动的第一位主要代表人物。在其代表作《科学原理》(1794)中,他力图系统地阐明其“唯我论”思想,把“自我”(人的意识)置于观察世界的中心点。“自我”不仅能思维,理解外界事物,同时又是外部世界的创造者和主人。在这里他摈弃了康德哲学中的唯物主义因素,否定“物自体”的客观存在,而以康德关于意识创造现象界、自然界这一论断为出发点,宣称“自我”为认识的主体,“非我”(客观世界)为自我的创造物,从而把康德哲学中的唯心主义倾向推向顶峰。鉴于费希特十分强调人的主观性地位和作用,在近代资产阶级哲学中,他被视为人的主观性的发现者。在世纪更迭前后,费希特哲学中出现了宗教神秘主义倾向。

费希特的先验唯心主义,即“唯我论”,对浪漫派世界观的形成所起的作用是难以估量的。“唯我论”为浪漫派所推崇的无约束的个性,为他们随心所欲的主观意识专断性,提供了重要的理论根据。几乎所有浪漫派作家都为费希特哲学感到欢欣鼓舞。1798年,弗·施莱格尔在他和哥哥奥·威·施莱格尔刚刚创办的早期浪漫派杂志《雅典娜神殿》上发表的一则《断片》里,把费希特的《科学原理》同法国大革命和歌德的长篇小说《威廉·迈斯特》并列为最伟大的推动人类发展的时代动力。这位浪漫派理论家把费希特所发现的主观性发展为“浪漫主义反语”(romantische Ironie),而诺瓦利斯则仿照费希特的《科学原理》创造了他的所谓“魔幻唯心主义”(Magischer Idealismus)。按照他的“主义”,宇宙万物都屈从于人的意愿,都受人的意识和意愿支配。人支配生活中的一切,乃至死亡:人的生死存亡,都由自己决定。此外,从施莱尔马赫的宗教观念里人们也看到了费希特先验哲学的影子。

主观唯心主义的本质特征,就是把人,把人的主观意愿置于至高无上的地位。费希特和他的哲学对浪漫派作家之所以那样富有魅力,就在于他的理论主张和他对主观意愿所表现的激情,迎合了浪漫主义者的情趣和需要。

不可否认的是,主观唯心主义是浪漫派作家与费希特共同的思想基础,不过人们也应该看到,这位哲学巨匠虽同耶拿早期浪漫派作家过从甚密,但他并不属于浪漫派之列,在政治思想和世界观方面,他都比他们先进。在法国大革命的影响下,他曾经发表激烈的反封建言论,谴责封建奴役制度,主张君主立宪,废除等级特权。当然,他毕竟不是革命家,后来他也害怕革命暴力,从民主主义立场后退了,主张同现存社会秩序调和。但总的来说,在对待法国大革命态度上,他比浪漫派作家要先进些。鉴于浪漫派在政治思想与世界观方面同费希特的差距,20世纪60年代,在民主德国的一次关于浪漫派问题的讨论中,有人曾提出这样的问题:既然费希特如此坚决地捍卫法国大革命思想,他的哲学怎能成为浪漫派美学的基础呢?该国著名学者克劳斯·特雷格尔(Claus Träger)认为,这是浪漫派作家对费希特的一种误解。

谢林(1775-1854),虽是费希特的后继者,但他的哲学属于客观唯心主义范畴。他从客观唯心主义出发,认为费希特的哲学忽视了

“自然”，而他则要给予“自然”以充分的重视，要论证自然对于精神的能动作用。他所创建的自然哲学是以这一基本信念为基础的，即自然与精神构成了一个无法分割的统一体：“自然是看得见的精神，精神是看不见的自然。”自然在其发展中被认识到是精神的一种持续不断的揭示。宇宙万物，都是有灵魂有感情的，都是“宇宙灵魂”按一定目的创造出来的。自然和意识，主体和客体，都在“绝对”中统一。躯体与灵魂的统一乃是事物的真正本质。按照谢林的哲学，人与自然之间存在着一种亲密无间的关系。人觉得自己与自然融为一体。这不仅是一种最高意义上的结合，而且也是一种亲密无间的融合。

谢林在他的自然哲学基础上发展了他的美学思想。在他看来，艺术能够把“无穷无尽、无边无际的事物”描绘出来，即所谓“美”。对哲学家来说，艺术是至高无上的事物，这是因为艺术能够揭示最神圣的事物，艺术完成了“自然与精神、必然与自由的统一”。

谢林和他的哲学同浪漫派之间的关系非同寻常，在耶拿大学任教授时，谢林与其弟子斯特芬斯①，便参与了“耶拿浪漫派”的创建，同派友们交往密切②。谢林的自然哲学对浪漫派产生了巨大的影响③，它构成了浪漫派理论的重要依据。如谢林的哲学对弗·施莱格尔经

① 斯特芬斯（Henrik Steffens，1773–1845），挪威自然科学家、哲学家和作家，著有《自然科学的哲学特点》和《人类学》等。

② 虽说谢林属于早期浪漫派，与派友们友好相处，但有时也免不了出现文人相轻、相互猜疑和攻击的情况。谢林指责奥·威·施莱格尔对自然的了解是“半瓶醋”，后者反唇相讥，批评这位哲学家对诗“一窍不通”。1807年，在奥·威·施莱格尔发表《关于文艺与自然的关系》讲演5年后，谢林在慕尼黑成功地做了一次题目相似的演讲，事后，施莱格尔一家怀疑谢林剽窃了施莱格尔的思想。

③ 诗人海涅否认费希特唯心主义和谢林自然哲学对浪漫派的影响。参见海涅：《论浪漫派》，张玉书译，人民文学出版社1979年版，第24页。

常变化的思想产生了持久的影响，人们从诺瓦利斯那神秘的冥想中也可看出它的踪影，它对艾兴多夫艺术见解的形成，显然也起了决定性的作用。如果说浪漫派同康德和费希特的哲学尚保持了一定的距离，那么他们对谢林的哲学是很赏识的。由此我们不难理解浪漫派为什么狂热地崇拜大自然，喜欢描写自然美景、表现人与自然之间亲密无间的关系。

谢林哲学还通过其门徒威廉·里特尔[①]、斯特芬斯和许尔森[②]扩大了对浪漫派的影响。他哲学中的神秘主义倾向，突出地体现在里特尔和斯特芬斯身上。他们两人在谢林与浪漫派之间起了中介作用，特别是在1795－1804年，耶拿活动期间，里特尔对诺瓦利斯和弗里德里希·施莱格尔的思想产生了重要影响。里特尔像浪漫派作家一样，狂热地崇拜雅各布·伯麦[③]，从其学说中汲取了神秘主义的因素。斯特芬斯原先研究自然科学，后来在耶拿受谢林影响，转而信奉神秘主义，他与浪漫派神学家施莱尔马赫关系密切，与诺瓦利斯、蒂克也有交往。许尔森在谢林学说与浪漫派之间也起了穿针引线的作用，他促使谢林的观点转向了宗教伦理，这种转向对施莱尔马赫宗教观的形成，也起了一定的作用。

黑格尔（1770－1831），在他的《美学》（1835－1838）里，他对古典艺术与浪漫派艺术作了深入的分析和比较。他对后期浪漫派诗人海涅的影响无疑也是巨大的。青年海涅文学观念的形成，与其接触这位唯心主义哲学巨擘的美学思想有直接关系，而与黑格尔美学思想

① 威廉·里特尔（Wilhelm Ritter，1776－1810），波兰物理学家，自然哲学家。

② 许尔森（August Ludwig Huelsen，1765－1810），德国哲学家，作家。

③ 雅各布·伯麦（Jakob Boehme，1575－1624），德国神秘主义哲学家，在格利茨（Goerlitz）当过鞋匠，文艺复兴、宗教改革以来最具影响力的人物之一，代表性著作有《伟大的神秘》和《论神恩的遴选》。

的接触，也是导致海涅与浪漫派疏远的重要因素。卢卡契认为黑格尔对海涅思想发展的影响，无论怎样估计都不为过分。不过除海涅外，黑格尔哲学在同时代的浪漫派作家中，似乎没有产生多大反响。究其原因，大概是黑格尔《美学》问世时，浪漫派早已进入晚期，正在走向消亡，他的美学讲座产生轰动影响的时代也已经过去；另外，黑格尔对浪漫派，特别是它的主观主义倾向持批判态度，大概也是他的美学思想未能引起浪漫派重视的原因。

综上所述，不难看出，德国古典哲学，特别是费希特和谢林的学说，对浪漫派的影响是巨大的。但对此须加以分析：德国古典哲学，虽也含有唯物主义因素，但从本质和主流上看，还是唯心主义的。一方面，它强调"自我"，突出人的主观意识和主观能动作用，促使人们摆脱理性主义和古典主义的束缚，冲破旧的思想牢宠，驰骋幻想，给予新兴的浪漫主义运动以积极的影响；但另一方面，它把"自我"、人的主观意识置于至高无上的地位，夸大了人的主观作用，从而颠倒了精神与物质的关系，并且自身又含有宗教神秘主义因素，这些对浪漫派又产生了负面的效应。

与时俱进，深入探索

德国浪漫派是德国文学史上的一个非常重要的篇章。它拥有数量众多的成员，其中不乏重量级的作家，诸如诺瓦利斯、弗·施莱格尔和E. T. A·霍夫曼(后文简称霍夫曼——编者注)等代表人物。随着文艺学研究的深入，它在文学史上的地位和重要意义，正在逐渐为世人所了解。德国浪漫派存在的历史长达数十年，留下了极其丰富的文学遗产。这些遗产，尤其是理论遗产，像一座"富矿"，尚待继续开发。

德国浪漫派的存在,对当时和后来德国文学的发展产生了深远的影响。在19世纪欧洲浪漫主义大家庭中,德国浪漫派算得上是个重要成员。自它崛起于文坛之日起,就与德国古典唯心主义哲学结下了不解之缘,如它的代表人物,主要是理论家弗·施莱格尔,就以这一哲学为基础,创建并系统地发展了自己的文艺理论。而像德国浪漫派这样一个既有独特理论武装,又有丰富创作实践的文艺流派,在德国,乃至欧洲都是不可多得的。在欧洲,德国是浪漫主义运动最先兴起的国家之一。之后,德国浪漫派的理论主张和创作经验,通过多种途径,直接或间接地传播到欧洲其他国家,对这些国家的浪漫主义运动的兴起和发展起到了推波助澜的作用,不怪有人把德国称为浪漫主义的故乡(参见本书第三篇第七章《德国浪漫派与欧洲浪漫主义》)。

然而,德国浪漫派的影响并不止于当时的德国文学,事实上,它涉及当时整个欧洲,乃至美洲文学。之后的现实主义文学、批判现实主义文学,乃至社会主义现实主义文学,都离不开德国浪漫派的影响,比如当代德国女作家安娜·西格斯、克里斯塔·沃尔夫的文学创作,都与德国浪漫派有着千丝万缕的关系。而现代主义文学,亦称现代派文学,可以说是浪漫派的嫡系流派。它们的渊源关系表现在思想倾向方面,如对资本主义现实的不满和悲观失望的情调,对社会的消极反抗等;表现在文艺观点方面,如在艺术与生活的关系上,强调内心生活和心理真实,强调观察问题的主观性、内向性等;表现在内容与形式的关系方面,突出形式的重要性;表现在艺术手法方面,如内心独白、梦幻、多层次结构等;表现在艺术风格方面,如怪诞、变形、诡异等。难怪德国浪漫派代表人物霍夫曼被称为现代主义文学的开山祖。

鉴于德国浪漫派在文学史上的地位、作用和影响,学术界对其做了全面系统而深入地研究,其意义是不言而喻的。只有经过深入的探索，我们才能对它作出公正的评价，才能正确了解德国乃至整个欧洲文学发展的脉络，批判地汲取浪漫派丰富的文化遗产，做到“洋为中用”，“古为今用”。

不容置疑的是，德国浪漫派是个问题极其复杂的流派，两个世纪以来，围绕它的诸多问题，包括对它的评价，在德国和国际上展开过激烈的论战。由于德国浪漫派本身问题的复杂性和矛盾性，争论问题、热点问题之多，探索难度之大是可想而知的。然而鉴于这个文艺流派是一座有用元素含量甚高的“富矿”，颇具“开采”价值和魅力，一个半多世纪以来，无数的德国和西方学者都热衷于对它进行“开采”。20世纪60年代中期以来，探索德国浪漫派，尤其是早期浪漫派蔚然成风，硕果累累，许多新成果都对传统的观点提出了挑战。

然而在我国，对德国浪漫派的研究，仍然远远滞后，可以说，它还是一片尚待开垦的“处女地”。数十年来，有关的论著可谓寥若晨星，仅有的一些文章，依旧停留在介绍和欣赏的水平，谈不上学术研究。一些文章观点陈旧，仍未摆脱传统偏见的影响。随着我国经济文化的繁荣昌盛，历史和时代要求我们与时俱进，大力开展对这一薄弱领域的开拓性研究。

第一篇

德国浪漫派的渊源与流变

第一章　德国浪漫派的渊源

1789年爆发的法国大革命，震撼了整个欧洲，它标志着人类社会从封建主义向资本主义的过渡，具有划时代的历史意义。德国浪漫主义运动是在法国事件直接影响下出现的文艺思潮，它反映了新兴资产阶级政治上要求摆脱封建统治、争取个性解放，思想上反对平庸的理性主义，文艺上反抗古典主义条条框框束缚的斗争。

浪漫派的产生有其历史必然性，它是特定历史时期，特定文化文艺思潮孕育下产生的。其源头可以追溯到虔诚派、启蒙运动、感伤主义和狂飙突进运动。

虔诚派(Pietismus)，也叫虔敬派或虔敬主义，是德国耶稣教内部的一个教派，盛行于17世纪至18世纪，主要代表人物有施彭纳(Ph. J. Spener, 1635－1705)和弗兰克(A. H. Francke, 1663－1727)。虔诚派的斗争矛头主要指向教会的僵化教条的正统观念，它与教会正统的拘泥于文本的本本主义不同，其强调“内心的虔诚”，把感情视为教徒与上帝之间关系的基础，力图通过虔诚与博爱去克服正统观念。它的主张起初遭到国教正统派的反对，但不久就得到国王的支持，并为各阶层民众所接受。借助以创建人命名的“哈勒·弗兰克基金会”的作用，虔诚派的影响扩展到欧洲其他耶稣教国家以至北美。其深远影响主要是通过冯·青岑多夫(N. L. Von Zinzendorf, 1700－1760)创建的亨胡特兄弟会教派实现的。虔诚派通过富有创造性的语言对赫尔德、维兰德、舒巴特、歌德、席勒等许多德国作家,包括一些浪漫派作家,产生了持久的和深刻的影响。歌德早年一度同虔诚派团体过从甚密。诗人在《诗与真》第八篇里总结了虔诚派对他本人和他那个时代的影响。德国早期浪漫派人士施莱尔马赫和诺瓦利斯,从小就受到亨胡特兄弟会教派的熏陶,诺瓦利斯通过其父亲接受了该教派的思想,其父为虔诚派信仰复兴运动(Erweckungsbewegung)的参加者。

启蒙运动(Aufklärung),它与德国浪漫派的关系,一向是热门话题,备受世人关注,旧的文学史和传统的观点总是认为两者是对立的,把后者说成是对前者的反动。但是新近的文艺学研究成果却向传统的观点提出了挑战,认为两者之间虽然存在矛盾,但后者批判地继承了前者的传统,前者为后者的产生与发展创造了必要的条件(参见本书第三篇第一章《启蒙运动与德国浪漫派》)。

感伤主义(Empfindsamkeit),又称“主情主义”,是18世纪后期资产阶级启蒙运动中的一种文艺思潮,起源于英国,因英国作家斯特恩的小说《在法国和意大利的伤感旅行》而得名。这一派作家反对冷酷的理性主义和僵化的古典主义,提倡直抒胸臆和内心感受,把个人感情生活的描写视为文学创作的中心任务。他们重视对自然景物的描写,强调个性和个人精神生活的刻画。显然,这些主张与浪漫派精神一脉相承。

狂飙突进运动(Sturm und Drang),简称狂飙运动,是18世纪七八十年代在德国发生的一场规模巨大的运动,因弗·马·克林格的同名剧作《狂飙突进》而得名,这场运动具有浓厚的反封建色彩。歌德称它为一场“文学革命”。青年歌德、席勒、克林格和伦茨等是这场运动的主要代表人物。赫尔德为其精神领袖,他影响了包括歌德、席勒在内的一大批作家,他的著作奠定了“狂飙突进运动“的世界观和美学基础。狂飙突进运动强调发挥个人作用和个人的主观能动性,提出了两个体现时代精神的口号和主张:歌颂自然、崇拜天才。

在狂飙运动作家看来,“自然”是与僵化相对立的概念。“歌颂自然”意味着政治上反对专制统治,结束封建割据局面;思想上反对僵化的理性主义独裁,冲破一切思想牢笼;艺术上反对法国古典主义的条条框框,以求创作自由。人作为大自然的组成部分,理应充分享受自由,获得个性的全面发展。在德国,卢梭也备受推崇,他被尊为先知,在理性主义时代,他的著作如同上帝的启示。因为他的核心概念——自然、心灵、爱情和自由,使人们对世界有了崭新的认识。他提出的“回归自然”,意味着回到不受约束的自然生活方式中去。这个口号对摧残人性的封建专制主义无疑是有力的批判,当时在德国产生了广泛的共鸣。

狂飙运动时期,人们对“具有独创性的天才作家”(Orginalgenie)是顶礼膜拜的,把他们视为理想人物。这类人物具备两种品格:其一,富有独创性,不去抄袭、模仿他人作品,不受任何清规戒律约束,我行我素,蔑视他人批评;其二,富有直观、直觉能力,他们有非凡的灵感,无须经过深思、推理等意识的理性活动,就可以认识客观事物,甚至错综复杂的事物。显然,这种“直观论”带有某种神秘的唯心主义色彩,与辩证唯物主义的认识论是格格不入的。

综上所述,17、18世纪的一些文化文艺思潮,如虔诚派、启蒙运动、感伤主义,特别是狂飙突进运动,都以不同的方式,从不同的程度上对浪漫派的产生和发展发生过影响,它们构成了浪漫派产生的源泉。有人把虔诚派、感伤主义和狂飙突进运动笼统地称为前浪漫派或前浪漫主义(Vorromantik),其实,这是个模糊概念,并未被普遍接受,因为它缺乏统一的纲领,没有明确的代表人物和时限。

第二章　一些作家的流派归属问题

在我们讨论浪漫派，探索它的发展演变轨迹时，难免会遇到一些作家的流派归属问题，他们与浪漫派存在这样或那样的关系，能否算作浪漫派作家呢？这里所涉及的几个作家，他们或者是德国文学史上堪称重量级的人物，如让·保尔、荷尔德林、克莱斯特；或者是世界文坛上的名流，如霍夫曼、海涅，这些作家的流派归属问题，历来是见仁见智，存在争议的。

在德国文学史上，小说家让·保尔（1767－1825）和诗人荷尔德林（1770－1843）往往被界定为介于魏玛古典文学与浪漫派之间的人物。让·保尔的某些长篇小说虽有浪漫主义成分，但作家的整个创作并非就是浪漫主义的，苏联德国文学研究家根本不把让·保尔算作浪漫派作家。荷尔德林的情况比较复杂些，这反映在他的世界观、政治哲学和创作方法诸方面。荷尔德林对古典主义的崇尚，他那带有摹拟古典主义的风格，同耶拿浪漫派的抽象、富于哲理的风格大相径庭；在政治思想方面，他比耶拿浪漫派高出一筹，虽然对法国大革命的结局感到失望，但仍坚信革命的理想。荷尔德林的特殊性，引发世人对他持有不同的评价。有人把荷尔德林看作是浪漫主义的先驱，德国著名文学史家鲁道夫·海姆（1821－1901）则称他为“浪漫派的一个偏室后代"(einen Seitensproß der Romantek)①。著名俄罗斯作家、文艺评论家卢那察尔斯基在他的《西欧文学史》里称荷尔德林为"德国第一个伟大的浪漫主义作家"②。苏联德国浪漫派文学研究专家N. J·贝尔柯夫斯基明确无误地把荷尔德林列为浪漫派作家,在他看来,判断荷尔德林是否属浪漫派作家这个问题,是整个浪漫派研究的试金石,如果连荷尔德林都不能计入浪漫派,那么能够归如浪漫派队伍的作家也就所剩无几了。

剧作家、小说家克莱斯特(1777－1811)的流派归属问题,历来也是见仁见智、各执一词。德国现当代文学史家柯尔夫(H. A. Korff)和匈牙利文艺评论家卢卡契都把克莱斯特划归为浪漫派作家之列,而在贝尔柯夫斯基和民主德国的一些学者看来,克莱斯特虽然同一些浪漫派作家有接触,并在世界观和政治方面受其影响,但是他的作品缺少基本的浪漫主义倾向,诸如对无所不包的"综合诗艺"的主张,对中世纪的接受和向基督教的转变等,因此,在民主德国的一些文学史书籍中,他处于浪漫派边缘的一个特殊位置。

在德国浪漫派内部,小说家霍夫曼(1776－1822)可称为"无党派人士"。他与浪漫派作家没有密切的接触,蒂克和艾兴多夫等人均不把他视为自己的派友,但他的命运却始终与浪漫派息息相关。霍夫曼的生活与创作活动,处于浪漫主义向现实主义过渡时期,他的文学创作既有浪漫主义因素,也有现实主义成分。他那独特的艺术表现手法,是引发世人对其流派归属问题产生争议的重要原因,一些人倾向于把霍夫曼晚年面向现实的几部作品,包括《雄猫穆尔的生活

① 转引自 Alexader Sergejewitsch Dmitrijew: Zu dem Romantik Kapitel der Geschichte der deutschen Literatur. In: Weimarer Beitraege. H. 2/1981, S. 146.

② 转引自[苏]伊瓦肖娃:《十九世纪外国文学史》(上册),人民文学出版社1962年版,第330页。

观：暨乐队指挥克赖斯勒的传记片断》(后文简称《雄猫穆尔的生活观》——编者注)，视为具有明显现实主义倾向的作品，但综观他的全部创作，浪漫主义成分占主导地位。而20世纪曾被称作批评界"教皇"的卢卡契，在无情痛斥浪漫派的同时，却把霍夫曼与歌德、巴尔扎克相提并论，将其誉为"伟大的现实主义者"，"他以自己的标准，犹如他之前的歌德和他之后的巴尔扎克一样，生动地把握时代倾向，以前所未有的含蓄来描写现实。因此，他是在歌德与海涅之间获得国际影响的唯一德国作家。"①

诗人海涅(1797－1856)与浪漫派的关系颇为复杂。诗人早年同浪漫派作家过从甚密，在波恩大学求学时，受到浪漫派代表人物奥·威·施莱格尔的精心栽培，在浪漫派的影响下开始创作生涯，可谓是"吃浪漫主义乳汁长大的"。但19世纪20年代中期以后，在黑格尔的影响下，海涅开始同浪漫派疏远。30年代中期，发表《论浪漫派》一书，毅然背弃浪漫派，但与它的关系并未"一刀两断"。40年代末，当浪漫派行将销声匿迹时，诗人自称是浪漫主义的"已被废黜的末代幻想国王"。晚年，即19世纪50年代中期，诗人在《自白》(1854)里声称："我虽然向浪漫派发起过毁灭性的讨伐，但我本人始终是个浪漫派作家，并且是个比我本人预料的还要高一级的浪漫派作家。"在给浪漫派以"最致命的打击"以后，又"无限思念浪漫主义梦乡中的蓝花"。②显然，海涅对浪漫派的看法和态度，前后矛盾，有变化。诗人同浪漫派的复杂关系引发了一场旷日持久的笔墨官司，论争的核心是他的流派归属问题。关于这个问题，众说纷纭，莫衷一是，有人称

---

①［匈］乔治·卢卡契：《德意志文学史纲》，柏林建设出版社1955年版，第57页。

② Heinrich Heine: Gesammelte Werke in 6 Baenden, Aufbau Verlag, Berlin, Bd. 5, S. 542.

他为“没有传统的启蒙学派”、“天生的启蒙学派”；有人将他归入德国古典作家之列；有人称他为浪漫派的敌人或背叛者；传统的德国文学史通常把他排除在德国浪漫主义运动之外；也有人称他为革命浪漫主义诗人或积极浪漫主义诗人；有人称他为欧洲浪漫主义诗人或者法国浪漫主义诗人，因为他流亡在法国；有人按诗人的政治思想倾向将他列为“青年德意志派”或者称他为革命民主主义诗人，等等。

当今，德国以外的西方学者，主要是英法国家的德国文学研究专家，从欧洲浪漫主义作为一个整体出发，把歌德生活的时代看作是浪漫主义时代。在他们看来，无论是让·保尔、荷尔德林，还是克莱斯特，都属于浪漫主义作家之列，霍夫曼和海涅就更不必说了，而且歌德和席勒也是浪漫主义大家庭的成员，他们两人又被称为古典的浪漫主义诗人，或称浪漫主义的经典作家。

这里论及的几位作家，只是究其流派归属问题作些评介，无法做到对问题的是非曲直逐个进行深入探讨。

随着法国革命的发展，历史和社会的变动，德国浪漫派在其存在的数十年里，经历了斗争的风风雨雨，自身也在发展变化，从崛起到兴盛，又从兴盛逐渐走向衰亡，早期、中期（又称盛期）和晚期浪漫派的划分，是呈现这一发展变化的重要标志。

第三章　早期浪漫派(1790-1802)

一、早期浪漫派的产生

早期浪漫派的产生,通常是从施莱格尔兄弟、诺瓦利斯、蒂克等于1796年聚首耶拿时算起,但是考虑到蒂克(1773-1853)和威廉·海因里希·瓦肯罗德(1773-1798)(后文简称瓦肯罗德——编者注)此前的创作和意义,往前推算到90年代初期,也未尝不可。

蒂克是位多才多艺多产的作家,在世时颇具影响,后世把他视为德国浪漫派的代表性作家,德国著名女作家里卡达·胡赫(1864-1947)在她的论著《浪漫派》中称他为"浪漫性格的化身"。他的代表作品有"童话小说",或曰"艺术童话"的《金发的埃克贝特》(1797),以及长篇小说《弗兰茨·施特恩巴尔德漫游记》(1798),它们在浪漫派文学中,开了"艺术童话"和"艺术家小说"的先河。蒂克生前享有很高的荣誉,晚年极受崇敬,亚历山大·洪堡甚至把他与歌德、席勒并称为"我们祖国的三大英雄"(drei Heroen unseres Vaterlandes),歌德逝世后,蒂克常被尊称为德国最伟大的诗人。作家弗里德里希·黑贝尔(1813-1863)(后文简称黑贝尔——编者注)在蒂克去世时将其誉为"浪漫派之王"(König der Romantik)。这种赞誉之词显然是言过其实,蒂克虽然才华横溢,著作等身,且驾驭语言的能力和修辞技巧,都十分了得,但他那种商业化的写作习惯,往往使他的文学作品流于肤浅,他的大部分文学作品早已无人问津。但是这位早熟多产的作家和他的同窗好友瓦肯罗德,各以自己的文学创作为德国浪漫派的产生和发展作出了贡献。

蒂克和瓦肯罗德相识于柏林读中学时期,他们两人的成就得益于他们维持终生的深厚情谊和密切合作。他们的友谊在德国文学史上是“引人注目的”,“他们的友谊合作,标志着浪漫派的诞生”。① 1793年秋,两位年轻朋友作了一次长达半年之久的古代艺术考察旅游,先后游历了埃尔朗根的近郊、远郊,纽伦堡、班贝格、爱尔福特、耶拿和拜罗伊特等地的风景名胜和文化古迹,参观了画廊,从游历中对中古时代和文艺复兴时期的宗教艺术有了新的认识和感受。考察的见闻和感受,为瓦肯罗德的代表作《一个热爱艺术的修士的内心倾诉》的创作提供了素材。它是早期浪漫派一部纲领性作品,对此后浪漫派的发展产生了影响。作品以艺术与现实生活、艺术家与社会的矛盾为题材,通过一个“热爱艺术的修士”(作者的化身),表达了对拉斐尔、达·芬奇、米开朗琪罗、丢勒等艺术大师的崇敬,对其生活的中世纪和文艺复兴时代的赞美,同时以拉斐尔的绘画为例,赞颂了古代大师表现丰富内心世界的宗教艺术,借以批判以温克尔曼为代表的古典主义文艺教条,宣称最高的创造力源自艺术与虔诚的融合。这部作品名义上是长篇小说,其实是一个把短篇小说、散文、文艺评论、随笔等多种文艺形式熔于一炉的大杂烩,开创了浪漫派打破各艺术门类界限的先河。

① Metzler Autoren Lexikon: Metzlersche Verlagsbuchhandlung, Stuttgart, 1986, S. 606.

柏林自然是早期浪漫活动的一个据点，世纪更迭前后，在这儿活动的，除了瓦肯罗德和蒂克外，还有克莱斯特和施莱尔马赫，但是耶拿却是它的主要活动地盘，因此早期浪漫派又称为耶拿浪漫派。浪漫派作家选择这座城市作为他们的活动中心并非偶然。当时耶拿借助其享誉全德的学府——耶拿大学而成了德意志学术中心。一些欧洲级的大学者，如生物学家尤·克·洛德和化学家约·沃·德贝赖纳都在这儿讲学；席勒（自1789）、费希特（1794－1799）、谢林（1798－1803）和黑格尔（1801－1807）先后在此执教。难怪奥·威·施莱格尔的妻子卡罗利妮1803年称耶拿为“哲学王国”。1796年7月，奥·威·施莱格尔偕同新婚妻子从布伦瑞克迁到耶拿，在席勒主办的《季节女神》杂志社充当编辑，后经席勒推荐，还担任《文学汇报》评论员。弗·施莱格尔和他的未婚妻子多罗苔娅也先后来到耶拿，在哥嫂家落脚。在耶拿，很快就形成了一个以施莱格尔兄弟和诺瓦利斯为核心的新流派，史称早期浪漫派，或者耶拿浪漫派，其成员包括作家蒂克和瓦肯罗德，哲学家谢林和神学家施莱尔马赫。

二、《雅典娜神殿》

《雅典娜神殿》是早期浪漫派在谋求自身生存和事业发展形势下创办的刊物。早期浪漫派代表人物施莱格尔兄弟与诗人席勒的关系原先是不错的，后因弗·施莱格尔与席勒之间爆发的一场笔墨官司而最终导致关系破裂。弗·施莱格尔看到无法再在席勒的刊物上发表文章，便于1797年从耶拿来到柏林，想把稿件投给作曲家兼作家弗·赖夏特创办的刊物《艺苑断片》。同赖夏特的关系破裂后，形势迫使施莱格尔另谋出路。于是他便约请他的哥哥奥·威·施莱格尔合办一份浪漫派自己的刊物。这样,《雅典娜神殿》便成了早期浪漫派宣传、贯彻自己生活观和文艺理论主张的园地。弗·施莱格尔野心勃勃,竭力要把《雅典娜神殿》办成一个为群众所喜闻乐见,拥有尽可能多的读者的刊物,同时希望借助它,不仅改善自己不时陷入手头拮据的窘境,而更为重要的是,使他们兄弟俩、诺瓦利斯和施莱尔马赫成为一种新诗与哲学的开路先锋,在当代所谓的"派系"斗争中独领文艺批评的风骚。

在同时代的刊物中,《雅典娜神殿》颇具特色。在合作者队伍方面,弗·施莱格尔并不希望拥有一支有社会名流参加的庞大作者群,而是只邀请少数几个志同道合者合作共事,因此除施莱格尔兄弟外,撰稿人仅有诺瓦利斯、施莱尔马赫以及哲学家许尔森(August Ludwig Hülsen)、多罗苔娅·施莱格尔和索菲·贝哈特(蒂克的女儿)。在内容上,强调诗与哲学的紧密结合;在形式上,偏爱断片;在风格上,尤其后期,偏爱神秘莫测,晦涩难懂,不为外行人所能接受的东西(这显然违背了编者办刊的初衷)。《雅典娜神殿》问世后,早期浪漫派的代表人物充分利用自己的舆论阵地,阐明自己的文艺理论和主张,就诗的含义,文艺体裁与形式诸问题亮明自己的观点,力图在文坛上掀起一场"文学革命"。早期浪漫派随着《雅典娜神殿》(1798－1800)的发行而迎来了自己发展的高潮。

三、早期浪漫派的特点

早期浪漫派作为德国浪漫派发展的第一个阶段,活动时限很短,主要活动期只有五六年,从其先行者瓦肯罗德和蒂克算起,也不过十来年。但是同中期(或盛期)和晚期浪漫派相比,甚至与同时期欧洲其他国家的浪漫主义相比,它有自己的鲜明个性:

其一，从队伍的构成来看，基本上是一支理论型的队伍。除瓦肯罗德和蒂克外，多为理论家、学者，或者是哲学家和自然科学家，他们学识较渊博。诺瓦利斯以诗人著称，但也是个理论型的诗人，他像弗·施莱格尔一样，选修过哲学，有深厚的理论功底。

其二，主张诗与哲学的结合。弗·施莱格尔把他们所推行的浪漫主义运动，说成是一场“文学哲学运动”，诺瓦利斯则称之为“诗化的唯心主义”，把浪漫诗称为“包罗万象的诗”，声称诗应该富有哲学的内涵，而哲学应该具有诗的外形，两者应该融为一体。

其三，富有革新精神。法国大革命的爆发，令年轻的德国浪漫派作家欢欣鼓舞，但是由于德国经济落后，资产阶级软弱无力，而无法步这个伟大邻国的后尘。德国虽然在政治上是个矮子，但思想文化上却是个巨人，周边邻国无法望其项背，年轻的德国浪漫派作家热切盼望，并力图在本民族占据优势的领域进行一场革命，以补偿政治领域的缺陷。弗·施莱格尔在《雅典娜神殿》第216条断片里声称：法国大革命、费希特的《科学原理》和歌德的《威廉·迈斯特》是时代的伟大倾向。这种提法，足见早期德国浪漫派代表人物对思想文化领域的革新，持有多么高的期望和评价。他们利用断片、讲座等形式阐明自己的理论主张，竭力鼓吹文学艺术要从内容到形式进行改造和革新，鼓吹诗与哲学的结合，倡导打破各艺术门类的界限，以期在思想文化领域，尤其在文学领域掀起一场革命。

其四，崇尚友谊与协作。德国浪漫派的斗士们，厌恶庸俗的实用主义人际关系，祈求派友之间坚持真诚的友谊与合作。部分早期浪漫派成员本来就是挚友，例如弗·施莱格尔与诺瓦利斯在莱比锡大学深造时就是同窗好友；瓦肯罗德与蒂克在柏林读中学时就结成了莫逆之交，他们两人的友谊可称为德国文学史上的一个“范例”，他们用自己的友谊与合作开创了一股德国文学艺术的新思潮；施莱格尔兄弟的关系,则是同胞加挚友。早期浪漫派作家间的这种亲密关系,自然有助于他们所倡导的"协作"精神的发扬,他们曾经大力提倡"协作诗"(Sympoesie)和"协作哲学"(Symphilosophie),以便在朋友之间无拘无束地切磋诗艺和哲学问题,探讨文化精神领域中的各种未知现象,以达到互相启迪共同提高的目的。1798年,早期浪漫派在"协作"方面采取了一个新的举措,是年夏天,施莱格尔兄弟、卡罗利妮、诺瓦利斯、费希特和谢林,利用在德累斯顿度假的机会,一道参观了德累斯顿画廊,并集体讨论了参观中所遇到的各种艺术问题。这种讨论就是一种"协作"精神的体现。实际上,所谓的"协作"形式和精神,主要是体现在创作当中,而"协作诗"和"协作哲学"就是早期浪漫派特有的创作方式。他们的一些作品具有"你中有我,我中有你"、"你我不分,你我难分"的特点,譬如,《一个热爱艺术的修士的内心倾诉》的问世,无疑主要是瓦肯罗德的功劳,但是它从酝酿直到编辑出版,都凝结了蒂克的心血,其中有蒂克补充的诗文。时至今日,又有谁能分辨清楚哪些内容是蒂克添加的?谁又能准确评定二人功劳的大小?又如,《雅典娜神殿》第二期上刊登的断片,惯称"《雅典娜神殿》断片",均不署名,以显示浪漫派"不分你我"的小集体主义精神或者"协作"精神。当然,关注该刊物的读者不难猜到其中多数断片出自弗·施莱格尔的手笔,但是除了施莱格尔兄弟以及圈内少数几个当事人之外,很难说清楚哪些断片是谁写的。经过专家认真细致的查考,现已查明,在《雅典娜神殿》这一期全部451则断片中,有85则是奥·威·施莱格尔写的,29则是施莱尔马赫写的,13则是诺瓦利斯写的,320则是弗·施莱格尔写的,其中还有4则被判定是集体写作的。但这只是后人的判断而已。

其五,女性作用突出。施莱格尔兄弟的妻子,卡罗利妮和多罗苔娅，都不是一般的女流之辈，而是见多识广，有判断力，用新的思想观念武装起来的时代女性，她们，尤其是卡罗利妮对浪漫派发展的作用和意义是不可低估的。卡罗利妮在与奥·威·施莱格尔于1796年结婚之前，就曾以其人格魅力，较高的政治敏感性，较强的审美判断力，对时年21岁的弗·施莱格尔的发展产生过举足轻重的影响（参见本书第三篇第三章《法国大革命与德国早期浪漫派》）。在1796年弗·施莱格尔与席勒的论战中，卡罗利妮让施莱格尔兄弟意识到席勒作品中存在着道德说教倾向，改变了兄弟两人对席勒的看法和态度。难怪对此耿耿于怀的古典派诗人席勒把卡罗利妮称作“路齐弗尔”（Luzifer），所谓“路齐弗尔”，指的当然不是罗马神话中的启明星，而是指基督教神话中的堕落天使。卡罗利妮和多罗苔娅虽然不是什么重要作家，但她们以其富有的远见卓识，见解独到的评论，对早期浪漫派的发展产生过不可低估的作用。

四、历史功绩

早期浪漫派既是该文艺流派发展的第一阶段，又是它的巅峰时期，黄金岁月。它存在的时限虽短，但创造了辉煌的业绩，尤其在文艺理论与批评、世界优秀文学翻译两个方面。

文艺理论与批评的建树，主要归功于施莱格尔兄弟，特别是弗·施莱格尔。兄弟两人都具备文艺理论家与批评家的品格，他们知识渊博，具有敏锐的观察力，深刻的理解力和判断力。弗·施莱格尔借助论文、文学讲座，尤其是断片等形式，就包罗万象的浪漫诗、文艺批评、文艺体裁、文艺形式以及神话学等一系列问题，阐明了浪漫派的文艺思想和美学观念，从而奠定了浪漫派文艺理论的基础。这位浪漫派代表人物的著作中，尚有丰富的理论遗产等待整理和出版。[①]他的哥哥奥·威·施莱格尔，是个出色的文艺批评家和文学史家，在魏玛担任《文学汇报》专职评论员期间，曾撰写了近300篇文章，其中相当大一部分是有关德国古典文学的评论。在他众多的著述中，最值得强调指出的，是他在柏林作的《论文学与艺术》（1801－1804），特别是后来在维也纳作的《论戏剧艺术与文学》（3卷本，1809－1811）。这两部作品都以通俗易懂的大众化语言，全面而系统地阐述了浪漫派的文艺主张和理论，弥补了《雅典娜神殿》和《艺苑断片》文字晦涩难懂、不易被广大读者接受的缺陷。柏林讲演录和维也纳讲演录，内容大同小异，前者在作者在世时只发表了部分章节，后者全文发表。《论戏剧艺术与文学》是德国浪漫派最重要的学术著作之一，当时在欧洲产生了较大的影响，多次再版，并翻译成英语、法语、意大利语、波兰语和荷兰语等，对司汤达和雨果等名作家都产生过影响。另外，施莱格尔兄弟对东方印度的语言和文化都有较深入的研究，弗·施莱格尔著有《印度人的语言和智慧》（1808）。鉴于他们在文艺理论、文艺批评、语言和文学史上的建树，兄弟俩被誉为德国文艺学的奠基人。

在翻译和介绍世界优秀文学方面，早期浪漫派也是功垂竹帛，他们首先选择翻译介绍的对象，是英国剧作家莎士比亚。弗·施莱格尔对莎士比亚及其作品，曾经赞不绝口，推崇备至，他把这位英国大文豪誉为“尽善尽美”的诗人，称他的作品为“现代诗的顶峰”。在翻译介绍莎士比亚的戏剧方面，弗·施莱格尔的哥哥奥·威·施莱格尔作出了历史性的贡献。虽然在他之前有维兰德、埃申堡、伦茨和比尔格等人先后都作过尝试，但他们与奥·威·施莱格尔相比，毕竟技艺

① 由弗·施莱格尔研究专家恩斯特·贝勒教授主编的《弗·施莱格尔全集》，计划推出35卷，已陆续问世。

稍逊一筹。高超的语言驾驭能力、诗律学的精通和熟练运用，对莎士比亚戏剧艺术的深刻理解和感悟，使奥·威·施莱格尔的翻译才华大放异彩，他的译笔已臻信达雅，在德国文坛上，他的译作几乎与原作具有同等艺术价值。奥·威·施莱格尔致力于莎士比亚戏剧的翻译长达13年之久，以无韵诗的体裁翻译了18个剧作。他原来计划独自把莎翁的全部剧作翻译成德文，因与出版商翁格尔不和及其他原因而只好辍笔。后来在蒂克的指导下，他的女儿与鲍狄辛伯爵合作，又翻译了莎士比亚的19个剧作，终于完成了施莱格尔的未竟之业，这套德文译本全集在德国文化史上被称为“施莱格尔、蒂克《莎士比亚全集》”，第一版于1825－1833年间问世，成为德国文化史上的瑰宝。后来，奥·威·施莱格尔被罗马语族文学所吸引，又翻译了《西班牙戏剧》（两卷本，1803－1809），并选译了卡尔德隆、塔索、但丁、彼特拉克、塞万提斯和蒙特马约等文学大师的作品，命名为《意大利、西班牙和葡萄牙文学花束》，于1803出版。蒂克在译介西班牙文学方面也立下了汗马功劳，他的《堂吉诃德》德译本既忠实于原作，又有自己的独特风格。近两个世纪以来，施莱格尔和蒂克的译作，一再博得德国读书界的赞赏。

五、耶拿浪漫派的解体

早期浪漫派的发展呈现这样一种态势：从18世纪90年代初瓦肯罗德与蒂克的古代艺术考察开始，到1798年瓦肯罗德之死，经历了一段平缓发展时期，1798－1801年，是德国早期浪漫派的高潮时期，这个时期很短，高潮一过，很快跌入低谷，他的标志是诺瓦利斯之死。1801年年初，诺瓦利斯因肺病辞别人世，差不多同时，蒂克也离开了耶拿，随后施莱格尔兄弟两家也各奔西东。小圈子内剩下的人，因为主心骨的离散而难以支撑局面。曾几何时,一度名声显赫的耶拿浪漫派就此偃旗息鼓。

耶拿浪漫派小圈子的“散伙”并非偶然,究其原因,既有社会经济方面的因素,如理论、文艺类书刊销路不畅、《雅典娜神殿》经济效益不佳,发行难以为继,作家收入微薄、生计难以保障等,也有小圈子内部人际关系方面的因素,这首先表现在施莱格尔兄弟两家的关系上,1798年,正当耶拿浪漫派发展开始进入巅峰时期,兄弟两家因为卡罗利妮见异思迁,开始了潜伏性的危机。卡罗利妮与奥·威·施莱格尔的婚姻基础本来就是脆弱的,她并不爱自己的丈夫。1798年,她与比自己年轻12岁的哲学家谢林相遇,两人很快堕入情网而不能自拔,她的移情别恋和婚变(她与奥·威·施莱格尔于1803年正式离婚),得不到弗·施莱格尔及其未婚妻多罗苔娅的理解,这样两家人难以继续相处,这种情况不仅影响了叔嫂关系,也疏远了一向感情密切的兄弟两人。另外,神学家施莱尔马赫与弗·施莱格尔关系原先很好,因为一桩合作事宜不顺,两人反目成仇,原因是弗·施莱格尔本来答应出版柏拉图著作,却未能完成自己所承担的任务。

第四章　中期浪漫派(1803-1815)

一、时代背景

不可一世的拿破仑自1799年通过政变当上法国第一执政官后，野心勃勃，对内实行军事独裁，对外疯狂推行侵略和扩张政策，力图在欧洲乃至欧洲以外地区建立法国大资产阶级政治和经济上的霸权。1806年，他把德意志西部(莱茵河沿岸)和南部16个小邦国组成所谓“莱茵联盟”，从而给“德意志民族神圣罗马帝国”以致命的打击。这些小邦国都正式脱离帝国，变成接受法国保护的附属国。这样，帝国事实上成了个有名无实的空架子，很快就土崩瓦解了。同年10月，拿破仑军队在耶拿和奥尔施塔特战役中给普鲁士—萨克森军队以毁灭性的打击，紧接着，狂妄自大的拿破仑同沙皇亚历山大一世签订了《提尔西特和约》(1807)，使普鲁士失去了半壁江山(领土缩小了一多半)。异族的统治和奴役，使德意志民族置身于水深火热之中，蒙受奇耻大辱，促使民族内部各阶层人民和各种社会力量奋起反抗，掀起救亡图存的爱国运动。卡尔·冯·施泰因男爵、格哈德·冯·沙恩霍斯特、奥·奈·格奈泽瑙等改革家，先后推出了济世安邦的举措。与此同时，各行各业、各界人士纷纷投身救亡运动，哲学家费希特、诗人恩·莫·阿恩特、学者威廉·冯·洪堡和著名“体操之父”弗·路·雅恩就是他们中的杰出代表。德国中期浪漫派，正是在国家和民族处于危难的历史时刻走上历史舞台的。

二、中期浪漫派的特点

中期浪漫派的代表人物与早期浪漫派作家多少有过接触。路德维希·阿希姆·冯阿尼姆（Ludwig Achim von Arnim）作为著名作曲家和音乐家约翰·弗·赖夏特（Joh. Friedr. Reichardt）家的常客，通过后者结识了蒂克等早期浪漫派作家。克莱门斯·布伦塔诺（Clemens Brentano）于1798－1800年在耶拿结识了弗·施莱格尔和蒂克等人，参加了早期浪漫派的活动，接触到浪漫派的思想观念。不难看出，中期浪漫派是在早期浪漫派的直接或间接影响下产生的，两者在世界观和美学思想方面自然存在某些联系，但同时也必须看到，随着时间的推移和社会历史的急剧变化，两者也存在明显的差异，这些差异构成了中期浪漫派的显著特点。

第一，队伍构成上的差异。如果说早期浪漫派基本上是个理论型的队伍，那么中期浪漫派则基本上是一路生产型或者创作型人马，当然他们中也有学者型人物，如格雷斯和亚当·米勒。

第二，队伍规模上的差异。早期浪漫派队伍虽精干，但不外是“七八条枪”，而浪漫派发展到第二阶段，即中期浪漫派阶段，成员成倍地扩大，在社会上所起的作用，日益明显，真可谓事业兴旺发达，因此中期浪漫派也被称为盛期浪漫派（Hochromantik）。

第三，政治热情空前高涨。面对异族的侵略和统治，以及民族的危难，中期浪漫派与国内广大知识阶层一样，格外关注时政问题，关注国家和民族的命运和前途。本着救亡图存的精神，他们以不同的形式，或拿起枪杆子，或以笔杆代枪，投身救亡爱国运动。克莱斯特以办报（《柏林晚报》）、写剧本（《赫尔曼战役》）和逸事等形式投身战斗。由约瑟夫·格雷斯主办，阿尼姆、布伦塔诺和格林兄弟等协办的《莱茵水星报》（1814－1816），被誉为抗击拿破仑的"世界第五势力"。神学家和古典语言学家施莱尔马赫（1767－1845）1807年被迫离开任教的城市哈雷，迁入反抗拿破仑的中心柏林后，四处发表演说，鼓动民众抗战。弗·施莱格尔力图以令人振奋的文告和诗歌（如《誓言》）激发同胞的斗志。以童话小说《温亭娜》遐迩闻名的小说家兼剧作家富凯，力图通过士兵歌曲，如《志愿的狙击手战歌》，去鼓舞战士的斗志。诗人艾兴多夫则一手拿枪，一手拿笔，奥地利蒂罗尔农民揭杆而起的壮举，激发了他的诗兴，他在《致蒂罗尔人》一诗里把起义农民称为"伟大时代的同志"。

第四，工作重心转向民间文学。如果说早期浪漫派的代表人物主要着力于理论革命与创新，那么中期浪漫派则更多着眼于民间文学，引导人民大众关注本民族的优秀文化传统，从而唤起民族意识的觉醒，为抵抗战争作精神上的准备。

中期浪漫派成员众多，活动地盘也多，他们主要分散在海德堡、德累斯顿、柏林和维也纳等地，浪漫派成员在这些城市里，形成了中期浪漫派的"派中之派"。

三、海德堡浪漫派（1805－1808）

海德堡浪漫派孕育了路德维希·阿希姆·冯·阿尼姆（1781－1831）和克莱门斯·布伦塔诺（1778－1842），他们两人大学时代便结下友谊，两人在莱茵河之旅（1802年6月）期间，曾经制订了编纂出版一部古老民歌集的计划。布伦塔诺和阿尼姆先后于1804年和1805年来到海德堡，在这里以他们为核心，很快形成了一个以搜集、研究和普及民歌和德国古代文艺为己任的小圈子，俗称海德堡浪漫派。其成员包括约瑟夫·格雷斯、亚当·米勒、扎哈利亚斯·维尔纳和年轻的艾兴多夫。艾兴多夫是法学系的学生，他在1807－1808年间聆听过格雷斯授课。另外，格林兄弟也可归入该派之列，这不仅因为他们两人搜集整理的《儿童与家庭童话》，俗称《格林童话》，是在海德堡浪漫派的影响和启迪下，从1806年起在海德堡搜集记录下来的，而且兄弟两人也是该派刊物《隐士报》的撰稿人，与海德堡浪漫派人士过从甚密。

1.《隐士报》(Zeitung für Einsiedler, 1808)

《隐士报》是海德堡浪漫派的刊物，由阿尼姆和布伦塔诺合办，这是他们两人继《男童的神奇号角》后又一次重大“协作”。细心的读者不难发现，《雅典娜神殿》与《隐士报》虽说都是浪漫派的刊物，但两者在办报方针等一系列问题上存在明显的差异。在办报原则上，前者强调协作精神，小集体主义原则，文章概不署名，后者放弃这一原则，主张文责自负。在发行对象上，前者面向少数知识精英，后者面向广大读者。在内容与形式方面，前者偏重理论，偏重哲理性内容和断片形式，后者内容五花八门，形式不拘，既有创作诗文，也有改写或翻译的中世纪史诗；既有文学史评论，也有翻译作品，东方文艺导读；既有幽默、讽刺小品，也有戏剧选录，等等。在作者队伍构成上，前者实行关门主义，就是说稿件由施莱格尔兄弟以及少数几个挚友包办，拒绝接纳社会名流参与合作；后者实行开门办报，因而作者群体中人才济济，除了阿尼姆和布伦塔诺外，还有贝蒂娜、格雷斯、让·保尔、施莱格尔兄弟、格林兄弟、狂飙突进作家弗·米勒以及1804年前后作为施瓦本浪漫派作家崭露头角的乌兰德、克尔纳、富凯和画家龙格等。不过，《雅典娜神殿》(1798－1800)与《隐士报》(1808. 04.10－08.30)有一点是一致的：它们全都“短命”，前者的发行期比后者略长，后者停刊时印行了一本图书，名为《安慰孤独》(Tröst — Einsamkeit)，内附一篇讽刺性的告别演说——《致尊敬的读者》。

在德意志民族蒙受异族统治和奴役，处于水深火热形势下的时候，浪漫派适时地改变了航向，遵照启蒙思想家赫尔德和“狂飙突进运动”开创的重视民歌搜集的传统，按照“历史法学派”创始人萨维尼发扬“民族才智”思想的指引，德国浪漫派把注意力和工作重心转向民间文学的搜集、整理和研究上。在他们看来，民间文学是高居于一切文学种类和体裁的，搜集、整理、出版古代民间文艺，不仅是为了发掘、抢救古代文化宝藏，免遭历史的湮没，同时也是为了让长久被分裂的民众看到民族统一时代的灿烂文化，以唤起民族意识的觉醒，把各阶层人民的力量汇聚成抗击异族侵略和占领的洪流。在搜集、整理、出版古代民间文学方面，阿尼姆和布伦塔诺以他们的《男童的神奇号角》、格雷斯以他的《德意志民间故事》、格林兄弟以他们的《儿童与家庭童话》，作出了杰出的贡献，成为辉煌的榜样。

2.《男童的神奇号角》(Des Knaben Wunderhorn, Alte deutsche Lieder, 1805/1808)

阿尼姆和布伦塔诺在1802年莱茵河之旅期间，萌生了合编一部古代民歌集的念头。从那时起，两人通力合作，各自发挥自己的专长，阿尼姆作为思想家和理论家，在集子的政治思想倾向和爱国主义精神发扬方面发挥主导作用，布伦塔诺则担负起组织工作的重任，他孜孜不倦地搜集资料，通过发通告、私人通信等方式，建立起一个遍布全德意志的撰稿人和“民歌之友”的网络。他们搜集到自16世纪以来数百年间的丰富文献资料、典籍(包括歌曲集、古代工匠诗歌、书刊、编年史、传单、布道书、方言词典等)，经过阿尼姆和布伦塔诺多年的勤奋筛选、加工，《男童的神奇号角》第一卷于1805年问世，第二卷和第三卷于1808年问世。

《男童的神奇号角》是阿尼姆和布伦塔诺头一个重要的“协作工程”。阿尼姆和布伦塔诺不仅是挚友、亲密合作者,两人还是亲戚,阿尼姆是布伦塔诺的妹夫。按照浪漫派所谓“协作诗”、“协作哲学”的精神,这个“协作工程”原本是“你中有我,我中有你”,不分彼此的联袂合作项目。有意思的是,自从著名浪漫派女作家,阿尼姆的妻子贝蒂娜,把《男童的神奇号角》收录进《阿尼姆全集》以后,这部诗歌集便被后人当作阿尼姆的作品。

《男童的神奇号角》是德国第一部大型民歌集,收入民歌700多首。其实,从体裁上看,所收入的并非都是纯粹的古代民歌,其中既有叙事歌谣、叙事诗,也有17世纪作家的诗歌,甚至还有编者改编和创作的诗歌。就是说,歌集内除了民间流传下来的所谓“自然诗”(Naturpoesie)外,还有文人墨客创作的所谓“艺术诗”(Kunstpoesie)。所收录的作品,编者在编辑加工时,如遇必要,对文字和韵律作了改动,内容上也作了删改或增添。

《男童的神奇号角》题材广泛,既有爱情歌曲,也有宗教歌曲;既有反映下层劳动人民真实生活,抒发其喜怒哀乐之情的民歌,也有诉说社会和民族苦难的歌曲,等等,种类繁多。民歌集中的主角或者说歌手,也是形形色色:有四处漫游的乐师、雇佣兵,学徒期满的工匠,处于漫游学习期的大学生,寻找未婚妻的猎人,也有四处漂泊的流浪汉、乞丐、强盗,倚门卖笑的烟花女子。

如上所述,《男童的神奇号角》是一部把所谓“自然诗”与“艺术诗”混合编纂而成的民歌集,它的出版在社会上引起了不同的反响。一方面,它受到许多同时代人的热情赞誉,称它为唤起民族意识的觉醒做出了贡献;另一方面,它在浪漫派内部和外部遭遇双重指责,可谓陷入“腹背受敌”、内外夹击的困境。在内部,起来发难的是格林兄弟和弗·施莱格尔,尤其是雅各布·格林。这种发难,从格林兄弟方面来说，涉及一个美学问题，在他们看来，应该把“自然诗”与“艺术诗”严格区分开来。《男童的神奇号角》编者以“自然诗”、“艺术诗”混编的“主观主义现代化”的编辑方法，使古代诗歌的“历史个性和真实性”产生了“异化”。施莱格尔兄弟则从一种知识精英，脱离人民群众的立场出发，把《男童的神奇号角》的民歌贬为“贱民歌曲”(Pöbellieder)。如果说格林兄弟和施莱格尔兄弟的批评是私下的议论，那么诗人兼翻译家的福斯(Johann Heinrich VoB, 1751－1826)则站在后期启蒙运动的立场，猛烈抨击了这部歌集，公开诽谤《男童的神奇号角》是“故意篡改”“甚至把粗制滥造的东西硬塞进去”，使之成了一部杂七杂八、下流猥亵、平庸乏味的街头流行小调的大杂烩。与此同时，它也博得一些名流的认可和称赞，如诗人歌德非常热情友好地为这部歌集写了一篇评论，他还指出福斯的立场是“僵化”的。当然歌德也看出了这部歌集的一些缺点和毛病，他特别告诫读者要提防书中那些渲染封建僧侣思想意识的倾向。但他首先强调的是民歌的意义，赞扬了编者的功绩。诗人海涅在他的《论浪漫派》(1835)中，对《男童的神奇号角》赞不绝口，他说：“这本书我是赞不胜赞的。它包含着德意志精神最迷人、最可爱的花卉。谁要想从一个可爱的侧面认识德意志民族，请读读这些民歌。”①

《男童的神奇号角》尽管存在一些缺陷，但它是德国浪漫派的一部重要作品，它的重要性和意义是多方面的：首先，它为德意志民族抢救了一份宝贵文化遗产，使它们免遭历史的湮没；其次，当德意志民族处在被异族侵略和奴役的严重历史关头，它让人们意识到德意志民族历史上辉煌的文化成就，从而促进了民族意识的觉醒，培养了

① [德] 海因里希 · 海涅：《论浪漫派》，张玉书译，人民文学出版社1979年版，第122页。

人民群众的爱国主义情感；再次，它的丰富内容和形式给当时和后代的德国诗人，例如艾兴多夫、乌兰德、默里克、海涅、施托姆等提供了很好的借鉴，对德国19世纪诗歌的发展起到了积极的促进作用。

3.《德国民间故事书》(Die teutschen Volksbücher, 1807)

格雷斯(Joseph von Görres, 1776－1848)编纂的这部故事书，也属于海德堡浪漫派的重要文学成就之一。格雷斯1806－1808年在海德堡当私人教师，受阿尼姆和布伦塔诺的影响，对古代民间文艺产生了浓厚兴趣，布伦塔诺的私人图书馆为他的研究提供了方便。格雷斯耗费很多精力编写这部六卷本的巨著，其目的主要不是为了深入探索古代民间文艺问题，而是为了对民众进行民族文化教育，让他们了解古代民间文艺，从而唤起民众的民族文化史意识。这一文学形式在启蒙运动时期曾经遭到忽视，几乎被世人遗忘。

格雷斯在《德国民间故事书》中介绍了古代49位代表人物的作品，包括史诗、传奇故事、旅行记、短篇论文等，他对其中的每部作品都作了内容陈述、文学评价，以及与同类题材作品的比较等。

这部《德国民间故事书》问世以后，人们对它的评价也是见仁见智，毁誉参半。不仅蒂克、让·保尔等对它没有好感，就是海德堡浪漫派圈内的人，对它也颇有微词。但它却博得奥·威·施莱格尔和歌德等人的赏识。格雷斯除了搜集、研究、出版《德国民间故事书》外，还编写了《亚细亚神话史》(1810)和《古代德国民歌金曲》(1817)等书。

4.《格林童话》(Kinder und Hausmärchen, 1812－1815)

《格林童话》是一部令德国浪漫派享誉世界的作品，也是德国浪漫派对世界文化所作的一个伟大贡献。《格林童话》是在阿尼姆和布伦塔诺的影响下，受到《男童的神奇号角》的启迪而产生的。格林兄弟1802年前后曾经在马尔堡师从“历史法学派”创始人萨维尼攻读法律,通过萨维尼结识了他的妻舅布伦塔诺,接着又通过布论塔诺结识了阿尼姆。在这两位中期浪漫派代表人物的影响下,格林兄弟对本民族古代民间文艺产生了浓厚兴趣,决定放弃大有前途的法学专业,与海德堡浪漫派诸公一起献身民间文艺研究。大约自1806年春天起,兄弟俩便着手为阿尼姆、布伦塔诺主持的《男童的神奇号角》搜集民歌。早在1805年12月17日,阿尼姆便在《帝国日报》(Reichsanzeiger)上发表文章,公开号召对德国民歌感兴趣的同好,为继续出版《男童的神奇号角》开展搜集合作。格林兄弟在为海德堡浪漫派朋友们的《男童的神奇号角》提交了他们搜集的民歌以后,便于1807年初着手搜集民间童话,以拯救这类有被历史湮没危险的文学形式。兄弟俩原先并没有以自己的名义出版童话集的计划,倒是布伦塔诺早在1805年就有了这样的打算,格林兄弟遵照他的要求,无私地把自己搜集的资料提供出来。阿尼姆在一次访问卡塞尔市的时候,当时格林兄弟正在那里生活和工作,便鼓励他们以自己的名义,把这些童话印成书籍。

在搜集民间童话过程中,格林兄弟逐渐形成了自己的文艺观,形成了对民间文艺,特别是民间童话的看法。在他们看来,传说和童话虽然同属民间文艺之列,但两者地位不可同日而语,童话是“最高层次的诗歌艺术”。1815年,雅各布·格林对两者又作了一个形象的比喻,他说“童话好比是鲜花,传说好比是草木”。在所谓的“自然诗”中,或者说,在民间文学中,童话对兄弟俩格外富有吸引力,他们坚信,这一体裁中保存着古老的自然诗和古老神话传说的痕迹,读者可借助童话开辟一条返回自己先民生活时代的道路。

格林兄弟对民间文艺,特别是对童话的高度重视和关注,受到赫尔德(1744–1803)的影响和启发,这位颇具影响的“狂飙突进”文艺理论家、思想家,多年致力于民歌的搜集、整理和研究,对德国民歌的研究发展作出了重大贡献。在赫尔德之前，民歌曾被贬为枯燥乏味的东西。赫尔德赞扬它是民众喜闻乐见的文艺形式，他的整理和研究使这一体裁身价倍增，被誉为“最高层次的诗歌艺术”。

在格林兄弟看来，“自然诗”保存在民间，保存在民众的口头上，人们通过民间广泛流传的东西，可以接近诗歌的“源泉”。基于这样的认识，他们把搜集工作的重点，放在民间广为流传的作品方面，兄弟俩深入下层民众，走访“打工仔”、士兵、牧羊人、老大爷、老大妈、保姆，把他们口述的故事记录下来。在编辑加工方面，格林兄弟十分强调忠于原作，务求原汁原味。这不是说，他们把笔录下来的资料，原封不动地发表，而是也利用编者享有的权利，在文字上进行加工润色，以保持全部童话风格的统一。兄弟俩反复表示，他们对原作不会添枝加叶，更不会加以改编，甚至塞进个人的“私货”，以此表明他们在编辑加工上，不同于他们的派友阿尼姆和布伦塔诺的做法。但是此后的文艺学研究成果表明，一些被格林兄弟证实为德国童话的东西，并非地道的“德国货”，而是以意大利人斯特拉帕罗拉①和法国诗人佩罗②作品为素材改编的。

自1816年起，雅各布·格林单独负责这部童话的出版事务，他不断地对童话的文字进行修改润色，使它们的风格日臻完善，经过数十年的努力，终于形成一种优美、标准的童话风格。1857年，童话

---

①［意］乔万尼·弗朗切斯科·斯特拉帕罗拉（Giovanni Francesco Straparola, 1480－1557），意大利最早的一部民间故事集《愉快的夜晚》（1550－1553）的作者，其中收录了75篇故事，包括《美人和野兽》《靴子里的猫》等，后来成为莎士比亚、莫里哀等人创作的素材。

②［法］夏尔·佩罗（Charles Perrault, 1628－1703），法国诗人、童话故事作家。著有童话集《鹅妈妈的故事或寓有道德教训的往日的故事》，其中录有《小红帽》《睡美人》《靴子里的猫》和《蓝胡子》等作品。

集推出最后一版，共收入216篇。它们反映了劳动民众丰富的想象力，善良的心灵和高度的智慧，表达了他们朴素的伦理道德观念和美好愿望。

《格林童话》具有通俗易懂、纯朴自然、风趣幽默等风格和优点。其中许多都是家喻户晓的名篇，诸如：《灰姑娘》《白雪公主》《蓝灯》《小红帽》《勇敢的小裁缝》和《不来梅的乐师》，等等。《格林童话》是格林兄弟的传世之作，属于世界文化瑰宝之列，它是青少年不可缺少的精神食粮，哺育了一代又一代少年儿童的成长，自问世以来，不断再版，至今已被译成大约70种文字。

四、德累斯顿：中期浪漫派的另一个活动地盘（1806–1809）

1806年，年轻的哲学家，经济学家和社会科学家亚当·米勒（Adam Müller, 1779–1829）从南普鲁士迁到与法国结盟的萨克森首府德累斯顿，除任家庭教师外，主要从事学术讲座。在1806年作的《论德意志科学与文学讲座》（1806/1807年发行两版）里，他继续阐明1804年业已创立的关于对立及其消除的学说。两年后，他与刚从法军俘虏营中释放出来的克莱斯特（Heinrich von Kleist, 1777–1811）合办《太阳神》（Phöbus, 1808）艺术期刊。他的理论成了该刊物的灵魂。他提出的“统一性只能存在于多样性中”，“而多样性只能存在于统一性中”等思想决定了《太阳神》的办刊方针。根据方针，形式不同、艺术观点各异乃至对立的艺术作品，只要本身有特色，都可被《太阳神》采纳。各种文艺流派的代表人物和社会名流，包括诗人歌德，作家维兰德，政论家卡尔·奥古斯特·伯蒂格，史学家约翰内斯·冯·米勒，作家让·保尔、弗·施莱格尔和蒂克，都被邀请参与合作。期刊上发表的作品,除诺瓦利斯的诗,富凯的小说和自然哲学家G. H · 舒伯特的讲座选录外,主要是亚当 · 米勒的文学评论与美学讲座,克莱斯特的剧本选刊与短篇小说。

五、柏林(中期)浪漫派(1809/1810－1815)

海德堡浪漫派解体后,阿尼姆、布伦塔诺和艾兴多夫于1810年前后移居柏林,与此同时,亚当 · 米勒和克莱斯特不约而同地分别从德累斯顿出发,绕道布拉格和维也纳来到柏林。这时的普鲁士正在掀起改革兴邦热潮,而以亚当 · 米勒和阿尼姆为代表的浪漫派作家,却暴露了他们的保守倾向。他们力图借助克莱斯特主办的《柏林晚报》(Berliner Abendblätter, 1810－1811)把自己变成反对派新闻代言人,对抗普鲁士首相卡尔 · 冯 · 哈登贝格(1750－1822)推行的经济和行政改革。阿尼姆抛出一个自下而上组建“自由等级制国家”的计划,与此同时,他与亚当 · 米勒于1811年初联袂创建了一个社团,名为“基督教德意志聚餐会”(Christlich Deutsche Tischgesellschaft)。这是一个由彼此不相识的名人组成的商讨法律事务的组织,它实际上是“一种等级议会制的雏形”,其成员除贵族和高级官吏外,还有布伦塔诺、沙米索、艾兴多夫、费希特、富凯和克莱斯特等人。按规定,妇女和犹太人被拒之门外,当时的妇女由于社会地位低下,无法跨越这个组织的门坎;犹太人之所以遭到排斥,并非出于种族的原因,而是因为他们被认为是“晚期启蒙运动市侩”的化身,而浪漫派对资产阶级市侩是恨之入骨的。

作为一个满怀民族主义爱国激情的作家,克莱斯特在《赫尔曼战役》(1808)这出戏中,以古代史实为依据,描写了日耳曼民族英雄赫尔曼抗击罗马占领军的故事,借此来激励德意志的人民大众反抗拿破仑的占领。他还力图把《柏林晚报》办成爱国主义的宣传阵地，他在该报上发表了许多散文，特别是饶有趣味的轶事，受到读者的青睐和好评，在激发民众爱国主义情怀方面发挥了特殊的作用。

克莱斯特原指望把《柏林晚报》办成自己安身立命的刊物，严酷的现实却导致了他幻想的破灭，克赖斯特陷入深深的社会矛盾之中无法自拔：一方面，他想用自己的报纸效忠于普鲁市政府；另一方面，他又无法摆脱以亚当·米勒为代表的保守势力的左右，在亚当·米勒的影响下，《柏林晚报》对普鲁士改革家施泰因和哈登贝格的抨击越来越猛烈，结果被普鲁士当局取缔。最后，克莱斯特由于经济拮据，对政府干预自己的新闻工作感到愤懑，他的文学创作亦未能引起读者共鸣，因而对社会产生了怨恨情绪，看不到出路，遂自杀身亡，年仅34岁。

柏林浪漫派的文学创作取得了颇为丰富的成果。克莱斯特虽然生命短暂，却在戏剧方面创作了《破瓮记》《赫尔曼战役》和《洪堡亲王》等；在小说方面创作了《马贩子米夏埃尔·科尔哈斯》《O侯爵夫人》《圣多明各的婚约》和《智利地震》等；在逸事方面创作了诸如《近期普鲁士战争逸事》《尴尬的市政府》和《酗酒者和柏林钟》等，为德国文学留下一笔丰富而宝贵的遗产。阿尼姆除中篇小说《埃及的伊莎贝拉》(1812)之外，还创作了一部所谓“时代小说”——《女伯爵多洛蕾斯》(1810)，它继承了早期浪漫派开创的打破艺术门类界限的传统，把传奇故事、志异小说、神话、逸事、戏剧、诗歌，乃至布道词等不同体裁的作品混编在一起，这是一部地地道道浪漫派风格的作品，问世后受到古典作家歌德的质疑和批驳。他那部未完成的历史小说《皇冠守护者》(第一卷，1817；第二卷，1854)描绘了马克西米安皇帝时代色彩斑斓的文化史图景，是德国历史小说的雏形。艾兴多夫的长篇游记《预料和现实》(1815)写一个贵族青年的成长过程，作品情节简单，却富有情趣。艾兴多夫这部小说创作于1810－1812年间，作者在维也纳逗留期间，由多罗苔娅·施莱格尔协助修改完成。小说家、剧作家富凯（B aron de la Friedrich Fouque，1777－1843）遵照奥·威·施莱格尔的建议，在创作上多取材于日耳曼传说，常以理想化的骑士作为作品的主人公，他把《尼伯龙人的传说》改编成戏剧三部曲《北方英雄》（1808－1810）。他还写了10多部骑士小说，其中以三卷本的《魔戒》（1813）最负盛名，他那部描写水妖与骑士恋爱故事的艺术童话小说《温亭娜》，1913年由徐志摩译成汉语，名为《涡堤孩》，是其传世之作，还被他的好友霍夫曼和A·罗尔青改编成了歌剧。富凯最有影响的作品多产生于1806－1815年间，他是当时最负盛名，最有影响的浪漫派作家。诗人海涅在他的《论浪漫派》一书中称他为浪漫派作家中唯一能打动人心的叙事诗人。

六、维也纳浪漫派（1808－1815）

主要涉及施莱格尔兄弟，特别是弗·施莱格尔，他于1808－1815年间在维也纳的活动，构成了维也纳浪漫派活动史的重要篇章。

奥·威·施莱格尔在早期浪漫派解体后，曾经在柏林担任过家庭教师，经诗人歌德推荐，从1804年起开始陪伴法国著名女作家斯塔尔夫人在德国和欧洲旅游观光。作为一名出色的文艺批评家和文学史家，奥·威·施莱格尔写过许多出色的评论，在他众多的著述中，最值得称道的是他在柏林逗留期间所作的《论文学与艺术》（1801－1804），以及1808年在维也纳作的《论戏剧艺术与文学》（3卷本，1809－1811）。

早期浪漫派解体后，弗·施莱格尔先后在巴黎和科隆谋生，因没有固定职业，时常为经济拮据所困扰。其胞兄奥·威·施莱格尔因在维也纳举办文学史讲座，在社会上产生了轰动效应，于是便利用自己的威望，为其胞弟在维也纳谋得一份职薪兼顾的工作——任卡尔大公爵参谋部属下的皇家军队宫廷秘书。此前弗·施莱格尔以《印度人的语言和智慧》(1808)的研究，在德国创建了印度语言文化学和比较语言学；之后，他在《海德堡年鉴》上发表了一系列评论文章，其中的《〈歌德作品(1-4卷)〉评论》，属于德国浪漫派文艺批评最重要的成就之列。

1809年春天，弗·施莱格尔肩负创办一份奥地利报纸的使命来到维也纳，这时正逢法国与奥地利之间爆发战争，弗·施莱格尔随即卷入了卡尔大公爵统帅的奥地利征战，他跟随卡尔大公爵和施塔迪翁伯爵首相的作战司令部，参加了抵抗法兰西的战争，战争失败后，又跟随部队撤退往匈牙利。返回维也纳以后，弗·施莱格尔于1810年创办了梅特涅时代居于主导地位的报纸《奥地利观察者》(Der Österreichische Beodachter, 1810-1832)，他本人主管《副刊》的小品文部分，很少参与报纸政治部分的事务。1810年2-5月，他向部分高层贵族和地位显赫的听众，作了一系列历史讲座，阐明他对帝制历史任务的看法，讲演稿于1811年以《论近代史》专著形式出版。对查理五世的论述，是其中最精彩的一章，后来这部著作被译成多种语言。弗·施莱格尔来维也纳之前，在波恩逗留期间，曾对近代史作了深入的研究，从而奠定了他作为历史学家的地位。德国学术界认为，他的《论近代史》之所以取得惊人的成功，得益于他那流畅的文笔和吸引人的风格。的确，弗·施莱格尔非常重视修辞学(Rhetorik)，他在《雅典娜神殿》第116则断片里说过，所谓“渐进的包罗万象的诗”，务必把诗歌、哲学和修辞学结合起来，而把各种不同的诗歌体裁连接起来，把诗歌、哲学和修辞学连接在一起，乃是浪漫派的使命。①

1812－1813年间,欧洲各国人民正在奋起反抗拿破仑的侵略战争,与法国入侵者进行生死决战,这时的弗·施莱格尔在维也纳发行了一份重要刊物,名为《德意志博物馆》(Deutsches Museum)。他为该杂志确立的主旨是:用爱国的,完全德意志的精神去观察历史、哲学、艺术和文学,促进它们的继续发展。弗·施莱格尔在邀请让·保尔合作时表示:凡是真正德意志精神的,就欢迎;凡是令敌人高兴或者向敌人献媚的,就排斥。《德意志博物馆》因其强烈而鲜明的爱国主义基调而被同时代人视为德意志反抗异族侵略的刊物,成为德国文化史上具有文献性质的杂志。弗·施莱格尔重视体裁和题材的多样性,杂志不仅刊载如《尼伯龙人之歌》《埃达》这样的古代文艺作品,北方诗艺、语言史、文艺批评诸方面的评论文章和论文;同时还发表随笔、旅游通讯、农业通讯、诗歌、新的“浪漫戏”和爱国主义戏剧,等等。施莱格尔非常重视搜罗各方面的精英参与合作,其中包括奥·威·施莱格尔、亚当·米勒、格林兄弟、作家让·保尔、画家弗·米勒、剧作家扎哈里亚斯·维尔纳、小说家德·拉·莫特·富凯、语言学家和艺术理论家威廉·冯·洪堡、法国女作家斯塔尔夫人、学者约瑟夫·格雷斯、诗人兼剧作家特奥多尔·克尔纳和诗人马蒂亚斯·克劳迪乌斯等。施莱格尔创办《德意志博物馆》的根本目的,是实现他的包罗万象的“民族教育”纲领,实际情况表明,《德意志博物馆》的影响远远超越了奥地利的界限,成为施莱格尔这个时期最具影响力和最令人敬佩的刊物,它是中期浪漫派继《隐士报》之后最有代表性的杂志。在弗·施莱格尔创办的几份重要杂志中,如果

① 参见[德]恩斯特·贝勒:《弗·施莱格尔》,李伯杰译,生活·读书·新知三联书店1991年版,第82－97页。

说《雅典娜神殿》具有世界主义倾向,《欧罗巴》具有欧洲爱国主义倾向,那么《德意志博物馆》则表现了对本民族文学传统的重视,这是德国浪漫派自海德堡时期以来形成的传统。

在德意志和欧洲各国人民抗击拿破仑的岁月里,弗·施莱格尔在维也纳还曾致力于他那部最著名、最重要的文艺学论著《古今文学史》的写作,从1812年起,他一边写作,一边在维也纳举行商业性讲座。1814年年末,他的讲稿编成两卷,以书的形式出版。施莱格尔研究专家恩斯特·贝勒(Ernst Behler)教授指出:虽然说该书有致梅特涅的献辞,但从内容上看,它“突破了任何时事政治、宗教信仰或者其他实用主义的框框”,施莱格尔自己把这部文学史形容为“一幅欧洲最奇特的诸民族的画卷”,“可以毫不夸张地说,这些讲稿的发表,标志着一个文学史撰写的新时代”。① 著名欧洲文艺批评史家勒内·韦勒克(Rene Wellek)提到奥·威·施莱格尔的《论戏剧艺术与文学》时,称施莱格尔兄弟是一流的文学史家,他们在宽阔的基础上,以渊博的学识,从历史的相互关系上阐述一种包罗万象的文学史观念。②

自1813年4月起,弗·施莱格尔受奥地利首相梅特涅委托,为未来的德意志联邦起草一部宪法,以便在维也纳会议期间供所谓的“德意志委员会”进行讨论。他在向维也纳会议提供的宪法草案中,提出了在德国建立邦联制国家的构想和“重建古老帝国”的想法。后来人们在改革家冯·施泰因的遗物中,发现了他的一个宪法草案,这表明弗·施莱格尔在维也纳会议期间所代表的利益,与这位男爵所代表的利益几乎是一致的。维也纳会议期间,弗·施莱格尔还在《汉堡

① [德] 恩斯特·贝勒:《弗·施莱格尔》,李伯杰译,生活·读书·新知三联书店1991年版,第145页。

② 转引自Ernst Behler: Friedrich Schlegel. In: Deutsche Dichter der Romantik, ihr Leben und Werk. Hrsg. von Benno von Wiese, Erich Schmidt Verlag, 1983, S. 219.

超党派通讯员》(欧洲几家大报之一)上发表一系列文章,对维也纳会议谈判要点表明个人态度,阐明奥地利的观点。弗·施莱格尔奉命起草《宪法草案》,但这并不表明他是梅特涅的应声虫。实际上,他是要借助撰写《宪法草案》和在报刊上发表文章的机会,阐明并宣传自己的思想。

梅特涅对弗·施莱格尔在维也纳会议上所作的贡献表示满意,考虑到这位浪漫派作家在文学界的声望和影响,遂任命他为奥地利驻法兰克福公使馆参赞。1815年11月底,弗·施莱格尔抵达法兰克福,在联邦议院发挥其写作专长。除此之外,弗·施莱格尔还为《汉堡超党派通讯员》和科塔(Johann Friedrich Cotta)的《大众报》(Allgemeine Zeitung)撰写了一系列文章,捍卫奥地利的反普鲁士立场。与此同时,他还与教皇极权主义的教会首领们来往密切,招致了奥地利当局的不满,于1818年被调回维也纳,从此结束了他的政治生涯。

第五章　晚期浪漫派(1815-1850)

一、历史背景

拿破仑战败后，欧洲各国君主于1814年10月1日至1815年6月9日，在奥地利首府维也纳召开了一次国际会议，名义上是“处理战后事宜”，实际上是共同策划恢复和巩固欧洲封建专制制度，阻止新的革命运动的发生，史称“维也纳会议”，这次会议是整个欧洲实行封建复辟的标志。在这次会议上，德意志各邦并未解决统一问题，而是按照梅特涅的计划，于6月8日组建了一个“德意志邦联”(1815-1866)，并在法兰克福设立一个由各邦代表组成的“帮联议会”。“德意志联邦”的组成，包括34个君主国，如巴登、巴伐利亚、符登堡、萨克森等，还有4个自由市，分别是汉堡、不来梅、吕贝克和法兰克福。德意志联邦实际上是德意志各邦之间的一个松散联合，并未改变德意志四分五裂的政治局面。

维也纳会议后，欧洲各国反动势力用尽一切方法，维护维也纳会议建立的秩序。1815年9月，在俄国沙皇亚历山大一世倡议下，俄国、普鲁士和奥地利三国统治者，在巴黎发表共同宣言，结成所谓的“神圣同盟”，公然互相勾结，它们还吸收欧洲所有君主参加，旨在维持维也纳会议所建立的欧洲封建统治秩序，镇压革命与民族独立运动，本质上这是个反革命同盟。在法国大革命和拿破仑战争以后，欧洲走上资本主义发展道路已经不可避免，各国人民的革命运动也是一波未平一波又起，对此，各国反动派相应采取了各种反动措施。1819年3月23日，定期向沙皇汇报德意志各邦联国家情况的德国作家科策布(August von Kotzebue)，被大学生协会会员桑德(Karl Ludwig Sand)在曼海姆刺杀身亡。借此机会，梅特涅在邦联的协助下，在卡尔斯巴德召开的一次会议上，策划通过了《卡尔斯巴德决议》，以镇压一切民族民主运动。该《决议》规定，政府全权代表负责对大学教授进行监督，查禁"大学生协会"(Burschenschaft)，对新闻实行检查。在弗里德里希・威廉三世统治下的普鲁士，雷厉风行地执行《卡尔斯巴德决议》，著名体操协会奠基人、"体操之父"雅恩(Friedrich Ludwig Jahn，1778－1852)遭到逮捕。爱国作家、历史学家、德意志统一的代言人阿恩特(Ernst Moritz Arndt, 1769－1860)，被解除波恩大学教授职务。连著名的改革家冯・施泰因、冯・格奈泽瑙和神学家施莱尔马赫也被怀疑为"煽动分子"。在复辟年代，人民大众渴望祖国统一的基本要求和强烈愿望遭到蔑视。在反拿破仑战争中发展起来的进步倾向和战后青年学生和民主人士发出的正义呼声遭到扼杀。在这种情况下，悲观失望、垂头丧气的思想情绪在一部分知识分子中重新滋长起来。

这种精神危机促使一些浪漫派作家投入宗教怀抱，以寻求精神寄托。宗教神秘主义，确切地说，是天主教神秘主义，成了晚期浪漫派的重要思想倾向。这种倾向，自然也在他们的创作中反映出来，诸如克莱斯特的剧作《彭泰希莱亚》和《安菲特里翁》，扎哈里亚斯・维尔纳的《谷之子》。霍夫曼的第一部长篇小说《魔鬼的迷魂汤》(1816)更是把这一倾向推向登峰造极的地步。克莱斯特和霍夫曼都不是天主教徒，由此可见，创作思想倾向与宗教信仰之间是不能画等号的。同时也得指出，虽说宗教神秘主义或天主教神秘主义是晚期浪漫派的一种严重倾向，以弗·施莱格尔为代表的一些浪漫派作家深深地陷入这种倾向之中，但我们还不能说它是晚期浪漫派唯一的或主要的倾向。原因在于，如上所述，德国浪漫派是“派中有派”，各小派系及其成员各个时期的思想和创作倾向不尽相同，甚至年龄和活力也有差异。比如瓦肯罗德（1775－1798）、诺瓦利斯（1772－1801）都是英年早逝，而蒂克（1773－1853）和艾兴多夫（1788－1857）则属于老寿星之列。鉴于浪漫派的复杂性和涉及的作家较多，难以对晚期浪漫派进行详细分类，深入探讨，只能对重要倾向和现象进行分析和介绍。

二、天主教浪漫派之一：弗·施莱格尔和维也纳后期浪漫派（1818－1829）

为梅特涅政权在法兰克福从事外事工作的弗·施莱格尔，于1818年返回维也纳，这正是他在完成文艺学、艺术理论、历史和政治诸方面的研究工作之后，向哲学和神学领域继续探索的时机，在他生命的这最后10年里，尽管备受脑充血折磨，却仍然埋头苦干，做了大量的工作。

首先是创办一份以古罗马神话中的“和睦”女神名字命名的杂志《康科迪娅》（Concordia），从1820年夏天到1823年8月，共出版6期，它是维也纳晚期浪漫派的机关刊物，标志着浪漫主义运动进入一个新的阶段。与《雅典娜神殿》一样，参与合作的撰稿人不多，但政治思想倾向较为一致，他们中除创办人弗·施莱格尔外，还有理论家亚当·米勒、自然哲学家弗兰茨·冯·巴德尔、复辟时期国家法专家路德维希·冯·哈勒尔、剧作家扎哈里亚斯·维尔纳和弗兰茨·冯·巴霍尔茨。体裁多样性和内容丰富性是弗·施莱格尔所办刊物的显著特点，这使得他的《康科迪娅》更接近浪漫派百科全书的理念。《康科迪娅》所探索的对象，不仅有玄妙深奥的哲学和神学问题，也有文艺批评和美学问题，甚至还有国民经济学和社会学方面的问题。不论什么问题，即便是"货币理论"，均从天主教立场，从有神论的角度进行研究。

在《康科迪娅》发行期间，即从1822-1825年，弗·施莱格尔着手编辑出版自己的著作《弗·施莱格尔全集》，以便向后世展示他的精神世界和文字创作成果。在整理昔日的文稿时，他竭力磨去早年主张文学革命的痕迹，删去那部曾在文学界引起轩然大波的小说《卢琴德》和一些充满过头话的评论文章，在这一点上，颇类似音乐家瓦格纳撰写自传时的心态，他们都想掩盖自己年轻时的某些激进主张。由于出版社之间发生激烈竞争，只编辑了10卷就中断了工作，又一说是因为出版社发生财政困难而被迫中止。

也就是在这段时间里，弗·施莱格尔花费了大量精力举办一系列学术讲座，借以展示他那具有浓厚神学色彩、包罗万象的哲学。事实上他只完成了三个讲座系列，一是1827年3月25日至5月31日在维也纳讲授的《生命哲学》；二是1828年3月31日至5月31日在维也纳讲授的《历史哲学》；三是1828年12月5日起在德累斯顿波兰饭店讲授的《语言文字哲学》，恰是在这次旅行讲座当中，弗·施莱格尔突发心脏病，于1829年1月11日死于德累斯顿。从这三个讲座的名称可以看出，它们都是19世纪和20世纪重要的哲学命题，施莱格尔显然是要借此创建一种新型的哲学思想，而这三个讲座只不过是他雄心勃勃的使命的开端，可惜，死亡使他中止了这个宏伟计划。

晚年的弗·施莱格尔和他的维也纳晚期浪漫派派友们的宗教神秘主义倾向日益严重。这与他们受红衣主教会议副总牧师霍夫鲍尔

(P. Clemens Maria Hofbauer, 1751－1820)的影响有密切关系。在维也纳,这位神父同布伦塔诺、扎哈里亚斯·维尔纳,特别是同弗·施莱格尔夫妇,过从甚密。霍夫鲍尔备受弗·施莱格尔夫妇的爱戴和崇敬,几乎成了他们家"常客"。此外,亚当·米勒也受到这位神职人员的影响。

弗·施莱格尔晚年的宗教神秘主义倾向,突出地反映在他与一个有夫之妇的特殊私人关系上。这个女人名叫克里斯蒂妮·冯·斯特兰斯基,是弗兰茨·奥托·冯·斯特兰斯基医生的妻子,住在奥格斯堡市,终生沉湎于神秘主义。自1820年起,这位漂亮却疾病缠身、婚姻不幸的女人,与弗·施莱格尔保持着一种极为独特的通信关系。他称她为"我的灵魂妹妹"、"我生命的中心"。他们在通信中经常探讨的,是一种极为荒唐的所谓"传心术",相互勉励在神秘主义祈祷中力争达到基督教信仰和神的赦免的高级阶段。两人在私密的交谈中发展了一种可以称为"来世论"的历史哲学,这是一种关于世界末日的幻想。

三、天主教浪漫派之二:格雷斯、艾兴多夫和布伦塔诺(1776－1842)

格雷斯、艾兴多夫和布伦塔诺均为著名的德国浪漫派作家,都曾拥有辉煌的过去,但后来又都趋于保守,先后皈依天主教,当然,他们各自的情况和发展道路不尽相同。

1. 格雷斯(Johann Joseph von Görres,1776－1848)

早年热情拥护法国革命,作为学者,他自己搜集出版了《德国民间故事书》,为抢救本民族文化遗产作出了贡献。作为一名新闻工作者,他创办的《莱茵水星报》(1814－1816)备受关注和称赞,在抗击异族侵略和统治的解放斗争中发挥了特别杰出的作用，被誉为抗击拿破仑的“世界第五势力”、“解放战争的宣言书”。拿破仑溃败后，该报又掉转矛头，批判普鲁士和德意志各邦国的复辟政策，结果于1816年被查禁。这并未影响格雷斯反对封建复辟的斗争。3年后，即1819年，当梅特涅策划《卡尔斯巴德决议》，企图借助法规形式镇压一切民族民主运动，限制新闻自由的时候；当普鲁士当局借助《卡尔斯巴德决议》疯狂迫害进步人士的时候，格雷斯抛出他那一气呵成，火药味十足的论战文章《德意志与革命》（Teutschland und Revolution），极其尖锐地抨击了德意志各邦联国家政府的昏庸无能和独断专行，诉说祖国正蒙受的深重灾难，呼吁建立一个强大的帝制，制定一部自由宪法，实行政教分离，确立以财产为基础的选举权。文章发表后，在普鲁士首府柏林引起轩然大波，结果，格雷斯被冠以蛊惑民众的罪名遭到追捕。他先逃往斯特拉斯堡，继而流亡瑞士（1819－1826）。这期间他的政治思想发生了变化，转向宗教神秘主义。1822年，格雷斯皈依天主教，参加《天主教徒》杂志工作，发表一系列小册子，宣传“教会自由”。1827年，格雷斯被巴伐利亚国王路德维希一世（1825－1848）召回慕尼黑，委任以慕尼黑大学历史和文学史教授。从此，格雷斯在巴伐利亚成了天主教学者和艺术家圈子的中心。他晚年完成的多卷本代表作《基督教神秘主义》（Christliche Mystik，1836－1842），涉及内容丰富，从神秘主义生理学，圣徒教义到魔鬼学，一应俱全。不仅收录了五花八门的自然科学琐事，而且包含有无数中世纪传说乃至妖魔鬼怪的故事。

2. 艾兴多夫（Joseph Freiherr von Eichendorff，1788－1857）

受家庭影响，艾兴多夫十龄童时就已开始笔耕生涯。一生著作甚丰，但其中的大部分作品，包括剧作《加给市侩的战争》（1824）、译作《卡尔德隆的宗教戏》（两卷本，1824/1853）和论著《18世纪德国长篇小说与基督教的关系》（1851）、《德国文学史》（两卷本，1857），都已被世人遗忘，传世的只有一些中篇小说和许多诗歌。他的一些中篇小说如《秋天的魔术》(1809)、《大理石雕像》(1819)具有明显的幻想和神奇色彩。他最出色的传世佳作《一个无用人的生涯》(一译《废物传》，1826)，叙述了一个青年人漫无目的地漫游，寻找奇迹和幸福的经历，批判了摧残艺术和人才的社会现实，带有现实主义倾向。所谓“无用人”，其实是个在敌视艺术和人才、唯利是图、市侩习气盛行的社会现实中怀才不遇的人。小说的名称本身含有深刻的讽刺意义。这部作品属于德国浪漫派名优佳作之列。艾兴多夫是浪漫派诗人杰出的代表，他的诗歌以表现骑士、隐士、林中少女、流浪工匠等人物，描写沐浴在阳光中的山岭、城堡前的爱情、晚霞中的偏僻森林等图景，因此而成为德国浪漫派诗歌的典型代表人物。他的抒情诗具有感情真挚、语言简朴、格调清新明快等民歌特色，深受广大读者喜爱，至今仍保持其艺术魅力，代表作有《月夜》《猎人告别》《在清凉的土地上》《噢，远方的山谷，噢，顶峰》《上帝愿向谁表示真正的爱》等。

但是，诗人中年以后，思想趋于保守，对革命事件和1848年的革命无法理解。其一些反映时代的诗歌，对革命事件进行了谴责，如《我也到过阿卡迪亚》(1834)、《利贝尔塔斯和她的追求者》(1849/1864)。与此同时，还有一些诗歌失去了早先歌手和漫游者那种轻松愉快的格调，有些叙事歌谣也没有了叙事诗的情调，取而代之的是宗教诗，有时是多愁善感的诗。对待启蒙运动，他站在天主教立场上横加指责，始终持敌视态度。他在《18世纪小说与基督教关系》(1851)一书中对启蒙运动进行了全面的攻击。

艾兴多夫政治思想保守，既与在海德堡时期受格雷斯影响，在维也纳时期受弗·施莱格尔影响有关，又与他的宗教信仰有联系。一些浪漫派作家，如弗·施莱格尔、格雷斯、布伦塔诺，他们在思想陷入危机的时候，都是皈依天主教，以寻求精神寄托，此后，他们的政治思想和世界观随之发生了深刻变化。而艾兴多夫与他们的情况则不尽相同,他生来就是个天主教徒,终生虔诚,笃信宗教,不存在借助入教克服思想危机问题。当然,宗教信仰同样使他的世界观和思想认识受到了局限。

3. 布伦塔诺(Clemens Brentano,1778-1842)

布伦塔诺的发展道路,可以概括为从浪漫诗人到修行作家的演变。诗人海因里希·海涅在他那本著名的《论浪漫派》(1835)里指出:"布伦塔诺先生近15年来与世隔绝,深居简出,甚至把自己关在天主教里……最近一个时期,他的名字几乎销声匿迹,只有在谈到他与他的已故朋友阿希姆·冯·阿尼姆一起出版的民歌时,才偶尔提到他。"布伦塔诺作为中期浪漫派的一个重要代表人物,曾经是德国文坛上的活跃人物,对德意志的民族文学作出过重要贡献。

布伦塔诺的浪漫主义诗歌精品对包括海涅在内的德国诗人产生过重要影响。但自1817年他崇奉天主教后,便陷入了天主教神秘主义泥潭而不能自拔。从此在文坛上销声匿迹。布伦塔诺皈依天主教前后的变化和反差巨大,可谓判若两人。

布伦塔诺皈依天主教是他长期积压的思想危机爆发后作出的抉择。这种危机与他本人不幸的婚姻生活息息相关。他与他的第一任妻子,女作家索菲·梅雷奥的婚姻生活仅维持了三年(妻子因分娩而去世),接踵而来的第二次婚姻也是短暂而不幸的:索菲死后仅9个月,他就"拐骗"了一个名叫奥古斯特·布斯曼的16岁少女,后与其成婚。这次婚事引起轩然大波,人们送他一个"糜菲斯特"的骂名。1809年,布伦塔诺被迫与他的朋友阿尼姆一道离开海德堡。1814年,布伦塔诺从波西米亚、布拉格和维也纳等地旅游归来,落脚在柏林,在这里他又与一个十分虔诚的牧师女儿路易丝·亨泽尔发生了爱情,也同样是不幸的。路易丝要求他在实际生活中作出抉择,要么坚持他的唯美主义，要么自觉地笃信宗教。布伦塔诺长期积压的思想危机，终于在这个女友的影响下爆发出来。1817年，他终于皈依天主教，对自己的一生作了全面总结，忏悔自己走过的生活与创作道路，全盘否定了自己的文学创作，他说“我失去了自己的全部生活，部分是在罪恶中，部分是在错误的奋斗中。现在我已终止了与我那错误的天性关系十分密切的文学奋斗。”[①] 随后他找到了一个符合自己的宗教理念和设想的使命：1819年，他旅行到北莱茵—威斯特法伦州的一个名叫杜尔门的县城，像个浑身布满伤痕的耶稣一样，充当了修女安娜·卡塔琳娜·埃梅里克的秘书，为她记录下她所讲述的那些真实的和想象的经历。他坚持执行这项自己选定的“终生任务”，直到这位修女1824年去世。这几年，他记录下的资料多达16 000页，他按照圣徒传记的格式对这些手稿进行了加工整理，直到1842年生命终结。

1817年布伦塔诺皈依天主教后，终止了他的文学创作活动。从这个意义上说，他在德国文坛上确实是像海涅所说的那样“销声匿迹”了，但是从另一个意义上说，他又并不像海涅所说的那样，因为他入教以后，绝非无所作为，而是依然不倦地写作，只不过写作的内容不同罢了，他只写宗教诗文。而作为一名“修身作家”（Erbauungs Schriftsteller）所取得的成就和获得的声望，是同时代的同行不能望其项背的。他写的宗教书籍《我们的主耶稣基督的深重苦难》（Das bittere Leiden unseres Herrn Jesu Christi，1833年匿名发表）和《圣母玛利亚和我们的救世主耶稣的生活》（作者死后于1852/1855发表），不仅印数多，而且译成所有重要的欧洲语言。布伦塔诺的宗教书籍所取得的成就，使他成为著名的天主教修身作家。

① 参见Metzler Autoren Lexikon: Deutschsprachige Dichter und Schriftsteller. Metzlersche Verlagsbuchhandlung, Stuttgart, 1986, S. 79.

自1833年起,布伦塔诺在“天主教的大本营”(海涅语)慕尼黑安度晚年,继续整理有关修女埃姆里克的资料。

四、施瓦本浪漫派(1807－1850)

施瓦本浪漫派是德国晚期浪漫派的一个分支,亦称施瓦本诗派或施瓦本诗社。其成员为一些操施瓦本方言,以友谊和兴趣爱好连结在一起的诗人。早年在符腾堡王国的文化中心蒂宾根大学深造时,他们仿效古典主义宣传刊物《有教养阶层晨报》(1807－1851)的做法,在校内推出手写的板报《有教养阶层周日报》,从1807年1月11日到3月1日,共出版8期,增进了这帮志同道合的年轻学子之间的交流和相互了解。乌兰德、克尔纳、默里克、豪夫、古斯塔夫·施瓦布、卡尔·迈尔、W.F·魏布林格尔、H·库尔茨、古斯塔夫·普菲策尔等是施瓦本浪漫派的主要人物。文学上,他们受到耶拿浪漫派,尤其是海德堡浪漫派的影响和启迪,格外喜爱古代文学和民间文学;政治上,他们在反拿破仑的解放战争之后,致力于维护符腾堡市民阶层的合法权益,抗议和挫败弗里德里希一世国王欲制定新宪法巩固其统治的企图。他们的创作虽植根于浪漫主义,但生活与创作道路和思想倾向,却不尽相同,这一点,从他们的代表人物乌兰德和克尔纳的发展情况可以得到证实。

1. 路德维希·乌兰德(Ludwig Uhland,1787－1862)

1814年反拿破仑的解放战争胜利后,他积极投身于符腾堡地方的立宪运动。在这场论争中,他是所谓旧法拥护者的代言人,力主恢复“中世纪骑士时代美好的旧法”。在他看来,那时的统治者与百姓能够在家长制中和睦相处,他的《祖国诗歌》(Vaterländische Gedichte,1817)表达了他对立宪论争的看法。1819－1826年,符腾堡地方当局炮制的宪法得以实施后，乌兰德沉默了一段时间，他曾经担任符腾堡议会议员。1848年革命期间，他被选为法兰克福国民议会议员，在会议上，他反对王位继承法，力主建立一个民主共和国。次年，随同部分左派议员去斯图加特开会，抗议巴登政府实施"反社会党人非常法"，乌兰德走在议员抗议队伍的前头。会议被当局军队强行解散。1853年，乌兰德拒绝接受普鲁士授予的最高荣誉勋章，从此隐居家乡蒂宾根，深居简出。政治上，乌兰德属于资产阶级自由派左翼直到生命终结，他始终是一位正直勇敢，为捍卫资产阶级利益而奋斗的战士。

乌兰德的诗歌继承了民间文学的优良传统，具有音韵优美、语言纯朴、生活气息浓厚等特色。不少著名作曲家如勃拉姆斯、舒伯特、舒曼、李斯特、门德尔松，都曾为他的诗歌，尤其是爱情诗和风景诗谱曲。他的叙事歌谣借古喻今，用历史题材反映现实问题，其中一些是公开批判封建专制主义的，《仇恨》《歌手的诅咒》《施瓦本公爵恩斯特》(1818)等是他叙事歌谣中的名篇佳作。

乌兰德对德国古代文学研究也颇有造诣，著述甚丰：《瓦尔特·冯·德尔·福格威德，一位古代德国诗人》(1822)、《传说研究》(第一卷，1836)、《古代高地和低地德语民歌集》(附论文和注释；第一卷，1845；第二至四卷，1865－1873)和8卷本的《诗歌和传说历史文集》(1865－1873，其中包括：古代德国诗歌史；15和16世纪诗艺史；日耳曼和罗马民族传说史)。鉴于诗人对德国古代文学研究的建树，他被誉为德国文艺学奠基人之一。

乌兰德在世时，诗人海涅在他的《论浪漫派》(1835)一书中称他为该派唯一深受民众欢迎的抒情诗人，他的作品销售情况也可印证海涅的评价，譬如，乌兰德的第一部诗集，从1815年问世到诗人1862年去世，先后印行了60多版，还不算盗版书，除海涅的《歌集》之外，无疑打破了19世纪抒情诗的销售记录。诗人75岁华诞时,贺信像雪花般飞来,去世时举国哀悼,数以百计的民众汇成浩浩荡荡的送葬队伍,其中许多人乘专车从斯图加特赶来。

2. 尤斯蒂努斯·克尔纳(Justinus Kerner,1786-1862)

他与乌兰德虽是好友,但是两人思想倾向和发展道路却大相径庭。在符腾堡立宪的论争中,虽然两人都是力主制定一部维护市民阶层权益的宪法,但观点各异,或者说是对立的。乌兰德是"中世纪骑士"时代"美好的旧法"的辩护士,而克尔纳则强烈谴责滥用"旧法",声称"为旧法那样大叫大喊,得到的结果只能是旧时代那些糟糕的东西,例如人民由于不成熟而必然产生的依赖性,个别当选者的独裁,特权阶层的偏见和狭隘行为,贵族思想等等。"① 他在《市民围墙》一文中提出,君主立宪制的社会基础,不应该是贵族,而应该是市民阶层。

克尔纳早年的创作,尽管存在地方性的局限,但比较大众化,带有民歌风格,如诗歌《鲁道夫皇帝骑马奔向坟墓》《我梦见自己恐惧地飞翔》等。他的《漫游者之歌》,经舒曼等谱曲后,广为流行。但是他的一些诗歌里也有不好的倾向,特别是某些叙事歌谣,宣扬幽灵和阴森可怕的东西。克尔纳是位具有多方面才能的诗人,以行医为职业,1818年在符腾堡的魏因贝格行医时,他就以"自然科学家"身份,研究过招魂术,并因研究心灵学现象,例如动物催眠术、梦游症、招魂术而出名。19世纪20年代中期以后,由于克尔纳加强了这方面的研究,于是在反理性主义和神秘主义泥潭中越陷越深,无法自拔。1829年,他出版了两卷本的《普雷福斯特的女先知》,副题为:揭示世人的内

---

① Geschichte der deutschen Literatur, Hrsg. von Hans-Guenther Thalheim. Volk und Wissen volkseigener Verlag, Berlin, 1978, Bd.7, S. 798.

心生活和人间的幽灵世界。作品借助女先知用招魂术对一个死者的病史进行观察，企图说明幽灵世界对现实生活的影响。在他后期的一些作品中，落后、保守乃至反动倾向越显突出。从诗集《最后的花束》(1852)可以看出，他把攻击矛头对准了1848-1849年革命中的民主党人，他还公开表示厌恶革命民主主义诗人海涅，嘲笑革命诗人赫尔韦格。

五、从浪漫主义向现实主义和批判现实主义过渡

德国晚期浪漫派一些作家的作品，取材于现实，直接或间接地，或明或暗地反映与批判现实，带有现实主义或批判现实主义倾向，具有浪漫主义与现实主义相结合的特色。沙米索和霍夫曼是这一倾向的代表人物。

1. 沙米索(Adelbert von Chamisso，1781-1838)

沙米索出身于一个法国旧贵族家庭。1790年，在法国大革命期间随父母逃到德国柏林，在这儿成长为诗人和自然科学家。在抗击拿破仑的战争中，他曾在普鲁士军队中服役(1801-1808)。对交战双方——德意志和法兰西，他都怀有割舍不断的感情，因为两者都是他的至亲，后者是他出生的故乡，他的血管里流淌着法兰西人的血液，前者是养育他成人的第二故乡。他就像个孩子一样，亲眼目睹着自己的父母间发生严重冲突，那种痛苦孤独的心情可想而知。这可从他在1813-1815年解放战争期间创作的童话小说《彼得·施莱米尔奇遇记》(1814)中反映一二。小说写了一个穷小子的遭遇。主人公施莱米尔穷愁潦倒，用自己的影子从魔鬼那儿换回金钱，因而被革出社会。他虽出卖自己的影子，却没有出卖自己的灵魂。后来他赎回影子，穿上“七里靴”周游世界，最后成为自然科学家和隐士。小说

情节离奇怪诞，富有浪漫色彩，属于德国浪漫派的名篇佳作，被译成多种文字。

沙米索的诗歌创作也颇有成就，多写于19世纪二三十年代。受法国诗人贝朗瑞的影响，他的诗歌多取材于社会现实生活，具有明显的现实主义和批判现实主义倾向，批判矛头对准欧洲的复辟势力和教会反动派，针砭时弊，抨击德国的反动制度。譬如《更夫歌》，嘲弄警察制度，他笔下的警察是些耶稣教徒；又如《黄金时代》，揭露和讽刺了德国的专制制度。有些诗歌，如《乞马和他的狗》《老洗衣妇》等，则表达了诗人对下层人民的深刻同情。这其中，许多诗已被谱成歌曲。他的作品，受到海涅和恩格斯的称赞。

2. 霍夫曼（Ernst Theodor Amadeus Hoffmannn，1776－1822）

霍夫曼生活在一个敌视艺术和艺术家的社会。在德国文学史上，艺术问题，艺术与社会的关系问题，从大诗人歌德的《塔索》直到现代小说大家托马斯·曼的《浮士德博士》，是屡见不鲜的主题，在霍夫曼的作品中，更占有一个中心的位置。这一主题贯穿于他的许多作品，从第一部小说集《仿卡洛风格的幻想作品》，到最著名的小说集《谢拉皮翁兄弟》，一直到晚年撰写的代表作《雄猫穆尔的生活观》等。他笔下的艺术家，往往是狂人或半疯半癫的怪人。敌视艺术的社会和丑恶的现实使得著名诗人荷尔德林（1770－1843）神经错乱。霍夫曼作为艺术家，有过辛酸的遭遇，可谓半世坎坷。他把荷尔德林式的艺术家悲剧集中地通过“狂人式的乐队指挥”克赖斯勒表现出来，力图借助这样的人物去揭示艺术家与社会的冲突、艺术家在敌视艺术的社会中的窘境，批判那种把艺术贬为荣华富贵装饰品的观点。在他看来，艺术是超感觉的至高无上的东西，是与“无法理解的超尘世的世界”实现沟通的纽带。显然，这种艺术带有神秘色彩。在反拿破仑的解放战争期间和战后，唯心主义泛滥成灾，社会上盛行传心术，心灵（或精神）感应术，所谓“千里眼”之类的心灵心理问题讨论。受这种社会思潮的影响，霍夫曼在这个时期创作的两卷本小说集《夜谭》（1816－1817）和他的第一部长篇小说《魔鬼的迷魂汤》（1816）带有浓厚的神秘色彩和严重的宿命论倾向。这些作品，大多描写不可思议的黑暗势力如何干预世人生活，而人们无法主宰自己的命运，或者变成这些看不见的黑暗势力之玩物，被迫从事犯罪活动，终于毁灭，或者成为疯子。海涅在他的《论浪漫派》（1835）里说霍夫曼“只看见满地鬼影憧憧”，此话虽有失偏颇，却并非没有根据。因为霍夫曼像个魔术师一样，常常在作品中信手拈来形形色色的妖魔鬼怪，为此人们送给他一个绰号叫“幽灵霍夫曼”。但海涅同时也指出，霍夫曼跟他描写的那些千奇百怪的鬼脸，都始终牢牢依附于人间的现实。

1815年后，霍夫曼作品中的现实主义和批判现实主义倾向加强了。著名的《谢拉皮翁兄弟》小说集（四卷本，1818－1821）中的作品，大多写于1818年以后，它们植根于现实生活，从不同的侧面反映了当代的现实，或者是历史的现实。特别值得一提的是其中的传世名篇《斯居戴里小姐》。小说以17世纪路易十四统治时期的巴黎为背景，写一个金首饰工匠的遭遇。首饰匠卡迪亚克为无法克制的占有欲所驱使，经常深夜外出谋杀他的顾客，夺回已出卖的首饰，致使巴黎笼罩在一片恐怖之中，连女作家斯居戴里小姐也被卷进刑事案件中来。小说所描写的首饰匠的强烈占有欲，原来是其母在怀他时的一次奇特经历对胎儿所产生的奇妙后果。这种描述自然使作品带有神秘的色彩，但是，小说在叙事方式、人物刻画和巴黎社会生活的描写上，却近乎现实主义。作者在小说里提出了生产与占有之间的矛盾，同时揭露和抨击了司法当局只注意表面现象，不作深入调查研究，从而酿成冤案的恶劣作风。

霍夫曼的职业是法官。身为一名普鲁士法官，他具有忠于职守、秉公执法、刚直不阿等良好品格。这导致他晚年同普鲁士当局发生一场严重的冲突。1819年，普鲁士反动派肆无忌惮地迫害爱国志士。霍夫曼被任命为"叛国集团及其他危险活动直属调查委员会"成员，被委托审查爱国志士、著名的德国"体操之父"雅恩。霍夫曼在办案过程中看穿了以卡姆普茨为首的警察当局弄虚作假、目无法纪、专横独断的恶劣行径，他不愿意与之同流合污。他先是抵制对雅恩的起诉，继而接受这位受迫害者的反诉。这使当局怒火中烧，对这位主持公道的法官提起诉讼。霍夫曼由于四肢瘫痪，重病缠身，才得以幸免。

晚年的霍夫曼随着政治思想的日趋进步，悲观和神秘思想的克服，目光日益锐利，对社会的揭露更加深刻，批判更加尖锐。他在生命的最后四年里，不顾重病的困扰，完成了《小矮人扎克斯传奇》（1819）、《雄猫穆尔的生活观》（第一卷，1819；第二卷，1821）、《表兄的楼角窗口》和《跳蚤师傅》（1822）等一系列具有现实主义和批判现实主义倾向，或现实主义与浪漫主义相结合特色的名作，从而奠定了他作为小说大家在国际文坛上的地位。长篇小说《雄猫穆尔的生活观》是霍夫曼的代表作，也是德国浪漫派反映时代和社会最杰出的作品。小说写了两个思想不同，个性各异、对立的人物——会舞文弄墨的雄猫穆尔和乐队指挥克赖斯勒——的不同经历和遭遇，从不同的角度揭示和批判了两个世界：资产阶级市侩世界和封建宫廷社会。它可算得上是一部现实主义或者本质上现实主义的作品。

霍夫曼的作品，特别是在他的艺术童话中，常常可见到这样一种布局形式，即现实世界与超现实（或幽灵）的幻想世界相互对照或交织。它是一种曲折地、折光式地，或者说朦胧地反映现实的手法，实际上就是所谓隐晦的或者说含蓄的现实主义手法。它的产生和运用，有着特定的历史背景。在黑暗的复辟年代，为防范反动当局对进步书刊的严厉查禁和查处，艺术家被迫采用这种手法。霍夫曼在他的艺术童话《跳蚤师傅》中，对以卡姆普茨为首的普鲁士警察当局办案的卑劣行径，作了无情的揭露和讽刺。付印时有关这方面的章节被查出，一直被封存在普鲁士秘密档案馆里，直到1905年才被发现。《跳蚤师傅》原稿1908年发表后，作者晚年的思想状况才为世人所知悉。卢卡契在谈到霍夫曼写作手法时指出："在霍夫曼的作品里，重视细枝末节描写的现实主义，是同幽灵鬼怪不可分割地联系在一起的。他把来世的事物引进作品，这是一种曲折的艺术手法，运用这种艺术手法可以根据作品的总体规划，描写当时德国的特定现实。"①

对霍夫曼及其作品的评价，历来是见仁见智，但是有一点可以肯定，即在19世纪，他与歌德、席勒和海涅一起，是享有国际声誉的德国作家，他的主要作品，应属世界文学之列。

---

①［匈］乔治·卢卡契:《反对被误解的现实主义》，德国汉堡克拉森出版社1958年版，第55页。

第二篇

独特的文艺理论

第一章　德国浪漫派文艺理论的产生和发展

18世纪以来，德国产生了众多世界级的思想家和理论家，历史事实雄辩地证明，德意志民族是个以擅长思辨著称于世的民族，德国是个理论王国。浪漫主义在德国兴起之前，那里的文艺理论已经得到蓬勃发展，哲学、文艺学论著曾经不断涌现。在康德的影响下，诗人席勒在1792－1796年间连续发表了一系列文艺理论著作，诸如《论悲剧艺术》《论秀美与庄严》《论激情》《论人的审美教育书简》和《论朴素的诗和感伤的诗》等。与此同时，即便是重实践轻理论的歌德，也写了不少艺术理论文章，诸如《论拉奥孔》（1798）、《关于艺术作品的真实性与可能性》（1798）和《演员准则》（1803）等，并且还在他人协助下主编了《前廊》（Propyläen，1798－1800）杂志，作为发表艺术理论和政策文章的园地。[①] 世纪更迭之际，谢林先后推出了美化艺术的《先验唯心论体系》（1800）和《艺术哲学》（1802－1803）。接踵而来的是黑格尔的鸿篇巨制《美学》。面对如此众多的文艺理论著作，经验主义者歌德情不自禁地发出了“少一点哲学，多一点活力（Tatkraft），少一点

---

① 歌德的艺术理论，包括早年的《论德意志建筑艺术》（1772），有个显著的特点，就是以造型艺术为例来阐明理论问题。

理论,多一点实践”的感叹和祈望。显然,诗人担心的是,实践将成为理论的“奴婢”,失去自由。其实,歌德的忧虑是多余的,实际情况往往是:理论归理论,实践归实践,前者总是力图支配后者,而后者也总是力图摆脱前者的制约。即使手握理论武器的作家,也常常不是以理论为实践的指南,而是跟着感觉走。这样,理论有时不免陷入“光杆司令”的境地。尽管如此,理论热并不因此而降温,因为社会崇尚理论,理论的地位优先于创作实践,理论热成了时代的显著特征。

这种“理论热”也“感染”了德国早期浪漫派,在他们这个圈子里,畅所欲言地探讨理论问题蔚然成风。1798年,施莱格尔兄弟、卡罗利妮、诺瓦利斯、费希特和谢林聚首德累斯顿,经常共同探讨他们感兴趣的问题,特别是艺术史、自然哲学和宗教问题。他们相约第二年在耶拿继续聚会,奥·威·施莱格尔和卡罗利妮在耶拿的家成了他们欢聚与落脚的地点。哲学家谢林由于坚持无神论观点而被起诉,不得不放弃教职离开耶拿。除他而外,早期浪漫派的几乎所有成员都来到了耶拿,在这里,他们实现了被弗·施莱格尔称之为“协作哲学”(Symphilosophie)或“协作文学”(Sympoesie)的愿望,他们在无拘无束,但同时又是紧张的共同生活中,探讨哲学、艺术、自然哲学和宗教问题。弗·施莱格尔认为,探讨哲学问题“就是共同寻找万事万物的真谛”。在他看来,“一旦协作哲学和协作文学普及开来,深入人心,许多相互取长补短的人联袂创作共同作品的事,就会屡见不鲜,那么科学和艺术的一个崭新时代就开始了”。[①]正是这种协作精神,推动了浪漫派文艺理论的蓬勃发展。

德国早期浪漫派颇为重视文艺理论的建设与发展,他们的代表

① Ernst Behler: Friedrich Schlegel in Sebstbildnissen und Bilddokumenten. Rowolt Taschenbuch Verlag GmbH, 1978, S. 71.

人物奥·威·施莱格尔、诺瓦利斯，特别是弗·施莱格尔，都是很擅长思辨的理论家，著述甚丰，各自都留下了极为丰富的理论遗产。这些遗产构成了一个可称之为“贵金属含量颇高的富矿”。但由于历史的原因，由于德国浪漫派长期蒙受误解和曲解，致使这个“富矿”的开采被延误下来。随着浪漫派的“东山再起”，巨大的“开采”工程已经开始，在著名学者，弗·施莱格尔专家恩斯特·贝勒教授的主持下，一部16开本、多达35卷本的评注本《弗·施莱格尔全集》的编纂工程已经开始，并已出版多卷。奥·威·施莱格尔的《论文学与艺术》(1801－1804)，特别是《论戏剧艺术与文学》(1808)，曾名噪一时，对当时欧洲各国产生了广泛的影响。诺瓦利斯留下的大量理论著作遗稿尚待整理出版。

18世纪末年，浪漫派作家日益清楚地意识到，法国大革命并未能解放人类。他们原想在思想领域创造一个诗的天地、一个美与和谐自由的世界，化成了泡影。严酷的现实表明，他们提出的理论并非济世良方。对革命的失望、理想的破灭，促使他们从政治思想到文艺观念都发生了深刻的变化。

一、从推崇古希腊罗马文学转向中世纪和中世纪以来的现代文学

德国浪漫派从一开始就十分推崇古希腊罗马文化，青年弗·施莱格尔把古希腊文学看作是“自然诗的巅峰和典范”。但是到了世纪末年，浪漫派的兴趣开始转向中世纪，转向莎士比亚和弥尔顿，转向塞万提斯和卡尔德隆所代表的西班牙文学、以卡蒙斯为代表的葡萄牙文学，转向以但丁、彼特拉克和阿里奥斯托为代表的意大利文学，因为许多人都认为，中世纪应该包括15和16世纪，因而上述名流也应

该属于中世纪的人物之列。

启蒙运动时期，中世纪曾被称为黑暗和野蛮的时代，那个时代的哥特式艺术名声也不佳。在英国，直到17世纪后期，在法国和德国，直到18世纪，所谓“哥特式”甚至被视为“野蛮”、“不文明”和“索然无味”的代名词。但是时移势迁，随着学术界对中世纪问题探索的深入，人们逐渐改变了对中世纪哥特式艺术的看法和评价，哥特式成为“伟大的、崇高的艺术，与希腊艺术平起平坐”的同义语。① 与此同时，莎士比亚的复兴、惊险小说和中世纪英雄史诗、诗歌的盛行，也激发了人们对哥特式艺术的审美情趣。特别是莪相英雄诗歌1762年经苏格兰诗人麦克菲森的“发现”，在全欧兴起了“莪相热”。歌德的主人公维特在1771年10月12 日的日记里就这样写道：“莪相已从我心中把荷马排挤出去。这位杰出的诗人领我走进一个何等样的世界呵！”② 随后，歌德又以文艺复兴时期的意大利诗人、浪漫主义基督教传统的重要人物托夸多·塔索在封建宫廷中的遭遇为题材，作了名剧《塔索》(1790)，从而为唤起世人对中世纪欧洲现代文学的情趣作出了贡献。在歌德之前，赫尔德曾经以其《1765年游记》等著述致力于恢复哥特式艺术的名誉。

前人对中世纪及其艺术的探索，为浪漫派转向中世纪铺平了道路。诺瓦利斯的《基督教，还是欧罗巴》表明，早期浪漫派已经完全改变了前人对中世纪的看法。该文把欧洲描绘成一个理想的富有诗意的和平王国，一个人际关系和谐的“美好的光辉时代”。浪漫派对中世纪的看法虽然不尽相同，但基本上是一致的，认为它是一个“幻

---

① Gerhart Hoffmeister: Deutsche und europaeische Romantik. Metzlersche Verlagsbuchhandlung, Stuttgart, 1978, S. 130.

② 歌德：《少年维特的烦恼》，杨武能译，人民文学社1990年版，第89页。

想占支配地位的时期”（弗·施莱格尔语），是一个童话世界。

在浪漫派看来，现代文艺是指古希腊罗马之后，特别是欧洲中世纪以来，内容上带有基督教色彩，形式上不同于古典的文艺，在弗·施莱格尔那里，有时现代文艺与浪漫主义文艺是同义语。

德国浪漫派对中世纪以来欧洲现代文艺的重视，直接反映在他们的翻译工作方面，其最突出的成绩，表现为莎士比亚作品的翻译。① 奥·威·施莱格尔以其特殊的翻译才能，高超的语言表达能力，对莎剧艺术的深刻理解，致力于莎剧翻译长达13年（1797－1810）之久，他以无韵诗体裁翻译了莎翁的17个剧作。他原计划把莎翁的全部剧作翻译成德文，后因与出版商翁格尔不和以及其他原因而放弃了原先的计划。后来，蒂克在女儿多罗苔娅和鲍狄辛伯爵的协助下，继续翻译了莎翁的19个剧作，终于完成了奥·威·施莱格尔的未竟之业。

两个多世纪以来，奥·威·施莱格尔和蒂克的名译，一向为世人所称道。此外，奥·威·施莱格尔还翻译了卡尔德隆的剧作以及意大利和葡萄牙的文学作品，蒂克还翻译了《堂吉诃德》（1790－1801），施莱尔马赫翻译了柏拉图的著作，同属耶拿浪漫派圈内之人的约翰·迪德里希·格里斯翻译了卡尔德隆、阿里奥斯托和塔索的名作。

二、鼓吹文艺同宗教的融合

宗教狂热一开始就是德国浪漫派的内在倾向，他们强调文艺同宗教的融合。生命短暂的瓦肯罗德（1773－1798）在其生前发表的唯

---

① 德国浪漫派对莎士比亚推崇备至，称莎翁的作品完美无缺地显示了欧洲现代文学的特点。它的代表人物奥·威·施莱格尔说：可以毫不夸张地称这位英国文坛巨擘为现代诗的顶峰。诗人歌德把莎翁誉为“最美丽山峰上的明星”。

一一部作品《一个热爱艺术的修士的内心倾诉》(1797,蒂克也参与了写作)里,借助一位修士对艺术的鉴赏和评论,表达了对拉斐尔、达·芬奇和丢勒等中古艺术大师杰作的欣赏,他们的作品富有浓郁的宗教色彩,揭示了那个时代人的内心生活。瓦肯罗德声称,最高创造力源自艺术与虔诚的结合。与施莱尔马赫一样,诺瓦利斯从小就受胡亨兄弟教派思想的熏陶,在鼓吹文艺与宗教结合方面,更是不遗余力。1797/1798年,他在一则断片里声称:"诗人与牧师起初是合二为一的。真正的诗人总是牧师,就像真正的牧师总是诗人一样。难道将来不会回到事情的原有状态吗?"① 普鲁士神学家施莱尔马赫虽然不属于耶拿浪漫派,但与他们过从甚密,并且作为《雅典娜神殿》的编辑人员,直接参与了浪漫派理论的建设,因而似可视为该派的"编外"人员。所作论著特别是《论宗教——致蔑视宗教的知识界人士》(1799)对1800年以后文艺的宗教职能之确立,产生了深刻影响。随着法国大革命的失败,法国革命战争的变质、变味,人民群众中悲观失望情绪的增长,浪漫派作家遂到宗教信仰中去寻找精神寄托。世纪更迭之后,宗教神秘主义倾向在浪漫派的理论和实践中愈加严重和突出,弗·施莱格尔的发展道路颇能说明这个问题。

弗·施莱格尔虽出身于一个牧师家庭,但他不是个坚定的新教徒,1792年,他还对胞兄奥·威·施莱格尔表示,宗教对他来说毫无意义。如果说他也谈论宗教,那是从哲学概念角度说的,与信仰和教堂风马牛不相及。多年来他都坚持这种看法。但是在同施莱尔马赫接触,特别是在研读了这位神学家的《论宗教》以后,他改变了自己原有的宗教观念,他把宗教视为"绝妙的直观现象",从中看到世人

① Die Französische Revolution im Spiègel der deutschen Literatur. Hrsg. Von Claus Träger. Verlag: Philipp Reclam Jun., Leipzig, 1979 S. 380.

生活的最高意义。他的断片集《主意》(1800)的主题就是把诗和哲学融合为宗教。他的巴黎之行(1802-1804)在他个人发展的道路上,是个重大转折,从此以后,他抛弃了早先的许多观点。他在美学和政治诸方面的新观点,起初反映在他主编的《欧罗巴》杂志上,在一篇评论意大利文艺复兴绘画与古代德意志绘画的文章《绘画描写》里,他热情称赞基督教精神和基督教题材,竭力鼓吹艺术与宗教的融合。

三、偏爱晦涩文字,向往神秘主义

早期浪漫派代表人物弗·施莱格尔和诺瓦利斯的著作和诗文,常常含义不清,晦涩难懂。断片是早期浪漫派理论采用的重要形式。他们起初喜欢这一形式,就像弗·施莱格尔在《论莱辛》一文中指出的那样,是因为它具有战斗性和通俗性,有利于广大读者接受。但是后来他们的断片不再面向广大读者,而是面向少数志同道合的人。如果说诺瓦利斯诗文之费解,是由于作者偏爱运用比喻、象征手法,特别是谜语式的语言,那么弗·施莱格尔著作之难懂,让人莫名其妙,在相当大程度上在于他偏爱使用那种被他本人赋予特殊含义的"反讽"(Ironie,参见本书第二篇第四章《反讽:浪漫派美学的核心概念》)和他对神秘的偏好。读者和评论家不时抱怨《雅典娜神殿》上的文章,特别是对断片的费解。弗·施莱格尔在该刊最后一期以题为《论费解》的短评里答道:"毫无疑问,《雅典娜神殿》之费解,大多在于反讽,而反讽处处都或多或少有所表露。"[1] 那么,施莱格尔所使用的反讽为什么令人百

① Friedrich Schlegel: Werke in zwei Bänden, Augbau Verlag Berlin und Weimar, 1980, zweter Band, S. 206.

思不解呢？原来他给这个常见的概念，增添了新的特殊含义。另外，弗·施莱格尔对于神秘主义也是情有独钟，在这位浪漫派理论家看来，神秘乃是文艺作品不可缺少的因素，因此，它也就成为判断作品成功与否的一个标准。尽管他热情称赞歌德的《威廉·迈斯特》，把它与法国大革命和费希特的《科学原理》并列为“时代的伟大倾向”，但他仍觉得《威廉·迈斯特》并非尽善尽美，完美无缺，因为它“并非完全神秘”。①世纪更迭之后，弗·施莱格尔的哲学和美学思想开始发生深刻的，也可以说是根本性的变化。如果说此前反讽构成他的哲学和美学的重心，那么此后的重心就为神秘纲领所取代了。重心的转移，标志着他世界观和人生观的深刻变化，这一变化导致他抛弃自己多年来崇尚和坚持的主观唯心主义，导致他从对费希特“唯我论”的崇拜，转变为对雅各布·伯麦神秘主义②的倾倒。

① Rene' Welke: Geschichte der Literaturkritik. Walter De Gruyter, Berlin/New York, 1978, Bd. 1, S. 291.

② 伯麦（Jakob Boehme，1576-1624），德国神秘主义哲学家，试图以自然哲学为依据，用辩证推理方法克服正统宗教的两重性。著作甚丰，代表作有《曙光》《伟大的神秘》等。对德国唯心主义（谢林、黑格尔等）产生过巨大的影响。

第二章　美学革命和文学纲领

一、浪漫派的美学革命

长期以来，主宰欧洲文坛的一直是古典美学和诗学，传统的体裁观念在人们的心目中根深蒂固，从古罗马诗人贺拉斯直到18、19世纪的德国大诗人歌德、席勒，始终把严格区分各艺术门类、体裁视为古典主义诗艺的最高法则。歌德和席勒高度重视传统的文艺规则，他们经常用书信形式，探讨文学的艺术种类问题，席勒还撰写了《论史诗与戏剧的文学创作》一文。1797年12月23日，歌德为此文写了一篇短评寄给席勒，供他修改和增补文章之用。短评对世人混淆各艺术门类界限的做法表示强烈的不满，称这是一种“幼稚、野蛮、乏味的倾向”，号召艺术家竭力反对这种倾向，为各类艺术画出难以超越的“魔圈”，把各类艺术区分开来，使每个艺术品种保留其独有的特性。

1789年爆发的法国大革命，震撼了整个欧洲，在德国思想文化界引起的反响尤为强烈。德国的思想家把18世纪视为思想革命时代，早期浪漫派作家把自己视为时代的“革命者”，力图在德国掀起一场“美学革命”，借以克服时代的弊端，迎接“自由、美与和谐”的曙光。美学革命的首要对象，自然是古典主义美学和诗学。为此，他们力图打破各艺术门类界限和种种清规戒律，解除它们对文艺发展的束缚，树立新的体裁观念，以促进文艺事业的繁荣昌盛。弗·施莱格尔常用断片形式阐明他的体裁理念，在他的《艺苑断片》(Kritische Fragmente，亦即Lyceums Fragmente)第60则里，他以简洁的语言表达了对传统体裁的看法，他说："说什么所有古典的文艺形式和体裁，都是严格的和纯正的，现在看来，这说法是可笑的。"

歌德在为《论史诗与戏剧的文学创作》而写的那篇短评里，在对世人混淆各艺术门类体裁界限，表示强烈不满的同时，也对社会上这种现象和倾向显得非常无奈，他说："有谁能把那些随波逐流的船只同波浪分开呢？逆潮流而动和逆风而行，只能行走一小段路程。"显然，诗人此时已把文艺形式和体裁的混合与交融视为时代的倾向和潮流了。正是怀着这种既矛盾又复杂的心态，诗人写了著名的长篇小说《威廉·迈斯特》，小说分为《威廉·迈斯特的学习时代》和《威廉·迈斯特的漫游时代》两部分。后者结构松散，书中把短篇小说、格言、语录、日记、信札和诗歌等一系列文学形式和体裁熔于一炉。显然，这种结构形式与风格，同浪漫派所主张的体裁混合论、交融论是一脉相承的，在创作实践上与瓦肯罗德的《一个热爱艺术的修士的内心倾诉》和弗·施莱格尔的小说《卢琴德》何其相似乃尔。从中我们可以察觉到，弗·施莱格尔的体裁理论和浪漫派的美学革命，为德国文坛带来了多么大的变化。资深的施莱格尔专家、卷帙浩繁的《弗·施莱格尔全集》的主编恩斯特·贝勒(Ernst Behler)，把这种巨变或者说浪漫派"美学革命"的"冲击波"，称为"哥白尼式的转折"(die kopernikanische Wendung)。①

① 哥白尼式的转折：波兰天文学家哥白尼(1473–1543)以他创立的"日心说"(即"地动说")否定了在西方世界统治长达1 000多年的"地心说"。这是天文学上一次伟大的革命，引起了人类宇宙观的重大革新，沉重地打击了封建神权统治，诚如马克思所说："从此自然科学便开始从神学中解放出来"，"科学的发展从此便大踏步地前进"。

二、浪漫派的文学纲领

不破不立。在破除陈旧的清规戒律对文艺发展束缚的同时，德国早期浪漫派作家，也未忘记建立和发展自己的学说与主张。尽管他们的观点不尽相同，但无不主张文学艺术应该承担创建新的文艺形式的重任，并借以展现内心生活和精神世界，从而对抗狭隘、丑恶的世俗社会和现实世界。在诗人们构建的精神世界（或幻想世界）里，世人在丑恶的现实面前有了安全保障，个性获得了无限发展的空间，这是文学艺术应该发挥的责无旁贷的核心作用。

弗·施莱格尔曾经在不同时间，以不同方式，阐述过自己的文艺主张。他的主要观点比较突出地反映在1798年的《雅典娜神殿》断片和1800年的《文艺谈话录》里。弗·施莱格尔写的断片多如牛毛，其中许多都写得短小精悍，言简意赅。在他的断片中，《雅典娜神殿》断片第116则占有特殊地位，它体现了弗·施莱格尔的文艺理想和最高文学纲领，即竭力创建一种"渐进的万象文学"（eine progressive Universalpoesie）。这则断片声称："浪漫主义文学是一种渐进的万象文学。它的使命不仅仅是把诸多个别的文学体裁重新合并在一起，使文学与哲学、雄辩术互相沟通，同时它也力求并且应该使诗歌与散文、天才与评论、艺术诗歌（Kunstpoesie）与自然诗歌（Naturpoesie）[①]时而混合，时而融合，使文学作品生机勃勃，令人开心，使生活饶有情趣，富有幽默感和诗意，使艺术具备良好的教育作用……其他的文学类别（Dichtart）业已结束了发展，现在可以任其自消自灭了。而浪漫主义的创作艺术却仍然在发展；它只能永远处在发展中，绝不可能尽

① 艺术诗歌与自然诗歌：所谓艺术诗歌，是指由诗人创作的诗歌；而所谓自然诗歌，是指以大自然美景为题材的诗歌。

善尽美,完美无缺,是的,这就是它固有的本质特征。任何理论都不可能详尽阐述它,只有具备神圣灵感的批评才敢于去描绘它的理想。唯有它是无穷无尽、无边无际的(unendlich),唯有它是自由的;它承认诗人我行我素、独断专行,不受任何法规约束,这是它的头一条规则。浪漫主义的创作艺术是唯一高于艺术的艺术,几乎就是诗艺本身,从某种意义上说,所有文学(Poesie)都是或者应该是浪漫主义的。"

德语中Poesie一词,是《雅典娜神殿》断片第116则中最核心、最关键的词汇。由于它含义丰富,容易引起误解,因此,在我们着手探讨弗·施莱格尔提出的文艺纲领,解读这则断片之前,有必要先交代一下这个词汇的含义。在德语中,Poesie一词确实多指诗、诗歌作品或者诗歌艺术,但同时也泛指作为语言艺术的文学作品,包括诗歌、戏剧和叙事文学。[①] 通观上述断片的内容,弗·施莱格尔在这里谈及的Romantische Poesie和Universalpoesie,似乎应理解为"浪漫文学"和"万象文学"。

《雅典娜神殿》断片第116则被视为浪漫派的文学纲领,它所揭示的所谓"万象文学"(浪漫文学)有如下特点。

首先,浪漫文学是"渐进的"(progressiv)。这就是说,浪漫文学永远处于不断发展升华的状态,永无终止,绝不是尽善尽美,完美无缺的。弗·施莱格尔称这是浪漫文学固有的本质特性。这一特性与浪漫派追求的艺术目标和理想息息相关。如果说古典派作家的艺术理想是尽善尽美,完美无缺(Vollendung),那么浪漫派作家所追求的艺术目标和理想则是无穷无尽,无边无际(Unendlichkeit)。如此远大的艺术目标和理想,自然无法实现,只能以"渐进的"的方式,逐渐靠

---

① 参阅当代权威德语工具书Duden. Deutsches Universal-wörterbuch A-Z. Dudenverlag Mannheim / Wien/ Zürich 1989.

近，以求臻于完善。这就不难理解，为什么浪漫派作家热衷于写断片，断简残编，并以它作为文艺理论的重要形式。

其次，浪漫文学的能量和包容性巨大。《雅典娜神殿》断片第116则表明，弗·施莱格尔赋予浪漫文学以极大的能量和博大的包容性，它不仅需要，而且也能够兼收并蓄一切富有诗意的内容、体裁和形式，把所有文学体裁合并在一起，或者熔于一炉，填补艺术诗歌与自然诗歌之间的鸿沟，使文学和哲学联姻。在弗·施莱格尔看来，“包罗万象”压根儿就是浪漫文学的特性。

虽说浪漫文学具有“包罗万象”的特性，其实它并不是无所不包，比如从内容来说，浪漫派作家乐意接受和包容的主要是内心生活和精神世界中的万事万物，而不是人世间，尤其是资本主义社会中庸俗不堪、缺乏诗情画意的世俗现实生活。关于这一点，诗人诺瓦利斯对待歌德长篇小说《威廉·迈斯特》的态度可以给我们以启示。起初，诺瓦利斯对歌德顶礼膜拜，把他誉为“真正富有诗才的总督”，把《威廉·迈斯特》奉为浪漫派的圣经，但后来改变了态度，认为歌德“过于依赖源自社会实践的现实”（参见本书第二篇第六章《长篇小说：浪漫文学之核心》）。

再次，强调诗人的自由。浪漫文学的创作艺术不受任何约束和限制。由于浪漫文学的理想及其创作艺术是无穷无尽、无边无际的，它的诗人在创作上享有无限的自由，除了诗人的独断专行，即任凭兴致所至之外，不承认任何法规。这容易让人联想到费希特哲学，他的“唯我论”曾经影响了弗·施莱格尔和他的浪漫派朋友。这位德国唯心主义哲学代表人物给他的哲学体系起名为《科学原理》（Wissenschaftslehre, 1794）。令弗·施莱格尔对《科学原理》感到欢欣鼓舞的，是其中的“唯我论”，是这位哲学家对人的主观性地位和作用的强调。这样，费希特的“唯我论”就为浪漫派推崇无所约束的个性、崇尚主观意识专断性提供了重要的理论根据。

第三章　断片：德国浪漫派文艺理论的独特形式

断片（Fragment），顾名思义，是指文艺作品的未完成稿，或谓断简残编，残缺不全之作。在文学史上，断片作为文学作品曾经层出不穷，难以胜数，归纳起来，大致可分为三类：一是历史上留存下来的作品，如亚里士多德的《诗学》、古代日耳曼英雄史诗《希尔德布兰特之歌》等，它们都是历史上遗留下来的断简残编，其成因如今已经无法追述，人类只能作为一种现存文本来接受；二是由于作者的主客观原因而成了断简残编，比如由于疾病或死亡而无法完成的作品，或者由于作者兴趣的转变，计划的变更而成了断简残编的，如戈特弗里德·冯·斯特拉斯堡的史诗《特里斯坦和伊索尔黛》，作者生前只留下多半部残稿，由两位后继者分别续成完整的故事；三是故意以断片作为文学体裁和理论形式。从这个角度来看，"断片"的存在形态，颇似我国先秦时期的哲学著作，例如《老子》《论语》等。德文Fragment也可以翻译成"语录"，作为文学体裁，可以称为"语录体散文"；作为理论表述形式，可以称为"语录体散论"。断片作为"理论形式"，主要涉及德国早期浪漫派。这里要探讨的是，断片作为浪漫派的重要理论形式。

一、断片：浪漫派的重要理论形式

早期浪漫派的断片，除了奥·威·施莱格尔和施莱尔马赫在《雅典娜神殿》杂志上发表的少量格言或断片，以及浪漫派物理学家J. W·里希特1808年死后发表的断片外，主要出自诺瓦利斯和弗·施莱格尔的手笔。诺瓦利斯著有《花粉》和《信仰和博爱》等断片集。如果说这位诗人因为英年早逝（享年仅29岁），所作断片数量相对少些，那么他的挚友弗·施莱格尔的断片数量则相当可观。1797－1800年，他先后发表了三个断片集：《评论性断片》（Kritische Fragmente），1797年发表在出版商弗·赖夏特的杂志《艺苑》（Lyceum der schönen Künste），常被称为《艺苑断片》上，共127则；《雅典娜神殿》断片（Athenäums-Fragmente），1798年6月发表在《雅典娜神殿》第一卷第2期上，共451则；《主意》（Ideen）1808年发表在《雅典娜神殿》第三卷第1期上，共156则。此外，弗·施莱格尔还有两个断片集子：《哲学见习期》（Philosophische Lehrjahre）和《诗艺与文学断片》（Fragmente Zur Poesie und Literatur）。前者主要是1796－1806年间的断片，共7 502则，后者是从同一时期创作的数千则断简残编中筛选出来的，数目不详。从上面列举的断片数量可以看出，施莱格尔一生所作断片数量，简直浩如烟海，起码是5位数。

在弗·施莱格尔几个断片集中，《雅典娜神殿》断片占有较突出的地位。为了让这些断简残编多姿多彩，内容、题材和风格上具有百科全书式或包罗万象式的多样性，弗·施莱格尔作为《雅典娜神殿》的创办人，约请他的胞兄奥·威·施莱格尔、施莱尔马赫、诺瓦利斯，甚至卡罗利妮协助他工作。因此，从某种意义上说，这一时期的断片成了一种集体创作成果，它们一概不署作者姓名，以表示施莱格尔小集团的集体主义精神，体现施莱格尔提出的所谓“协作文学”

（Sympoesie）和“协作哲学”（Symphilosophie）理念。这就提出了一个问题：到底哪些断片是施莱格尔本人写的，哪些断片是他的派友们写的呢？长期以来，人们一直为这个问题所困扰。根据施莱格尔专家汉斯·艾希纳和学者雅各布·米诺的研究结果，谜团业已解开。在《雅典娜神殿》全部451则断片中，除85则属于奥·威·施莱格尔、29则属于施莱尔马赫、13则属于诺瓦利斯和4则属于集体创作外，其余320则均为弗·施莱格尔所作。今天，人们把《雅典娜神殿》断片归于弗·施莱格尔名下，这不仅因为该刊是他本人创建，而且该集断片绝大多数出自他的手笔，更主要的是因为该集的文学史意义与他息息相关。

弗·施莱格尔的断简残编受到世人的关注，有两方面的原因。其一，他本人格外擅长撰写断片。施莱格尔是个“语不惊人死不休”的作家，不仅格外偏爱断片，而且也擅长写断片。他于1797年12月18日，在给他的胞兄奥·威·施莱格尔的信里坦言：“我本人除写了一系列断片之外，并未提供任何别的样品（echantillon），因为我自己就像这样的断片一样。”① 施莱尔马赫在一封信里，曾经提到弗·施莱格尔的评论，他的胞兄1798年1月22日在给施莱尔马赫的回信中，提到他的胞弟的专长和风格时说：“我也认为我弟弟的评论是有成绩的，他写的这些片言只语，远远胜过长篇大论，正如他的断片胜过论文，他自造的词汇好于断片一样。归根结底，他的全部天才陷入了神秘的术语之中。”② 其二，断片是他阐明文艺问题、文艺理论问题的重

① 转引自Ernst Behler: Friedrich Schlegel. Rowohlts Monographien, Rohwohlt Taschenbuch Verlag GmbH Reinbeck bei Hamburg, 1966, S. 72.

② 转引自Ernst Behler: Friedrich Schlegel. Rowohlts Monographien, Rohwohlt Taschenbuch Verlag GmbH Reinbeck bei Hamburg, 1966, S. 72.

要形式。在他的断片中，我们可以看到这位浪漫派代表人物和理论家关于浪漫文学、浪漫文学纲领、体裁问题、文艺批评问题、断片、反讽、哲学与文学（Poesie）的关系、机智与闪念（Witz und Einfall）等诸多文艺问题的精彩论述。

二、浪漫派偏爱断片的缘由

浪漫派为什么对断片情有独钟呢？这既与他们的思维方式和所谓体系观念有关，同时也与他们的文艺理想是分不开的。

在浪漫派看来，世界是一个完整的统一体，应力求从整体上去把握。传统的思维方式无法把握，同时也无法向世人展示纷繁复杂的大千世界和丰富多彩的现实生活。独特的思维方式使他们把攻击矛头首先对准形式逻辑，特别是对准矛盾律和充足理由律。

矛盾律要求思想前后一致，不能自相矛盾。在思维过程中，对同一事物不能同时作出两个矛盾的判断。或者说在两个相互矛盾的判断中，必定有一真一伪。浪漫派则认为这种理论有失偏颇，看法片面、僵化。世间事物，形形色色，纷繁复杂，应该多方位、多角度和多层面地去观察和把握，允许有相互矛盾的判断和结论存在。弗·施莱格尔在《格奥尔格·福斯特》一文里指出："一个矛盾毁掉一个体系；无数矛盾使哲学家并非不配这个崇高的名字，假如他本来就不是哲学家。若干矛盾甚至可能是真诚热爱真理的标志，并可能证明没有这种多样性，福斯特的著作就不可能具有它们应该而且必须具有的风格。"[①]这里所说的"多样性"，是指观点、见解的多样性，允许有不同的见解，允许有相互矛盾的判断，允许从多角度、多方位、多层面观察一个问

---

① Friedrich Schlegel: Werke in Zwei Bänden. Aufbau-Verlag, Berlin, Bd. I., S. 87.

题。而矛盾律要求思想观点的连贯性，不应当存在矛盾。但在浪漫派看来，矛盾是普遍存在的。“思想（Geist）是由普遍矛盾构成的”。因此，他们对矛盾律非常反感。诺瓦利斯声称：“消灭矛盾律是高级逻辑最紧迫的使命。”①

浪漫派对形式逻辑中的充足理由律也没有好感。这条定律规定：任何判断都要有充足的理由和根据，任何论断都要论据充足。而在浪漫派看来，这种理论实有简单化之嫌。对真理的认识存在两种情况：其一，真理是一目了然，显而易见的。既然如此，何必要“论证”呢；其二，真理埋藏得很深，无法发现。既然如此，就只能“断言”，而无法论证或证明。弗·施莱格尔在《雅典娜神殿》第82则断片里说，最重要的事情是知道什么并把它说出来，至于论证或者解释，在大多数情况下是“多余的”。这位浪漫派理论家为什么会把论证看作是“多余的”呢？原来他认为真理的发现是个无穷无尽、永无止境的过程。真理是无法找到的。既然“找不到”，那为什么还要去寻找呢？那不是“多余的”吗？他在《莱辛的思想和见解》（1804）一文里写道：“（真理）这个概念，哲学这个名词，还有它的全部历史都告诉我们，它（真理）是一个永恒的寻觅，是无法寻觅到的。所有的艺术家和智者都认为，Das Höchste（至高无上的事物）是无法表述的，就是说，哲学必然是神秘的，犹如天生的一样，因为它除了秘密这个对象之外，没有，也不可能有别的对象，而一个秘密只能并允许用神秘的方式说出来。”②

---

① 转引自 Lothar Pikulik: Frühromantik, Zweiter Teil: Theoretische Konzepte. C. H. Beck, München, 1992, S. 94.

② 转引自 Lothar Pikulik: Frühromantik, Zweiter Teil: Theoretische Konzepte. C. H. Beck, München, 1992, S. 95.

不可否认，自然界和人世间的事物，错综复杂，总是处于矛盾之中，处于发展变化之中。正因为如此，对客观事物的认识，有时需要一个很长的过程，甚至是漫长的过程。但是这绝不是说，客观事物是不可以认识的，真理是永远找不到的。虽说客观事物不断地在发展变化中，但人的认识能力也是在不断发展、提高的，这一过程也是永恒的。人对客观事物的认识总是由表及里，由浅入深，逐步深化，从感性认识到理性认识，从对表面现象的认识逐步提高到对其本质的认识。恩格斯说："自由是对必然的认识。"人类不断认识自然，征服自然，取得越来越大的自由。人类社会发展的历史表明，真理终究是可以找到的。浪漫派代表人物的认识论，反映了他们思想认识的片面性和局限性。

在摒弃形式逻辑的同时，浪漫派代表人物也摒弃了传统的体系观念。传统的体系观念，意味着事物的完整、全面、已成定局、是毋庸置疑的。显然，这种体系观念距浪漫派的思想观念和方法相去甚远。早在1793年10月16日给他哥哥的一封信里，弗·施莱格尔就表示："体系是……一个异己分子"，"若要科学繁荣昌盛，就得用火与剑去消灭这些异己分子。"[①] 在浪漫派看来，一个真正的体系是隐蔽的，既看不见，也摸不着，是"永恒的自然"，或者说，是真理，而寻找真理，如上所述，是个永恒的过程。

其实，浪漫派并非绝无体系意识，只不过他们的体系观念是自相矛盾的。《雅典娜神殿》第53则断片说："对于英才来说，有体系和没有体系，同样是致命的。"在诺瓦利斯看来，真正的体系不是完整的和定型的："哲学体系本来就应该包含自由、无限，或者可以说无体系。

① 转引自Lothar Pikulik: Frühromantik, Zweiter Teil: Theoretische Konzepte. C. H. Beck, München, 1992, S. 95.

只有这样的体系，才能避免体系的缺点，既不会被指责为不合理，也不会被指责为混乱无序。”[①] 可见浪漫派并不绝对反对体系，他们只是拒绝传统的体系观念。他们心目中的体系，是拒绝完整性和固定性，强调“自由”、“无限”，对真理的永恒探求。难怪有专家指出，浪漫派的体系，其实是没有体系的体系。

浪漫派从其思维方式和体系观念出发，不乐意把论文作为理论形式，把尽善尽美、完美无缺（Vollendung）作为目标和理想。在他们看来，古典式的论文意味着掌握真理和传授真理，而真理的寻找是个永无止境的过程。因而，他们把浪漫文学定格为“渐进的文学”（progressive Poesie），或者说，“渐进的万象文学”（progressie Universalpoesie），把无穷无尽、无边无际（Unendlichkeit）视为自己所追求的目标和理想。他们自知自己的目标和理想无法实现，于是就把断片、断简残编视为逐步接近目标和理想的途径，把它作为他们的重要理论形式。

有意思的是，正当浪漫派作家偏爱断片时，古典文学大师歌德对格言、语录这类短小的文艺形式也怀有浓厚的兴味。这可能是一种巧合。除了与席勒合办《赠辞》外，诗人中年以后写了大量的语录，其中部分收入长篇小说《亲和力》和《威廉·迈斯特的漫游时代》中，部分发表在他编的《形态学》和《艺术与古希腊罗马》刊物上，其余的，在他逝世后由别人编辑成书，题为《散文语录》，又名《格言与随想》。

三、断片的传统与样板

浪漫派的断片，可谓是格言、警句（Aphorismus）的一个变种，传

---

① 转引自 Lothar Pikulik: Frühromantik, Zweiter Teil: Theoretische Konzepte. C. H. Beck, München, 1992. S. 96.

统的格言、警句，大多为语言简练、寓意深刻的至理名言，传授一些普遍接受的真理、处世之道或者个人的真知灼见。希波克拉底①的《警句》，是最先使用警句一词的著作，其中传授的是他的久经考验的医学之道和生活经验。到了17世纪，通过拉罗什富科②等伦理学家的努力，格言警句或箴言首先在法国发展成为一种文学形式。在德国，利希滕贝格③是该国格言警句的祖师爷，从1765年起，他每天都把关于文学艺术以及当代历史、学术问题和爱情问题的思考，简明扼要地写进笔记本里。这些文字在他死后于1800年公开发表，被编者称为“警句”。在德国，他的格言警句对这一文学体裁的发展具有重大意义。但是德国浪漫派断片所遵循的，并非利希滕贝格的传统，因为后者的格言警句在19世纪初期才问世，前者不可能以此作为自己的样板，它所遵循的是尚福尔和莱辛的传统。

尚福尔（Sébastien-Roch Nicolas Chamfort, 1740/1741－1794）是法国杂文作家，以观察力敏锐、爱冷嘲热讽著称。他的格言，法国大革命期间在民间广为流传。所著《格言、警句和轶事》的德译本于1797年春在莱比锡出版，名为《座右铭——性格特征和轶事》。此前，他写过一些杂感和关于处世之道的短评。这是一部充满幽默趣味、含义深刻的书，读者既可以从中感受到脉脉温情，也可以感受到成熟理性和坚毅勇敢的男子汉气概。这是一本趣味盎然、激情澎湃的书。它选

① 希波克拉底（Hippocrates，约公元前460－377年），古希腊医生。在欧洲享有医学之父的美誉，留下许多妙趣横生的格言。

② 拉罗什富科（La Rochefoucauld，1613－1680），17世纪法国伦理作家。著有《箴言录》（5卷，初版于1665年），书中主要表现作者愤世嫉俗的思想。“德行消失于利欲之中，正如河流消失于大海之中一样”，这条箴言正是这种思想的体现。

③ 利希滕贝格（Georg Christoph Lichtenberg，1742－1799），德国启蒙运动时期讽刺作家，文艺评论家。

材精当，表达完美，是同类作品的佼佼者。1797年9月26日，弗·施莱格尔在给挚友诺瓦利斯的信里毛遂自荐，他要撰写关于歌德《威廉·迈斯特》的札记，他说“我会按照你的想法，选择我们俩都能接受的尚福尔形式”。在同一封信里，他称自己的《艺苑断片》是一种“尚福尔式的评论”①(eine kritische Chamfortade)。上述文字足以表明尚福尔对德国早期浪漫派，特别是对弗·施莱格尔的影响有多么深刻。

弗·施莱格尔的另一个，也许是更重要的榜样是莱辛。早在《论莱辛》(1797)一文里，他就把这位德国启蒙运动的旗手、德国民族文学奠基人视为断片作家，并对他的断片特征作了简要的描述，他说：“在莱辛的著作中，最饶有趣味和最认真细致的是示意和暗示，最成熟和最完美的是断片的断片。莱辛最精彩的言论，是脱口说出的一些独特、充满活力、机智和风趣的话。”“而他最简洁的思考，通常只是一连串幽默的闪念。”②

施莱格尔对莱辛作过全面深入的研究，他不仅看重莱辛的断简残编，而且对他的人格，他的战斗精神也推崇备至。鉴于施莱格尔与莱辛的关系如此密切，诺瓦利斯1797年12月26日在致施莱格尔的信中写道：“你是缺乏燃素的(dephlogistisierter)莱辛。你的‘断片’绝对是新的货真价实的革命广告。”③

① Friedrich Schlegel: Gesammelte Werke, Bd. 24, S. 21; Zitiert aus: Lothar Pikulik. Frühromantik. S. 124.

② Friedrich Schlegel: Werke in zwei Bänden. Aufbau-Verlag, Berlin und Weimar, 1980, Bd.1, S. 119.

③ Franz Norbert Mennemeier: Fragment und Ironie beim jungen Friedrich Schlegel. Zitiert aus: Romantikforschung seit 1945, Hrsg. Von Klaus Peter, Verlagsgruppe Athenaeum, Hain, Scriptor, Hanstein, 1980, S. 238.

弗·施莱格尔对尚福尔遗著的短评和对莱辛断简残编特征的描述，都体现了他的断片观念和对断片的理解。从中不难看出，丰富的闪念，纯正的幽默和脱口而出、充满机智、风趣的话语，这些都是他格外赏识和追求的东西。

四、艺术风格与特色

虽说浪漫派的断片是传统的格言警句的变种，两者血脉相通，但前者并非后者的“克隆”。浪漫派固然十分看重断片，可他们从其体系观念出发，并没有从理论上对它作系统全面的阐述。不过，从浪漫派代表人物对他们的榜样尚福尔和莱辛的评论，从那些涉及断片的只言片语的论述以及大量浪漫派断片给人的印象中，都可以判断出什么是浪漫派断片的艺术风格和特色。

首先，拥有幽默的闪念。所谓闪念（Einfall），是出人意料地突如其来的想法。它不是稍纵即逝的思想火星，而是从无法阻挡的思潮澎湃当中飞迸出来的智慧火花，有创造性的思想火花。智者千虑之见可能产生传世的格言、警句或箴言，但成不了浪漫派的断片。幽默（Witz）乃是闪念应有的特征。反过来说也是一样，幽默也具有闪念那种出人意料地突如其来的特性。它的闪现是思想解放的结果，而这种“解放”具有“爆炸性质”（Der explosive Charakter）。所以弗·施莱格尔在《艺苑断片》第90则里写道：“幽默是被禁锢的思想的爆炸。”可见，幽默是智慧火花结出的硕果。如果说智慧是产生幽默的“土壤”，那么爆炸性就是它产生的外部特征了。人们希望自己的言论幽默风趣，但是真正的幽默，并非想有就有，在这个问题上，“心想事成”是不大可能的。《雅典娜神殿》断片第32则里说：“人们应该拥有幽默，但不应该想要拥有，不然就会闹出笑话（Witzelei），弄成亚历山大式风格的幽默(Alexandrinischer Stil im Witz)。

浪漫派对幽默的垂青,主要不是看重它作为逗人开心发笑、活跃交际气氛的手段,而是它那"联想、综合推论"(Kombinatorisch)的本领,或者说,是它那擅于在异类事物之间施展的"中介"作用,借助这一独特功能,揭示孤立、分散的异类事物的共性、近似性,使之珠联璧合。著名的《雅典娜神殿》第216则断片,被视为浪漫派幽默的一个例证。这则断片称法国大革命、费希特的《科学原理》和歌德的《威廉·迈斯特》是时代的最伟大倾向。法国大革命是政治事件,费希特的《科学原理》是哲学著作,歌德的《威廉·迈斯特》是文学作品。它们是不同种类的事物,彼此似乎毫不相干,无法"综合"在一起。但是在浪漫派看来,它们并非毫无相似之处。因为它们都是不同领域里的革命,前者是政治领域中的革命,后两者是精神领域中的革命。而更重要的是,它们均为"时代的最伟大倾向"。因此,它们能够珠联璧合,联结起来。

其次,以陈述取代论证。断片展示给读者的,不是深思熟虑的结论,不是无法推翻的真理,而是不倦地探索、追求真理的认识过程。因此,它所需要的不是论证,而是陈述。浪漫派作家要把握喷泉般涌现的思潮,除了借助简洁的语言、断片的形式,别无他法。

再次,强调思想的独立自主。早期浪漫派作家以勇于革新著称。他们力图抛弃一切陈旧的习俗,解除传统思维方式、观念的束缚,不断探索、开拓新的思想领域和幻想天地。断片作为精神领域的探险者,体现了浪漫派作家的除旧布新和独立自主精神。弗·施莱格尔说:"一则断片就是一个自我作主的思想。"[①] 他在《雅典娜神殿》第

---

① Friedrich Schlegel: Gesammelte Werke. Bd.18, S. 305. Zitiert aus: Lothar Pikulik. Frühromantik. S. 126.

206则断片里写得更加明确，他说："一则断片务必像一个小艺术品一样，完全脱离周围的世界，像一只刺猬一样，在自身中完善自己。"所谓"完全脱离周围的世界"，意味着浪漫派思想完全独立于传统的学院派思想体系之外，不受任何旧传统思想观念的影响，自成一家。以刺猬作比喻，寓意深刻。刺猬遇敌时，蜷缩成球，以防卫自己。但它并不只懂得这一招，它还会向进犯者伸出它的刺来进行反击，显示出它那凛然不可侵犯的品性。

第四章　反讽：浪漫派美学的核心概念

一、浪漫派反讽的来龙去脉

德语Ironie（反讽，讽刺，反语）源自希腊喜剧人物Eirŏn和希腊语eironeia。大约在公元前400年，Eirŏn（Ironiker，说反语者）和eironeia（Ironiè，反语）开始在希腊语中出现。eironeia原本的词义，近似谎言、欺骗、迷惑，带有贬义。在公元前4世纪的伦理学和阿里斯多芬的喜剧中，所谓eironeia，是指怀着欺骗意图的伪装。

对后世颇具影响的反讽有两类，即所谓修辞反讽（Rhetorische Ironie）和苏格拉底反讽（Sokratische Ironie）。它们虽然都是从希腊语eironeia发展和演变而来的，但其含义差别很大。

所谓修辞反讽，按照古罗马修辞学家和教师昆体良（一译昆提利安，约公元35－96年）为其下的经典定义，是指故意说跟真实意义相反的话。反讽（反话，反语）借助相反的意思，说出真实的意思。譬如，借助赞扬来谴责，或者通过谴责来表扬。修辞反讽作为有教养、有才智者的一种修辞手段，既与其他修辞方式（如比喻、隐喻）或者谎言不同，又与苏格拉底反讽有别。本身不带有伦理道德教育的意图。但它的运用，有时可能要冒一些风险，会引起误解。因此，它的运用要以对话双方具有同等或者相应的文化教养为前提。

古希腊大哲学家苏格拉底（公元前470－前399）本人没有留下任何著作，关于他的学说的资料，主要见诸柏拉图的《对话录》和色诺芬的《回忆录》。据说，古希腊喜剧人物Eirŏn是个聪明的人物，虽在角逐中失败，但凭着自己的才智，一再战胜好夸口的Alzou。苏格拉底反语正是起源于这种喜剧形式。在与对话者交谈时，苏格拉底大智若愚，有时故意给对方设置圈套，仿佛他自己知之甚少，甚至一窍不通，好让对方产生错觉，误以为自己知之甚多，甚至无所不知，以致到头来陷入自相矛盾、无法自圆其说的窘境，不得不承认自己是“阿斗”，愚昧无知，从而受到一次伦理道德教育。可见苏格拉底反语是一门语言艺术，通过斗智形式，把对手（对话者）引入“歧途”。在智斗背后，唯有育人的目的，没有险恶用心和不良图谋。从古希腊到现在，苏格拉底反语已被证实为一种行之有效的伦理道德教育手段。

产生于18世纪末19世纪前30年间的德国浪漫派反讽或反语（Romantische Ironie），既与传统的修辞反语不同，也与苏格拉底反语有别。它是个有独特内涵、独特形式和风格，自成一体的美学概念，不带有讽刺、嘲讽的意味。德国浪漫派的反讽或反语，其含义颇类似老子的“正言若反”。

二、弗·施莱格尔式的浪漫派反讽

所谓浪漫派反讽，是以弗·施莱格尔关于反讽的论述为依据的反讽，其实就是施莱格尔反讽，通常称之为弗·施莱格尔式的浪漫派反讽。之所以冠以弗·施莱格尔的大名，不仅因为他是该派的代表人物和理论家，著述等身，不仅因为他对反讽理论作过较全面深入的探索，而且也因为他的反讽哲学对当时和后世都产生过较大的影响（参见本书第二篇第四章中《浪漫派反讽的接受》部分）。

弗·施莱格尔在反讽哲学问题上耗费了大量的时间和精力，但他无意创建一个体系。他的反讽理论，多以断片、断简残编形式发表，有关的断片，数量极为可观，数以千计，散见于《雅典娜神殿》《哲学见习期》，尤其是《艺苑断片》（即《批判性断片》）等集刊上。

(一) 浪漫派反讽的产生与苏格拉底反语

古典修辞学和费希特的先验论，无疑是浪漫派反讽产生的源泉，弗·施莱格尔从中受益匪浅，而对他的反讽理念的形成与发展贡献更大的，则是苏格拉底反语。他的反讽理念首先是来自苏格拉底反语，1797年他在《艺苑断片》第108则中作过如下表述：

> 苏格拉底反语是唯一不由自主的和完全深思熟虑、审慎的伪装。无法把它假装和泄露出来。谁也无法拥有它，即便在最坦诚的供认后，（它）依然让人摸不着头脑。它不应该欺骗任何人，除了那些把它视为欺骗，要么乐于以开玩笑去戏弄世人，要么当他们被认为也参与某事而受到制裁时就火冒三丈的人。反语里的一切都应该是玩笑（Scherz），又都应该是严肃认真的（Ernst），都应该是袒露无遗的，又都应该是深藏不露的。它源自生活的艺术鉴赏力与科学精神的结合。源自完美的自然哲学与完美的艺术哲学的结合。它含有并激起无条件事物与有条件事物、一种完整报道的不可能性与必要性的一种无法熄灭的冲突之情感。它是全部许可事物中最自由的；因为人们通过它而将自己置之度外；可它又是最合法的，因为它是绝对必要的……

这是弗·施莱格尔众多关于反讽、反语的断片中最著名、最重要的断片之一，内涵富有深刻的哲理，发人深思。与此同时，这则断片揭示了苏格拉底反语与施莱格尔式浪漫派反讽的密切关系：后者是对前者的继承和发展，带有前者的深刻烙印。当然，我们也不可以将两者混为一谈。

从弗·施莱格尔对苏格拉底反语的高度评价不难看出，他对这位古希腊哲人怀有深深的敬佩与仰慕之情。令弗·施莱格尔神往的，不仅仅是苏格拉底的智慧和渊博知识，更主要的是他与别人交谈时流露出来的那种大智若愚、虚怀若谷的胸襟。人们可以从柏拉图的《辩解篇》中看到苏格拉底在众多无知者面前所展现的那种大巧若拙，深藏不露的风范。可见上述断片中所谓"深思熟虑、审慎的伪装"，不含任何贬义，相反，它表现了一个有思想，有修养的学者风范。

弗·施莱格尔的另一则断片，即《艺苑断片》第42则，也相当著名，具有经典性的意义。这则断片称：

> 哲学是反讽的真正家园，人们应该给它下个合乎逻辑的美学定义，因为人们在口头上或者以书面的方式……探讨哲学的时候，处处都会应用，或者需要应用反讽……有些古老的和现代的诗，它们无处不散发着反讽的神奇气息。这些诗含有一种名副其实的超验的滑稽(Transzendentale Buffonerie)，其内里的心态是漠视一切的，无限地超越一切现存事物，甚至超越自己的艺术、道德或者天才；外观上表现出来的则是一个优秀意大利滑稽演员的风采。

显然，这则断片也揭示出了浪漫派反讽的本质特征。

(二) 浪漫派反讽构成要素和基本特征

根据上述两则断片,即《艺苑断片》第108则和第42则,以及其他有关断片,我们可以把施莱格尔式浪漫派反讽的构成要素和基本特征大体上归纳为以下几点:

第一,浪漫派反讽是滑稽嬉戏与严肃认真的结合,或者说,浪漫派反讽有“内外有别”、“表里不一”的两面性。所谓“两面性”并不含贬义。表面上是开玩笑,说俏皮话,其实是谈严肃问题,说正经事。柏拉图的《会饮篇》也讲到苏格拉底这种“内外有别”的情况,说他仿佛像雕塑家的某些雕像,表面上像神话传说中的森林之神西伦或萨蒂尔,可要是去掉雕像的一半,里面露出来的却是一幅神像。上面所引用的那两则断片,都分别论及滑稽嬉戏与严肃认真的结合或者说“内外有别”的情况。在反讽里,“一切都应该是玩笑(Scherz),一切又都应该是严肃认真的(Ernst)”(《艺苑断片》第108则)。反讽表面上滑稽可笑,表现出一个滑稽演员的风采,但内里的“心态”,则是漠视一切,甚至超越个人的艺术(《艺苑断片》第42则)。

把“滑稽嬉戏”与“严肃认真”结合在一起,这似乎是浪漫派美学的一个创举。但在力求维持各艺术门类界限,追求尽善尽美、完美无缺的理想的古典主义者看来,这种结合,简直是“不伦不类”,不成体统,是对古典体裁论的践踏。而在浪漫派看来,这种结合是非常可取的。弗·施莱格尔在《论希腊文学研究》里试图以“客观的”和“有趣的”作为区分古代文学与现代文学,即浪漫文学的标准。“滑稽嬉戏”当属浪漫派所追求的“有趣”事物,它与“严肃认真”相辅相成,在两者的结合中,前者可作为引起“兴味”的手段,以达到深化对后者认识的目的。

反讽作为一种心态,是漠视一切的,无限地超越一切现存事物,甚至超越自己的艺术。可见艺术，虽然“神圣”，但还是有限的事物，而艺术家的思想自由则却是无限的、不受任何约束的。它在一切现存的有限事物中，是最自由的（《艺苑断片》第108则）。《艺苑断片》第87则也是这种自由观念的证明，它说：“有些艺术家，他们……并无足够的自由，去超越他们那至高无上的事物（ihr Höchstes）。”所谓“至高无上的事物”，无疑是指他们创作的艺术品。这里，弗·施莱格尔提出了一个异常重要的问题，即艺术家与艺术作品的关系问题。在西方唯美主义者（弗·施莱格尔无疑是其中一员）看来，艺术作品是神圣的，至高无上的，可它毕竟受艺术家支配，处于从属地位，而艺术家则处于主导的支配地位。由此可见，艺术家的思想自由，乃是浪漫派反讽的本质。那些没有足够自由去超越自己作品的艺术家，其实指的是拘泥于艺术门类界限，放弃或者不敢享受艺术家自由的古典派艺术家。

第二，浪漫派反讽具有矛盾性。在熟谙辩证法的弗·施莱格尔看来，在相对与绝对之间，在现实与理想之间，在有限与无限之间，总之，在任何事物之间，都存在矛盾与对立。事物本身就是一个矛盾对立的统一体。事物内部的矛盾对立、斗争，推动事物的发展。浪漫派反讽的职责，不仅要唤醒矛盾存在的意识，而且要设法让矛盾激化，促使其向转化的方向发展。浪漫派反讽所表达的是一种无止境的矛盾冲突感情，其中既有相对性因素，又有绝对性因素，艺术作品既不可能对事物作完整报道，又有必要作这样的报道（《艺苑断片》第108则）。这里，弗·施莱格尔就事物的“完整报道”阐明了他与他的浪漫派的独特见解：对事物作“完整报道”是不可能的，却又是必要的。这仿佛是个自相矛盾，无法自圆其说的说法。其实，这里涉及弗·施莱格尔和浪漫派的文艺观和认识论问题。浪漫派放眼宇宙，拥抱世界，而大千世界，无所不包，无奇不有，在大自然中，在人世间，事物是纷繁复杂、深奥莫测的，真理埋藏得很深，寻找真理是个永无止境的过程，只能逐步接近，却无法找到。因此，对事物作“完整报道”是不可能的。但是另一方面，浪漫派追求无限，追求无穷无尽、无边无际的理想，从他们要构建的“渐进的万象文学”来看，对事物作“完整报道”自然又是必要的。

第三，浪漫派反讽强调持续的脑力运动。如何让不受约束的思想，不断探索，无限地超越一切，逐步深化认识，接近真理，既是浪漫派的理想，也是浪漫派反讽的天职。反讽作为启发思想、深化认识的手段，如何发挥作用呢？关于这个问题，弗·施莱格尔有自己的一套设想。在《论反讽》一文里，他提到与他人交往和沟通的必要性，他说对话双方可以从中获得启迪和教益，提高认识。从这个意义来说，集体讨论，或者用浪漫派的行话来说，即所谓协作哲学（Symphilosophie），是不可缺少的。反讽作为启发思考，促进大脑运转，逐步深化认识的手段，也可用于个人的独立思考，这就是说，人们可以在自言自语中不断地自问自答，不断地修正错误，提高认识。用《雅典娜神殿》第51则断片来说，就是“自我创造与自我毁灭的永恒更迭”（steten Wechsel von Selbstschöpfung und Selbstvernichtung）。意思是说，旧的创造（或见解）随着大脑运转，认识提高而被看出其局限性，从而遭到“毁灭”，由新的创造（或见解）取而代之。通过这种“自我创造和自我毁灭的永恒更迭”过程，世人就能逐步深化认识，接近绝对的事物（das Absolute），亦即接近绝对真理，日益接近理想境界。所谓“永恒的更迭”，无非是要求大脑永恒地运转。弗·施莱格尔在其他的断片里，也有近似的表述。其中《主意》断片第69则颇为著名，经常被人引用，即“反讽是对永恒敏捷，对无限完满的混沌的清楚认识”（Ironie ist Klares Bewußtsein der ewigen Agilität, des unendlich vollen Chaos）。这里说的“敏捷”，当然是指思维的敏捷。“永恒更迭”

和“永恒敏捷”都体现了对脑力运动的高度要求。两者就其活动性质而言是一致的，都要求大脑持续不断地运转。

第四，浪漫派反讽是反讽与哲学的结缘。一开始，浪漫派反讽就与哲学结下了不解之缘。《艺苑断片》第42则开门见山就指明了两者的关系，说“哲学是反讽的真正家园”。事实上，弗·施莱格尔的有关断片，其中有不少内涵是多义的，深奥的，玄妙莫测的。一些文辞，诸如“逻辑的美”（logische Schönheit）、“高尚的举止”（erhabene Urbanität）、“神奇气息”（göttlicher Hauch）、“先验的滑稽”（transcendentale Buffenerie）、“持续不断超越业已存在的事物”（permanente Parekbase）、“哲学的诙谐”（philosophische Witz）和“愉快的乙醚”（Äther der Fröhlichkeit）等，这些文辞，或者被当作浪漫派反讽的同义词，或者被当作近义词。这类文辞，扑朔迷离，容易使人迷惑不解。不过，弗·施莱格尔并不担心。他在《论费解》一文里赋予“费解”以积极的意义。

弗·施莱格尔把浪漫派反讽视为他的美学核心，将其提升为“渐进的万象文学”的艺术原则。上述浪漫派反讽的构成要素和基本特征，体现了浪漫派对无穷无尽（Unendlichkeit）和真理孜孜不倦的追求，体现了为实现他们的艺术纲领，实现“渐进的万象文学”而奋斗的精神。显然，这是一种锐意进取、积极向上的精神。

三、浪漫派反讽的接受

（一）弗·施莱格尔在反讽哲学上的知音

如上所述，弗·施莱格尔的浪漫派反讽，是内涵多义的，深奥的，玄妙莫测的。难怪浪漫派反讽接受史上出现过如下的怪现象：在同时代人中，比较理解浪漫派反讽的，首先并非弗·施莱格尔最亲密的朋友诺瓦利斯和施莱尔马赫，或者他的胞兄奥·威·施莱格尔，而是哲学家谢林，亚当·米勒和佐尔格。

谢林（Fridrich Wilhelm Joseph Schelling，1775－1854）遵照弗·施莱格尔的理念，把反讽现象引进了他的《艺术哲学》。同时他也看出，浪漫派反讽的一个基本特征是严肃认真与玩笑的结合。这表明这位哲学界名流对弗·施莱格尔反讽思路是认同的。这对弗·施莱格尔浪漫派反讽带来的社会影响是非同小可的。

亚当·米勒（Adam Müller，1779－1829）没有把自由、意识和反讽看作是三个不同的概念，而是几乎把它们看作是同义词。在他看来，反讽是“愉快优势（heitere Überlegenheit）的标志，是艺术家精神自由的证明，尤其是富有创造性的人的自由意识的证明”。由此可见，亚当·米勒也是强调艺术家精神自由的，他强调这种自由意识。他在《关于阿里斯托芬的反讽、喜剧》讲座里，把希腊字Ironie（反讽）翻译成“艺术家或者人的自由表白”，并称它为“神奇的自由”（göttliche Freiheit），没有它成不了大事。① 亚当·米勒这种自由观念和自由意识，与弗·施莱格尔在《艺苑断片》中的有关论述是一脉相承的。亚当·米勒把反讽视为一种艺术创作手段，“借以使艺术家的主体与客体化的作品保持一种惬意的距离”。② 由此可见，弗·施莱格尔分散在众多断片中有关反讽的论述，在亚当·米勒的著作中得到了一定程度的系统梳理。

佐尔格（F. Solger）在他的两卷本《埃尔温》（Erwin，1815）和《美学讲演录》（Vorlesungen über Ästhetik，1829）中，深入讨论了反讽这

① Helmut Prang: Die romantische Ironie. Wissenschaftliche Buchgesellschaft, Darmstadt, 1980, S. 19.

② Helmut Prang: Die romantische Ironie. Wissenschaftliche Buchgesellschaft, Darmstadt, 1980, S. 22.

个核心的美学概念。在《美学讲演录》中，他阐明了反讽的地位、本质和意义。他把“艺术家心态”(die Stimmung des Künstlers)称作“艺术(家)反讽”(künstlerische Ironie)，认为“反讽并非艺术家个人偶然的心态，而是全部艺术最内在的生命胚胎”。① 他还认为：“真正的反讽是以最高的觉悟为前提的，有了这样的觉悟，世人就能彻底弄明白，什么叫观念(Idee)与现实的矛盾与统一。”② 佐尔格根据自己对反讽的认识，得出结论说：反讽构成艺术的本质和艺术的内在意义。他甚至声称：“没有反讽压根儿就没有艺术。”③ 这种说法，虽然显得夸张，但也有行家认为这是无可辩驳的。

另外，佐尔格关于反讽与热情(Begeisterung)关系的论述也颇有意思。在他看来，反讽和热情是不可分割的，他把热情视为“对我们的神奇观念(göttliche Idee)的感知”，把反讽理解为“对我们现实生活中的无能为力(Nichtigkeit)、观念毁灭的感知”。因此，他认为在艺术中，热情与反讽是一回事，是无法分割的。④

从佐尔格关于反讽及其本质、意义与使命的论述中可以看出，这位哲学家的反讽理念，与弗·施莱格尔的反讽理念基本上是一致的。佐尔格的论述更为深入、系统。可以说，他的论述不仅是对弗·施莱格尔反讽理念的梳理、归纳和阐释，更是对弗·施莱格尔反讽哲学的补充与发展，为人们理解反讽开辟了一条便捷的道路。

---

① Helmut Prang: Die romantische Ironie. Wissenschaftliche Buchgesellschaft, Darmstadt, 1980, S. 24.

② Helmut Prang: Die romantische Ironie. Wissenschaftliche Buchgesellschaft, Darmstadt, 1980, S. 25.

③ Helmut Prang: Die romantische Ironie. Wissenschaftliche Buchgesellschaft, Darmstadt, 1980, S. 24.

④ 参见Helmut Prang: Die romantische Ironie. Wissenschaftliche Buchgesellschaft, Darmstadt, 1980, S. 25.

(二) 黑格尔对浪漫派反讽的抨击

弗·施莱格尔的一些反讽断片,仿佛是一条条谜语或用数字编织而成的密码,虽也有人能破解,但毕竟是少数,多数人恐怕是两耳塞豆,糊里糊涂。三人成虎,以讹传讹的情况有可能出现。与此同时,因为误解而招致质疑甚至抨击的情况也在所难免。亚当·米勒意识到这种情况,他指出:"一大群满怀诗意的时髦哲学家都攻击(反讽)这个词。"在向弗·施莱格尔式浪漫派反讽发难的哲学家群体中,最吸引世人眼球的,除丹麦哲学家克尔恺郭尔外,莫过于黑格尔。

黑格尔(Georg Wilhelm Friedrich Hegel, 1770-1831)与弗·施莱格尔在伦理道德、哲学和美学等一系列重大问题上,都产生过严重的碰撞。在反讽哲学这个问题上,两者也是冤家路窄。黑格尔是继诗人歌德之后最早起来"重炮猛轰"浪漫派的德国名流。由于"反讽"是弗·施莱格尔美学的核心概念,在他的美学理论中占有举足轻重的地位,因此黑格尔把批判的矛头对准了它。在其巨著《美学》里,他对弗·施莱格尔式的浪漫派反讽大肆攻击,声称它给予艺术以"自由自在的支配,肆意妄为的权力","一桩自身思想内容丰富的事情、事实、品德",有可能"随意"被废除。他无视弗·施莱格尔断片中对"深思熟虑、审慎"和"法规"的强调(《艺苑断片》第108则),故意把"肆意妄为"说成是浪漫派反讽的特征,把反讽称为一种"空虚无聊家伙的情感",斥之为"无限的绝对否定"(unendliche absolute Negativität)。①这里所谓"否定",显然是指否定一切客观事实,否定一切有思想内容和有价值的事物。黑格尔从浪漫派反讽的本质和特征推论出它的

---

① 参见Helmut Prang: Die romantische Ironie. Wissenschaftliche Buchgesellschaft, Darmstadt, 1980, S. 79.

“破坏性”和“危险性”。

黑格尔之所以如此猛烈抨击弗·施莱格尔的浪漫派反讽，并非出于个人恩怨，而是首先得归因于双方美学基本观点的差异，确切地说，是对立。如果说受古典主义美学熏陶的黑格尔把尽善尽美、完美无缺（Vollendung）视为自己的艺术理想，把客观和稳定（das Stabile）视为其追求的美学标准，那么弗·施莱格尔的艺术理想则是无穷无尽、无边无际（Unendlichkeit），其美学标准则是主观（das Subjektive）和活动（das Mobile）。美学观点的对立使得黑格尔无法接受浪漫派反讽。此外，也不能排除他对浪漫派反讽的质疑和抨击包含有误解的因素，因为他把弗·施莱格尔的反讽归因为费希特的自我哲学（die Ich-Philosophie），从而推论出浪漫派作家信奉极端主观主义。

总的说来，浪漫派反讽自问世以来，在很长时间内，或者说，在19世纪，接受情况不佳，处境不妙：要么不为世人理解和接受，要么遭到曲解或误解。学者福尔克尔·多伊贝尔（Volker Deubel）在一篇全面系统的科研报告《弗里德里希·施莱格尔研究》（《Friedrich Schlegel-Forschung》，1945－1972）《反讽》一节里指出：“早先关于反讽概念的研究，大部分的理解为误解史。”①

（三）浪漫派反讽接受情况的转机或逆转

时移势迁。进入20世纪，情况开始发生逆转：人们对浪漫派及其代表人物探索兴趣的激增与研究的逐步深化，促使人们逐渐改变对浪漫派的不公正看法、种种偏见和误解。文艺学这一新形势的出

---

① Volker Deubel: Friedrich Schlegel-Forschung（1945－1972）. In: Deutsche Vierteljahrschrift für Literaturwissenschaft und Geistesgeschichte, Sonderheft. Forschungsreferate, 1973, J. B. Metzlersche Verlagsbuchhandlung, Stuttgart, S. 112.

现，至少与下述两件事存在因果关系：其一，弗·施莱格尔哲学手稿，特别是他那内涵丰富、哲理深刻的《哲学见习期》（Philosophische Lehrjahre，1796－1806，内有数以千计的断片）的发现，激发了人们对弗·施莱格尔的探索热情。哲学家威廉·狄尔泰（1833－1911）1861年在波恩研究了施莱格尔兄弟的遗稿，被青年弗·施莱格尔哲学笔记深深感动，暗下决心，根据未曾出版的原始资料，撰写了一部浪漫派史。在他看来，弗·施莱格尔的观点，"比起当初小心翼翼摸索的论文来，更富有独创性"。[①] 其二，约在20世纪60年代前后展开的关于德国浪漫派艺术和艺术概念的争论，主要是由于对现代派艺术的不安或者由于它的艺术魅力而引起的，而现代派的鼻祖是浪漫派。争论双方都援引早期浪漫派的倾向和诗学概念，这样的争论自然有助于激发对浪漫派美学的兴趣，推动浪漫派研究的深入。

研究现当代文学的专家们意识到，黑格尔及其追随者（如文学史家H. A·科尔夫和卢卡契）在反讽问题论战中的根本弱点就是他们对弗·施莱格尔式浪漫派反讽这一概念并未真正理解。或者说，他们所批判的，并非浪漫派反讽本身。针对黑格尔的责难，文学史家奥·瓦尔策尔（Oskar Walzel，1864－1944）经过对浪漫派反讽深入研究后，在一篇题为《方法：弗里德里希·施莱格尔与K. W·佐尔格的反讽》（1938）的论著里指出："（黑格尔）这里所说的，与我上面所引用的弗·施莱格尔关于反讽的一些句子，简直是风马牛不相及。可谓是无的放矢[②]……这位真正的大人物黑格尔，出于盲目的仇恨，就

---

① Ernst Behler: Friedrich Schlegel und Hegel. In: Hegel-Studien. Hrsg, von Friedhelm Nicolin und Otto Pöggeler. H. Bouvier und Co. Verlag. Bonn, 1963, Bd. 2, S. 217.

② "……无的放矢"：原文为：man möchte von Lufthieben reden，这里的Lufthieben原意为：（击剑时）击了个空，这里姑且译为"无的放矢"。

弗·施莱格尔式浪漫派反讽说了错话。”[①]

瓦尔策尔在《浪漫》(das Romantisches, 1934)一书中对浪漫派反讽作了深入研究,在他看来,弗·施莱格尔的浪漫派反讽,作为“美学范畴是苏格拉底式‘愚昧无知’的现代发展”,成了浪漫文学乃至现当代文学的一个本质特征。它完全符合柏拉图“高级反讽”的精神,比起诸如斯威夫特[②]的粗野反讽来,显得高明。所谓“高级反讽”,并非讽刺、嘲弄之类的东西,而是把玩笑与真正的喜悦结合在一起的极端严肃认真的态度(tiefster Ernst)。这种态度使诗人具备支配题材的能力,使他避免“片面性和空洞无物的理想化”。[③]

20世纪,随着德国浪漫派的“复兴”,文艺学研究的发展和深入,浪漫派反讽作为一个美学的核心概念,在文艺批评界日益受到青睐。现当代的德国文学史研究,或多或少都会涉及它。在全面论述浪漫派的学者中,下列几位是其中的佼佼者:奥·瓦尔策尔(Oskar Walzel)、格·梅利斯(Georg Mehlis)、玛丽·约阿希姆(Marie Joachim)、弗里茨·施特里希(Fritz Strich)、保尔·克卢克霍恩(Paul Kluckholm)、尤利乌斯·彼得森(Julius Petersen)和弗兰茨·舒尔茨(Franz Schultz)等人。

更为引人注目的是,从20世纪初起,以浪漫派反讽为主题的专著不断涌现,一批专家学者或以博士论文,或以专著形式,从不同的侧面、角度和层面,对浪漫派反讽进行了深入的分析和探索,例如:弗里

---

① 转引自Ernst Behler: Friedrich Schlegel und Hegel. In: Hegel-Studien, Bd. 2, S. 217.

② 斯威夫特(Jonathan Swift, 1667–1745),英国杰出的讽刺作家和讽刺大师,著有《格列佛游记》等。

③ 转引自Ernst Behler: Friedrich Schlegel und Hegel. In: Hegel-Studien. Bd. 2, S. 219.

茨·布吕格曼(Fritz Brüggemann)于1999年出版了《反讽作为发展史因素》,马克斯·普尔弗(Max Pulver)早在1912年就出版了博士论文《浪漫派反讽与浪漫派喜剧》,弗里茨·恩斯特(Fritz Ernst)于1915年出版了博士论文《浪漫派反讽》,卡尔·施勒特尔(Karl Schrötter)于1924年出版了博士论文《弗·施莱格尔的浪漫派反讽作为精神现象》,费迪南德·瓦格纳(Ferdinand Wagner)于1931年出版了博士论文《浪漫派反讽与辩证法反讽》,汉斯·埃贡·哈斯(Hans Egon Has)于1950年出版了博士论文《反讽作为文学现象》,贝达·阿勒曼(Beda Allemann)先后于1956年、1969年出版了专著《反讽与文学》,英格里德·施特罗施奈德·科尔斯(Ingrid Strohschneider Kohrs)于1960年出版了专著《理论与创作中的浪漫派反讽》,贝恩哈德·海姆里希(Bernhard Heimrich)于1968年出版了专著《德国浪漫派理论与文学作品中的虚构与虚构反讽》,赫尔姆特·普朗(Helmut Prang)于1980年出版了专著《浪漫派反讽》等。

随着研究的深入,浪漫派反讽的神秘面纱正逐渐揭开,人们可以用千言万语细说它的本质特征,它所涵盖的方方面面,却难以用简洁的文字,给它下个明确定义,做到言简意赅,令人满意。

(四) 小结

浪漫派反讽自19世纪开始诞生至今,经历了200年,纵观两个世纪的浪漫派接受史,可以得出下列三点看法:

第一,它是浪漫派美学的一个核心概念,在浪漫派美学中占有中心位置。它内涵丰富而深奥,不免难以理解和接受,但还不到不可以理解和接受的程度,只不过需要一个深刻钻研探索的过程。

第二,它的遭遇与德国浪漫派的命运息息相关,两者可谓唇齿相依,休戚与共。浪漫派步入文坛两个世纪以来,在漫长的历史长河中,历经风雨坎坷，命途多舛。它时而惨遭批判，被打入冷宫，时而时来运转，东山再起。第二次世界大战结束后，由于民主德国和联邦德国奉行不同的文化政策，它因此有了不同的际遇。在联邦德国，浪漫派受到重视，它与它的代表人物的文化遗产得到很好的保护。卷帙浩繁、规模达35卷的《弗·施莱格尔全集（评注本）》的编纂（主编为Ernst Behler）就是例证；而在民主德国，在敌视浪漫派、充当它的审判官和文坛“教皇”卢卡契的影响下，浪漫派简直成了人人喊打的“过街老鼠”，直到20世纪60年代初，汉斯·马耶尔教授在莱比锡大学召开浪漫派讨论会以后，情况才出现转机。浪漫派在不同历史时期的不同际遇，成了浪漫派反讽的一面镜子。

第三，综观现当代文坛发展全局和倾向，浪漫派反讽正在被越来越多的为人所理解和接受，它的春天业已到来。

第五章　文艺批评作为一种批评艺术

德意志是个拥有悠久文化、文艺批评传统的民族。在德国，文艺批评作为文学作品的伴随现象，始于中世纪，此后各个历史时期，它都不乏代表人物，比如启蒙运动时期的莱辛；狂飙突进运动的赫尔德和默克；魏玛古典文学时期的歌德和席勒；浪漫主义文学时期的施莱格尔兄弟，等等。弗·施莱格尔更具代表性和权威性，因为他既是文艺理论家，又是文艺批评家。在德国文艺批评史上，他属于最杰出的文艺批评家之列，他具备作为优秀文艺理论和批评家应有的素质，诸如渊博的知识，敏锐的观察力，深邃的洞察力，深刻的理解力和判断力等。他以其文艺批评理论和实践，在欧洲享有盛誉。这位浪漫派代表人物把文艺批评定义和定位为一种批评艺术品。他对文艺批评的理论、形式、功能、批评家的职责和应具备的条件诸方面都持有独特见解。他的理论在文艺批评界和文学界曾引起强烈的反响，德国浪漫派的文艺批评理论，从某种意义上说，就是弗·施莱格尔的理论。

一、弗·施莱格尔文艺批评理论产生的背景

文艺创作和评论，总得遵循一定的规则，这似乎是天经地义的

事。欧洲自文艺复兴以来,人们总是依据古典主义诗学规则行事。这些规则源自亚里士多德和贺拉斯的文艺理论。毫无疑问,经典名著都有过巨大贡献,对后世产生过很大的影响。作为古典主义奠基人,贺拉斯的影响尤为巨大。他的《诗艺》在中世纪被奉为经典,后经布瓦洛在《诗的艺术》中的阐释和发挥,遂成为新古典主义的金科玉律,制约了法国文坛一个多世纪,后经由法国传播到整个欧洲,影响了欧洲的文艺发展。德国前期启蒙运动的代表人物戈特舍德(Johann Christoph Gottsched, 1700－1766),对法国古典主义采取的是顶礼膜拜的态度,他以布瓦洛的《诗的艺术》为蓝本,撰写了理论著作《批评诗学试论》,从而成为德国古典主义诗学的代表人物。古典主义的许多清规戒律,约束了作家的想象力,制约了文艺的发展。它们来源于古代的文艺理论,后来又遭到曲解,所谓戏剧的"三一律"就是其中最明显的例子。"三一律"是根据古代希腊戏剧的具体情况和特点总结出来的:古希腊戏剧舞台上有歌队,要求故事情节必须有统一的时间和地点。而时间和地点的一致,反过来又要求情节简单化。现代戏剧既然废除了歌队,那么时间和地点的一致,也就没有必要了。而古典主义文艺理论的研究者和阐释者却声称,"三一律"永远适用于一切悲剧。譬如戈特舍德就认为,悲剧唯有遵循"三一律",并由五幕构成,才是一出好戏。

在德国,古典主义的清规戒律严重阻碍了文艺的发展,这引起了德国有识之士的强烈不满。在18世纪的德国,古典主义是舶来的东西,其统治时间虽短,但影响却是根深蒂固,当然,后来还是被克服了。促使其根基动摇并最终被克服的,是三股势力:一是启蒙运动和随后的狂飙突进运动的统帅和领军人物莱辛和赫尔德;二是莎士比亚的发现,或者说榜样的力量;三是法国大革命的影响。

莱辛是头一个从理论上分析、批判古典主义及其"三一律"的著名人物。早在《关于当代文学的通信》(1759－1765)最著名的第17封信里,他就严厉地批驳了戈特舍德对法国古典主义的顶礼膜拜。当年《图书杂志》的编者说:无人否认,德国戏剧的改进大部分成绩应该归功于戈特舍德教授。莱辛愤然说:"我就是这个'无人',我一直否认这一点。要是戈特舍德先生从未干预过戏剧该多好啊。"莱辛批判戈特舍德只是想创造一种法国化的戏剧,而这种法国化的戏剧,未必适合德国人的思维方式,倒是英国人的文学趣味比法国人的文学趣味更适合德国人的要求。这封信被认为是莱辛对戈特舍德的公开宣战书。在《汉堡剧评》里,莱辛的批评矛头直指法国古典主义及其代表人物。《汉堡剧评》第46篇还精辟地分析了"三一律",指出它并不适用于当代戏剧。

继莱辛之后,赫尔德也站出来对古典主义的清规戒律发难,他在谈到莎士比亚戏剧时指出,要求17世纪的英国人或者当代的德国人写出公元前5世纪希腊人那样的戏剧是荒唐的。他在分析"三一律"时指出,希腊戏剧舞台上有一支歌队,因其要求时间和地点务必一致,不能变换场景,因此,这种"三一律"只适用于古代希腊戏剧,不能用它来套当今的戏剧。

莎士比亚戏剧不论是思想内容、艺术风格、表现形式,还是语言,都与古典主义戏剧相去甚远,用古典主义规则是无法解释的。莎翁在18世纪的德国被发现,是个重要的历史事件,对动摇乃至推翻古典主义美学在德国的统治,促进德国文艺的发展,意义十分重大。莎士比亚的艺术是作为典范介绍到德国来的,备受称赞,人们对其评价极高。莱辛早在《关于当代文学的通信》里就高度赞扬过莎翁的艺术,称这位英国人是个"具有人民性的伟大天才"。在《汉堡剧评》里,他总是拿法国的历史悲剧同莎士比亚的历史悲剧作比较,称前者的剧情令人发笑,难以接受;后者的内容和语言真实感人。莱辛甚至把法国悲剧比作“绘在戒指上的小品画”，而把莎翁悲剧比喻成巨大的“壁画”。显然，莱辛作如此比较，是要自己的同胞摒弃法国古典主义，以莎士比亚为榜样，推动文坛革新。赫尔德从青年时期起就不断撰文介绍莎士比亚，由此成为在德国掀起莎士比亚热的重要人物。他的《莎士比亚》（1771－1773）一文全面深入地分析了莎士比亚的戏剧艺术，旨在消除法国古典主义戏剧的影响，以莎翁为典范创造具有民主特色、符合新兴市民阶级利益和趣味的戏剧。莎翁的思想和戏剧对歌德产生了难以估量的影响。歌德在他的作品和论著中，在同艾克曼的谈话中，屡次三番地表达了他对这位英国大文豪的憧憬和感激之情。在早年的诗作《在两个世界之间》中，歌德就把莎翁誉为“最美丽山峰上的明星”。后来，在《莎士比亚命名日》（或称《莎士比亚日的演说词》，1771）里，歌德又写道：“我初次读了一页他的作品之后，就使我终身折服；当我读完他的第一个剧本，我好像一个生来盲目的人，由于神手一指而突然获见天光。”早期浪漫派的代表人物也为莎剧艺术所倾倒。奥·威·施莱格尔和蒂克致力于莎剧翻译多年，他俩的译著一向为世人所称道。弗·施莱格尔对莎士比亚推崇备至，他赞颂莎翁为“尽善尽美的”诗人、“现代诗的顶峰”。他说：“自《荷马史诗》以来，还不曾有哪个诗人像莎士比亚一样，给我们创造出那样丰富多彩、生动活泼、包罗万象却又细节真实的世界画面。”

1789年的法国大革命，是具有划时代意义的伟大历史事件。它震撼了整个欧洲，动摇了那里的封建统治。对于四分五裂、经济落后的德国而言，法国大革命在思想领域的影响远胜过政治领域。大革命思想的实质，就是冲破思想牢笼，让思想获得自由解放。正是在法国大革命思想的影响下，浪漫派作家再也不愿意受旧的清规戒律、条条框框的约束了。

常言道,“不破不立”。旧的诗学和清规戒律的破除,思想的解放,乃是创立新的学说和理论的必要前提。弗·施莱格尔的文艺理论,包括文艺批评理论,正是在由“破”到“立”的转换时期,或者说过渡时期产生的。

二、弗·施莱格尔的文艺批评理念

18世纪90年代,古典主义的法规体系正在土崩瓦解,其时,文艺理论家和批评家遇到了文艺学上的一个核心问题:没有审美规则,如何进行评论?这个时代的重大问题,当时没有被世人看破,更没有获得解决。青年弗·施莱格尔在广泛接触欧洲文学大师作品的过程中,目睹了欧洲文学的丰富多彩,视野得到拓宽。他逐渐意识到:世界上没有普遍适用,永远行之有效的规则。与此同时,他从自己敬仰的老前辈莱辛、同时代的哲学家康德,尤其是从费希特那里获得了重要的教益和启迪。他在给其胞兄奥·威·施莱格尔的一封信里,曾经提到令他刻骨铭心的莱辛名言:“法官只能依法行事,可对创作家来说不存在法规。”1793年,施莱格尔初次读了康德的《判断力批判》。这位哲人也在书中指出:美的事物(des Schönen)没有法则,审美判断无法证实。这里所谓“美的事物”,显然是指文艺作品。如果说在破除陈旧过时的规则体系上,莱辛的精神和康德的哲学理念给予青年弗·施莱格尔以有力的支持和推动,那么在弗·施莱格尔创立文艺批评理论上,费希特可谓功不可没,正是他的哲学思想为弗·施莱格尔的理论提供了借鉴和依据。费希特把内省(Reflexion)、自我观察(Selbstbetrachtung)视为重要的哲学原则;对于精神现象,他要求从其发展变化中去分析和阐明。弗·施莱格尔把这位哲人的这些哲学理念运用到了文艺批评中来。

文艺批评不同于文艺学或者诗学，一般来说，其是指对同时代文学问题的评论。评论形式是多种多样、五花八门的，诸如诗歌，印象，观感，杂文，小品文，对话，讽刺短诗，滑稽讽刺小品，寓言，格言警句，论战，等等。随着时代的更迭，评论形式不断改变，不断翻新。在文艺批评上，浪漫派独辟蹊径，以弗·施莱格尔的理论为依据，从内容、形式、风格与方法等方面，都对传统理论作了翻新和改造。弗·施莱格尔的文艺批评理念集中反映在三大问题上，一是关于文艺批评的本质特征与定义、定位问题；二是关于文艺批评的职责问题；三是关于文艺批评家的使命和素质问题。

浪漫派的文艺批评突出被批评事物的个性特征，他们把文艺批评称作Charakteristik。所谓Charakteristik，是指对被评论事物个性特征的精确描述。在弗·施莱格尔看来，它并不是对艺术品的描述，而是对“艺术品印象的描述”（eine Dasrstellung vom Eindruck des Schönen），或者是艺术品给评论家“必然印象的描述”。① 数十年后，欧洲文坛上有人在探讨文艺批评定义时，曾发表了近似弗·施莱格尔的见解，譬如爱尔兰作家、19世纪末期英国唯美主义运动主要代表人物王尔德（Oskar Wilde，1854－1900）和法国印象派批评家勒梅特（Jules Lemaitre，1853－1914）。前者认为：批评家就是能够把艺术作品给他的印象改写成别样风格的作品，使之成为一种新的媒介物的人；后者断言：文艺批评，不管它有什么借口，除了阐明一个艺术品在出现的瞬间给我们留下的印象外，别无作为。② 乍看起来，在文艺批评定义或阐释上，印象派批评家与弗·施莱格尔的看法似乎不谋而

---

① 参见Fr. Schlegel: Literary Notebooks. N14, 990. 转引自Hans Eichner: Friedrich Schlegels Theorie der Literaturkritik, Aus: Zeitschrift für deutsche Philologie. Sonderheft, Erich Schmidt Verlag, Berlin, 1969, S. 10.

② 参见Hans Eichner: Friedrich Schlegels Theorie der Literaturkritik. S. 11.

合，或者说大致相似。其实不然。根本的区别在于前者使问题简单化。弗·施莱格尔认为，一个文艺批评家背负着极为艰巨的使命，如果他像勒梅特声称的那样，那他必定是个悠闲自在的人，他的评论对世人毫无用处。在弗·施莱格尔看来，一篇能够精确描述艺术作品个性特征的评论，比一篇所谓的纯粹评论档次和品位要高，这不仅因为它把文学、历史和哲学融为统一的复合体，同时也因为它并非简单地描述关于一个艺术品的印象，更不是随便某个瞬间的印象，而是描述一种绝对印象（absoluter Eindruck）。所谓“绝对印象”，显然是指根据对被评论的对象，或者说被评论的文艺作品全面透彻的理解所获得的绝对正确印象。而这样的印象务必符合两个标准：其一，印象的客观性。浪漫派评论家与印象派评论家的评论，虽也有一致的地方，即两者起初都从主观主义立场出发，但仍旧存在很大差异，即后者是停留在主观主义印象上，而前者则是竭力克服主观主义弊端，力求评论的客观性。一个人由于家庭出身、生活环境、经历、学历、阅历诸因素的影响，难免存在某些局限性和偏见。比如，他熟悉某个作家，很容易就对他产生偏爱，对他作出不切实际的评论和评价。这并不奇怪，因为这样的评论家只见树木不见森林，坐井观天。在弗·施莱格尔看来，要克服评论上的这种弊病，只有加强学习。其二，所描述的印象，要经得起时间的考验。一个人的立场观点，往往会随着时间推移而发生改变，对同一位作家或者同一部文艺作品而言，今天说他（它）如何如何，明天又改口说他（它）怎样怎样，这种朝三暮四的评论，显然不符合所谓“绝对印象”的基本要求，也即与弗·施莱格尔所要求的评论相去甚远。

那么，怎样才能获得如弗·施莱格尔所要求的“绝对印象”，或者说怎样才能写成一篇能够精确描述艺术作品个性特征的评论呢？无疑，这是要以对被评论事物全面透彻的了解为前提。批评家只有反复阅读作品，不断提高认识水平和鉴赏力，才能形成一个"整体的看法"，才能对被评论的作家作品作出恰当的判断。弗·施莱格尔在他的《文学笔记簿》(《Literary Notebooks》, Nr.173)里写道："绝对的研究(absolutes Studium)是批评的原则。"所谓"绝对的研究"，显然是指文艺批评家在动笔写评论之前，务必潜心研究，反复钻研被评论的作家作品，全面透彻地加以阐述。他要求批评家像反刍动物倒嚼一样研读作品，细致入微地领会其精神实质。"一位批评家是一位反反复复阅读温习的读者。那就是说，他的胃应该不止一个。"(《艺苑断片》第27则)诚然，批评家不会像反刍动物那样，有多个胃用来咀嚼消化食物，他必须借助"绝对研究"来"消化"、领会自己阅读的东西，以弥补其"生理缺陷"。而"绝对研究"的功效同读书方法是息息相关的。在弗·施莱格尔看来，一个批评家务必掌握"艺术地"阅读方法，既要慢慢地精读，又要快速粗略地通读。"批评家既能在精读中不断分析作品的各个部分，又能较快地一口气通读完毕，以明白地把握作品的整体状况。这是批评家应该做到的，若是做不到，他其实还根本不懂得阅读。"①

通过"绝对研究"，通过对被评论作家作品全面透彻地了解后所获得的印象，当然就不会是主观主义或印象主义的，而是"绝对印象"。有了这种印象，批评家方能进行评论。这样，他的评论就不是一般意义上的评论文章，而是成了一件艺术品，或者说，批评艺术品。给文艺批评如此之高的定位和评价，给它下如此的定义，这在文艺批评史上是绝无仅有的。

---

① Fr. Schlegel: Kritisch gesammelte Ausgabe. Bd.2, S. 84. 转引自 Hans Eichner: Fr. Schlegels Throrie der Literatur Kritik. S. 12.

为什么浪漫派的文艺批评务必通过描述（Darstellung），而不能借助报道（Mitteilung）来表述呢？这与弗·施莱格尔对Poesie（诗，诗艺）和Prosa（散文）的理解有关。在他看来，两者的首要区别在于：前者使用的手段为“描述”，后者使用的手段为“报道”。

弗·施莱格尔及其浪漫派派友，把他们的文艺批评定义和定位为艺术品，或者批评艺术品。不过弗·施莱格尔本人却喜欢称之为Poesie der Poesie，或者kritische Poesie。在德文里，Poesie一词有多层含义：诗、诗歌、诗艺；文学创作、语言艺术品；诗情、诗意、魅力等。由于该词含义丰富，弗·施莱格尔的表述在读者中容易引起误解和混乱。因此，一些行家里手（如Hans Eichner）把弗·施莱格尔这里所用的Poesie一词的含义，锁定为文学作品或艺术品，并与费希特的哲学联系起来。浪漫派哲学家费希特在其著作中使用过Philosophie der Philosophie这个概念，意思是以哲学为主体的哲学，就是“哲学论哲学”，而并非“哲学之哲学”。熟悉费希特哲学并从中获得教益的弗·施莱格尔，借鉴费希特的经验，把Philosophie der Philosophie（哲学论哲学）演绎为Poesie der Poesie，不言而喻，意思为“艺术论艺术”或“艺术品论艺术品”。至于kritische Poesie，意思显然为“批评艺术（或艺术品）”。

不过，根据德语语法和弗·施莱格尔的文艺批评理念，把Poesie der Poesie翻译成“艺术之艺术”（或“艺术品之艺术品”）也未尝不可。所谓“艺术之艺术”，就是超越一切艺术的超级艺术。这种说法委实有点耸人听闻，其实，只要我们仔细想想这位浪漫派理论家为浪漫派文艺批评和批评家所确定的艰巨使命，对文艺批评提出的要求和制定的标准，就不会责怪他为何如此定位和定义文艺批评了。

弗·施莱格尔很强调文艺批评的高标准和高品位，他倡导文艺评论务必是艺术品。在《艺苑断片》第117则里，他声称艺术评论若不是艺术品,“在艺术王国里就根本没有公民权”。在同一则断片里,弗·施莱格尔又说“诗只能用诗来评论”(Poesie kann nur durch Poesie kritisiert werden)。由于德文Poesie一词含义丰富,弗·施莱格尔的以上表述,容易引起误解,实际上也真的被其派友瓦肯罗德误解了,致使浪漫派文艺批评出现了畸形发展:他们一度用诗歌形式撰写评论,其结果不难设想,他们所作的评论,既难以成为好诗,更难以成为施莱格尔所期盼的“批评艺术品”或者“艺术论艺术”。

文艺批评的职能问题,是弗·施莱格尔文艺批评理念的重要组成部分。在弗·施莱格尔看来,要使文艺批评成为一门艺术,一门超级的批评艺术,文艺批评家就得承担起三方面的职责:

其一,不仅要对被评论的对象,被评论的文学艺术品有全面透彻地了解和理解,而且还要熟悉该艺术家其他作品和他本人的有关情况。

其二,文艺批评作为“中间环节”,要发挥桥梁和纽带作用,把文艺与历史、哲学联结起来,融合成为统一体。“浪漫主义文学乃是渐进的万象文学”。如果说它的任务之一是“把诸多个别的文学种类再联合起来”(《雅典娜神殿》断片第116则),那么浪漫派文艺批评的天职,就是要把文学与历史、哲学联成一体。[①]

其三,文学批评要参与作品的创作、改造,使之日臻完善。在弗·施莱格尔看来,随着时间的推移,情况的变化,可能产生与从前的风格截然不同的文学评论,其内在本质和功能也会发生重要变化。文学批评肩负的新任务,不再是作品的评论、阐释,而是通过多种途径参与作品的创作。这种“评论,不光是对现存的、业已完成并开始衰老的文学的诠释,更是尚未完善、正在形成甚至是刚刚起步的文学

---

① Fr. Schlegel: Kritische gesammelte Werke. Bd. 16, S. 142.

的工具(Organon)”。[①]“文学批评是文学的工具,这意思是说,一篇文学评论,不光是对作品具有诠释和保护作用(erhaltend),而且自身也在进行创造(produzierend),起码是间接地起着引导、指示和刺激作用”。[②]

浪漫派的文艺批评主张,引起了现当代一些学者、评论家的关注。他们指出:浪漫派的文艺批评理念完全不同于今天的文艺批评理念,他们十分强调批评的新作用,认为作品的完善有赖于文学评论。德国著名文学评论家本雅明(Walter Benjamin,1892-1940)在他的博士论文《德国浪漫派的艺术批评理念》(1920)中指出:弗·施莱格尔的评论理念,完全不同于今天对评论本质的理解,它的中心意图不在于评论,而在于使作品完善、系统化,对作品进行拾遗补阙。[③]

在弗·施莱格尔的评论理念中,批评家的使命和素质问题也占有重要地位。批评家的使命自然是与文艺批评的功能密切相关的。文艺批评任务的重要,意味着批评家使命的艰巨。在弗·施莱格尔的心目中,一个出色的批评家务必是个才高八斗、博古通今的人,即“优秀的评论家务必是个能够忠实、细致、精确地描述事物个性特征的人,他应该能够像物理学家那样进行多方面地观察,像数学家那样仔细地测量,像植物学家那样精确地分门别类,像解剖学家那样进行剖析,像化学家那样进行分解,像音乐家那样感受,像演员那样

---

① Organon 原为古希腊语,意思是工具,辅助工具。原指亚里士多德的逻辑学著作被后世的出版者当作获得真理知识的工具,这一概念后来被人从哲学史植入文学理论。当代德国剧作家布莱希特把他的戏剧论著《戏剧小工具篇》(1948)视为“科学时代”认识和改造世界的工具。

② 参见Fr. Schlegel: Kritische gesammelte Werk. Bd. 3, S. 81.转引自Lothar Pikulik. Frühromantik. S. 148.

③ 参见Neues Handbuch der Literaturwissenschaft, Bd. 14, Europäische Romantik. Hg. Von Karl Robert Manderkow. S. 52.

模仿，像恋人那样实实在在地拥抱（praktisch umfassen），像哲学家那样高瞻远瞩，统观全局，像雕塑家那样对事物进行统筹研究（zyklisch studieren），像法官那样严格，像古玩商那样虔诚，像政治家那样懂得随机应变，等等。①

如上所述，在法国大革命影响下，从18世纪90年代起，德国出现了一股理论热潮，面对这股理论热潮，诗人歌德情不自禁地发出“少一些哲学，多一些活力；少一些理论，多一些实践”的感叹，切望摆脱理论对创作实践的束缚。事实上，理论与创作实践分家的情况是屡见不鲜的。即使撰写过重要文艺理论著作的作家（例如席勒），情况也不例外。因此，著名文学史家格·舒尔茨指出：“一切理论都力图创建体系，而每部艺术品都一再摆脱它。”②

不过弗·施莱格尔的情况比较独特，这位理论家虽然著作等身，但他拒绝体系。他的理论，包括文艺批评理论，散见于断片、文学随笔、笔记等形式的著述中，难成体系。再说，他的批评理论，显然是一种脱离社会实际的理论。他给文艺批评的定位、定义，以及对它的功能、批评家使命和素质提出的要求，都使他的文艺批评理念显得高不可攀，仿佛是理想主义产物。即使弗·施莱格尔本人在写评论的时候，也未必遵循自己的文艺批评理论行事，符合其理论的要求。

---

① 参见Fr. Schlegel: Literay Notebooks. Nr. 631. 转引自Hans Eichner: Fridrich Schlegels Theorie der Literaturkritik. S. 19.

② 参见Gerhard Schulz: Geschichte der deutschen Literatur, siebenter Band, erster Teil. C. H. Beck’sche Verlagsbuchhandlung, München, 1989, S. 215.

第六章　长篇小说：浪漫文学之核心

一、长篇小说在传统的标准美学中的地位

众所周知，文艺作品的发行数量是由供需关系决定的。据称，在歌德时代的德国，从1795年到1804年的10年间，长篇小说的印数多达3 000部。这个数字说明，当时的德国，虽然如恩格斯所说，政治上是腐朽的，经济上是落后的，但是，文学艺术却是繁荣昌盛的，人们对长篇小说的兴趣是浓厚的。不可否认的是，在文艺的百花园地中，长篇小说这一体裁曾经长期遭受不公平待遇。因为按照古典诗学或者传统的美学标准，用散文写成的长篇小说，同以韵文写成的史诗，以及其他诗体作品、戏剧等相比，它们的遭遇是不幸的。散文作品蒙受歧视，在文坛上几乎没有地位；韵文作品则备受敬重，在文坛上的地位是至高无上的。古典派诗人席勒从所谓"标准美学"出发，在其著名的美学论文《论朴素的诗与伤感的诗》中，把小说家戏称为"只不过是"诗人的"同父异母兄弟"（Halbbruder），用中国话说就是"后娘养的"，小说家是不能与诗人平起平坐的，原因是他"过于接地气"。①

---

① 参见《席勒文集》（第8卷），柏林建设出版社1955年版，第593页。

席勒认为长篇小说是一种"不纯的媒介"，它缺少诗的形式，幻想在长篇小说中是不受约束的，这种任性在长篇小说中起着主导作用。

席勒那句刻画小说家的名言，经常被人引用。他对小说家的贬抑，绝非一时心血来潮。长篇小说一向名声不佳，不仅因为它的形式不规范，不符合古典主义的理想主义美学标准，同时也受某些长篇小说内容连累。当时流行的那种写风流韵事的题材，同基督教的道德观念是格格不入的。因此，为了让长篇小说在文艺园地中获得平等的存在权利，人们除了在美学形式上为它辩护之外，还得为幻想在伦理道德上的合法性而斗争。

德国的小说理论起步晚于罗马语族地区，德国头一部长篇小说理论著作《试论长篇小说》(1774)，出自克·弗·冯·布兰肯堡的手笔，是在法国学者于埃(Pierre Daniel Huet, 1630－1721)的影响下完成的。从于埃颇具影响的《论小说之源》(Traité de l'origine des Romans, 1670)到19世纪中叶，长篇小说这一体裁在德国最终获得认可，持续了几乎两个世纪。但是传统美学和体裁观念在人们心目中的影响，还是根深蒂固的。戈·凯勒和冯塔纳，都是19世纪德国著名的小说家。可是前者在19世纪50年代初撰写其名作《绿衣亨利》时，仍存在想成为剧作家的虚荣心；后者1882年仍称自己首先是个叙事诗人。1908年，连托马斯·曼都不得不挺身而出，慷慨激昂地为小说进行辩护。这位诺贝尔文学奖得主(1912)在《试论戏剧》中情不自禁地喊出："这到底是一种什么美学呀，时至今天它依旧阻挠给长篇小说在文艺王国以生存权利。"①

---

① 参见《席勒文集》(第8卷)，柏林建设出版社1955年版，第593页。

二、浪漫派的长篇小说理念

虽然长篇小说在传统的标准美学或诗学中备受排斥，没有地位，但是在浪漫派心目中，它的地位却是截然不同的，长篇小说是文学的主要体裁、核心，文艺主要特征的体现者，享有至高无上的地位。诗人诺瓦利斯把Roman（德文意为长篇小说）与Romantik（亦即浪漫派或浪漫主义）几乎等量齐观，认为后者是从前者派生出来的，小说家等同于浪漫派作家。弦外之音是，没有长篇小说就没有浪漫派或浪漫主义。

如果说悲剧和讽刺文学分别是古希腊文艺和古罗马文艺的核心，那么在弗·施莱格尔看来，自但丁、塞万提斯以来的现代文学（又称浪漫文学）[①] 的核心或主要体裁乃是长篇小说。他的胞兄奥·威·施莱格尔也认为："与古典的叙事诗不同，长篇小说是现代的浪漫主义文学的典范。"（《浪漫文学讲座》，1802/1803）

在浪漫派的心目中，长篇小说到底是怎样的作品呢？弗·施莱格尔在不同时期曾以不同形式发表过自己的见解。在《论〈威廉·迈斯特〉》（1798）中，他称长篇小说为"一个天才人物全部精神生活的纲领，一部百科全书"。施莱格尔对小说主人公、题材和内容都作了明确的界定，他说主人公不应该是平民百姓、凡夫俗子，而应该是出类拔萃的精神贵族、知识精英，尤其应该是天才的艺术家；题材不应该是世俗的物质生活，而应该是精神生活，心理活动，幻想世界；内容应该具有包罗万象的宽广包容性，换言之，应该是百科全书

---

① 转引自Bruno Hillebrand: Zur Romantheorie in Deutschland. In: Handbush des deutschen Romans, Hrsg. Von Helmut Koopmann, Pädagogischer Verlag. Schwann-Bage, Düsseldorf, 1983, S. 32.

式的。联系到现代文学（或者说浪漫文学）发展的历史，施莱格尔对长篇小说的性质、结果诸方面也发表了自己的看法，他说："长篇小说的概念，正如薄伽丘和塞万提斯提出的那样，是一部浪漫主义书的概念，是一个浪漫主义结构的概念，所有形式和体裁都混杂和交织在这一结构里。"①

世纪更迭前后，弗·施莱格尔不仅写了《文学笔记》② 等文章，还在《关于长篇小说的书信》③ 一文里，提出了他的诗学理论或者小说理论。在他看来，长篇小说是不折不扣的浪漫主义作品，具有"渐进和包罗万象"的典型特征，唯独它才具有几乎无所不包的包容性。这就是说，它不仅要把所有文艺形式、体裁囊括进去，而且还要把艺术与科学联成一体。不言而喻，按照施莱格尔对长篇小说提出的要求，若要达到这样的目标是十分困难的，人们只能逐步接近它。因此，无穷无尽（Unendlichkeit）就成了浪漫派文艺的理想。施莱格尔还给长篇小说下了这样一个定义："按照我的看法和我的语言习惯，凡是以幻想形式描写伤感题材（sentimentalen Stoff）的作品，就是浪漫主义的作品。"而所谓伤感（sentimental）其词义并非指多愁善感，而是指一种超脱凡俗的情感，是指所谓"爱的精神"。

---

① 弗·施莱格尔把欧洲现代文学划分为三个周期：第一个周期以所谓"较老的现代派"，即主要是以但丁和塞万提斯为代表；莎士比亚则是第二个周期的开端、高峰和终结。此后欧洲文艺跌入谷底，时间长达几乎200年，直到18世纪末年，一个新的周期迹象出现，即歌德的长篇小说《威廉·迈斯特》（1896）问世。

② 转引自Helmut Schanze: Romantheorie in Deutschland. In: Romane u. Erzählungen der deutschen Romantik. Neue Interpretationen. Philipp Reclam Jun., Stuttgart, 1981, S. 14.

③《文学笔记》（Literarische Notizen=Literary Notebooks, 1797–1801），hg, eingeleitet und kommentiert von H. Eichner, Frankfurt a. M., 1980.

弗·施莱格尔的小说理论，强调内容与形式并重。在作品结构方面，作者与主人公的自白并用，各种形式和体裁的混杂交织，“阿拉贝斯克”装饰风格的运用等，构成了浪漫派长篇小说的显著特征。所谓作家或主人公的自白，实际上是要求小说写真人真事。弗·施莱格尔在《关于长篇小说的书信》中说：“真实的故事应该是全部浪漫主义文艺的基础”，他又说：“最优秀的长篇小说，它的最成功的地方，一定是或多或少用作者的自白所表达的生活经验……”至于所谓的“阿拉贝斯克”，这是一个造型艺术上常用的术语，是指以缠绕交错的线条为特征的阿拉伯装饰风格，运用在文学方面，一般是指以情节或事物的纵横交错为特点的艺术结构形式或者风格。弗·施莱格尔1798年把它引入自己的小说理论后，扩充了这个术语的内涵，使之成为一个含义独特、深奥难懂的概念。他曾经在不同的文章中对这个概念进行过阐述，例如在《关于长篇小说的书信》和《关于神化的谈话》（此文也是《文艺谈话录》的组成部分）中，他称“阿拉贝斯克”（有时也称其为诙谐）为“幻想的描述形式”，或者称它为“人的幻想之最古老和最原始的形式”。他在《文学笔记》中更是语出惊人，称“长篇小说中本质的东西，就是杂乱的形式——阿拉贝斯克、童话”（《文学笔记》No.1804），又称长篇小说是“一种想象的人为的混乱”（ein gebildetes künstliches Chaos）（《文学笔记》No.1356），或者称他为，“混乱=阿拉贝斯克……所有浪漫主义文学（Poesie）=混乱”。实际上施莱格尔本人所作长篇小说《卢琴德》的基础，就是绝对的性情+浪漫主义的混乱。《卢琴德》就是天然的阿拉贝斯克（Naturarabeske）。[①]

弗·施莱格尔关于阿拉贝斯克的阐释，犹如他关于反讽概念的阐释一样，是很难令人理解的。弗·施莱格尔研究专家、波恩大学

---

① 此文为《文艺谈话录》（1800）的组成部分。

教授卡·康·波尔海姆（Karl Konrad Polheim）对此所作诠释，也许能给我们提供某些启发。他在《卢琴德》一书编后记里说：弗·施莱格尔根据他的“无限文学”（unendliche Poesie）理念，把长篇小说视为浪漫主义作品，说它不仅囊括了各种文学体裁，而且还把艺术与科学熔于一炉。这种理想化的作品，就是他所追求的“在无限统一中的无限丰富的预感式表达方式”（der ahnungsweise Ausdruck der unendlichen Fülle in der unendlichen Einheit）。所谓“无限统一中的无限丰富”就是“阿拉贝斯克”，或者说“阿拉贝斯克”这个概念所表达的就是“统一中的丰富”。由此可见，弗·施莱格尔把“阿拉贝斯克”设想成为丰富与统一、混乱与系统、现实与理想的联合，设想成为文学（Poesie），设想成为广义的长篇小说。①关于“阿拉贝斯克”这一抽象哲学概念，波尔海姆在另一篇论著里又作了如下的解读，他说：“阿拉贝斯克是一种形式，它是从文学作品的力量（或者幻想力，或者诙谐）中产生出来的，在这种形式中，无限丰富是以预感的方式表现出来的。”②至于什么是“无限丰富”，波尔海姆解释说：“无限丰富”指的是从预感和预言中获得的知识，这种知识也是一种创造（eine Hervorbringung），也是文学作品（Dichtung），这就是说，从形式的角度看，无限丰富是预感和预言，从活力的角度看，无限丰富是文学作品的力量（Dichtungskraft），或者说这种力量是无限丰富的基础。③

① 转引自Konrad Polheim: Studien zu Friedrich Schlegels poetischen Begriffen. Wissenschaftliche Buchgesellschaft, Darmstadt, 1985, S. 291/292.

② 参见Lucinde. Hrsg. und mit einem Nachwort versehen, von Karl Konrad Polheim. Philipp Reclam Jun., Stuttgart, 1963, S. 113.

③ 参见Karl Konrad Polheim: Studien zu Friedrich Schlegels poetischen Begriffen. Wissenschaftliche Buchgesellschaft, Darmstadt, 1985, S. 287.

三、歌德的《威廉·迈斯特》和德国浪漫派

常言道，榜样的力量是无穷的。一个作家的成长，总要汲取他人的经验，借鉴先辈的长处。欧洲的现代文学大师诸如塞万提斯、但丁和莎士比亚，都是备受浪漫派推崇的人物，被称为“历史浪漫派”，或者“较古老的浪漫派”。塞万提斯小说的混合结构形式和现代风格，颇受浪漫派的赏识。他的《堂吉诃德》被视为“评判后世长篇小说的标准”。在弗·施莱格尔等浪漫派代表人物看来，莎士比亚的作品，全面体现了现代文学的特征，诸如：打破各艺术门类的界限、追求富有刺激、怪异、新奇、兴味浓厚的事物和富有艺术性等。因此，弗·施莱格尔对莎翁和他的作品推崇备至，赞不绝口。他称莎翁为“现代文学的顶峰”，还说“从荷马史诗以来，没有人创造过像莎士比亚那样丰富多彩、生动活泼、包罗万象，却又细节真实的世界画面”。与此同时，18世纪一些富有阿拉贝斯克风格的长篇小说，如英国小说家斯特恩的《项狄传》(1759/1767)和法国文学家、哲学家狄德罗的《宿命论者雅各和他的主人》，也受到浪漫派喝彩。

与此同时，浪漫派对本国文坛泰斗歌德也十分敬重。诺瓦利斯把他誉为“地球上文艺精神的真正总督”。弗·施莱格尔尊他为“新文艺的首领”。同时他们把歌德的长篇小说名作《威廉·迈斯特》(1796)奉为“浪漫派的圣经”。弗·施莱格尔在《雅典娜神殿》第216则断片里，把法国大革命、费希特的《科学原理》和歌德的《威廉·迈斯特》并列为“时代最伟大的倾向”。诺瓦利斯把《威廉·迈斯特》视为浪漫主义小说的理想，并以它为样板，动手写作《赛斯的学徒》。

不可否认，歌德的《威廉·迈斯特》是一部具有划时代意义的名作，对当时和此后数十年的德国文坛产生了巨大的影响。对浪漫

派的文艺理论来说，它的示范意义在于，它以多种体裁结合的结构形式，改变了流行的写作长篇小说的习惯，提高了散文在文学中的地位。

应该说，早期浪漫派对《威廉·迈斯特》的认识和态度并不完全一致，这种情况随着时间的推移发生了变化。

弗·施莱格尔对歌德和他的《威廉·迈斯特》的赞颂，并非口服心服，毫无保留。他的《文学笔记》表明，他对歌德是存在某些疑虑的，实际上，他对歌德的钦佩越来越淡漠。他很早就察觉到《威廉·迈斯特》算不上完美的浪漫主义作品，认为它的浪漫主义倾向是不充分的，在形式上缺乏阿拉贝斯克，反讽的运用还不能令人满意，小说内容过分拘泥于尘世现实，对主人公的刻画是薄弱的，等等。他甚至指责这部作品带有"错误的反浪漫主义倾向"（《文学笔记》No.1891）。

在浪漫派作家中，对待歌德及其作品态度变化之快之大，反响之强烈的，莫过于诺瓦利斯。从前他确实把《威廉·迈斯特》奉为浪漫派的典范，但是不久，当他想到要按照费希特唯心主义哲学来改造世界时，他就反悔了。在他看来，自我与非自我、主观与客观的分裂，应该借助先验的行动来消除。诺瓦利斯的"魔幻唯心主义"，旨在治疗新时代的分裂意识，最终达到拯救世界的目的。从这一奋斗纲领出发，他觉得歌德的《威廉·迈斯特》过分务实，过于经济实用，过于理智，作品中不和谐的和丑恶的现实战胜了诗，这是一部"矛头对准诗"的小说，是一部"糟糕、幼稚可笑的"书。诺瓦利斯要以他的小说《海因里希·冯·奥夫特丁根》来拯救诗，为诗进行辩护。他的小说是"诗的神化"，是赞颂诗与宇宙、与自然的结合、是生与死的融合，在这部小说里世界变成了梦幻，梦幻也就是世界。

浪漫派代表人物对歌德的《威廉·迈斯特》的态度，从一个侧面反映了他们的文艺观,反映了他们的小说理念。

四、《卢琴德》: 弗·施莱格尔小说理论的实验基地

受古典诗学的影响,长篇小说尽管社会地位低下,不能与诗歌和戏剧这类“高雅”体裁平起平坐,却受到人们青睐。不但读者喜爱阅读,作家也喜欢创作。透过女性的创作,也可以看出当时小说创作的形势和规模。在浪漫派圈内,可谓巾帼不让须眉,她们构成了一支不可忽视的力量,其中不乏多产的女作者,诸如卡萝莉内·冯·富凯创作了长篇小说20部,短篇小说50部;贝内迪克特·瑙贝特创作了长篇小说50部;特蕾泽·胡贝特创作了长篇小说12部;卡萝莉内·冯·沃尔措根创作了长篇和短篇各6卷等。文学史告诉我们:理论家总想用自己的理论指导创作实践,而作家却要自行其是,力求摆脱理论的约束。事实上,总是理论归理论,创作归创作。理论家与作家,各行其是。这种情况在浪漫主义时代也不例外。当然那时也并非没有理论与实践相结合的作品,浪漫派代表人物、理论家弗·施莱格尔的《卢琴德》就是其中一例。

弗·施莱格尔除理论著作外,还写过诗歌,写过剧本《阿拉科斯》(1802),在多个领域里尝试过自己的创作才能,但都收效甚微,唯独他的小说《卢琴德》(1799)受到世人的关注。究其原因,除了作品的题材之外,主要还是因为弗·施莱格尔把他的小说理论运用到创作实践里,读者可以从中看到他的理论如何与创作实践相结合。

尽管艺术家问题、艺术创作问题,是浪漫派小说的重要创作题材,如蒂克的《弗兰茨·施特恩巴德漫游记》(1798)、诺瓦利斯的《海因里希·冯·奥夫特丁根》(1802)、克林格曼的《搏纳文图拉的守

夜》(1804)、艾兴多夫的《预感与现时》(1815)、E. T. A·霍夫曼的《雄猫穆尔的生活观》(1820/1821)等。可是，弗·施莱格尔的《卢琴德》却不是这样的作品，虽然这部小说的主角也是艺术家，但该作品探讨的却不是艺术创作问题，而是婚姻恋爱问题，我们可以称它为婚姻恋爱小说，而不能把它归入所谓的艺术家小说之列。

(一) 浪漫派最大胆的小说实验

《卢琴德》被文学史家称为"浪漫派最大胆的小说实验"。它之所以需要超常的胆量，不仅是因为作品在艺术形式上独辟蹊径，独树一帜，对传统的古典的和现实主义小说形式提出了挑战，更主要的是小说通过主人公婚姻恋爱的经历和体验，以现身说法的方式昭示和倡导了一种新的浪漫主义婚姻恋爱观，向陈旧的观念和习俗宣战。小说1799年一问世，很快就在文艺界和社会上引起轩然大波，这是因为人们从小说中的男女主人公尤利乌斯和卢金德这对情人身上，很容易看出作者和他的情人多罗苔娅的影子。原来弗·施莱格尔与多罗苔娅的"非法"婚姻正是这场风波的策源地。

多罗苔娅·法伊特出身于书香门第，是德国启蒙运动时期著名哲学家莫塞斯·门德尔松的长女，受过良好的教育，19岁时遵照父命嫁给银行家西蒙·法伊特，育有两个男孩。[①] 她的丈夫虽然算得上是个正人君子，但文化素养低俗，在智慧方面远远不及他的妻子，两人在感情上难以沟通，为此，多罗苔娅深感苦恼。1797年夏，多罗苔娅在亨丽埃特·赫尔茨夫人家的文化沙龙里与弗·施莱格尔初次邂逅，两人一见钟情。她看到这个比自己年轻8岁，满面春风，光采照人，

---

① 后来这兄弟俩——约翰内斯·法伊特与菲利普·法伊特，成了著名的浪漫派画家。

才华横溢的小伙子向自己频送秋波，于是她移情别恋，产生了投身弗·施莱格尔怀抱的决心。弗·施莱格尔觉得多罗苔娅虽然生得并不漂亮，但她却有火一般的热情，待人诚挚，富于献身精神，十分有吸引力。此后两人很快就形影不离，如胶似漆。[①]他们的自由结合，或曰“自然婚姻”的消息不胫而走，闹得满城风雨，沸沸扬扬，成了一桩社会丑闻，弗·施莱格尔弄得自己声名狼藉，但又无法脱身。

弗·施莱格尔不会预料不到他的“小说实验”会带来怎样的后果。毕竟他是一位有胆有识、无所畏惧的青年才俊。此前（1796年），他曾经针对席勒诗歌中的问题，公开向这位文坛诗歌权威发难，把席勒推上一场笔墨官司的被告席，成为德国文化界轰动一时的事件。从这件事可以看出，弗·施莱格尔具有坚持真理，崇尚真理，不盲从权威的勇气。如今他居然进行这样的“小说实验”，说明他有坚定的自信心，他相信自己在小说中所倡导的婚姻恋爱观，定会逐渐为世人所理解和接受，他所蒙受的误解定会得到消除，耻辱定会得到洗刷，名声定会得到恢复。其实，他进行这样的小说实验，也是为了实践他的小说理论。

（二）内容提要

《卢琴德》写的是一对青年艺术家的恋爱故事。从小说的名称《卢琴德》看，作品的主角似乎是女画家卢金德，其实是她的情侣尤利

① 两人尽管深深相爱，来往密切，却并未打算结婚，这不仅因为他们讨厌世俗的结婚仪式，而且还存在一些实际困难，那就是多罗苔娅1798年办理离婚时，答应不再结婚，才得到她的小儿子菲利普的监护权。后来弗·施莱格尔与多罗苔娅援引《新约》中《保罗达哥林多人前书》的规定，于1804年双双皈依天主教，正式结为夫妇。

乌斯。[①]小说副标题《一个笨拙男性的自白》除提示主角是一位男性外，同时还昭示，根据浪漫小说理论的要求，该作品是以真人真事为依据创作的。小说写的是尤利乌斯的成长过程，他原是个神志恍惚、身心分裂、意志消沉的青年，后经与女画家卢金德相识、相恋和结合而逐渐成熟。是爱情拯救了他，改变了他的人生轨迹。他发现女友不同于一般的女流之辈，她能把"友谊、美好的交际、性感和激情"融为一体。在他的心目中，卢琴德柔情似水，是个"温柔多情的情人、是个难得的伴侣"，同时又是"一个最完美的女友"。通过与她的结合，尤利乌斯实现了个性的全面发展，他所画的油画也比从前显得生机勃勃，艺术上也日臻完善，"他的生活成了艺术"。

（三）浪漫派的婚姻恋爱观

《卢琴德》这部爱情小说讴歌的是真挚的爱情，探索的是爱情的真谛，揭示的是浪漫派的婚姻恋爱观。作品通过主人公的爱情来说明：真挚的爱情是伟大的，神圣的，具有无穷的力量，能改变人生的轨迹。小说的主人公是个悲观失望、无所作为的青年。他的情侣卢琴德像个"光明的使者"一般，她的爱的奉献，使他获得拯救和新生。他们两人的结合是一种所谓的"自然婚姻"或"自然状态婚姻"（Ehe im Naturstand）。他们的结合，就像弗·施莱格尔与多罗苔娅的结合一样，没有按照世俗的习惯行事，没有经过法律和教会的认可，没有办

① 早期浪漫派代表人物弗·施莱格尔的小说《卢琴德》与晚期浪漫派代表人物霍夫曼的小说《雄猫穆尔的生活观：暨乐队指挥克赖斯勒的传记片断》有异曲同工之妙：其一，两者都采用阿拉贝斯克风格；其二，从书名看，两者的主角都躲在配角后面。霍夫曼小说的主角不是雄猫穆尔，而是乐队指挥克赖斯勒。

理流行的结婚手续，也没有举行某种仪式。[①]习惯上会认为这种婚姻是“非法的”。小说的主人公却认为，他们的结合是真正意义上的恋爱婚姻，这种婚姻是建立在两人完美的共同生活的基础上，他们的爱情把“友谊、美好交际、性感、甚至激情”融为一体，是心灵和性感的结合，灵与肉的合二为一，是完美的婚姻。弗·施莱格尔喜欢象征性地称这种婚姻为“精神上的肉欲”或者“性感的无比幸福”。反观资产阶级世俗婚姻，虽经法律和教会的认可，办理了流行的手续，举行了流行的仪式，是合法的，但未必是美满幸福的婚姻，因为这种婚姻大都缺乏心灵交流，没有爱情基础。男人娶了女人，只是因为对方是异性，具有花容月貌，迷人的身材等，而女人嫁给男人，大多是看中对方的才能、钱财和地位。

所谓“自然婚姻”或“自然状态婚姻”，涉及一个道德问题。1797年7月底，在结识多罗苔娅之前，弗·施莱格尔在柏林结识了比自己年长4岁的著名神学家施莱尔马赫，两人很快成为密友，经常在一起从哲学角度探讨婚姻恋爱的道德问题。在这位密友的影响下，弗·施莱格尔形成了一种“浪漫主义的道德观”，其中涉及妇女社会地位和两性关系问题。弗·施莱格尔认为妇女应该摆脱社会上的道德偏见，从传统道德的海洋中探出头来，展示自已的全部本质，不要屈服于流行的观念，故意装什么“假正经”，是怎样就怎样，不要没有清白而强求清白。他认为有些男人要求妇女“永远保持贞节”，“不需要文化教养”是愚蠢的坏主张，这种主张相当于中国封建时代的“妇女节烈观”，“女人无才便是德”等荒谬观念。以弗·施莱格尔为代表的这种浪漫主义道德观和妇女观，促进了德国妇女参与社会文化活动

① 弗·施莱格尔与多罗苔娅相识相爱，共同生活了7年后，于1804年才正式举行结婚仪式。

的积极性，涌现了一批有成就的文化妇女，这可以称得上是德国浪漫派社会政治改革的一大成就。这种道德观理所当然也反映在他的小说《卢琴德》里：真正的婚姻恋爱，问题不在于是否合法，而在于是否合乎道德准则，在于男女双方的结合是否完美。然而，《卢琴德》所宣扬的道德观，在当时几乎不为浪漫派圈子里的人所理解，社会上的普通读者更难接受，这部小说被普遍认为是"有伤风化"的读物。为此，他的朋友施莱尔马赫写作了《关于〈卢琴德〉的知情书信》(1800)一文，从道德角度为正在受到非难的《卢琴德》进行了辩护。

在艺术形式上，弗·施莱格尔作了大胆的尝试，与传统的古典现实主义小说形式不同，它没有贯彻始终的故事情节，却插入了大量的对话、哲学问题讨论、梦幻、书信、回忆等内容，给人以杂乱无章的感觉，因此被人贬之为"亵渎美学的恶行"或"奇形怪状的异物"，表示难以理解和接受。其实，《卢琴德》在艺术结构和风格上是独辟蹊径的。正如现代小说一样，形式上的混乱不过是一种表面现象。弗·施莱格尔从一种自相矛盾的悖论出发，将这种形式上的混乱，称为"有系统的混乱"，"艺术上的有序凌乱"，"有文化教养的混乱"，或者说"整体上混乱，却是系统的"。这部小说除简短的序言之外，全书由十三个章节构成，分为三个部分。第七章《男性的学习年代》是小说的核心部分，它客观地叙述了小说主人公尤利乌斯的成长过程，这是"小说中的小说"。小说的前六章构成第一部分，后六章构成第三部分，从篇幅、形式到内容都是协调的。它们以不同的艺术形式(如对话、回忆、梦幻等)，从不同的侧面、角度、层面探索和深化小说的婚姻爱情主题。它们像框架似的围绕着"自由式的"核心部分，像藤萝似的缠绕着爱情主题这一主干展开叙事，欧洲文艺学称这种形式为"阿拉贝斯克"，或称"阿拉贝斯克式的叙事技巧"。当代德国文学史家康拉德·波尔海姆称这种技巧为早期浪漫派美学的核心。

总之,《卢琴德》可以说是一部命运多舛的作品,在德国文学史上属于最有争议的作品之列。虽然,其从内容到形式都曾引发过激烈的争辩,曾遭到不少显赫名流,诸如狄尔泰、克尔凯郭尔、黑格尔、海涅等人的谴责,但是,随着恩斯特·贝勒主编的35卷本《弗·施莱格尔全集(评注本)》的陆续问世,对弗·施莱格尔研究的逐步深入,《卢琴德》的命运也悄然发生了变化。今天它成了研究弗·施莱格尔的一个重点。研究者,如Hans Eichner、Ernst Behler、Konrad Polheim、Eugenius Klin等,从早期浪漫派的伦理道德观、婚姻恋爱观,从小说对妇女解放的意义和布局形式方面进行了广泛探索,用意在于客观理解这部小说的内涵和艺术特点。现今,《卢琴德》已不再遭到谴责和排斥,它正逐渐为世人所理解和接受。

第七章　志异小说和中篇小说

一、志异小说

所谓志异小说，是指德国文学中的Novelle（惯译中篇小说）这一叙事文学体裁。与其他的叙事体裁不同，它品味高雅，结构严谨。它的突出艺术特点是：规模不大，故事情节简洁凝练，具有很强的戏剧性。小说着力描写的是一桩引人注目，具有轰动效应的“骇人听闻的事件”。从篇幅来看，志异小说大多介于长篇与短篇小说之间，故称之为中篇小说亦未尝不可。但考虑到它的本质特征，借用中国传统小说术语，称其为志异小说似较为贴切。

所谓志异小说的“志异”这个词，源自罗马语族地区（意大利，西班牙，法国）。德语Novelle这个词源于拉丁语novus（新的，新近发生的），意大利语novella，词形更接近德语的Novelle，它有新闻，新鲜事物的意思。从这个意义来说，德文的Novelle似乎也可以直译成“新奇小说”。为了理解方便，我们还是采用中国术语。“志异小说”作为一种文学体裁，具有悠久历史，自文艺复兴起，最初在意大利以一种带有戏剧性，篇幅较短的叙事形式问世，内容是报道新闻、新鲜事件。最著名的代表作是薄伽丘的《十日谈》（1348－1359）。

后来，塞万提斯的《训诫小说》（又称《惩恶扬善故事集》，1613）成了这方面的经典性作品。对德国来说，它是个“舶来品”，歌德曾经通过翻译把它引进德国文学里来，直到18世纪末，这种体裁的作品才在德国文坛上出现。在新的故乡德国，志异小说以其独特的形式备受青睐。古典派作家歌德、席勒、黑贝尔等人，浪漫派作家阿尼姆、布伦塔诺、沙米索、富凯、艾兴多夫、霍夫曼等人，都曾致力于志异小说的写作。经过古典派与浪漫派两代作家的共同努力，在短短二三十年内，志异小说就发展成为具有浓厚德国特色并富有影响力的叙事文学体裁。

(一) 古典与浪漫的志异小说理论

以歌德和席勒为代表的古典派，以施莱格尔兄弟和蒂克等为代表的浪漫派，是当时德国文坛上的两大艺术流派。尽管两派在一些问题上（诸如文艺法则、题材选择、人物塑造、文艺形式与风格等）存在差异和矛盾，但在看待志异小说问题上，观点却比较接近，因而这里在探讨志异小说理论时，将会同时提到他们的观点。

歌德对志异小说的发展及理论的形成，是功不可没的。他先是把罗马语族这一类型的小说翻译成德文，接着又通过示范性的志异小说创作，为它的发展创造了条件。他在推出《德国流亡者们的闲聊》小说集（1795）之后，又在长篇小说《亲和力》（1809）和《威廉·迈斯特的漫游时代》（1821/1829）中，收进了一些在他看来是示范性的志异性故事。歌德的《德国流亡者们的闲聊》继承了薄伽丘《十日谈》的传统，采用框架小说形式，写流亡逃难者的故事。《十日谈》写1348年佛罗伦萨10位名门望族市民为躲避瘟疫逃到郊外，每人每日轮流讲一个故事，以资消遣。而《德国流亡者们的闲聊》则是写1793年夏天，德国一些贵族为逃避巴黎雅各宾专政引起的动乱，来到莱茵河东岸一个庄园里所发生的故事。这帮共患难的朋友，为了互相开导、安慰而轮流讲故事，以消愁解闷，打发时光。他们一共讲了7个故事，其中3个是由一位老牧师讲的。老人不但讲故事，还向大家传授讲故事的经验和秘诀，比如说所讲故事必须是有新意的，奇异的事情，它们能够引起听众的惊讶和好奇心，促进听众的想象力，容易触动听众的情感，同时还要放弃同哲学、历史有关系的陈述和人物心理的深入描写。歌德借助老牧师之口勾勒了一个志异小说的框架。后来，歌德于1827年1月29日在与艾克曼的谈话中，又把志异小说的本质特性定义为："一桩业已发生的闻所未闻的事件。"（eine sich ereignete unerhörte Begebenheit）

与此同时，浪漫派代表人物也分别以不同方式发表了自己的看法。弗·施莱格尔在《关于薄伽丘诗一般作品的消息》（1801）一文中，力图为志异小说的特点下一个确切的定义。在他看来，志异小说的本质不在于"冷静的客观性"，而在于"内容的主观性与形式的客观性之间的矛盾"。志异小说具有反讽的天性，尤其适宜于间接地和象征性描述主观的心态和见解。①他的胞兄威·奥·施莱格尔反复强调的是："志异小说应该报道（人们对）事实上已经发生的事情之经验和体会。"蒂克认为，志异小说作为一种体裁，应该有较宽大的包容性，可以与其他叙事形式融为一体，新鲜事物（Neuigkeit）与奇妙事物（Wundersam）应该同时并举。小说主人公的命运突然出现转变，是志异小说不同于其他叙事形式的一个特点。蒂克还强调，小说对事件的报道要"客观"和"公正"。

---

① 转引自Geschichte der deutschen Literatur. Siebenter Band Seite 559. Volk und Wissen Volkseigener Verlag Berlin, 1978.

(二) 志异小说的构成要素与特点

根据古典派和浪漫派代表人物的论述和创作实践,可以把志异小说的构成要素与特点归结为以下几点:

第一,志异小说创作的素材必须是一桩已经发生的事件,是一桩完整的,有前因后果的事件。事件既然已经发生,就务必是真实可信的,无可辩驳的。要让读者或听众深信事件的真实性,故事的叙述务必客观公正,不带任何个人的感情色彩。因此,在讲述现实的或历史的事件时,务必把事件发生的具体时间、地点和背景交代得一清二楚,以增强事件的真实性和可信度。一些浪漫派作家热衷于创作有历史文献为依据的历史题材作品,比如席勒的《罪犯》、克莱斯特的《马贩子科尔哈斯》和《智利地震》,阿尔尼姆的《拉特诺要塞发疯的伤员》,等等。

第二,更为重要和关键的是,志异小说所描写的事件,务必是Das Unerhörte。所谓Das Unerhörte,含有双重含义:第一重含义是骇人听闻、不知羞耻、令人愤慨的;第二重含义是闻所未闻、极为稀罕、千载难逢的。志异小说所取的显然是第二重含义,即闻所未闻的新颖而奇异的事件。这样的事件一定能打动人心,引起读者的关注和兴趣。这是志异小说的本质特征和最基本的构成要素。如上所述,事件的真实可信,是构成故事能否为读者或听众所接受的一个前提条件。要想增强故事的真实性和可信度,小说家或者故事讲述者本人,在讲述过程中也要对事件有出乎意料的感觉。作家耳闻目睹和亲身经历现实中奇特事件的机会和可能性毕竟很有限,至于对古代的或异国他乡的奇特事件体验,或者不可能,或者机会与可能性很少,只能通过广泛涉猎有关历史文献资料去了解。诸如克莱斯特的《智利地震》或者霍夫曼的传世名作《斯居戴里小姐》,无不是历史真实与作家幻想相结合的产物。《斯居戴里小姐》是霍夫曼著名小说集《谢拉皮翁兄弟》中的名篇。它之所以被称为谢拉皮翁式的小说,按照谢拉皮翁兄弟的解释,乃是因为"它产生在历史基础之上,却又进入幻想之中"。霍夫曼一生未曾到过法国巴黎,对一个多世纪以前路易十四时期的巴黎社会和法国宫廷生活不可能有直接的了解,但他涉猎过大量的有关资料和历史文献。伏尔泰的文化巨著《路易十四时代》(1751),女作家史丹芬妮·费利茜特·冈利斯伯爵夫人的长篇小说《拉瓦利埃尔公爵夫人》(德文,1804),《曼特侬夫人故事》(德文,1807),法国学者皮塔瓦尔的《独特稀奇的诉讼事件》(德文,1782;1792),特别是历史教授瓦根赛尔的《纽伦堡编年史》,对霍夫曼的创作都有启发。从《纽伦堡编年史》中,霍夫曼发现了女作家斯居戴里的奇闻轶事,他从中读到路易十四时代巴黎贵族社会诸多触目惊心的诉讼事件。根据这些史料,霍夫曼为他的小说绘制了一幅现实主义或者近乎现实主义的社会历史背景图,并在此基础上虚构了作品的主要情节——一个古怪艺术家的离奇故事。

第三,富有戏剧性。事实上,志异小说与戏剧有不少相似之处,譬如两者开头都有引子(Exposition),以提示小说的故事(或剧情)内容,主人公命运转折(Peripetie)情况等。德国著名小说家施托姆把志异小说称作"戏剧的姐妹",这见解是相当深刻的。志异小说的情节通常都是引人入胜、扣人心弦的,使读者或听众产生紧张、急切的心情。志异小说通用的写法,很像欧洲古典剧本结构的"金字塔"公式(Exposition Peripetie Katastrophe)。

第四,与逸事奇闻融为一体。这里,首先要对逸事奇闻这一概念作点说明。所谓逸事奇闻,是指文学中的Anekdote(希腊语:anekdoton=未发现的东西),原是出于保密之类的原因尚未公布于众的东西。今天的奇闻轶事这种短小叙事形式,源自拜占庭帝国查士丁尼时代的历史学家普罗科匹厄斯[①]的《秘史》(Anedota),该书所记述是查士丁尼私人生活中一直严格保密的故事,直到皇帝死后才公布于众。此后,Anekdote先是成为未曾发表的文集或著作的名称,但很快就转用到短小的虚构或真实可靠的故事上。在德国,伴随着志异小说的发展,逸事奇闻经过改造,成为一种篇幅短小、结构严谨、有艺术特色的叙事形式。古典作家J. P·黑贝尔的《莱茵的家庭常客的小首饰盒》(1811)和浪漫派作家克莱斯特[②]在他的《柏林晚报》上刊登的逸事趣闻(1811/1812),以富有艺术特色的作品,对叙事文学中这一"品种"的发展作出杰出的贡献,他俩被誉为德国逸事奇闻的创建者。——逸事奇闻与志异小说,同属叙事文学这块园地,关系格外密切,在形式和内容上存在一致或近似之处。譬如两者都描述一桩业已发生的奇特事件,又都有特定的严格形式和出人意料的效果和结局。当然,两者间也存在差异,例如逸事奇闻围绕着一个情节、一个小插曲进行;而志异小说则围绕着生活的一个阶段,有时甚至是一种独特的生命经历展开。可以说,一篇逸事奇闻,就是一篇尚未完成的志异小说。志异小说,如歌德《德国流亡者们的闲聊》中的头4篇,黑贝尔的《喜出望外的重逢》和阿尔尼姆的《拉特诺要塞发疯的伤员》,都是源自逸事奇闻。有人甚至把这些小说也看作是逸事奇闻。从克莱斯特的小说中,我们也可以看到作者如何巧妙地把逸事奇闻融入志异小说之中。

第五,故事有出人意料的效果和结局。

---

① 普罗科匹厄斯(Procopius,约550-565),拜占庭帝国查士丁尼时代的历史学家,出身于贵族家庭,早年受到良好的古典教育,得到查士丁尼信任,曾长期在朝廷中担任高级官吏。主要著作有两部:一为《当代史》(即《查士丁尼皇帝的征战史》;一为《秘史》。

② 克莱斯特的文艺流派属性问题,在德国文学史上一直存在争议。

第六,文风生动活泼,形象鲜明具体,文字简练。

从上述志异小说的特点和构成要素可以看出,小说家既关注作品的内容,又不忽视其独特的形式。这样的小说,确实可以被视为艺术品位高超的作品,难怪有学者称志异小说家的艺术是“刀锋上的舞蹈”。

二、志异小说大家:克莱斯特

克莱斯特不仅是位重要的戏剧家,同时又是一位杰出的散文作家。他把叙事文学的逸事趣闻加以改造,使之成为一个颇具艺术特色的叙事体裁,并将它升华到一个后人难以企及的高度。更为重要的是,克莱斯特经过艰苦的努力,把从异国他乡引进的这个小说新“品种”加以改造和提高,使之成为形式更完美,更能够反映时代社会和个人问题的文艺新形式。他的努力获得了成功,备受称赞。他的小说,多取材于著名的历史刑事案件或奇特事件,以情节紧张动人、扣人心弦,人物塑造生动、表现力强,形式完美和文字简练著称。《智利地震》《O侯爵夫人》和《马贩子科尔哈斯》等,是他的志异小说名篇佳作。

《智利地震》于1870年初版时命名为《耶罗尼莫与约瑟费:1674年智利地震的一幕》,描写一对青年忠贞不渝的爱情故事。智利京城圣地亚哥的贵族少女约瑟费因与社会地位低下、门第不相匹配的家庭教师耶罗尼莫相爱,引起约瑟费父母的不快,遂把耶罗尼莫解雇。但这割断不了这对情人的联系,他们继续交往。见此情状,约瑟费的父母便把女儿送进修道院。可是修道院的高墙仍无法切断这对青年人的交往,他们俩把修道院变成幽会的地方,约瑟费甚至还在这里生下了一个孩子。他们的私通被认为是道德问题,甚至是犯罪行为。因此，约瑟费被判处死刑，耶罗尼莫被投入监狱。事有凑巧，就在这时，圣地亚哥发生大地震。顷刻间，城市变成了一片废墟。耶罗尼莫与约瑟费幸而大难不死，躲过了这场大劫难，逃难中在郊区不期而遇，还救出了他们的幼儿。一场地震摧毁了一座城市，好像同时也毁掉了昨日的旧世界和偏见，使人性得到复归，人们不再用异样的眼光看待这对情侣，他们似乎又获得了新生。但是好景不长，转眼间厄运临头。在仅存的一座教堂做弥撒时，大主教声称大地震是上帝对人类罪恶的惩罚，并把这场天灾归因于这对情人的私通，归因于他们俩的"伤风败俗"。愚昧无知的狂热信徒们信以为真，就把这对青年人从人群中揪出来，活活打死。

《智利地震》的主题是个人与社会的矛盾与冲突。小说通过一对青年人的爱情故事，深刻地揭示了个人与社会的矛盾，无情地批判了世人的愚昧无知和偏见、教会的罪恶。故事情节紧张，悬念不断。它是克莱斯特小说创作的一个高峰，更从三个方面集中体现了德国经典志异小说的特征。

首先，着力描写事件"骇人听闻"或"闻所未闻"的特性。小说从天灾和人祸两方面入手。所谓"天灾"，当然是1674年的智利大地震。克莱斯特笔下的这场大地震，惊心动魄，顷刻间横扫一切，摧毁了一座城市，其破坏性和造成的严重后果，无疑是骇人听闻的。而所谓"人祸"是指社会和宗教的偏见与教会对愚昧无知信徒的误导，招致摧残人性的事情发生。一对纯洁的青年男女，本应享有恋爱婚姻的基本权利，却被视为违背社会和教会的规范而惨遭迫害，一个被判为火刑，后改为斩首，另一个被投入监狱，并准备处以绞刑。两人虽然死里逃生，躲过了天灾，却躲不过人祸。狂热无知的信徒们甚至连同受害人的幼儿也不肯放过。小说不仅痛斥对人性的摧残，同时赞美对人性的勇敢捍卫。当宗教狂热的暴徒正要对耶罗尼莫和约瑟费行凶时，一名叫费尔南多的男子，挺身而出拯救他们俩及其孩子，终因寡不敌众，连身边自己的孩子也惨遭杀害。在作者看来，费尔南多在那种严峻情况下自告奋勇的行为，实属难能可贵，也是“闻所未闻”的壮举，值得称道。

其次，小说突出故事的稀罕奇特和轰动效应。故事一开始就富有奇特色彩，修女约瑟费先是在修道院的花园里怀了孕，继而在圣体节期间出现临产前阵痛，瘫倒在大教堂的台阶上。她的行为自然为教会所不容。在被刑警队伍押赴刑场途中，经过街道的所有临街窗户，统统被好奇的民众占用，足见事情的奇特和轰动效应。

再次，富有戏剧性。主人公命运多舛，故事激动人心。情节曲折，悬念不断。大地震使主人公的命运出现了转机。可是好景不长，大主教蛊惑人心的话，使形势急转直下，把事件引向悲剧性的结局。

此外，故事报道的客观性，文风的鲜明生动，文字的简练，篇幅的适度等，也都符合经典志异小说的要求。

《O侯爵夫人》(1808)，堪称是一篇经典的志异小说，它讲述了一位意大利妇女的一段逸闻轶事。小说的开端以浓墨重彩的手法描绘了故事的新奇特点：在意大利北方某座重要城市，寡居多年的O侯爵夫人，作为一个数名有教养的孩子的母亲，一向名声颇佳。忽然有一天，她在报纸上登出寻人启事，宣称自己在不知情的情况下怀了孕，现在寻找她将要出生孩子的父亲。只要他敢站出来承认事实，她愿意顾及家庭情面与他结婚。这位寡妇的故事，堪称举世无双的旷古奇闻。接着小说讲述了事情的来龙去脉。原来时值俄国出兵抗击拿破仑之际，一群占领该城堡的俄国士兵，在城堡后院对城防司令的女儿——O侯爵夫人欲行不轨。夫人幸得俄国军官F伯爵解救，伯爵把这个因受惊吓而昏迷的女人背到暂时不受战火威胁的城堡厢房，并把她交给一位医生，自己复又投入战斗。待她醒来时，救命恩人已经离去。不久,F伯爵回来向她求婚,被她断然拒绝,因为她早就发誓不再嫁人。当她得知F伯爵是自己的救命恩人,而他的求婚态度十分诚恳,O侯爵夫人便答应战事结束后完婚。后来,当F伯爵按照那个寻人启事要求,在城防司令部出现时,谜底终于揭开了,原来F伯爵在她昏迷时同她发生了性关系,这使她和她的家人深感委屈。在她的心目中,F伯爵顿时由救命恩人变成了害人的魔鬼,她表示"决不同魔鬼结婚"。不过,她不愿意违背自己的承诺,最终还是答应同他结婚,条件是:婚后他得放弃作为丈夫的一切权利。F伯爵接受了这一苛刻条件,婚后两人分居生活,新生孩子洗礼命名时,F伯爵把自己的全部财产转到孩子和侯爵夫人的名下。他的真诚感动了侯爵夫人,两人再次举行婚礼,成为一对名副其实的夫妻,使事情得到完美的结局。这是一个悬念迭起,扣人心弦,富有戏剧性的故事。

《马贩子米歇尔·科尔哈斯》(1810)取材于德国16世纪的民间编年纪事,主题为个人与社会(封建统治当局)冲突问题与如何看待法律问题。主人公是个安分守己、忠厚老实的马贩子,有一天,他外出卖马途径大地主特隆卡庄园时,他的两匹良种黑马被大地主手下的人强行夺走。他原先试图通过法律途径维权,不料官官相护,大地主与有亲戚关系的主审法官相互勾结,起诉处处碰壁,无奈被迫揭竿而起,纠合一帮人马火烧地主城堡和庄园,掠夺其财产,多次击败前来镇压的当局军队,造反声势日盛,令当局闻风丧胆。这时,以宗教改革闻名遐迩的马丁·路德,利用其影响出面调解,他警告科尔哈斯行为不要越轨,劝他放下武器再去法院申诉,以求得恢复自己的权利。马贩子接受规劝,结果法院判大地主两年徒刑,将被扣压的马归还其主人。科尔哈斯的愿望虽得以实现,但他因为破坏国家治安,必须以生命来补偿国家的损失,科尔哈斯欣然接受了这样的结局。

为维护个人权利而展开斗争,这样的事情古往今来都是存在的,但是像科尔哈斯为两匹马儿举起造反大旗，同当地权贵和当局展开一场殊死的斗争，也算得上是一件闻所未闻的事件。这一事件说明，马贩子具有敢于斗争的坚强性格。小说一开始就以简洁的语言，用两个“最”字刻画他的基本特性，说他是当时“最正直”和“最可怕”的男子之一。他生活在勃兰登堡地区，为人一向正直，30年间与周围的人总是和睦相处。他并非是个脾气暴躁、容易感情冲动的人。他健康的理智使得他行事稳重，三思而行。当他的起诉一次次遭遇失败，尤其是当他的妻子向勃兰登堡当局递交起诉书时，被一名士兵伤害致死，这时科尔哈斯怒不可遏，决心放弃个人的全部财产，揭竿而起。

《马贩子米歇尔·科尔哈斯》是一篇优秀的现实主义小说，通过马贩子科尔哈斯的不幸遭遇，揭露和批判了封建统治者欺压人民的罪恶，真实地反映了当时的阶级矛盾，揭示了官逼民反的深刻道理。作者虽然同情科尔哈斯的遭遇，却认为他的行为“过火”、“越轨”，因而对他的举动保持距离。小说提出了如何看待法律问题。在克莱斯特看来，科尔哈斯应该通过法律途径解决纠纷。在他的起诉遭到萨克森当局拒绝后，他应该通过勃兰登堡（克莱斯特所属普鲁士的前身）法院去捍卫自己的权利。在克莱斯特看来，即使萨克森当局无理拒绝了他的起诉，他还可以期待勃兰登堡当局主持公道。因此，科尔哈斯的问题在于，他的起诉书尚未呈交到勃兰登堡当局便举行造反，这是“越轨”行为。当然，他的造反并非为了推翻现存制度，而只是为了个人报仇雪恨。因此，当他的愿望和要求得以实现时，他就甘愿背上破坏社会治安的罪名而领死。

历史上，科尔哈斯实有其人，不过他叫汉斯·科尔哈斯，是柏林的一个商人，从事贩卖鲱鱼之类的东西。他的两匹马被富豪诬为盗窃来的不义之财，而加以没收。他自1532年起反复提起诉讼，因正义无法伸张，被逼无奈，做起了强盗，杀人放火，纠结一帮人造反，后于1540

年3月22日被处以车磔之刑。《马贩子米歇尔·科尔哈斯》就是根据这段史实创作的。

三、中篇小说

讨论中篇小说，我们务必首先弄清德语和德国文学里中篇小说的概念。在我国，Erzählung和Novelle分别惯译为短篇小说与中篇小说，其实不当。根据《文艺学辞典》(Wörterbuch der Literaturwissenschaft, Claus Träger主编)和《文学专科词典》(Sachwörterbuch der Literatur, Gero von Wilpert编著)这两部权威性文艺学专业辞典解释，所谓Erzählung，广义上说，就是(除长篇小说之外的)小说，是所有中型和小型叙事文学体裁的总称；就是说，它不仅包括逸事、短篇小说、童话、传说和传奇与散文等，同时也包括志异小说(Novelle)和篇幅较大的叙事作品。狭义上说，是指篇幅介于长篇与短篇小说之间的中等篇幅的叙事作品。这里要探讨的，正是后者。

中篇小说，与叙事文学其他体裁不同，美学上缺乏严格的或者特定的布局形式和要求，在内容与形式上不受限制。可以说，在叙事文学各种体裁中，它的艺术“个性”相对较弱，缺少特定的艺术特点和要求。在小说这个“小家庭”中，它与志异小说篇幅相似，如同“两兄弟”，但是，如上所述，两者艺术“个性”差异明显，因而不能把两者混为一谈。

世上万事万物无不在变化发展中，志异小说也不例外。它自歌德从罗马语地区引入德国文学后，经古典派与浪漫派代表人物的改造，已经具有了独特的形式和特点，成了打上深深的德意志烙印的文学“品牌”。但是随着时间的推移，现实生活与人们思想意识的变化，作家需要选择更加广泛的题材和与之相适应的表现形式，去反映现实生活和作家的精神生活。因此，志异小说从题材、内容与形式等特点，都必然会随之发生变化。志异小说的本质特征——闻所未闻（或骇人听闻）的本来含义被拓宽为或者说从中衍生出：神奇的，奇异的，美妙的，离奇的，异想天开的，千奇百怪的，梦幻般的；或者幽灵般的，令人毛骨悚然的等带有浪漫特色的事物。这样一来，在叙事文学中自然就要不断冒出新的"品种"，诸如艺术童话（Künstmärchen）、童话小说（Märchennovelle）、艺术传说（Künstsage）等。这种局面的出现，在文艺学界自然引起关于这些新品种的定义问题以及它们之间的界限问题的争论和讨论。但是考虑到浪漫派文学是一种"包罗万象的文学"，浪漫派关于打破各艺术门类界限的主张，以及新涌现的艺术品种之间事实上存在着你中有我、我中有你这种相互交织的情况，人们似乎并不太看重这些问题争论与讨论的价值。

在浪漫派，尤其是晚期浪漫派的小说中，不仅在各题材之间，而且在浪漫主义与现实主义这两种创作方法之间，都存在着相互交织与交融，或者说相互结合的现象，这在霍夫曼的创作中尤为明显。因此，这位晚期浪漫派代表人物的创作倾向引起了学术界的关注和争论。有的学者如汉斯·格奥尔格·维尔纳认为，尽管霍夫曼作品中存在现实主义倾向，但浪漫主义因素是主要的；另一些学者如阿尔弗雷德·库雷拉、汉斯·马耶尔与卢卡契却强调霍夫曼作品，尤其是晚期作品的现实主义倾向。有意思的是，卢卡契一方面以现代文学"首席法官"身份宣判浪漫派死刑，却同时竭力提高霍夫曼的地位，将他誉为"伟大的现实主义者"①。

在弗·施莱格尔看来，长篇小说应成为浪漫派文学的核心，而且事实上（如前面所述），长篇数量多得惊人。可惜它们今天大多被人

---

①［匈］乔治·卢卡契：《德意志文学史纲》，柏林建设出版社1955年版，第57页。

遗忘。而并不为施莱格尔所看好的中篇小说（包括作为其特殊形式的志异小说）和艺术童话及童话小说等，至今仍保持其旺盛的生命力和影响力。蒂克、阿尼姆、勃伦塔诺、霍夫曼、富凯、艾兴多夫、豪夫等都留下许多脍炙人口的作品。艾兴多夫的《废物的生涯》（一译《废物传》）、沙米索的《彼得·施莱米尔的奇特故事》、富凯的《温亭娜》、勃伦塔诺的《勇敢的卡斯帕尔和美丽的安内尔的故事》、阿尼姆的《伊莎贝拉》和《拉特诺要塞的伤员》等，都是浪漫派的中篇名优佳作。

在浪漫派的小说家中，唯独霍夫曼艺术的"冲击波"超出德国的国界。在19世纪，他与歌德、席勒与海涅并列为享有国际盛名的德国作家。在西方国家，尤其是法国和俄国，霍夫曼获得了巨大成功。一大批名流，诸如巴尔扎克、雨果、大仲马、波德莱尔、普希金、果戈里、别林斯基和爱伦·坡等，均从霍夫曼作品中获得教益。这位风格怪诞的德国作家，不仅有丰富的创作实践，而且还拥有指导创作实践的一套独特的艺术主张，不过霍夫曼并未形成系统的理论（参见本书第四篇第三章《怪诞小说艺术大师霍夫曼》）。

第三篇

热点难点问题

第一章　启蒙运动与德国浪漫派

启蒙运动与德国浪漫派的关系问题不仅是浪漫派研究的热点，同时也属于其重点和难点问题，因而历来备受关注，众说纷纭。问题的提出，时间久远，可以追溯到一个半多世纪以前。传统的看法总是强调两者的对立。

一、"对立论"的来龙去脉

"对立论"一向声称，德国浪漫派是一股逆流，是对启蒙运动的反动。早在19世纪30年代，海涅在其著名的《论浪漫派》(1836)一书里就对浪漫派的本质特征作了批判性的说明："它不是别的，就是中世纪文艺的复活。这种文艺表现在中世纪的短诗、绘画和建筑物里，表现在艺术和生活之中。这种文艺来自基督，它是一朵从基督的鲜血里萌生出来的苦难之花。"[①] 诗人这番描述，从根本上否定了浪漫派同启蒙运动的联系，并首次表明两者的原则对立。海涅的评论对19世纪乃至20世纪意识形态领域里的斗争产生了深远的影响。19世纪的

---

① 海涅：《论浪漫派》，张玉书译，人民文学出版社1979年版，第5页。

德国文学史家总以各种罪名把浪漫派送上历史“法庭”。不同时期的“判词”与传统的“对立论”有异曲同工之妙，都一致否定浪漫派与启蒙运动的联系。

在20世纪，沿着海涅攻击浪漫派的轨迹，著名文学史家赫·奥·科尔夫（Hermann August Korff）和保尔·克卢克霍恩（Paul Kluckholn）也一唱一和，前者声称：“毫无疑问，浪漫派的首要对立面和它终究要起来反抗的历史势力……乃是启蒙运动。”[①] 在其代表作《歌德时代的精神》及其他著作里，他在启蒙运动与浪漫派之间划了一条以理性与幻想为标志的界线。而在克卢克霍恩看来，浪漫派的一致性在于“在各个领域共同反对启蒙运动”[②]。

在纳粹统治时期，反法西斯阵线内部流行一种看法，认为纳粹某些思想理论起源于浪漫派。民主德国文化部部长亚历山大·阿布施（Alexander Abusch）声称：“反动派支持浪漫派，浪漫派为反动派效劳。”第二次世界大战后，浪漫派在民主德国成了众矢之的，浪漫派与纳粹被认为是一路货色，说前者在思想舆论上为后者鸣锣开道，后者是前者遗留的恶果。20年代，文艺评论家弗里茨·施特里希（Fritz Strich）曾在浪漫派问题上同科尔夫唱过对台戏；当后者强调启蒙运动和浪漫派的对立时，他在其论著《德国古典文学与浪漫派或者尽善尽美与无穷无尽》(1922）里突出魏玛古典文学与浪漫派的矛盾。但是，在第二次世界大战以后的新形势下，在“对立论”的巨大影响下，他便改变了自己的观点。1949年，即在卢卡契的《理性的毁灭》（1954）发表前5年，他把浪漫派又说成是“对欧洲理性的背叛”，因为

---

① Silvio Vietta (Hrsg.): Die literarische Frühromantik. Vandenhoeck & Ruplecht in Göttingen, 1983, S. 12.

② 转引自 Helmut Schanze: Romantik und Aufklärung, Untersuchungen zu Friedrich Schlegel und Novalis. Verlag Hans Carl Nürnberg, 1966, S. 1.

它“敌视启蒙运动”,转向黑暗和潜意识。①

卢卡契堪称当代“对立论”的首要代表人物。他在一系列论著里把攻击矛头对准浪漫派,大造“对立论”声势。在他看来,浪漫派成了德国文学史的“转折点”,即从进步的启蒙运动向反动派的转变。他在《德国文学中的进步与反动》一书中声称:“同启蒙运动的决裂”乃是浪漫派的“主要倾向”②;他认为“现代反动派到德国启蒙运动中去寻找浪漫派的祖先”是“对历史的篡改”③,从而批判了鲁道夫·翁格尔(Rudolf Unger)所宣扬的所谓浪漫派同当时著名哲学家哈曼和文艺理论家赫尔德之间存在联系的观点。他强调指出,批判浪漫派是“德国文学史的一项极有现实意义的任务”,而“这种批判一向不够深入,不够尖锐”。④在民主德国,卢卡契长期享有“文学教皇”的权威,他的主张成了民主德国当局制定文艺方针政策的重要依据。在这种意识形态氛围中,要同“对立论”唱反调显然是困难的。

但是在联邦德国,从20世纪60年代中期开始,传统的“对立论”开始遭到了挑战,一些专家学者多以作家专论形式探究早期浪漫派同启蒙运动的关系,而在早期浪漫派作家中,备受关注的是该派两位最杰出的代表人物,即诺瓦利斯和弗·施莱格尔。

---

① 参见Wilfried Malsch: Klassizismus, Klassik und Romantik der Goethezeit. In: Deutsche Literatur zur Zeit der Klassik, Hrsg. von Karl Otto Conrady, Phlipp Reclam Jun., Stuttgart, 1977, S. 397.

② [匈]乔治·卢卡契《文学论文选》(上卷),范大灿选编,人民文学出版社1986年版,第48页。

③ [匈]乔治·卢卡契《文学论文选》(上卷),范大灿选编,人民文学出版社1986年版,第47页。

④ [匈]乔治·卢卡契《文学论文选》(上卷),范大灿选编,人民文学出版社1986年版,第63页。

当今，诗人诺瓦利斯被看作是浪漫派的真正代表。对诺瓦利斯及其作品，例如他的宗教政治文章《基督教或者欧罗巴》(1799)历来存在争议。评论家维·马尔施(Wilfried Malsch)以诺瓦利斯为突破口，探索早期浪漫派同启蒙运动的关系。1965年，他在《〈欧罗巴〉，诺瓦利斯富有诗意的演说》一书里不仅论证了诗人同启蒙运动的关系，而且也揭示了他与法国大革命的直接联系，坚决驳斥了对诗人传统的消极评价。一年后，赫·尚策(Helmut Schanze)的博士论文《浪漫派与启蒙运动——弗·施莱格尔和诺瓦利斯研究》问世。该论著探讨了启蒙运动与浪漫派之间的“过渡点和联系点”，以富有说服力的事例论证了启蒙运动的精神财富如何转化为诺瓦利斯和弗·施莱格尔富有诗意的幻想，从而批驳了传统的“对立论”。随后，人们开始以新的眼光审视浪漫派，反思传统的“对立论”。于是一种新的浪漫派观念便应运而生，研究早期浪漫派蔚然成风。继马尔施之后，约·马尔(Johannes Mahr)和汉·林克(Hannelore Link)也分别于1970年和1971年先后推出研究诺瓦利斯专著。与此同时，克·布里格勒布(Klaus Briegleb)、埃·胡格(Eberhard Huge)、弗·诺·门内迈尔(Franz Norbert Mennemeier)和海·迪·韦伯(Heinz Dieter Weber)等学者以新的视角和方法撰写的研究弗·施莱格尔论著接踵而至。这些论著都与关于浪漫派的传统观念实行决裂，抛弃了把浪漫派说成是非理性、主观主义和感情用事的传统偏见。①

同联邦德国相比，民主德国的浪漫派研究在总体上远远滞后，但必须指出的是，在重新评价浪漫派问题上，当年民主德国的理论家比其联邦德国同行先行了一步。1962年由著名学者汉斯·马耶尔教授

---

① Romantikforschung seit 1945. Hrsg. von Klaus Peter, Verlagsgruppe Athenäum Hain Scriptor Hanstein, 1980, S. 20.

在莱比锡大学主持召开的浪漫派问题研讨会就是证明。马耶尔的开幕词和罗马语族语言文学家维尔纳·克劳斯教授作的题为《法国启蒙运动与德国浪漫派》的报告，非常精彩，备受关注，被认为是“无法超越”的，对联邦德国的浪漫派研究产生了“十分重要的影响”。①这次学术会议无疑是个好开端，有助于推动民主德国的浪漫派探索。但是会议发起的重新评价浪漫派的倡议，却遭到民主德国当局的断然拒绝。尽管如此，会议的影响还是不可低估的。十多年后，70年代中期，形势变了，民主德国学术界终于开始以新的眼光看待那只曾几何时“人人喊打”的“过街老鼠”，着手反思传统的“对立论”了。②

纵观一百六七十年来“对立论”的来龙去脉，有两点是可以肯定的。其一，自20世纪60年代中期以来，“对立论”遭到越来越强有力的挑战，大有江河日下之势。其二，“对立论”的兴衰是以浪漫派的“命运”为转移的。当浪漫派遭受贬斥和冷落时，它能风行一时，而当浪漫派博得青睐、走出“冷宫”时，它就会逐渐销声匿迹。

二、“对立论”难以自圆其说

关于启蒙运动与浪漫派的关系，有两种说法流传颇广，一种说法声称：启蒙运动高举理性主义和理性至上的大旗，而浪漫派却反其道而行之，大唱非理性、主观主义和崇尚感情的赞歌。另一种说法宣称：启蒙运动者向前看，世界观先进，而浪漫派则向后看，迷恋中世纪，世界观落后甚至反动。其实，两种说法都是传统的“对立论”的变种，

---

① Heinz Hartl: Frühe Romantik späte Aufklärung. In: Weimarer Beiträge, 1987, H. 4, S. 645.

② 陈恕林：《德国浪漫派及其评价问题》，载《外国文学研究集刊》第9辑，中国社会科学出版社1984年版，第81–82页。

都是站不住脚的。

的确，浪漫派以重主观、厚情感、崇尚幻想著称于世，但他们并不轻视理性，更不会敌视它。1795年，在拜读了法国启蒙运动思想家和哲学家孔多塞的《论人类精神进步史梗概》(1795)后，年轻的弗·施莱格尔马上撰文称赞道："(孔多塞的)论著由于简朴、明快和高贵的写作方法，由于对真理和见识的真诚热情，由于对美德的纯情和由于对偏见、虚伪、压迫和迷信的高尚仇恨而给世人留下美好的印象。"①翌年，诺瓦利斯在日记里写道："务必竭尽全力训练并经常发展和提高想象力，如同理智、判断力等一样。现在我增强理智，这最值得，因为它教我们找到道路。"②浪漫派作家说出这样的话，并非偶然，18世纪被称为理性主义时代，浪漫派作家在世纪末年的这些表述，闪烁着理性的光辉，可见他们并不反对理性，并不反对理性原则。他们反对的是理性主义，反对把理性绝对化、教条化，反对主观和客观的分离，反对精神与物质的二重性主张。如果说在18世纪理性主义时代，理性处于至高无上的地位，理智与幻想属于一种主从关系，那么在18世纪末开启的浪漫主义时代，理智与幻想虽然还存在对立的一面，但两者已不相互排斥。奥·威·施莱格尔在一次讲课中谈到两者关系时这样说："它们仿佛永远对立，因为理智绝对强求统一，而幻想则在无限的多样性中开展其活动，但它们都是我们本质的、共同的基本力量。"③

---

① Friedrich Schlegel: Werke in zwei Bänden. Aufbau Verlag Berlin und Weimar, 1980, Bd.1. S. 287.

② 转引自 Wolfdietrich Rasch: Zum Verhältnis der Romantik zur Aufklärung. In: Ernst Ribbat (Hrsg.): Romantik, Ein liter aturwissenschaftliches Studienbuch. Athenaeum Verlag, 1979, S. 7.

③ 转引自 Lothar Pikulik: Frühromantik, Epoche Werke Wirkung. C. H. Beck München, 1992, S. 24.

诺瓦利斯对两者关系的认识是有变化的，在1791年10月5日致赖因霍尔德的信里，他仍把“我的理智大大地占了感情和幻想的上风”看作优点，数年之后，在1799年的断片里，他却将理智与幻想视为平起平坐的兄弟姐妹关系：“清醒的头脑同热烈的幻想结成兄弟姐妹关系，乃是真正地有利于健康的精神食粮。”①

尽人皆知，浪漫派崇尚中世纪文化，他们提出了“回到中世纪去”的口号。过去，人们对此不大理解，甚至横加指责，声称这个口号有着反动的涵义，认为他们是要回到中世纪封建主义和天主教的统治中去，“要在新世纪恢复中世纪的生活方式”。这种说法显然是牵强附会的，其实，这个口号并非浪漫派的政治行动纲领，而只是一种文艺主张。它说明浪漫派对民族传统，特别是对中世纪文艺的向往。他们迷恋中世纪文艺，是因为它想象丰富，感情真挚，语言生动，表达方式自由。尤其在蒙受异族侵略和压迫时期，他们对民族传统和民间文艺的重视，还含有鼓舞民族精神、唤醒民族意识的因素。他们在搜集整理出版民间文学，特别是中世纪民间文学方面，花费了许多精力，作出了重大贡献。

启蒙运动与浪漫派同中世纪的关系仿佛是背道而驰的。其实不然。维尔纳·克劳斯教授1962年在莱比锡大学“浪漫派问题研讨会”上作的那个非常精彩、备受称赞的报告——《法国启蒙运动与德国浪漫派》对此问题作出了令人信服的解答。他探索了启蒙运动和浪漫派双方同中世纪的关系，根据西班牙启蒙主义学者，特别是法国启蒙主义者如布兰维里埃（Henri de comte de Boulainvilliers）、丰特奈尔（Bernard Le Bovier Sieur de Fontenelle）、麦西安神甫（Abbè Massien）

① 转引自Lothar Pikulik: Frühromantik, Epoche Werke Wirkung. C. H. Beck München, 1992, S. 24.

和拉加尔纳·德·贝拉叶(Lacurne de Sainte Palaye)等同中世纪的关系证实,浪漫派对中世纪的浓厚兴趣,遵循了启蒙运动的传统,是以启蒙运动的世界观为依据的,他们对中世纪的向往,是以启蒙主义者为榜样的。这位教授同时也指出,在1815年封建复辟之后,这种对中世纪的兴趣才产生了有利于反动派的变化:"当世界性的封建主义借助神圣同盟组成大君主政体的卡特尔时,尤其是在确保各民族监狱和平的和平主义的决定性影响下,中世纪意识形态才出现功能的转变。"①

从上文不难看出,"对立论"及其变种,都缺乏科学的辩证的分析,远远偏离了客观实际和真理,是一种偏见,难以自圆其说。

三、浪漫派:启蒙运动精神的继承发扬者

作为一种资产阶级文艺思潮,浪漫派政治上所追求的是自由解放,摆脱封建专制主义统治。启蒙运动精神孕育下爆发的法国大革命,是检验人们政治立场、思想倾向的试金石。1792年,年方19岁的浪漫派作家蒂克在致友人的信里表示:"现在,我日夜思念着法兰西,如果她遭殃,我就蔑视整个世界。"②随着法国革命和战争的发展,战争与和平问题牵动着千百万人的心,它成了街谈巷议的话题和文人墨客写作的主题。针对康德的论著《为了持久的和平》(1795),青年弗·施莱格尔发表了他的重要政论文章《试论共和主义》(1796)。他

① Werner Kraus: Französische Aufklärung und deutsche Romantik. In: Romantikforschung seit 1945. Hrsg. von Klaus Peter, Verlagsgruppe Athenäum Hain Scriptor Hanstein, 1980, S. 176.

② Die Französische Revolution in Widerspiegelung der deutschen Lieratur. Hrsg. von Claus Träger, Verlag Philipp Reclam jun., Leipzig, 1979, S. 376.

从天赋人权的观点出发，认为公民不仅享有立法权，也应拥有执法权，并且在无法忍受专制主义压迫或者宪法遭到破坏时，甚至还有暴力反抗的权利。施莱格尔的文章不仅批判了康德的错误观点，同时也反驳了英国政治家伯克（Edmund Burk）及其追随者对法国大革命的攻击。伯克在《反思法国大革命》(1790)一书里，以所谓暴力行为违反历史发展规律和传统为由，谴责法国大革命，鼓吹渐变式的改革。他的书译成德文后，广为流传。人们曾认为它对德国浪漫派产生了决定性的影响，使人们改变了对法国大革命的态度。弗・施莱格尔这篇文章以及他在90年代写作的其他论著，对事情的是非曲直作出了明确地分析和判断。

艺术上，浪漫派向往创作自由，弗・施莱格尔声称，浪漫主义文艺不受任何文艺法则制约，"诗人的'专断'，不容忍任何法规约束"，乃是浪漫主义诗歌的"第一条法则"。诗人诺瓦利斯本着启蒙运动精神，提倡思想的独立自主，他说："理智不是要求人人都是他自己的立法者吗？世人应该只服从他自己（制定）的法则。"① 浪漫派并没有让他们的文艺主张停留在口头或书面上，而是将其付诸实践，在创作中，他们的确"独断专行"，随心所欲。浪漫派之前的德国文学，存在理性化、教条化的现象和倾向。给人以索然寡味的感觉，除歌德、席勒等少数个别作家外，在国外影响寥寥。浪漫派给它"注入新鲜的血液"（梅林语），使之生机勃勃，富有魅力，从而改变了它的面貌和形象。

启蒙运动思想家所确立的思想，尤其是事物不断发展并日臻完善的观念，也为早期浪漫派所接受。孔多塞关于人类社会能够不断进步和完善自身的理论，对19世纪的哲学和社会学产生了极大的影

① Ernst Ribbat（Hrsg.）: Romantik, Ein literaturwissenschaftliches Studienbuch. Athenäum Verlag, 1979, S. 10.

响。他在最后一部,同时也是最重要和最著名的论著《人类精神进步史梗概》中,阐明了人类社会可以不断进步、日臻完善的观点,要消灭民族之间和阶级之间不平等的看法。这部论著的发表,特别是由于它产生的特殊背景(作者1794年3月在狱中死亡前完成),在德国尤其在早期浪漫派中引起广泛关注。如上所述,1795年,在这部论著问世当年,弗·施莱格尔就及时撰文热情称赞。他的胞兄奥·威·施莱格尔原来也打算撰文嘉许,论文虽然没有写成,但他1798年在《断片》第195则里对这位法国启蒙运动思想家和哲学家表示了敬意。正是在包括孔多塞在内的启蒙运动思想家"不断发展"的思想影响下,弗·施莱格尔把浪漫主义文学称为"渐进的诗"(progresive Poesie)。这位浪漫派理论家、代表人物之所以这样说,显然有他自己的道理。在他看来,世间万事万物,无不在不断发展变化中,这个"发展变化"是无穷无尽的,尽善尽美的事物是没有的,完美无缺的文艺作品也是不存在的。因此,浪漫主义的诗只能是"渐进的诗"。浪漫派把无穷无尽和永无止境(Unendlichkeit)看作自己所追求的艺术理想。这个理想蕴涵着事物不断发展变化、永无止境的辩证法思想。弗·施莱格尔给浪漫主义诗所下的定义,体现了浪漫派的艺术主张和理想。从上面的简略叙述不难看出,浪漫派的某些见解同启蒙运动思想是一脉相承的。

早期浪漫派不仅继承而且发扬了启蒙运动精神。汉斯·马耶尔在《不幸的意识》(1986)中评论卢卡契对浪漫派的评价时指出:卢卡契否定了浪漫派继承歌德以及德国启蒙运动某些基本立场的历史合理性,他不仅把启蒙运动与浪漫派看作是尖锐对立的,"而且与马克思不同,他未看到恰恰在德国历史思维上,浪漫派作家与启蒙运动的基本观念相比,是一个重要进步;他未看到启蒙运动的,因而也是资产阶级的某些自由解放的科学原则,不是经过德国古典文学,而是首先经过早期浪漫派获得继续发展的。”①

虽说浪漫派与启蒙运动有着继承关系，但毋庸讳言，两者在下列问题上也存在矛盾：其一，在宗教问题上；其二，在理智同情感和幻想的关系上；其三，在早期浪漫派作家同一些后期启蒙运动者的关系上。

在宗教问题上，浪漫派作家同启蒙运动者发生了严重的碰撞。他们对“正教”(Positive Religion)情有独钟。早期浪漫派圈内的基督教神学家、现代基督教新教神学缔造者施莱尔马赫，在关于宗教问题的演说里坚决捍卫“正教”，攻击启蒙运动者把“自然教”(Natürliche Religion)当成真正的宗教。在他看来，自然教“只是个微小和单薄的宗教”，很少显示出虔诚来。因此他责怪启蒙运动者只重视自然教而憎恨正教。②诺瓦利斯在他的《基督教或者欧罗巴》里严厉批判了启蒙运动，说它对天主教的憎恨“逐渐上升为对圣经，对基督教信仰，最终甚至上升为对宗教的憎恨”。③

正是启蒙运动使世人从教会的监督下，从宗教的思想牢笼中解放出来，从而为浪漫派的产生创造了必要的前提。然而浪漫派在享受启蒙运动恩惠的同时，却也付出了代价，亦即失去了同基督教的联系。可是，教会是不允许浪漫派所追求的那种不受任何约束的思想自由存在的。施莱格尔兄弟、诺瓦利斯和施莱尔马赫等人，既要享受那样的自由，却又不愿失去同教会的联系，于是便试图另起炉灶，独自

---

① Hans Mayer: Das unglueckliche Bewußtsein. Suhrkamp Verlag, Frankfurt am Main, 1986, S. 438.

② Wolfdietrich Rasch: Zum Verhältnis der Romantik zur Aufklärung. In: Ernst Ribbat(Hrsg.): Romantik, Ein literaturwissenschaftliches Studienbuch. Athenäum Verlag, 1979, S. 14.

③ Novalis: Werke in einem Band. Aufbau Verlag Berlin und Weimar, 1983, S. 336.

创造一个宗教。事实表明，他们的创建计划无非是一纸空文。这样，1808年，在诺瓦利斯逝世（1801）数年后，弗·施莱格尔终于皈依了天主教，其他早期浪漫派作家随后也相继投入天主教的怀抱。这意味着他们同启蒙运动的精神渐行渐远。随着早期浪漫派在19世纪初年的解体，浪漫派开始向后期过渡。

早期浪漫派与后期浪漫派的一个区别，反映在对待启蒙运动的态度上。同早期浪漫派相比，后期浪漫派对启蒙运动的谴责可谓有过之而无不及。艾兴多夫对启蒙运动的看法和态度在文学界比较典型。他在其《18世纪小说同基督教的关系》（1851）一书里，对启蒙运动进行了全面的攻击，这位诗人持这样的态度并不奇怪，因为他是个天生的天主教徒，判断问题的是非曲直总以天主教信仰为准绳。据称，他之所以敌视启蒙运动，是因为启蒙运动"导致蔑视任何正教特别是天主教"。在他看来，启蒙运动的罪恶在于："启蒙运动最终的后果……乃是而且无非是生活的渐渐终结"，家庭被"腐蚀"，国家遭"蚕食"，在"日甚一日的粗野的和日益强烈的破坏欲中，上帝终将被取缔"。①

在如何看待理智同情感和幻想的关系上，浪漫派作家与启蒙主义者再次狭路相逢。如上所述，浪漫派重主观，厚情感，爱幻想。启蒙运动崇尚理性主义和理性至上，这自然引起浪漫派的反感和非议。在他们看来，理性主义乃是文艺之大敌，它势必扼杀文艺，使之枯燥乏味，丧失魅力。诺瓦利斯在《基督教或者欧罗巴》一文中抱怨说，一些启蒙运动者"孜孜不倦地把文艺从自然中，从大地上，从人的灵魂和科

① Wolfdietrich Rasch: Zum Verhältnis der Romantik zur Aufklärung. In: Ernst Ribbat（Hrsg.）: Romantik, Ein literaturwissenschaftliches Studienbuch. Athenäum Verlag, 1979, S. 16.

学中清除出去。——根除神圣的任何痕迹，通过冷嘲热讽使人们对一切动人的事件和人物的怀念变得兴味索然，拆除世界上一切五光十色的装饰……”①

此外，在处世哲学问题上，早期浪漫派同一些“平庸浅薄”的后期启蒙主义者（如弗·尼古拉、卡·戈·莱辛、梅克尔）也发生了冲撞。以尼古拉为首的这伙“平庸之辈”所倡导的健康理智、中庸之道和功利主义这类说教，令浪漫派作家极为反感。这帮“凡夫俗子”竟敢援引莱辛的精神，甚至竟敢将这位德国启蒙运动代表人物抬举为“平庸启蒙运动的英雄”（Held der seichten），更令他们怒火中烧。在他们看来，“平庸的启蒙主义者”与鼠目寸光、因循守旧、热衷于中庸之道和囿于平凡琐事的市侩是一路货色，理应受到口诛笔伐。弗·施莱格尔在著名的《论莱辛》（1797）一文中，对这伙“平庸的启蒙主义者”进行了尖刻的批判，以捍卫真正的莱辛精神，他说：“的确，倘若莱辛重返人间，看到人们不厌其烦地赞美那些他本人以严肃认真的态度加以否定的东西，看到人们怀着片面和不公正的偏爱，只是分析和颂扬他本人竭力给予最低评价，并且较少谈论的那些东西，与此同时，却根本不愿意和不能够觉察到他的言论、评论中最独特和最重要的地方，看到这些，他即使不感到惊讶，也会感到奇怪，他会露出并非毫无反感地微笑！”弗·施莱格尔接着指出：“恰恰是他生前曾经竭力抨击的那些诗坛上中庸之道的卫士们（Mediocristen）、文坛上的稳健主义者和一知半解的顶礼膜拜者，竟敢将他美化为中庸之道的名流……仿佛他是他们中的一员！对此他肯定会感到吃惊的。”②

---

① Novalis: Werke in einem Band. Aufbau Verlag Berlin und Weimar, 1983, S. 337.

② Friedrich Schlegel: Über Lessing. In: Friedrich Schlegel, Werke in zwei Bänden. Aufbau Verlag Berlin und Weimar, 1980, erster Band, S. 107-108.

对待启蒙运动参与者，浪漫派善于根据其不同言行和表现，区别对待。对于尼古拉等一些"平庸的启蒙运动者"，他们毫不留情地予以揭露和痛斥，而对于欧洲的伟大启蒙运动者诸如伏尔泰、狄德罗、达朗贝，他们十分敬佩和称赞。诺瓦利斯就把伏尔泰尊为"最健康、最有教益的作家"。当然，他们也很赏识本国的门德尔松和康德关于启蒙运动的论著。对德国启蒙运动的旗手莱辛，他们推崇备至。在德国作家中，弗·施莱格尔格外赏识的除格奥尔格·福斯特，就是莱辛。他把这位德国启蒙运动代表人物誉为"民族和时代的真正作家"[①]，属于"革命英才"之列。[②]他特别赞赏莱辛的个性和人格，称他具有"可敬的刚强的原则性"，有"伟大、自由的生活作风"，有"最勇敢的独立自主"精神。[③]

四、基本看法

综观启蒙运动与德国浪漫派的关系，我们可以得出下列几点看法：

第一，启蒙运动与浪漫派的关系是错综复杂的。这种复杂性表现在或者源出于：1. 两者既有许多思想联系，但又存在一些矛盾。2. 浪漫派自身的矛盾性。它是个派中有派的文艺流派。早期和晚期浪漫派的划分，标志着其内部世界观、政治思想和美学观念的变化发展。

---

① Friedrich Schlegel: Über Lessing. In: Friedrich Schlegel, Werke in zwei Bänden. Aufbau Verlag Berlin und Weimar, 1980, erster Band, S. 105.

② Friedrich Schlegel: Über Lessing. In: Friedrich Schlegel, Werke in zwei Bänden. Aufbau Verlag Berlin und Weimar, 1980, erster Band, S. 106.

③ Friedrich Schlegel: Über Lessing. In: Friedrich Schlegel, Werke in zwei Bänden. Aufbau Verlag Berlin und Weimar, 1980, erster Band, S. 110–111.

两者对启蒙运动截然不同的看法和态度就是例证。3. 德国启蒙运动者之间的思想倾向和美学观念同样存在差异。这构成了浪漫派区别对待他们的缘由。他们对待莱辛的态度，不同于对待维兰德，也不同于对待尼古拉和哈曼的态度。

第二，由于问题的复杂性，人们容易走入误区。因此，当一个事物存在两种或多种矛盾时，就得进行科学分析，设法找出主要和次要矛盾，分清主流和支流。浪漫派与启蒙运动之间的精神联系和继承关系应为事情的主要矛盾，是主流；而它们之间的不同，属于次要矛盾，是支流。在如何看待启蒙运动的问题上，早期和晚期浪漫派截然不同，前者积极，后者消极。前者的看法和态度是主要矛盾，属于主流，后者的看法和态度属于次要矛盾，是支流。倘若分不清主次要矛盾，或者甚至颠倒主次要矛盾，就可能与传统的"对立论"一唱一和，或者加入其合唱团。

第三，传统的"对立论"虽然难以自圆其说，但并非毫无根据。这根据来自两个方面：启蒙运动与浪漫派之间确实存在着某些矛盾；后期浪漫派的个别作家也的确对启蒙运动持有一定的消极看法，甚至是敌对的态度。

第二章　弗·施莱格尔的莱辛评论

——启蒙运动与德国浪漫派的关系，
美学观念差异的一个侧影

莱辛(Gotthold Ephraim Lessing, 1729－1781)和弗·施莱格尔(Friedrich Schlegel, 1772－1829)是德国文学史上两个重量级人物。前者是德国启蒙运动的领军人物，德意志民族文学的奠基人，诗人，剧作家，文艺理论家和评论家。后者是德国浪漫派的代表人物，权威的理论家和评论家。弗·施莱格尔的莱辛评论，不仅揭示了这位浪漫派代表人物的立场、观点和方法、审美观念和艺术情趣，同时也从一个侧面披露了他们两人在美学上的某些差异和分歧，揭示了浪漫派与启蒙运动的关系，这篇评论影响广泛深远，历来备受关注。

弗·施莱格尔对莱辛的研究与评论，是在1797－1804年间进行的，前后经历了三个阶段，它们分别对应着弗·施莱格尔和他的浪漫派的不同发展时期：第一阶段(1797年)，早期浪漫派的形成时期；第二阶段(1801年)，浪漫派面临解体之际；第三阶段(1804年)，浪漫派已分崩离析、各散西东，弗·施莱格尔政治思想已开始倒退。

第一个阶段，即1797年，这一年弗·施莱格尔在出版商赖夏特(Johann Friedrich Reichardt)的《艺苑断片》(Lyceum der schönen Künste)杂志上发表了《论莱辛》一文。该文在弗·施莱格尔的文艺思想发展上，意义重大，影响深远。它与弗·施莱格尔此前发表的《论雅各比的〈沃尔德马〉》《论格奥尔格·福斯特》和此后发表的《论歌德的〈威廉·迈斯特〉》《艺苑断片》《雅典娜神殿断片》等，构成了早期浪漫派的主要文献。

《论莱辛》一文的主要内容，包括下述几个方面：一是同一些所谓"平庸"的启蒙运动者展开论战；二是赞美莱辛的个性、品格和人格魅力；三是对莱辛的文学创作，诗人身份提出质疑；四是突出评价莱辛的哲学著作和断片艺术。

在《论莱辛》一文中，弗·施莱格尔严厉批判了尼古拉（Chr. Fr. Nicolai）等后期启蒙运动的参与者，说他们是一伙"平庸"的鼓吹者、"稳健主义者"、"半途而废的顶礼膜拜者"，说他们歪曲了莱辛的革命斗争精神，企图把莱辛作为"一名中庸之道的名流"（einen Virtuosen der goldnen Mittelmäβigkeit）去顶礼膜拜，并最终把他"据为己有"，仿佛莱辛是他们中的一员。[①]弗·施莱格尔对尼古拉等人的批判，目的在于将莱辛同这些"凡夫俗子"、"平庸之辈"划清界线，正如梅林所说，旨在"拯救莱辛"，不允许他们糟蹋和损害莱辛那种不屈不挠，坚韧不拔的革命战士的高大形象。

由此可见，弗·施莱格尔对莱辛是满怀敬意和钦佩之情的，他赞扬莱辛的革命斗争精神，称赞他是"民族与时代的真正作家"，是个"多才多艺"、"学识渊博"的人物，属于"革命英才之列"。弗·施莱格尔认为，莱辛处处都发挥着积极的作用，"把最激烈的不满情绪和最热烈的激情到处传播开来"。"在神学方面，如同在舞台上和评论方面一样，他不仅开创了一个新纪元，而且独自发动或出色地推动了一场普遍而

① 参见 Friedrich Schlegel: Werke in zwei Bänden. Aufbau-Verlag Berlin und Weimar, 1980, Bd.1, S. 108.

持久的革命。”[①]弗·施莱格尔对莱辛的个性、高贵品格和人格魅力，更是推崇备至，赞不绝口。他说莱辛有“可敬的刚强原则性”，有“伟大、自由的生活作风”，有“勇敢的独立自主精神”，有“高贵高尚的嘲讽”风格，有“令人敬仰的豁达大度”和“忠诚可靠”的待人态度，等等。在弗·施莱格尔看来，莱辛的这些和其他类似的特性品格，“比起他的博学多才和天赋来远为重要”，“因为只有伟人才能具备这些品格”。[②]“他本人的价值远远超越他的一切才能。他之伟大在于他的个性”。[③]

众所周知，莱辛以多才多艺著称，其在神学（《对人类的教育》）、美学（《拉奥孔》）、戏剧理论（《汉堡评剧》）和文学创作诸方面，都作出了杰出的成就，无愧为德国民族文学的奠基人，堪称伟大的作家。他的悲剧《萨拉·萨姆逊小姐》（1755）是德国第一出市民悲剧，打破了只有王公贵族才能充当悲剧主角的陈规陋习，具有划时代意义。他的喜剧《明娜·冯·巴尔海姆，或军人之福》（1767）与克莱斯特的《破瓮记》、豪普特曼的《海狸皮大衣》并列为德国三大喜剧。他的悲剧《爱米丽娅·迦洛蒂》（1772）是其最成功的悲剧，实践了《汉堡剧评》的悲剧主张，对狂飙突进运动的年轻作家席勒（《强盗》和《阴谋与爱情》）和歌德（《埃格蒙特》）都产生了影响。《智者纳旦》（1779）是莱辛的著名诗剧，它以戏剧形式继续同路德正统派牧师葛茨进行斗争，反对他排斥其他宗教，只把基督教视为正统宗教的偏见，主张

---

① Friedrich Schlegel: Werke in zwei Bänden. Aufbau-Verlag Berlin und Weimar, 1980, Bd.1, S. 106.

② Friedrich Schlegel: Werke in zwei Bänden. Aufbau-Verlag Berlin und Weimar, 1980, Bd.1, S. 110/111.

③ Friedrich Schlegel: Werke in zwei Bänden. Aufbau-Verlag Berlin und Weimar, 1980, Bd.1, S. 119.

各种宗教应相互忍让和宽容。

然而，弗·施莱格尔在为莱辛的战斗精神、品格和个性大声喝彩的同时，却又贬低他的文学创作，主要是它的戏剧作品。这一褒一贬，形成很大的反差。那么弗·施莱格尔为什么要贬低莱辛的文学作品呢？从他对剧本《爱米丽娅·迦洛蒂》的评论中，我们似乎可以看出一些端倪。这位浪漫派代表人物对《爱米丽娅·迦洛蒂》的批评可谓尖锐，甚至可以说是尖酸刻薄，带有几分冷嘲热讽的意味。他说《爱米丽娅·迦洛蒂》"毫无疑问是戏剧代数学上的一个伟大范例；人们务必要钦佩它，因为这是一部用汗水和痛苦炮制出来的纯理性杰作；面对这样一部剧作，人们一定会冻得哆哆嗦嗦，人们无法用感情去感受它，感情是无法钻进去的，因为它并非来自情感。"总而言之，弗·施莱格尔抱怨与嘲笑这出戏缺乏情感，理性太多，缺少意大利诗人瓜里尼（Battista Guarini，1538－1612）、戈齐（Carlo Conte Gozzi，1720－1806），或者莎士比亚作品中显示出来的"那种富有情趣的理智"（Poetischer Verstand），因此，他将《爱米丽娅·迦洛蒂》贬低为"一出枯燥乏味的悲剧"（eine prosaische Tragödie）①。

"戏剧代数学"、"纯理性杰作"、"并非来自情感"、"枯燥乏味的悲剧"，是弗·施莱格尔上面这段评论的几个关键词，它们与浪漫派文学的追求是格格不入的。从上述这些定语中，人们可以觉察到启蒙运动作家和浪漫派作家美学上的某些差异。其一，理性与情感的矛盾。启蒙运动崇尚理性，把它视为贯穿始终的原则。而浪漫派则推崇情感。理性与情感自然是对立的概念。但是我们不应把问题绝对化，认为启蒙运动与情感，浪漫派与理性是势不两立、水火不容的。浪漫

---

① Friedrich Schlegel: Werke in zwei Bänden. Aufbau-Verlag Berlin und Weimar, 1980, Bd.1, S. 124, 125.

派推崇情感，但并不敌视理性，它反对的只是排斥情感的理性主义，要求文学作品显示出“富有情趣的理智”。长期以来，人们把浪漫派视为敌视理性的，显然是误解。其二，从创作题材来看，启蒙作家与浪漫派作家也是不同的。前者从理性出发，强调作品的思想性和教育意义，提倡文学作品要描写现实生活、反映真实人生。后者推崇主观性，热衷于写超现实的事物，或者“有趣”的东西。时尚驱使他们去寻找富有刺激性的题材，虚构惊心动魄的故事，以期达到“有趣”的目的。因此，饶有兴味、引人入胜，就成了浪漫文学（或称现代文学）的特性之一。

在莱辛的文学作品中，唯独《智者纳旦》（1779）备受弗·施莱格尔赏识和称赞。他把这部诗剧誉为“莱辛诗歌艺术的顶峰”，“在《智者纳旦》这部剧本里，最密集地闪烁并迸发着莱辛全部文学创作才能的光芒”，他称这部剧作“是莱辛精彩绝伦之作”。它之所以备受弗·施莱格尔推崇，还因为它真实地反映了莱辛的个性。弗·施莱格尔认为，就反映莱辛的个性而言，它是“一流的”，因为“它最深刻、最全面并以完美的通俗性表现了莱辛的个性。谁理解《智者纳旦》，谁就能真正理解莱辛”。施莱格尔还称《智者纳旦》是莱辛的一部“绝妙”作品（ein Lessingsches Gedicht），是“莱辛之莱辛”，“绝对是他作品中的作品”，它在莱辛所有作品中是“最独特、最固执和最离奇的”。[①] 弗·施莱格尔对《智者纳旦》的推崇，还因为他在作品里看到了神学与哲学、论战与文艺、悲剧性与喜剧性要素的混合。这种混合结构形式正符合施莱格尔的诗学主张和要求。弗·施莱格尔在赞扬莱辛个性的同时，也不忘提及他跟基督教正统派代表人物，汉堡牧师葛茨的斗争。从18世纪70年代末开始，他就跟葛茨展开了激

---

① Friedrich Schlegel: Werke in zwei Bänden. Aufbau-Verlag Berlin und Weimar, 1980, Bd.1, S. 126, 127.

烈的论战，先后撰写了11篇文章批驳葛茨，后来结集为《反葛茨》，文集于1778年出版。《智者纳旦》创作于1779年，是这场论战的直接产物。因此，弗·施莱格尔称它为"《反葛茨》续篇，第12号"（die Fortsetzung von "Anti — Goeze" Numero Zwölf）。①

《智者纳旦》是一出用五步抑扬格无韵诗体写成的诗剧。令人奇怪和费解的是，弗·施莱格尔并不把它视为文学作品，而是将它归入哲学范围。

更令人奇怪和迷惑不解的是，弗·施莱格尔不仅不满足于贬抑莱辛的文学作品，而且还要对莱辛的诗人身份和地位提出质疑，最终将其逐出诗坛，他说："……而我甚至怀疑，他（莱辛）是否处处都是一位诗人，甚至他是否有诗的鉴赏力和艺术感。"②

这里首先得对诗人这一概念作点说明。就莱辛而言，其文学创作是多方面的，以戏剧创作为主。他的剧作，既有散文体，也有诗体（如《智者纳旦》）。此外还有约200首箴言诗（Epigramme），堪称一位诗人。然而熟悉莱辛作品的弗·施莱格尔，却援引莱辛在他的戏剧学名著《汉堡剧评》末尾一段自白，来为自己对莱辛诗人身份的质疑作辩护。莱辛这段表白是这样写的：

> 我既不是演员，又不是作家。虽然有人每每给予我作家的荣誉，那是因为误会了我。根据我斗胆作的几出戏剧尝试，不应该得出这样慷慨的结论。并非每个手执画笔、挥霍颜料的人都是画家。试写那些最初的作品，往往是在喜欢把兴趣和轻率视

---

① Friedrich Schlegel: Werke in zwei Bänden. Aufbau-Verlag Berlin und Weimar, 1980, Bd.1, S. 127.

② Friedrich Schlegel: Werke in zwei Bänden. Aufbau-Verlag Berlin und Weimar, 1980, Bd.1, S. 120.

> 为天才那样的年龄。我很清醒地意识到，新创作的那些尚堪卒读的东西，只应归功于批评……①

莱辛这段表白充分显示了他的谦逊。然而弗·施莱格尔却声称，所谓谦逊这类说法，不仅同莱辛率直、诚实的个性，而且也同他一贯蔑视与厌恶虚伪礼节的作风格格不入。

弗·施莱格尔和他的浪漫派从其美学理论出发，把无限（Unendlichkeit）视为自己的文艺理想。他们意识到自己的理想无法实现，因而热衷于断片（Fragment）的创作，把它视为他们理论的主要表达形式。弗·施莱格尔不但格外偏爱，而且也特别擅长撰写断片。他所钦佩的写作断片的榜样，除了尚福尔（Sèbastein-Roch Nicolas Chamfort，1740/1741－1794）外，就是莱辛。他的挚友诺瓦利斯在1797年12月26日致施莱格尔的信中，用一个化学术语来形容他同莱辛的密切关系，说他"你是一个被感化的莱辛"（du bist ein dephlogistisierter Lessing）②。这句话常被引用，已成为一句名言。在弗·施莱格尔设计的浪漫派美学"天平"上，莱辛的戏剧创作和文艺理论，他那些已经完成的作品，分量都是很轻的，而他的断片，断简残编，分量则是很重的。在弗·施莱格尔看来，纯粹的幽默，富有机智的闪念，脱口而出的风趣语言，构成了优美断片的要素与特点。这些东西，他在莱辛的著作中都找到了。他在《论莱辛》一文中写道："在莱辛的著作中，最饶有趣味和最认真细致的是寓意和暗示，最成熟和最完美的是断片的断片。"莱辛最精彩的话语，是"脱口而出的一些

---

①［匈］卢卡契：《德意志文学史纲》，柏林建设出版社1955年版，第57页。

② 希腊语和拉丁语dephlogistisieren是指使一个物体摆脱燃素或热素（Phlogiston），使之氧化，如果直译成汉语，必定是极费解的，这里姑且试译为"你是个被感化的莱辛"。

独特的、充满活力、机智和风趣的话”。“而他最简明扼要的思考，通常是一连串幽默的闪念。”[①]弗·施莱格尔如此赏识莱辛的断片，是力图让莱辛充当浪漫派断片艺术的先驱。

弗·施莱格尔1797年在《艺苑断片》杂志上发表的《论莱辛》是一篇未完成的文章，文末注明，结尾部分见下一期，后因与该杂志发行人赖夏特不和，待续计划也就泡汤了。1801年，当他的莱辛研究与评论进入第二阶段时，他与其胞兄奥·威·施莱格尔联袂推出两卷本的《特征与评论》(Charakteristik und Kritik)。他将《论莱辛》一文加以修改和补充后收入第一卷里。修改和补充部分有两个着眼点，颇为耐人寻味。其一，弗·施莱格尔除坚持把莱辛逐出诗坛外，如今又要力图否定或贬低莱辛作为文艺批评家的地位和作用。在他看来，将莱辛视为文艺批评家是错误的，因为“他缺乏对文艺历史的理解和文艺的历史知识”[②]。其二，力图突出莱辛哲学思想的重要性，他把莱辛归入哲学范围之内，他说：“我向莱辛表示敬意，是因为他的哲学思想的伟大倾向，是因为他的作品具有象征性的形式。”[③]

1804年，当弗·施莱格尔的莱辛研究与评论进入第三阶段时，他出版了三卷本的《莱辛著作中的思想和见解，弗里德里希·施莱格尔汇编与诠释》，1810年再版时更名为《莱辛著作中的精神或其思想与

---

① Friedrich Schlegel: Werke in zwei Bänden. Bd.1, S. 119.

② Siehe: Kritische Friedrich-Schlegel-Ausgabe, hg. von Ernst Behler unter Mitwirkung von Jean-Jacques Anstett und Hans Eisler, Bd.2, S. 398.转引自Thomas Höhle: Fr. Schlegels Auseinandersetzung mit Lessing. In: Weimarer Beiträge 1977, H. zwei, S. 124.

③ Siehe: Kritische Friedrich-Schlegel-Ausgabe, Bd. 2, S. 412.转引自Thomas Höhle: Fr. Schlegels Auseinandersetzung mit Lessing. “Weimarer Beiträge” 1977, H. zwei, S. 125.

见解，弗里德里希·施莱格尔汇编与诠释》（以下简称为《思想与见解》）。在《思想与见解》里，莱辛的几乎全部文学作品，包括剧本、诗歌、寓言和警句等，均遭到排斥，仿佛它们不属于莱辛的精神，不属于他的思想和见解。而诗剧《智者纳旦》却是个特例，它被置于莱辛的哲学著作中。莱辛的书信、文学批评、戏剧评论和论战著述，统统被肢解为零星的断片，并按照编者的意图和需要，为所欲为地加以编排，而且不注明其出处，并且不说明它们属于什么著作。唯独莱辛的哲学著作，可幸免"大卸八块"的厄运。《论人类的教育》《共济会对话录·恩斯特和法尔克》和《智者纳旦》，是仅有的几个未被改动、未遭删节、"择优录用"的作品。弗·施莱格尔的编选和编辑意图，是昭然若揭的，他就是要把莱辛逐出诗坛，提高他作为哲学家的地位，使他成为浪漫派断片艺术的先行者和榜样。

不可否认的是，在《思想与见解》中，弗·施莱格尔的一些评述莱辛的文章，尤其是关于莱辛作为思想家、哲学家和评论家的思考，见解是深刻的，有助于我们对莱辛的了解和理解。譬如在《论协作精神》（Vom combinatorischen Geist）一文中，弗·施莱格尔探讨了文学批评的一种新形式和职能，他说："批评不仅是对业已存在、圆满完成、已经衰败的文学的评述，而且更应该是一种尚待完成、正在产生、甚至是尚待着手的文学的工具（Organon）。也就是说，这种评论不仅是解说，而且它本身也是创作（produkzierend），起码是对创作的间接引导，指示和启迪。"[①] 此前，早在1798年，弗·施莱格尔就已在他的《文学笔记》里谈到文学批评这种新形式和职能，声称文学批评不仅

---

① Siehe: Kritische Friedrich-Schlegel-Ausgabe, Bd. 2, S. 412.转引自Thomas Höhle: Fr. Schlegels Auseinandersetzung mit Lessing. "Weimarer Beiträge" 1977, H. zwei, S. 129/130.

是文学的伴侣，而且也是它的一个主要的组成部分。“评论意味着对一部作品的了解胜过他(作家)本人。”① 后来，弗·施莱格尔把文艺批评发展为一种“批评艺术”或者说“批评艺术品”(参见本书第二篇第五章《文学批评作为一种批评艺术》)。1804年在编纂《思想与见解》时，弗·施莱格尔从“创造性批评”(Produzierende Kritik)的理念出发，审视莱辛的文艺批评，从中看出它具有这样的积极因素，说它是“一个非常关键的本质特征”，从而修正了他此前(1801年)对莱辛作为文艺批评家的消极评价。他的这些见解有益于世人对莱辛的了解和理解。

弗·施莱格尔的莱辛评论，尤其是对他的文学作品的贬抑和对他诗人身份的质疑，不仅对同时代的作家(诸如奥·威·施莱格尔，路德维希·蒂克，格雷斯，亚当·米勒和艾兴多夫)产生了决定性的影响，而且对19、20世纪的莱辛接受，也产生了重要作用。在后世的莱辛研究与评论中，在莱辛的诗人身份问题上，不仅保守的或反动的学者遵循了弗·施莱格尔批评的轨迹，就是进步的乃至马克思主义的文化人，也摆脱不了弗·施莱格尔的影响。诗人海涅对莱辛也十分敬佩，说“他是一个完人”，“在所有文学家中，他是我最热爱的一位作家”②。不过他所赏识的，不是莱辛的文学作品，而是他的革命性，他那不屈不挠的斗争意志和精神。历史学家和政论家梅林(Franz Mehring，1846－1919)在其代表作《莱辛辨伪，一次拯救》(1892)中高度评价了莱辛作为新兴资产阶级代言人和封建制度严厉批判者

---

① Gerhard Schulz: Die deutsche Literatur zwischen Französischer Revolution und Restauration. (erster Teil). In: De Boor-Newald: Geschichte der dt. Lit. Bd. VII/1, C. H. Becksche Verlagsbuchhandlung, München, 1983, S. 247

② 海涅：《论浪漫派》，张玉书译，人民文学出版社1979年版，第21页。

的历史功绩和作用，严厉批驳了资产阶级文人墨客对莱辛的诽谤与歪曲，以“拯救”莱辛。不过他所热爱和“拯救的”，首先是战士莱辛，而对诗人和美学家莱辛，他并不看得太重。民主德国文艺评论家、莱辛专家和10卷本的《莱辛文集》编者保尔·里拉（Paul Rilla，1896－1954）在他的一部19世纪50年代发表的莱辛论著里，力图提高莱辛作为理论家和美学家的地位，而对莱辛的文学成就却不屑一顾。

纵观弗·施莱格尔在世纪更迭前后8年（1797－1804）间的莱辛评论及其接受情况，我们可以得出三点看法：

其一，弗·施莱格尔作为浪漫派的主要代表人物之一，对莱辛及其作品的评论，是以浪漫派的美学或诗学标准为依据的，显然带有一定的流派倾向性。他以流派标准去审视和评论莱辛及其文学作品，自然有失偏颇。

其二，我们要辩证地看待弗·施莱格的莱辛评论，既要看到他对莱辛文学作品的贬抑，对莱辛诗人身份和地位的质疑，对莱辛某些作品的篡改和歪曲，由此而产生的消极效应；同时又要看到弗·施莱格尔实事求是地对莱辛的高贵品格、人格魅力、务实作风和斗争精神诸方面的称颂，看到他的评论中仍不乏见解深刻、宝贵的思考，从而产生了积极的效应。

其三，上述弗·施莱格尔评论的接受情况也表明，弗·施莱格尔的莱辛评论，尤其是对莱辛文学作品的贬抑和对他诗人身份的质疑，对当时和19、20世纪的莱辛评论和研究，产生了深远的影响。

第三章 法国大革命与德国早期浪漫派

1789年爆发的法国大革命，震撼了欧洲的封建统治，推动了资产阶级民主运动和解放运动的发展，开辟了资本主义在欧洲全面发展的新时期，从而开创了人类历史的新纪元，即资产阶级革命时代，意义重大，影响深远。

从未有过一个历史事件像法国大革命那样对德国的发展产生如此巨大、持久的影响。对于可以用高度发达的文化来弥补政治经济落后的德意志民族来说，法国大革命在思想文化领域的影响远比政治、经济领域强烈深刻。封建专制主义势力强大，政治昏庸，经济落后，资产阶级软弱无力，这些因素制约了德意志资产阶级，使它无法步法国资产阶级的后尘，组织与领导一场革命，以实现创建一个人人享有自由平等的社会。恩格斯在《德国状况》中指出，世纪更迭时期的德意志就像“一堆正在腐烂和解体的东西，一切都烂透了”。[1]但是在思想文化领域，德国处于一个伟大的光辉灿烂时代。歌德、席勒、巴赫、康德等一批文坛巨擘把德意志推向前所未有的高峰，使它在欧洲处于领先地位。

---

① 马克思，恩格斯：《论艺术》（第3卷），人民文学出版社1963年版，第345页。

对于受启蒙运动哲学思想熏陶的德国知识界来说，法国大革命标志着启蒙运动原则和思想的胜利。在他们看来，哲学不但可以解释世界，同时也可以改变世界。他们虽没有临场参战，但他们都以其古典哲学思想参与了法国的革命事件。他们为伟大的邻邦推翻封建统治而感到欢欣鼓舞，把它看作新时代"壮观的日出"（黑格尔）。"成千上万的德国诗人没有一个不歌颂光荣的法国人民"①。在法国大革命的影响下，谢林放弃了神学，渴望置身巴黎，呼吸一下那里的自由空气。年方十九的哥廷根大学生蒂克1792年12月28日在致朋友瓦肯罗德的信里写道："啊，要是现在我是个法国人多好呀"，"哦，能在法兰西，在迪穆里埃②统帅下战斗，把奴隶主们赶跑，即使牺牲了，这必定有一番深刻感受，——没有自由是怎样的一种生活啊？现在我日夜思念法兰西，如果她遭殃，我就蔑视整个世界……"③不久，1793年1月，瓦肯罗德回信说："你无法想象我是多么渴望自由"，"我对他们的想法与你的完全一样。我由衷地赞赏你的热情。这我向你保证。"④两个月后，1793年3月15日，蒂克去信表示："法国国王的处决使整个柏林都对法国人的事情感到不安。我却不然，我像往常一样思念他们的事情。"⑤施莱尔马赫谴责欧洲封建诸侯"力图扼杀革命"。他在1793年

① 马克思，恩格斯：《论艺术》（第3卷），人民文学出版社1963年版，第346页。

② 迪穆里埃（Charles—Francois du pèrier Dumouriez, 1736-1823），法国将军。1792年9月20日，他同瓦尔米公爵克勒曼在瓦尔米战役中击败入侵的普鲁士军队，迫使普军撤出法国。同年11月击溃奥地利军队，占领比利时。翌年2月攻入荷兰。

③ Die Französische Revolution im Spiegel der deutschen Literatur, Hrsg. von Claus Träger. Verlag Philipp Reclam Jun., Leipzig, 1979, S. 376.

④ Die Französische Revolution im Spiegel der deutschen Literatur, Hrsg. von Claus Träger. Verlag Philipp Reclam Jun., Leipzig, 1979, S. 337.

⑤ Die Französische Revolution im Spiegel der deutschen Literatur, Hrsg. von Claus Träger. Verlag Philipp Reclam Jun., Leipzig, 1979, S. 337.

2月10日致父亲的信里表示，总的来说，他“非常热爱法国革命”①。诺瓦利斯早期作品不乏革命时期流行的套语，诸如“人权”、“自由”、“奴隶制度”和“痛恨暴君”等。1794年8月1日，他在致学友弗·施莱格尔的信中坦然表示他对新婚之夜、结婚和生儿育女的期盼，并由此联想到对自由的渴望。青年弗·施莱格尔对待法国大革命的态度也反映在1793年11月24日给他胞兄奥·威·施莱格尔的信里，他在信里对哥哥对待雅各宾党人暴力行为上的错误态度提出了善意的批评，他说“我怀着感动的心情敬仰高贵的人性，可我不愿意看到你对法国人的恨使你变得不公正，要是这样，你对一个伟大民族的全部关注和同情，就变成了尖刻的嘲讽。”②

上述事例表明，法国大革命初期，年轻的浪漫派作家如同同时代其他作家一样，都异口同声地欢呼革命，拥护革命。问题在于，随着革命的深入，他们后来是否会改变态度，背叛革命。对待法国大革命的态度被视为检验人们政治态度的“试金石”。德国浪漫派作家自然也无法逃脱革命对他们的检验。文学史家和评论家依据自己评判是非曲直的标准，历来作出了基本上相同的评判：浪漫派作家虽然起初拥护革命，但是随着革命斗争的深入和暴力的施用，他们终于背弃了革命。事情果真如此吗？真相到底如何，值得我们探讨。

法国大革命爆发时，早期浪漫派作家都年纪很轻，譬如弗·施莱格尔和诺瓦利斯均只有17岁。中期和晚期浪漫主义者就更年轻了。因此，从时间上看，早期浪漫派同法国大革命的关系自然较为

---

① Deutsche Literatur und Französische Revolution, Vandenhoeck & Ruprecht in Göttingen, 1974. S. 173.

② Lothar Pikulik: Frühromantik. Epoche Werke Wirkung, C. H. Beck München, 1992, S. 56.

密切，这就要求我们对这种关系给予更多的关注。而在早期浪漫派中，弗·施莱格尔和诺瓦利斯同法国革命的关系占有一个特殊的位置。这不仅因为他们是浪漫派的主要代表人物，同时也因为他们从哲学理论上作了深入的探讨。他们那些涉及这场革命的作品影响也较大。而他们的“派友”，如蒂克、瓦肯罗德等，对大革命的反映仅限于革命初期的表述，其后来的作品没有或者很少留下大革命的痕迹。因此，我们这里的探讨有必要把笔墨集中在这两个主要代表人物身上。

弗·施莱格尔（1722－1829），出生于一个名声显赫、传统久远、政治思想保守的新教家庭。1793年刚上大学时，他尚不关心政治，对法国革命也不感兴趣。但是从1793年夏天起，他的政治思想开始发生了根本的变化，这首先得归因于他同卡罗利妮·伯梅尔①的接触。她是个极富魅力的新时代女性。她的才智胆识、性格魅力、艺术鉴赏力、政治觉悟和革命激情，都给了青年弗·施莱格尔深刻的影响。1796年8月2日，他在致卡罗利妮的信里写道：“从初次见到您，至今已是三个年头了。您设想一下，我默默地站在您面前感谢您为我所做的

---

① 卡罗利妮早年丧夫，为追随革命作家格奥尔格·福斯特从事革命活动，于1792年移居美因茨市。翌年在美因茨建立共和国，但不久即被普军占领，卡罗利妮连同她的女儿被抓获，后经其兄弟向普王申请获释，但苦难并未就此终结，她不仅在政治上仍遭受迫害，而且在道德上遭到诽谤（因为她怀着一个年轻法国军官的孩子）。奥·威·施莱格尔从在哥廷根大学读书时就爱上了卡罗利妮，他不顾一切，竭力搭救。1793年7月，他把卡罗利妮带到莱比锡附近的一个偏僻村子，委托其在莱比锡大学读书的弟弟弗·施莱格尔关照她，他本人要返回荷兰供职。奥·威·施莱格尔与卡罗利妮于1796年结婚，在早期浪漫派这个小圈子里，卡罗利妮以富有远见卓识、见解独到的评论对早期浪漫派的发展作出了贡献。后来，这位不受任何传统道德观念约束的女性，改嫁给这个小圈子里比自己年轻12岁的哲学家谢林。

一切,我现在的状况,部分归功于您。”①

翻开弗·施莱格尔的一些著作,不难看出法国大革命对他的影响和他对大革命的认识和态度。

随着法国大革命和战争的发展与深入,战争与和平问题牵动着千百万人的心。持久和平成了时代的热门话题和文人墨客写作的主题。90年代中期,青年弗·施莱格尔在德累斯顿期间就此问题发表了他最重要的政论文章《试论共和主义的概念》(1796)。该文是由康德此前发表的论著《为了持久的和平》(1795)而引发的。康德认为,一部共和主义的宪法是反对战争的最好保证,他主张把立法权给予公民,而把执法权留给君主。而弗·施莱格尔认为,共和主义这一概念应包含更广泛的民主,公民的权利和义务应该是绝对平等的。公民不仅享有立法权,而且也应享有执法权。他甚至认为,人民在无法忍受专制主义压迫时,拥有运用革命暴力的权利。他得出的结论是:“共和主义必然是民主的”,“普遍的完美的共和主义与持久和平是不可分的、相互作用的概念。”② 弗·施莱格尔的文章发表在《德意志》上,而这家杂志的发行人赖夏特是法国革命的热情拥护者,这使得此文的政治倾向和色彩更为显著。

弗·施莱格尔的文章不仅批判了康德的错误看法,同时也批驳了英国政论家伯克(Edmund Burke,1729－1797)及其德国追随者对法国大革命的攻击。伯克的《反思法国大革命》(1790),以所谓暴力行为违反历史发展规律,违背传统权利为由,谴责法国大革命,鼓吹演变论。伯克的观点代表了欧洲封建复辟的思潮。伯克的书很快就

---

① Wolfgang Hecht: Deutsche Frühromantiker. VEB Bibliographisches Institut Leipzig, 1983, S. 69.

② Gerhard Schulz: Geschichte der deutschen Literatur. C. H. Becksche Verlagsbuchhandlung, München, 1983, Bd. 7, S. 171.

被译成德文，而且有多个译本。1793年，A. W·雷贝格以伯克的观点为依据，发表题为《法国大革命研究》的论著，从根本上否定了人民使用暴力进行革命的权利。不可否认，伯克的书在德国产生了一定的影响。过去，人们总以为它对德国浪漫派产生了决定性的影响，促使他们改变了对待法国大革命的态度。显然，这种说法是站不住脚的。弗·施莱格尔的《试论共和主义的概念》就是一个有力的佐证。

在德累斯顿期间，弗·施莱格尔不忘把现实政治问题的探索同古希腊文化的研究结合起来。从18世纪中叶以来，德国资产阶级知识分子在批判本国封建专制主义时，常常把目光投向古希腊，把它奉为民主的典范，用来反衬德国封建专制的现实，唤起本国人民的觉醒。弗·施莱格尔深知这个道理，狂热地投入古希腊文化的探索（席勒为此称他为"古希腊崇拜狂"），力图向他的同胞展现古希腊的"民主主义潮流"。他在这方面的论著有着一个共同的主题，就是从美学和历史哲学角度论证古希腊文化研究的必要性与现实意义。譬如，在《论迪奥蒂玛》[①]一文里，他探索了妇女的自由与解放问题，他深信，没有妇女的自由解放就谈不上人的一切力量与才能的全面发展。他把古希腊视为一个人人享有自由，男女地位平等和社会和谐的理想国家，以此来反衬德国现实，批判妇女依附男人的陈规陋习。

弗·施莱格尔对共和主义的理解，对古希腊文化的崇拜，对自由平等的向往，这些都同法国大革命精神一脉相承。

弗·施莱格尔的文艺评论，以观点鲜明、见解独到、文风泼辣和风格独特著称，在德国文艺批评史上占有一个特殊的位置。1797年，他除发表著名的《论莱辛》一文外，又推出颇具爆炸性的文章《格奥尔

① 迪奥蒂玛（Diotima），希腊文，意为女敬神者，在柏拉图《会饮篇》中为阐释爱之本质的女教师。

格·福斯特》,以纪念这位备受他景仰、却蒙受社会舆论诽谤的德国作家。他在与卡罗利妮的接触中听到许多有关福斯特人格和事迹的讲述,心中激起了对这位作家的敬佩。爱与恨是对立的统一体,对福斯特的敬爱引发他对那些恶毒攻击与诽谤福斯特的人的愤怒。福斯特当年之所以蒙受攻击和屈辱,不为别的,只因为他坚持革命民主主义立场,支持法国大革命,热情追求革命理想。在18世纪90年代,福斯特简直成了众矢之的,在歌德与席勒合作的《赠词》和《文学汇报》上发表的一些文章,都可以见到对福斯特的攻击。自1797年起,福斯特背上了"叛国者"的罪名,面对当时占主导地位的社会舆论,弗·施莱格尔挺身而出,敢于公开为他辩护,为他树碑立传。这需要多大的勇气和胆量啊!

弗·施莱格尔并不满足于为福斯特伸张正义,他在文章中还竭力提高他的社会地位。这篇文章的副标题是"德国经典作家特征的断片"。福斯特是一位游记作家,科普读物和政论文章作者。弗·施莱格尔给这样一位关注社会问题的作家戴上"经典作家"的桂冠,这对他同时代的人来说,无疑是件闻所未闻的轰动事件。在弗·施莱格尔看来,"关注社会问题的作家"背负着人民教育的重任,他们是时代教育的代表,其社会地位是应该受到尊重的。

弗·施莱格尔对待法国大革命的态度,突出反映在他的断片里。著名的《雅典娜神殿》断片第216则声称:"法国大革命、费希特的《科学原理》和歌德的《威廉·迈斯特》,乃是时代最伟大的倾向。谁若是不同意这样的对比,谁若是不认为尚未公开表现为物质形式的革命十分重要,他便是尚未站到人类历史高瞻远瞩的立场上。"① 由此不

① Die Französische Revolution im Spiegel der deutschen Literatur. Hrsg. von Claus Träger. Verlag Philipp Reclam jun., Leipzig, 1979, S. 400.

难看出，弗·施莱格尔把革命分为两类：一类为物质形式，即有刀光剑影、炮声隆隆的暴力革命；一类为没有硝烟，悄然进行的精神革命。法国大革命属于前者，费希特的《科学原理》和歌德的《威廉·迈斯特》属于后者。这则断片表明，弗·施莱格尔对精神产品给以高度重视与评价。不可否认，精神产品的作用和影响往往是巨大的，有时甚至是无法估量的。一部好书往往能改变千百万读者的思维和生活方式。毫无疑问，费希特的《科学原理》和歌德的《威廉·迈斯特》，分别在哲学和文学领域占有一席之地，可它们又怎能与有千百万人参与实践、具有划时代意义的法国大革命相提并论呢？这种“对比”的做法，客观上贬低了法国大革命的意义。

弗·施莱格尔给予《科学原理》和《威廉·迈斯特》那么高的评价是不奇怪的。因为在他的心目中，它们的作者都是各自领域里杰出的代表人物。费希特是德国主观唯心主义哲学的代表，他把康德的唯心主义哲学推向顶峰，他的哲学，特别是他的《科学原理》对青年施莱格尔和其他早期浪漫派作家的世界观形成所起的作用，是难以估量的。事实上，费希特的哲学构成了浪漫派的理论根据，而一代文豪歌德则是当时德国精神生活的中心，是万众景仰的人物。弗·施莱格尔把他的诗誉为“真正艺术和纯正美的曙光”，把他的长篇小说《威廉·迈斯特》看作小说的典范，把其中的《学习时代》誉为现代韵文的顶峰。

18世纪的德国思想家把自己所处的时代视为思想变革时代，精神革命时代。早期浪漫派代表人物常把自己视为这个时代的“革命者”。在法国大革命的影响下，弗·施莱格尔力图进行一场“美学革命”，借以克服时代文艺的消极现象，迎来自由、美与和谐的美景。渐进的、包罗万象的文学、反讽、断片和阿拉贝斯克，就是弗·施莱格尔式“美学革命”的核心概念。

诺瓦利斯同法国大革命的关系主要反映在他的断片集《信任与爱：国王与王后》和《基督教或者欧罗巴》这篇文章里。能否正确理解这两部作品，关系非同小可。这不仅涉及对诺瓦利斯，而且也涉及对早期浪漫派乃至整个浪漫派的理解和评价。可它们格外难懂，常常被人误解。

《信任与爱：国王与王后》创作于普鲁士改朝换代之际。1797年11月16日，弗里德里希·威廉二世（1744－1797）去世。早先，青年哈登贝格[①]对这位普王寄予厚望，曾赋诗歌颂他。事实表明，诗人的希望成了泡影。这位国王1786年登基后，对外奉行敌视法国大革命的政策，对内极力强化中央集权，反对启蒙运动和社会改革，实行严格的书刊检查制度，取消宗教的宽容政策，限制信仰自由。与此同时，宫廷内大搞情妇当政，裙带关系。结果妓院林立，世风日下，民众怨声载道。他的儿子、王位继承者弗里德里希·威廉三世（1770－1840），据称是个务实的人，具有市民阶级诸多的美德：节俭，谦虚，品德好，有家庭观念等。威廉三世登基后，他顺应民意，做了些实事，诸如准予起诉其父王的情妇，罢免其颇具影响的顾问韦尔纳[②]。因此，新国王在民众中唤起了新的希望，据说，他的婚姻并非出于某种政治利益的需要，而是建立在真挚爱情基础之上，被视婚姻的楷模。国王有那么多美德，而王后路易丝又是个妩媚动人、才貌双全、品德良好的女子，因此，他们俩的"天作之合"备受关注，一度传为佳话。浪漫派自然哲学家斯特芬斯（Henrik Steffens，1773－1845）在游历了普鲁士后写道：

---

① 哈登贝格（Friedrich Hardenberg），即诺瓦利斯，1798年发表断片集《花粉》时，开始用这个笔名，隐含有新的精神领域开拓者和探索者的意思，青年哈登贝格以此笔名表明，自己是个富有首创精神的文人。

② 韦尔纳（Johann Christoph Wöllner，1732－1800），普鲁士司法部部长兼文化部部长，东正教代表人物。

"这位漂亮、高贵的女性，其才智备受赏识，其纯洁的美德受到尊敬。她成了钦佩甚至崇拜的对象。所到之处，我都听到对这对高贵佳偶的称誉。"① 对诺瓦利斯来说，这对佳偶的美满婚姻有着特殊的魅力。

联系到国王与王后的美德和美满婚姻，诺瓦利斯以断片形式绘制了一幅理想国家与社会的蓝图，他把亲密无间、幸福美满的家庭视为一个理想国家和社会的基本模式。在这个国家里，公民有教养，品德高尚，人人享有自由平等权利，社会和谐，人间充满信任和爱。国王与王后是国家的代表。未来的国民应该是"君主政体中最高级、最有教养的人类"②，要达到这个目标，主要靠国王。他是大家的楷模与表率，起着一个教育者与塑造者的作用。

诚然，《信任与爱：国王与王后》的产生同弗里德里希·威廉三世和王后路易丝给诺瓦利斯的印象是分不开的，但是作者笔下的国王是个理想化的人物，一个博学多才的完人，用浪漫派的语言来说，他是"艺术家的艺术家"，这里的国王有着象征性的意义，他是诗的化身。③

如同"国王"这个概念一样，"君主政体"也容易让人同封建专制制度联系起来。然而本来意义或者传统意义上的君主政体，与《信任与爱：国王与王后》里的君主政体相去甚远，或者说是对立的。前者是以君主为国家最高统治者的封建专制统治形式，对这种制度，特别是对弗里德里希·威廉二世统治下的普鲁士王国，对其推行的重商主义经济政策和冷酷无情的国家官僚机构，诺瓦利斯是深恶痛绝的，说它"没有任何国家的管理像弗里德里希·威廉一世死后的普鲁士那样更像个工厂"。而诺瓦利斯笔下的君主政体，只不过是一种国家

---

① Henrik Steffens: Wasicherlebte, München, 1956, S. 78. 转引自 Gerhard Schulz. Novalis.（Monographie）. Rowohlt Verlag, 1983, S. 392.

② Novalis: Werke in einem Band. Aufbau Verlag Berlin und Weimar, 1983, S. 312.

③ Novalis: Werke in einem Band. Aufbau Verlag Berlin und Weimar, S. 313.

形式，在这样的国家里，公民享有平等自由的权利，“人人参与国家事务，全体国民亲密无间，相处和谐”①。可见，这里说的政体，不过是一种国家形式，而且是一种过渡形式，因为作者坚信：“没有国王就没有共和国，没有共和国就没有国王的日子即将来临。真正的国王将是共和国，真正的共和国将是国王。”② 德国浪漫派权威专家里夏德·布林克曼教授指出：“哈登贝格对君主政体的赞美，其实是对民主原则的肯定。”他的“君主政体概念同任何专制政体相去甚远，甚至可以说是法国革命精神所孕育的强烈的反专制思想”。③

《信任与爱：国王与王后》所使用的是一种“隐喻式和谜语式的语言”。这种独特的表达方式和语言，难以为世人所理解和接受。1798年7月，诺瓦利斯从弗·施莱格尔的来信中得悉，他这部断片集经历了一系列不被人理解的遭遇，弗·施莱格尔告诉他说：“国王读了《信任与爱：国王与王后》，但是没有读懂，于是把它交给科克里茨·奥德雷中校去读。后者同样对此书莫名其妙，遂向红衣主教会议成员尼迈尔请教，此公也是一窍不通，为此他恼羞成怒，断定这部作品是施莱格尔兄弟中的一人写的。因为对他和许多市侩来说，但凡人们读不懂的东西，一定是施莱格尔兄弟所为，这是肯定无疑的。”④

由于弗·施莱格尔的大力协助，《信任与爱：国王与王后》终于得以在《普鲁士君主年鉴》1798年7月号上发表，这份杂志是为了表示向年轻的弗里德里希·威廉三世效忠而创办的，但是由于这篇文章

---

① Novalis: Werke in einem Band. Aufbau Verlag Berlin und Weimar, 1983, S. 321.

② Novalis: Werke in einem Band. Aufbau Verlag Berlin und Weimar, 1983, S. 315.

③ Deutsche Literatur und Französische Revolution. Sieben Studien von R. Brinkmann u. a. Vandenhoeck &. Ruprecht in Göffingen, 1974, S. 184, S. 187.

④ Deutsche Literatur und Französische Revolution. Sieben Studien von R. Brinkmann u. a. Vandenhoeck &. Ruprecht in Göffingen, 1974, S. 184.

得不到普王及其宫廷的赏识，得不到世人的理解，其命运是可想而知的。一个多世纪以来，它经常受到曲解和贬斥，被视为作者政治上倒退，敌视法国革命的例证。

《基督教或者欧罗巴》，常常被人称为《欧罗巴演说》，这篇文章作于1799年，在欧洲，那是个兵荒马乱、硝烟弥漫的战乱岁月。法国的军事行动已扩展到瑞士、意大利和埃及，奥地利、俄国和英国于1799年第二次结成反法联盟。其时，在德意志大地上硝烟虽然尚未升起，但是已经战云密布。渴望持久和平，成了千百万民众的心声，文人学士纷纷为此献计献策，康德在1795年发表了《为了持久和平》，弗·施莱格尔在1796年发表了《试论共和主义的概念》，赫尔德在1797年发表了《伟大和平，妇女的信念》，格雷斯于1798年发表了《普遍和平，一种理想》，这些关于和平的设计图相继问世，正是在这种政治气候下，诺瓦利斯以此文表达了自己的和平构思。

文章勾画了中世纪以来欧洲社会历史演变的轨迹，在作者看来，中世纪的欧洲原本是个理想的诗意盎然的和平王国，一个人际关系和谐的时代，他说："那是个美好光辉的年代，当时的欧洲是一个基督教王国，基督教界居住在这个富有人性的大陆上，巨大的共同利益把这个辽阔的宗教王国中相距甚远的地域联结在一起。"① 接下去，这个基督教王国时代为宗教改革、启蒙运动和法国革命所取代，在这个新时代里，由于人类"还不够成熟，还缺乏教养"，个人主义占有欲膨胀，社会和谐与统一的景象消失殆尽。但是，这个时代即将终结，人类将迎来一个比中世纪更美好、更高级的和平王国。诺瓦利斯这一坚定的信念来自他对基督教坚定不移的信仰和对它寄予的厚望，因为他把基督教视为"新世界的创造者""和平的缔造者"，他预感到基督教

① Novalis Werke in einem Band. Aufbau Verlag Berlin und Weimar, 1983, S. 327.

“复活的时刻已经来临。那些反对它再生，对它构成毁灭性威胁的事件，恰恰是表明它即将复活的最好迹象”。“真正的混乱乃是宗教的生殖因素，它作为新世界的创造者，将从一切美好事物的毁灭中，昂然举起它那光荣的头颅。”[①] 他在文章的另一个地方又写道：“只有宗教才能唤醒欧罗巴，使各民族的和平有保障，使宗教在地球上庄严地履行其原有的缔造和平的职责”。[②]

联想到诗人的出身和时代社会风尚，诺瓦利斯把对持久和平的厚望寄托于基督教的新生，寄托于“一个新的持久的教会”，“一个新的救世主耶稣”，是不足为怪的。如上所述，诗人出身于一个虔诚的教徒家庭，从小受宗教思想熏陶。而在18世纪90年代，宗教热是时代和社会风尚。康德、费希特、荷尔德林、黑格尔和谢林等都撰文赞扬过宗教。康德的《纯理性界限内的宗教》(1793)和费希特的《向民众申诉》(1799)引起了人们对宗教的浓厚兴趣。柏林神学家、现代基督教新教神学缔造者施莱尔马赫，在他的名著《论宗教——致蔑视宗教的知识界人士》(1799)里，系统地论述了基督教信仰，阐明了宗教与文化之间的联系。此书在社会上，尤其是在青年神学家和早期浪漫派中，产生了很大的影响。它成了诺瓦利斯《欧罗巴演说》的楷模。

比起《信任与爱：国王与王后》来，《欧罗巴演说》更难解读，更容易引起误解。难怪长期以来，它在文坛上一直引起争议，被一些文人墨客当成攻击其作家和浪漫派的一个根据，责怪它敌视启蒙运动和法国大革命，说它是“神圣同盟”的一篇政治宣言书，是妄图在新世纪搞封建复辟的行动纲领。看来，要消除误解，正确解读诺瓦利斯的

---

① Novalis Werke in einem Band. Aufbau Verlag Berlin und Weimar, 1983, S. 338.

② Novalis Werke in einem Band. Aufbau Verlag Berlin und Weimar, 1983, S. 344, S. 345.

文章，关键不仅在于加强研究，正确理解诗人对启蒙运动和法国大革命的批评，还在于要正确理解作者的表达方式和语言。

作为诗人，诺瓦利斯喜欢运用现实与幻想相结合的手法，偏爱“隐喻式和谜语式的语言”。如果不理解文章的幻想性质，隐喻的含义，那就很容易误解作者的本意，把幻想的当作是真实的，把虚构的当作是现实的。《欧罗巴演说》里用了不少隐喻，诸如以“得意洋洋的博学多才时期”或者以“光明”(Licht)暗示启蒙运动时期；以“现在有了物理学的顶峰”暗示歌德的自然科学研究；或者一位教友为“圣母制作了一块面纱”，暗示手头上已有了神学家施莱尔马赫的《论宗教——致蔑视宗教的知识界人士》，等等。里·布林克曼教授指出，该文中的“基督教”和“欧罗巴”这两个概念，同样具有比喻的性质，对一个新的广博的基督教界之幻想，并不意味着恢复历史上的往日，它其实同样是一种比喻，一种代表着人人自由、平等与和平精神的比喻，如同欧罗巴不论是过去的还是未来的形态均具有比喻性质一样”。①

《欧罗巴演说》对启蒙运动的确持批判态度，在作者看来，启蒙运动要对社会上的个人主义、功利主义等社会弊端负责，因为这些弊端导致早先社会和谐统一局面的消失。不可否认，浪漫派同启蒙运动在一些问题上存在矛盾和冲突，诸如宗教问题，理智同感情或者幻想关系问题等。但是不应言过其实，夸大两者之间的矛盾和冲突，甚至把两者关系说成是对立的。其实，两者的关系既有矛盾和冲突的一面，更有继承和发展的一面，而后者是主要的(参见本书第三篇第一章《启蒙运动与德国浪漫派》)。

① Deutsche Literatur und Französische Revolution. Sieben Studien von R. Brinkmann, u. a. Vandenhoeck & Ruprecht in Göffingen, 1974, S. 184, S. 187.

文章在责怪启蒙运动的同时，也暗示了法国大革命的“破坏”作用。应该说，作者对法国大革命的批评并非空穴来风，我们必须把他的批评同历史背景联系起来。《欧罗巴演说》产生于拿破仑通过“雾月十八日政变”（1799年11月9日）推翻督政府当上法国第一执政官时期。世间万事万物无不在不断变化中，法国大革命也不例外。当初法国人民为了捍卫革命成果和国家的独立、自由与尊严，武力抗拒来犯的欧洲封建专制国家的军队，这是革命战争，正义战争。但是随后利欲熏心的拿破仑为争夺霸权而推行的战争，却改变了战争的性质，法国大革命由于失败也开始变质变味。民主德国著名学者维尔纳·克劳斯教授在论及德国浪漫派与法国大革命的关系时指出：“在德国浪漫派作为政治运动，起初力求以时事政治评论的方式，在对法国大革命的热情赞扬中，得出对德国社会和政治领域进行改造的结论。年轻的弗·施莱格尔和年轻的哈登贝格所发表的一切意见，都是朝着这个方向的。这第一阶段延续到18世纪最后一年。现在如果有人说，浪漫派从这个时候起背弃了革命，那只是半个真相。真相的另一半是，革命显然也背弃了浪漫派。革命的失败和它转变为军事专制主义，这个事实不能再隐瞒下去了。对同时代的人来说，在革命背离原来航向的情况下，要求人们看到其主要成就的持续存在，是非常困难的，几乎是不可能的。”①

如同《信任与爱：国王与王后》一样，《欧罗巴演说》也有其独特的遭遇。它曲高和寡，能够真正解读此文的，只有极少数行家里手，即使早期浪漫派圈子里的人，也并非每个人都能破解。文章原打算在《雅典娜神殿》上发表，发表前先在耶拿浪漫派圈子内部朗读，征求意

① Werner Kraus: Französische Aufklärung und deutsche Romantik. In: Romantikforschung seit 1945. Athenäum Hain Scriptor Hanstein 1980, S. 177−178.

见。哲学家谢林对此文反应迅速，马上炮制了一篇讽刺性文章。这样一来，大家举棋不定，不知发表谢林的还是诺瓦利斯的作品好。于是请来享有"文坛教皇"权威的歌德，为之拍板定案。歌德一锤定音，两者都不予以发表。直到1826年，诺瓦利斯去世25年以后，《欧罗巴演说》才得以公开发表，尽管时过境迁，世人仍然无法理解它的本意，《欧罗巴演说》一直被理解为"神圣同盟"的政治宣言，封建复辟的行动纲领。从20世纪60年代起，随着文艺学的发展，对浪漫派特别是早期浪漫派研究的深入，传统的观点才遭到挑战和批判。维尔纳·克劳斯的《法国革命与德国浪漫派》、维·马尔施的《〈欧罗巴〉，诺瓦利斯富有诗意的演说》、赫·尚策的《浪漫派与启蒙运动——弗·施莱格尔和诺瓦利斯研究》和里·布林克曼的《德国早期浪漫派与法国革命》等论著，开始扭转了世人对德国浪漫派和诺瓦利斯的认识。

早期浪漫派作家都不是专门从事政治社会研究的行家，他们不可能对重大政治社会问题进行深入的调查研究，从而作出一贯正确的判断；他们对法国大革命的认识与态度，也不可能无可指责。譬如，那个曾几何时，自称"日夜思念"法兰西的蒂克，后来却在《糊涂人》(1796)中一面嘲讽法国大革命思想，一面又挖苦追随革命的德国人，把他们说成是愚蠢的人云亦云者；又如弗·施莱格尔，他一面称颂法国大革命，同时却又对革命暴力胆战心惊。他在《断片》第424则里写道："法国大革命，可以视为诸国历史上最伟大、最值得重视的现象，视为政治领域一次几乎全球性的地震，一场大洪水。"虽说早期浪漫派对法国大革命的认识和态度并非前后一致、始终如一，但综观其发展，总的说来，还是比较积极的。

第四章　魏玛古典文学与德国浪漫派

——席勒、歌德与早期浪漫派

对诗人歌德生活的时代，恩格斯有过精辟的分析，说它“在政治上和社会方面是可耻的”，但在文学方面却是“伟大的”。歌德的生活与创作，横跨了两个世纪，1750－1830年的德国文学，真可谓是人才辈出、群星璀璨的年代。受社会历史诸方面条件的制约，歌德时代的德国文学与同时期的西欧各国不尽相同。如果说英国和西班牙缺少古典主义，仅浪漫主义一花独放；如果说在法国，古典主义与浪漫主义处于势不两立的态势，那么在德国则是另一番情景：古典主义与浪漫派几乎是同时产生的两大流派，两者既彼此对立，又相互作用与影响，甚至相互依存。这种错综复杂的特殊关系，成为这个时期德国文学的显著特点。探索两者之间这种特殊的关系，已成为西方学者的热门研究课题。这里试就这个问题作些探讨。同时，又鉴于古典主义与浪漫主义不仅是流派的名称，同时也是个时代的概念，而这个时期的时代名称问题，在德国历来存在争议，因此也打算在这个问题上花费一点笔墨。

一、时代名称问题

歌德于1786－1788年的首次意大利之行，标志着德国文学进入了一个新的时期，古典主义与浪漫派相继出现，此后毕德麦耶派和青年德意志派也接踵而来。与此同时，文坛上还有克莱斯特、让·保尔、荷尔德林等一些不属于任何派别的所谓“无党派”名流。一个人没有名字，不可想象；同样，一个时代如果找不到一个统一的时代名称，给众多作家作品和文学现象一个共同归宿，那也是不堪设想的。但是给这个繁荣昌盛的时代一个什么名称呢？文学史家虽然煞费苦心，却始终找不到一个众口可调、皆大欢喜的方案。不可否认，不少方案都是富有建设性，有一定依据和言之成理的，如下是几种有代表性的意见。

第一种意见认为，歌德响当当的名字理应成为时代的名称，其主要根据是他在当时精神文化生活占有特殊地位。尽人皆知，歌德是当时德国精神生活的中心，马克思把他誉为当时最伟大的德国人；恩格斯尊他为自己领域里“真正奥林帕斯山的宙斯”；海涅称他为“这个时期最伟大的代表”；诺瓦利斯推崇他为“地球上文艺精神的真正总督”；弗·施莱格尔也称赞说：“歌德的文艺是真正的艺术和纯正的美的曙光。”总之，歌德是万众景仰的人物，在文坛上享有至高无上的权威，用他的大名作为时代名称，应是顺理成章的事。1828年，海涅仿效伏尔泰的先例，首先提出了以歌德的名字作为时代的名称，不过，伏尔泰与海涅的做法显然存在差别：前者把艺术的鼎盛时期归入时代的统治者名下；后者则把艺术的黄金时代冠以一个伟大艺术家的名字。按照海涅的理解，歌德时代“从歌德的摇篮岁月开始，以他的寿终正寝告终”，它“囊括所有自治艺术原则下的德国文学，包括浪漫派在内”[①]。近100年后,1923年,著名文学史家赫尔曼·柯尔夫给他的4卷本断代文学史巨著冠以《歌德时代精神》的书名,力图使时代的名称统一起来。但是,不论是海涅的努力或是柯尔夫的努力,在文学史界都没有产生什么反响。为什么以歌德的名字或者以历史人物的名字作为时代的名称行不通呢?因为它无法体现文学的时代倾向与特征,从而违背了德国文学史的传统,同时也因为这样做过分突出了歌德的地位和作用。

第二种意见主张,以古典文学作为时代的名称。在德国,持这种意见的学者较多。按照传统的观点,德国古典文学,是指歌德首次意大利之行以来歌德和席勒的创作,特别是他俩合作时期的创作。这种观点植根于19世纪德国文学史家的著作,戈·格·格维努斯在他的代表作《德意志民族文学史》(1834–1842)的导论里这样写道:“歌德和席勒(把我们)引回到一种自希腊人以来无人曾超越、预料的艺术理想。”[②]这就是说,在这位文学史家看来,歌德和席勒的诗艺超越了文艺复兴时代,超越了欧洲其他国家的艺术,是古希腊艺术理想的再现。

但是,一个半世纪以来,这种传统的观点,这种由两位诗人独霸古典文学殿堂的格局,不时遭到非议和挑战。人们指责这种古典文学殿堂根基浅薄,因为它排斥了同时代许多重要作家。同时也因为这里所说的古典文学,时限实在太短,前后不过10年或者10多年。最早起来抨击这种模式的是小说家兼戏剧家卡尔·古茨柯,这位“青年德

① [德]维尔弗里德·马尔施:《歌德时代的古典主义、古典文学和浪漫派》,载《古典文学时期的德国文学》,卡尔·奥托·康拉迪编,斯图加特小雷克拉姆出版社1977年版,第392页。

② [德]维尔弗里德·马尔施:《歌德时代的古典主义、古典文学和浪漫派》,载《古典文学时期的德国文学》,卡尔·奥托·康拉迪编,斯图加特小雷克拉姆出版社1977年版,第398页。

意志派”的代表人物在1859年发表的《仅有歌德和席勒?》一文里写道:“席勒和歌德代表不了整个文学创作领域,表现不了德国文学路途上所经历的各种变化。在我国文学的历史进程中曾经发生过的许多事物,不论是在席勒那里,还是在歌德那里,都是找不到相应的表达方式的。”[①]古茨柯举出克莱斯特和让·保尔为例,来打破歌德和席勒的垄断地位,在他看来,从某种意义上说,让·保尔比歌德和席勒更为重要。同年,保尔·伯克曼在《历史和现代中的宗教》一书中的《古典文学》一文里把莱辛、荷尔德林、克莱斯特、让·保尔和维兰德也列为古典作家。在那时的德国文学史写作中,维兰德尚未引起人们关注,评论家维·马尔施认为,根据今天的认识,应该对这位作家进行重新认识和评价,他说:“对于魏玛古典文学来说,维兰德与歌德这一章,其重要性并不亚于歌德与席勒的结合,150年来这种结合已经被捧为德意志文化的偶像了。”[②]8年后,即1867年,威廉·狄尔泰以他的巴塞尔就职讲课《德国1770-1800年诗的和哲学的运动》开了更新陈旧古典文学观念的先河。他力图把从莱辛到浪漫派开始的文学和哲学的发展,描写成为一个“新的生活观和世界观的统一体”。沿着狄尔泰开创的传统,柯尔夫提出了他的“歌德时代”概念,赫尔曼·诺尔提出了他的“德意志运动”概念,他们都力图更新旧有的古典文学概念,拓宽时代的定义。与此同时,一些马克思主义文艺学家也表示了近似的看法,赫尔穆特·霍尔茨豪尔在《歌德的世纪》导论中,把从莱

---

① 转引自[德]卡·罗·曼德尔柯夫:《从接受史的角度看古典文学与浪漫派之间的德国文学》,载《欧洲浪漫派》(上),卡·罗·曼德尔柯夫编,威斯巴登学院出版社1982年版,第6页。

② 参见[德]维尔弗里德·马尔施:《歌德时代的古典主义、古典文学和浪漫派》,载《古典文学时期的德国文学》,卡尔·奥托·康拉迪编,斯图加特小雷克拉姆出版社1977年版,第382页。

辛到海涅的整个时期看作是“一个统一体”，将它称为“德意志古典文学时代”。在他看来，把一个统一的时代分解为“启蒙运动”、“狂飙突进运动”、“古典文学”、“浪漫派”、“毕德迈尔派”和“三月革命前”时期等对立的或类似的现象是不恰当的。卢卡契也认为德国古典文学应包括“从莱辛到海涅的进步文学”，但是他把浪漫派视为一股逆流，这个流派自然要被他拒之于古典文学殿堂大门之外了。

可见，更新德国古典文学旧观念的呼声大有愈来愈高之势，但是旧的观念和传统仍有相当的势力，要使新的观念和传统得到普遍接受，谈何容易。

第三种意见主张，以浪漫主义作为统一的时代名称，这种主张简直是对德国传统观念的严重挑战。由于种种原因，以歌德和席勒为代表的魏玛古典文学，同以施莱格尔兄弟和诺瓦利斯为代表的德国浪漫派，在它们本国和国外的遭遇是很不一样的。纵观它们在国内外的接受史，谁胜谁负的问题，无法盖棺定论。如果说前者在国内享有某些优势，那么在国外情况往往倒过来了。当今，德国以外的西方学者，主要是英法国家的德国文学专家，对时代的划分与名称问题有自己的看法。他们从欧洲浪漫主义作为一个整体出发，把歌德生活的时代看作是浪漫主义时代。在他们看来，不仅荷尔德林、让·保尔或者克莱斯特属于浪漫主义作家之列，而且歌德和席勒也是浪漫主义大家族的成员。歌德被称为古典的浪漫主义诗人，其根据是赖内·韦勒克（Rene Wellek）为欧洲浪漫主义统一性所提出的三个标准：诗意盎然的幻想、自然与人的关系、象征和神话的运用。①

德国之外的西方学者之所以把歌德和席勒看作是浪漫主义者，

---

① 参见［德］里夏德·布林克曼：《浪漫派作为挑战》，载《德国浪漫派》，里夏德·布林克曼主编，斯图加特J. B. 梅茨勒出版社，第11–12页。

有其历史的和理论的根据。不难看出，他们的观点植根于德国浪漫派的理论和德国学者的论述。为了提高德国文学在国际上的地位，为了替已经摆脱了法国古典文学形式束缚的德国文学进行辩护，继赫尔德之后，施莱格尔兄弟积极倡导浪漫主义文艺的概念。奥·威·施莱格尔从风格类型上对古典的和浪漫的这对概念作了区别，指出前者植根于古希腊罗马文学，后者源出于基督教的中世纪；前者是形象的，一目了然的，后者是音乐的，美丽如画的。据此，他于19世纪初曾称歌德为浪漫主义先驱。随后，让·保尔在他的《美学入门》(1804)里、黑格尔在他的《艺术哲学》(1826)里，也都把歌德和席勒的创作归入浪漫主义文学。1820年，海涅把歌德和他本人的老师奥·威·施莱格尔称为"我们两位最伟大的浪漫主义者"，"我们最伟大的造型艺术家"。但是后来的德国文学评论，就很少或不再把歌德和席勒称为浪漫主义者了。

不管怎样，在德国，尤其是当今，以浪漫主义作为歌德那个时代的名称是行不通的。1976年，民主德国文艺评论家京特·哈通在一次国际性的德国文学讨论会上明确表示："从德国文学史的观点出发，浪漫派作为一个宽泛的时代概念，即除浪漫派诗人以外，还得包括歌德和席勒以及让·保尔、荷尔德林和克莱斯特，那是无法令人接受的。因为浪漫主义作为一个宽泛的概念，起初大概是在英国出现的，具有文学史的综合内容，从德国文学的角度来说，还包括从歌德的早期作品到三月革命时期的整个时代。"①

第四种意见主张，将"古典文学和浪漫派"并列为时代名称。这是个折衷方案，也许是最佳方案。现在有些"德国文学史"，如民主德国人民与知识出版社1983年出版的《德国文学简史》已经接受了这

①［德］京特·哈通：《评德国浪漫派在民主德国文艺学中的形象》，载《魏玛评论》1976年第11期，第174页。

一主张。这个方案之所以比较容易被采纳,就是因为它比较切合当时德国文学发展的实际,顾及了古典文学与浪漫派并存发展这一基本事实,同时也因为它具有较广泛的统一性,即它能把同时代更多的作家作品囊括进去。让·保尔、荷尔德林和克莱斯特等人的流派属性虽然尚存争议,但他们的作品都与古典派与浪漫派有着这样那样的联系。当然,这个双重概念的时代名称并非尽善尽美,无懈可击。因此它也不时遭到非议,包括遭到非德国的西方学者的抨击。尽管如此,接受这一主张的人越来越多了。

二、席勒与早期浪漫派

席勒与浪漫派的不和由来已久,但起初双方还是友好的。席勒作为年长的学者和诗人在年轻人中,在浪漫主义者中享有崇高的威望。奥·威·施莱格尔不仅盛赞席勒的作品,而且还沉醉于以席勒的方式从事创作。他的胞弟弗·施莱格尔起初也很推崇席勒,他早期的美学著作就留下了席勒影响的痕迹。他在《论希腊诗歌研究》里称赞席勒的诗歌可与品达罗斯媲美。诺瓦利斯对席勒的崇拜简直到了狂热地步,1791年,当席勒备受病魔折磨时,诺瓦利斯赋诗一首,题为《一个青年的悲叹》,抒发他对老师健康状况的忧虑。在同年9月22日写给席勒的一封信里,诺瓦利斯毫不隐晦地表达了他对这位老师的敬爱:“您的一句话胜过他人喋喋不休的告诫和教诲。它在我的心坎里点燃起千百颗火种,与那些最彻底的推论和论据相比,它对我的教育和思维方式更有裨益和帮助。”①

① [德] 格哈德·舒尔茨:《诺瓦利斯》,德国赖因贝格(汉堡附近):罗沃尔特袖珍本出版社1969年版,第30—31页。

席勒之所以备受年轻的浪漫派作家的爱戴，同他的思维方式，同他早期作品某些浪漫主义倾向是分不开的。他的早期名作《强盗》，抒发了对大自然的感受和发自内心的激情，富有浪漫情调，很受浪漫派赏识。里卡达·胡赫在分析浪漫派作家爱戴席勒的原因时指出："浪漫主义者出于什么原因尊称席勒为他们的领袖，称他为与自己一样的伤感诗人，亦即近代诗人，理由是不难想象的。他那崇高的不完美，[①] 他那执着的追求，使他可能同古典主义疏远，而同浪漫派亲近，(因此浪漫派)对他怀有好感。"[②] 在魏玛期间，席勒的美学立场同古典主义是一致的或吻合的，他与歌德的友好合作，促进了德国民族文学的发展和繁荣。

但是好景不长，弗·施莱格尔同席勒之间爆发的一场笔墨官司，使席勒同早期浪漫派之间的关系日趋紧张，并终于导致破裂。这场论争，并不涉及原则性问题，但它引起的后果严重，这里有必要对这场文人之间唇枪舌剑的始末做些介绍。

弗·施莱格尔是这场笔墨官司的"原告"，他与哥哥后来改变对席勒的态度，部分地归因于他的嫂子卡罗利妮。卡罗利妮是个智勇双全的女性，有较高的政治觉悟，较强的审美观念和判断力，对早期浪漫派的发展产生过不可忽视的影响。她使施莱格尔兄弟注意到席勒作品中存在着道德说教等方面的问题。1796年夏天，弗·施莱格尔从德累斯顿去耶拿拜访他哥哥之前，曾撰文抨击席勒1796年的《诗歌年刊》，他以辛辣的笔触批评了席勒的一些诗歌，特别是嘲弄了《妇女的尊严》这首诗的理想主义倾向。席勒毫不示弱，在弗·施莱格尔

---

① 艺术形式的完美或不完美，构成了古典主义和浪漫派在美学特征上的一个显著区别。

②［德］里卡达·胡赫：《浪漫派》，德国赖因贝格(汉堡附近)：罗沃尔特袖珍本出版社1985年版，第186页。

抵达耶拿之前，便在《文艺年鉴》上发表19篇讽刺短诗进行回击。他以这些诗嘲弄弗·施莱格尔的希腊论著，称他为Gräkomanie（古希腊崇拜狂）。有的短诗火药味很重，简直就是宣战书，譬如第773首这样写道：

你们早就在取笑我们，却总是悄悄地和险恶地，
你们果真渴望战争，那就公开宣战吧。①

席勒的讽刺短诗（或称警句）虽是指桑骂槐，但还是使双方关系剑拔弩张，给弗·施莱格尔的耶拿之行蒙上了一层阴影。席勒对这位青年评论家的到来仿佛感到惊喜，弗·施莱格尔却对他存有戒心，他一方面认定席勒神经过敏，容易激动，担心关系难以修复，另一方面又担心自己与席勒的冤家对头弗·赖夏特（作曲家、《德意志》杂志发行人）过从甚密而陷入一个"学者集团"（Gelehrten-Faktion）的小圈子里。后来，他断定席勒在歌德面前散播他的流言蜚语，损害他的威信，并且还居心叵测地将他为《季节女神》（席勒任主编）撰写的文章《凯撒和亚历山大》束之高阁，这时他就决心不再维持同席勒的关系了。于是他在赖夏特的《德意志》上接连撰文攻击席勒的《季节女神》，一次比一次猛烈，说什么这家杂志主要刊登译文。事实上该刊所载译文多半为奥·威·施莱格尔所提供。席勒恼羞成怒，看到弗·施莱格尔的攻势凶猛，难以招架，便趁机拿他哥哥开刀出气。1797年，席勒宣布断绝同奥·威·施莱格尔的工作来往。从此，席勒与施莱格尔兄弟的关系一发不可收拾。当然，歌德不愿意看到事情

---

① 参见［德］恩斯特·贝勒：《弗·施莱格尔》，德国赖因贝格（汉堡附近）：罗沃尔特袖珍本出版社1966年版，第46页。

这样发展。他力图从中调解，在调解中很快就发现，和解的障碍在于弗·施莱格尔，裂痕无法弥合，只好听其自然了。

关系破裂后，公开的论战虽然很快偃旗息鼓，但私下里仍彼此攻击。在私人的通信里，席勒对施莱格尔兄弟和他们年轻的派友们的批评是不克制的。譬如，他称弗·施莱格尔的小说《卢琴德》为"近代奇形怪状的顶峰"（1799年7月19日致歌德的信），称蒂克的悲剧《神圣的格菲娃的生与死》为"毫无教养，废话连篇"（1801年4月27日致克尔纳的信）。但对他的学生诺瓦利斯，他从不批评，就像诺瓦利斯从不批评席勒一样。在同席勒的关系闹翻后，施莱格尔兄弟采用两手策略：对社会舆论保持缄默，以求不危害他们同歌德的关系；但在私下里，在个人的通信里，他们继续对席勒的作品评头品足。弗·施莱格尔在自己的札记里把席勒称作"一个花言巧语多愁善感的人"，"富有诗意的哲学家"，而不是"富有哲理的诗人"。但是在席勒逝世后，在他的怨恨渐渐消除后，弗·施莱格尔改变了对席勒及其创作的看法与评价。在他的《新文学史》(1814)里，他把席勒称作"我们舞台的创建人"，"地地道道的戏剧艺术家"，"从近代向浪漫主义过渡的人物"，甚至把他与让·保尔、蒂克、诺瓦利斯和他本人列入同一个群体。①

席勒与施莱格尔兄弟之间的冲突，持续时间虽短，但影响很大，主要表现在两个方面：

其一，促进了德国浪漫派的形成和发展。冤家路窄，弗·施莱格尔很快就看出，耶拿不是他的久留之地，在歌德的规劝下，遂于1797年6月离开这个是非之地来到柏林。在柏林，他很快就成立了一个新的文学社团的中心，其成员包括施莱尔马赫和他的妻子多罗苔娅，蒂

① 参见［美］勒内·韦勒克：《文学批评史》(1750—1950，第1卷)，柏林/纽约：Walter de Gruyter出版社1978年版，第290页。

克，哥哥奥·威·施莱格尔和嫂子卡罗利妮，还有诺瓦利斯。这就是早期浪漫派或称耶拿浪漫派。这期间，弗·施莱格尔与哥哥一起合办《雅典娜神殿》，在上面发表《断片》《论歌德的〈威廉·迈斯特〉》《观念》和《关于诗歌的谈话》等一系列纲领性的论著。文学史家奥斯卡·瓦尔策尔把弗·施莱格尔在耶拿的逗留和他同席勒论争的意义概括为："简而言之，耶拿逗留的结果是：弗里德里希·施莱格尔找到了一个立足之地，从那里向外宣告浪漫派的纲领。"①

其二，引起后世对席勒评价的不一致。从上面可以看到，施莱格尔兄弟几经修改对席勒的立场和态度，他们对席勒的评价前后呈马鞍形的态势，即由崇敬转为贬斥，再由贬斥变为敬重。

虽说席勒同施莱格尔兄弟的矛盾和冲突影响很大，但从性质上看，还不能说是魏玛古典主义与浪漫派的真正碰撞。真正的碰撞发生在席勒逝世以后，是在歌德同施莱格尔兄弟与诺瓦利斯之间进行的。

三、歌德与早期浪漫派

浪漫派对歌德的认识和态度也是随着时间的推移而发生变化的。变化最快最大的莫过于诺瓦利斯。

起初，诺瓦利斯对歌德，特别是对他的《威廉·迈斯特》，崇拜得五体投地，他把歌德誉为"真正富有诗才的总督"，称为"他的时代的头号物理学家"。诺瓦利斯把《威廉·迈斯特》视为浪漫派小说的理想，并以这部小说为样板，动手写作《塞斯的学徒》。但是诺瓦利斯不久就后悔了，他发觉《威廉·迈斯特》是一部"矛头对准诗"的

---

① 参见［德］恩斯特·贝勒：《弗·施莱格尔》，德国赖因贝格（汉堡附近）：罗沃尔特袖珍本出版社1966年版，第96页。

小说，是一部“糟糕的和幼稚可笑的”书，“毫无诗意”可言，是“对诗和宗教的讽刺”。诺瓦利斯并不满足于对《威廉·迈斯特》的批判，而且他还写了一部同《威廉·迈斯特》针锋相对的小说《海因里希·冯·奥夫特丁根》。在他看来，歌德在《威廉·迈斯特的学习时代》里让不和谐的和丑恶的现实战胜了诗，他诺瓦利斯则要以《海因里希·冯·奥夫特丁根》来拯救诗，为诗而辩护。他的小说是“诗的神化”，是赞美诗同宇宙、同自然、同生与死，同一切融为一体。世界变成了梦幻，梦幻变成了世界。

弗·施莱格尔与歌德的关系不同于诺瓦利斯，始终没有出现急剧的变化和那种大起大落的态势，这是因为他对歌德和他的创作有全面深入的研究。他的不少评论颇为中肯，某些论著，如关于《威廉·迈斯特》的评论和《试论歌德早期和晚期作品的不同风格》，至今仍不失为文艺批评的杰作。他对歌德的赞颂，可谓语出惊人。在《论希腊诗研究》（关于歌德部分发表于1796年）里，他称赞歌德的诗为“真正的艺术与完美无缺的美的曙光”，说歌德揭示了“美学教育的新阶段”。在《断片》（1798年在《雅典娜神殿》上发表）里，如上文所述，他把法国大革命、费希特的《科学原理》和歌德的《威廉·迈斯特》并列为“时代最伟大的倾向”。

当然，弗·施莱格尔对歌德的赞颂并非毫无保留。他的个人笔记表明，他对歌德尚存某些疑虑，他对歌德的钦佩渐渐地在降温。他很早就察觉到《威廉·迈斯特》并非完美无缺，因为它“并非完全神秘的”。他甚至声称歌德的作品“很像无意义的艺术品”，“在歌德的作品里没有统一性、完整性，只是这儿那儿有个开端”。①

---

① 参见［美］勒内·韦勒克：《文学批评史》（1750-1950，第1卷），柏林/纽约：Walter de Gruyter出版社1978年版，第291页。

在奥·威·施莱格尔同歌德的关系中始终没有出现不愉快的事情，他对歌德的钦佩被认为是真诚的，但是最终他的热情还是冷却了下来。

随着时间的推移，浪漫派同歌德的关系难免发生某些微妙的变化，不管怎样，在互相的关系中，双方都是受惠者。歌德作为年轻一代景仰的人物，对浪漫派作家的成长无疑起到了积极的作用。

另一方面也必须看到，施莱格尔兄弟对歌德的意义是不可低估的。18世纪20年代，歌德以他的《维特》在文坛上的确红极一时，但时过境迁，进入80年代，他差不多被人遗忘了。施莱格尔兄弟步入文坛时，他主要是个以《维特》和《葛茨》著称于世的作家。施莱格尔兄弟的努力使歌德的声誉在一个新的基础上获得了恢复。海涅在《论浪漫派》一书里指出："尽管歌德装出一副高贵的样子，但他的声誉绝大部分得归功于施莱格尔兄弟。"① 歌德晚年在追忆他同施莱格尔兄弟的关系时说："洪堡兄弟和施莱格尔兄弟都是我眼看着崭露头角的，这个情况也非常重要。我从中获得了说不尽的益处。"②

浪漫派的发展变化有个过程，歌德对它认识也有个过程。他对浪漫派的态度先后经历过友好相处、等待观望和反感仇视这些变化。起初，歌德同施莱格尔兄弟颇为友好，他欢迎奥·威·施莱格尔去耶拿任职，两人过从甚密。弗·施莱格尔抵达耶拿后，他在日记里一再记下兄弟俩的名字，同他们保持着密切的接触。颇为有意思的是，如上所述，弗·施莱格尔在世纪更迭前后，不顾自己的挚友诺瓦利斯对《威廉·迈斯特》的反感，为歌德这部小说大唱赞歌；而差不多在同一个时候，歌德也置自己密友席勒对施莱格尔兄弟的厌恶于

---

① [德] 海涅：《论浪漫派》，人民文学出版社1979年版，第41页。
② [德] 艾克曼：《歌德谈话录》，柏林建设出版社1956年版，第213页。

不顾，向他们伸出友谊之手。他甚至不理席勒和观众的反感，在魏玛上演奥·威·施莱格尔的剧本《约恩》和弗·施莱格尔的剧本《阿拉科斯》，以致席勒1802年6月抱怨说："接待施莱格尔兄弟乃是他的病态。"但是歌德毕竟城府很深，老于世故，他人实难抓到他的话柄。1799年年初，维兰德质问他，他怎能接受施莱格尔兄弟"如此恶心的"吹捧，歌德巧妙地答道："我得听之任之啊，正如我遭受他人声嘶力竭的谴责一样。"①

歌德之所以重视同施莱格尔兄弟的关系，不仅是因为这两位学者年轻有为，善于理解他的作品，更重要的是因为世纪更迭前后双方观点一致或接近，如对古希腊罗马文化的崇拜；对时代与社会的论断与批评，他们都认为当今社会敌视诗，当今时代散文支配诗，理性支配感性，科学支配艺术；认定摹仿自然的亚里士多德的基本原则已过时，它只适用于"朴素的"诗，而"伤感的"诗要表现理想；他们共同反对平庸的说教文学。

1800年以后，在德国唯心主义哲学家康德和费希特等人的影响下，德国浪漫派迅速发展起来，浪漫派的"离经叛道"倾向引起歌德的警觉和不满，歌德在同艾克曼的谈话中追忆说：本来他和蒂克关系很好，他很了解这位青年人的才能和卓越的贡献，然而施莱格尔兄弟崭露头角以后，觉得歌德的威望太高，为了平衡人际关系，遂将蒂克作为一个杰出人物抬出来同他分庭抗礼，这一做法伤了歌德的自尊心，引起了他对施莱格尔兄弟的不满，也危及了歌德与蒂克的友好关系。②浪漫派开始走上"叛逆"道路。之后，歌德在不同场合都对它

---

①［德］恩斯特·贝勒：《弗·施莱格尔》，德国赖因贝格（汉堡附近）：罗沃尔特袖珍本出版社1966年版，第52页。

②［德］艾克曼：《歌德谈话录》，朱光潜译，人民文学出版社1983年版，第125页。

发出了警告，他在1805年发表的《温克尔曼》一文，掀开了发动一场批判浪漫派斗争的序幕，这是一场旷日持久的斗争，前后持续了数十年之久。

歌德同浪漫派的斗争并非个人之间的摩擦或利害冲突，而是魏玛古典主义与浪漫派在文艺观点上的矛盾冲突。主要表现在以下三个分歧：

分歧一：崇尚古希腊罗马文化，还是仰慕中世纪欧洲文化。的确，浪漫派作家起初对古希腊文化是顶礼膜拜的，弗·施莱格尔就非常赏识柏拉图和希腊的悲剧作家，还有德国的温克尔曼。他把希腊文化看作是一幅完美无缺的人类图景，把他们的文学誉为“自然诗的准则和典范”。难怪席勒称他为“古希腊狂”。但在世纪更迭之后，浪漫派从理论到实践都发生了显著的变化。早在18世纪90年代中期，即在1794年2月27日致奥·威·施莱格尔的信中，弗·施莱格尔就提出把“基本上是古典时期的同基本上是近代的结合起来”的主张。1810年，他又在文学讲演中，把起初被他称赞的古希腊文学斥之为“非基督教的”。现在，浪漫派作家干脆把古典的和近代的全都搁置一边，转向了中世纪，转向了但丁、卡蒙斯、塞万提斯、卡尔德隆和莎士比亚，转向了中古的西班牙、葡萄牙和英国文学。因为从这些产生于封建社会的文学中，他们能找到梦寐以求的基督教骑士道德，例如荣誉、爱国主义、爱情、激情和战斗的勇敢，能找到他们所追求的诗的意境（Poetizität），而这种诗的意境在敌视艺术、敌视诗歌而又平淡无奇的日常生活处于矛盾状态的资本主义社会现实中是不存在的。如果说浪漫派作家起初所倾倒的是美和娱乐一类概念，那么现在他们所醉心的则是内心、心灵、同情、痛苦和对永恒与无穷的渴望等一类词汇。1806年，奥·威·施莱格尔在致富凯的一封信里对浪漫派理论的转变作了这样的解释：“为什么我们感到浪漫主义的诗比古典的更内向和更神秘呢？因为希腊人只考虑欢乐的诗学，而痛苦比娱乐、严肃比轻浮更富有诗意。”浪漫派作家约瑟夫·格雷斯对中世纪的崇拜是十分引人注目的。他在《德意志民间话本》(1807)的序言里，把中世纪美化为“近代欧洲历史的青年时代”，“诗的新园地、浪漫派的伊甸园”。

歌德对古希腊罗马文化一向推崇备至，把它奉为典范，看作是国际文化发展的一个重要阶段。对于中世纪的欧洲文化，歌德并不一概反对。浪漫派发掘、搜集和整理出版为历代人们所忽视的文化宝藏，也博得歌德的赏识。歌德所反对的是浪漫派鼓吹的中世纪的基督教骑士传统。

分歧二：艺术与宗教的关系问题。皈依天主教，艺术同宗教的结合，一开始就是德国浪漫派的内在倾向。1793年，瓦肯罗德与蒂克一起赴纽伦堡作过一次艺术与教育的考察，瓦肯罗德记述这次考察的散文集《一个热爱艺术的修士的内心倾诉》，可以称作是德国浪漫派最早的纲领性著作之一。年轻的浪漫派作家在文章或随笔中表露了对文艺复兴艺术，特别是对丢勒等古代大师的由衷敬仰之情，他们把拉斐尔的绘画奉为使人沉思默想的宗教艺术典范，并借拉斐尔来攻击持古典主义看法的温克尔曼，声称最高的创造力源出于艺术与虔诚的结合。弗·施莱格尔也鼓吹宗教同艺术相结合，他在《1802-1804年间巴黎和荷兰绘画描写》《对基督教艺术的见解》等文章中，声称“艺术自身若想不消亡，就永远离不开同宗教的结合”。诺瓦利斯是双料的基督教卫道士，他不但有《基督教或者欧罗巴》这样的理论著作，而且在创作实践中还写了《宗教》的诗歌，他声称：“诗人和牧师起初合二而一，后来才一分为二。真正的诗人总是牧师，正如真正的牧师总是诗人一样。难道将来不该再回归事情的旧有状况吗?”奥·威·施莱格尔有一首长诗，标题就叫《教会与艺术家的联盟》,这首诗的名称足以表明作者的思想立场。

歌德一贯坚持批判宗教神秘的思想倾向,对基督教的反感令他同一些有交情的朋友分道扬镳。18世纪80年代,他同拉瓦特尔的决裂,就是因为这位瑞士朋友在其作品里宣扬基督教假仁假义的倾向。90年代,施托尔贝格那宣扬基督教的《柏拉图谈话录精选》也遭到了歌德的批判,从而促使歌德和席勒掀起德国文学史上著名的"讽刺短诗"创作活动。

浪漫派的宗教神秘倾向激起歌德的强烈不满,他在1805年发表的《温克尔曼》一文,可谓是声讨浪漫派的一篇檄文,文章称赞温克尔曼不信奉宗教,认为他加入天主教会纯粹是形式上的举动,借以表达他对浪漫派皈依宗教的憎恶,他说:"若要评论温克尔曼那种所谓的宗教活动,就务必看到他这种(非基督教的)思维方式,这种思维方式与一切基督教本性是疏远的,甚至对它是反感的。"

世纪更迭之后,德国浪漫派在哲学、文学、造型艺术诸领域的影响日甚一日,大有抵消以古希腊罗马为典范的古典美学影响之势。歌德从后期浪漫派的作用看出了瓦肯罗德《内心倾诉》的消极影响。正是在这种形势下,1817年,歌德毅然决然在其主编的《论艺术与古代》杂志上发表其好友海因里希·迈尔的文章《新德意志宗教爱国艺术》,以此作为重磅炸弹向浪漫派发动大反攻。这篇文章是在歌德的启迪下写出来的,体现了歌德的观点。文章以弗·施莱格尔和瓦肯罗德为靶子,尖锐地批判了浪漫派宗教神秘的蒙昧主义倾向。前者被海因里希·迈尔称为古代宗教思潮的先驱,说他在其主编的《欧罗巴》杂志上"充当了新的仿古的天主教—基督教艺术趣味的书面教员"①;

① [德] 保尔·赖曼:《德国文学主潮》(1750-1848),柏林:获茨出版社1958年版,第556页。

后者的《内心倾诉》则被其称为充满了虔诚的艺术妙语和宗教艺术趣味，富有魅力，作者借此把热情的伤感的青年人吸引到艺术宗教(Kunstreligion)里来。在歌德看来，这种新的宗教艺术思潮乃是“一种幻想的天真幼稚的宗教狂”，说卷入这种思潮的人都是“半瓶醋的知识分子和一知半解的青年一代”。[①]歌德预料到迈尔这篇文章“将像一颗炸弹投进拿撒勒画派艺术家的圈子里”[②]。18年后，海涅在谈到这篇文章的作用时写道：“歌德仿佛用这篇文章在德国文坛上发动了他的雾月十八政变；他极为粗暴地把许雷格尔(即施莱格尔——笔者注)兄弟赶出庙堂，并把他俩的很多最热心的弟子争取过来，那些早已不能容忍许雷格尔督政府的群众，向他欢呼喝彩，这样歌德便在德国文坛上奠定了他的寡头统治。”[③]

分歧三：艺术同自然的关系问题。重主观轻客观本是浪漫主义的普遍特征，在浪漫主义故乡的德国，浪漫派这一特征尤为显著。这有两个方面的原因：其一，丑恶的社会现实驱使诗人们逃避现实，作家、艺术家对敌视艺术的社会很反感，法国大革命的后果使人们深感失望，逃避现实，力图从主观精神世界中求得安慰，是个普遍的社会现象。对于这一点，歌德是十分清楚的，他说：“一切倒退和衰亡的时代都是主观的，与此相反，一切前进上升时代都有一种客观倾向。我们现在这个时代是一个倒退的时代，因为它是一个主观的时代。这一点你不仅在诗方面可以见出，就连在绘画和其他许多方面也可以见

---

① 参见马丁·博拉赫尔：《威·海·瓦肯罗德〈一个热爱艺术的修士的内心倾诉〉》，载《德国浪漫派长篇短篇小说——新评论》(P. M. Lutzeler编)，雷克拉姆出版社1981年版，第36页。

② 歌德1817年3月17日致友人克内贝尔的信，参见［德］保尔·赖曼：《德国文学主潮》(1750-1848)，第555页。

③［德］海涅：《论浪漫派》，人民文学出版社1979年版，第42页。

出。”[1] 其二，德国唯心主义哲学的影响。德国浪漫派发展的时代，正是德国唯心主义哲学盛行之时，两者一开始就结下了不解之缘。如果说谢林的自然哲学是浪漫派崇尚自然、喜欢描写自然景观、表现人与自然亲密无间关系的理论基础，那么费希特的“唯我论”则为浪漫派推崇无所约束的个性，为他们随心所欲的主观意识提供了理论依据。费希特被视为人的主观性的发现者。他的“唯我论”否定“物自体”的客观存在，他以康德关于意识创造现象界、自然界这一论断为出发点，宣称“自我”（人的意识）为认识的主体，“非我”（客观世界）为“自我”的创造物，从而把康德的唯心主义推向顶峰。

应该指出，席勒的唯心主义美学对浪漫派也产生了一定的影响。康德在《判断力批判》中从先验哲学上论证了美学趣味判断的自主性。席勒据此在艺术理论中发展了这种自主的设想，他认为文艺不应受任何政治目的和社会效果的制约。这种主张同启蒙运动和狂飙突进运动所强调的文艺的社会效果显然是背道而驰的，自然在社会上引起了强烈的反响。席勒却认为艺术自主论并非否定启蒙运动，而是最大限度地实现了它的理想。因为在席勒看来，艺术只有同社会的政治行动和推究哲理的理性并起并坐时才能从最广的意义上接受政治职能。[2] 浪漫派理论接受了这种艺术自主的设想，主张发展想象力，把它从一切束缚中解放出来，把这看作是艺术的新职能。

浪漫派这种重主观幻想、轻客观现实的主张，同歌德的理论自然是格格不入的。歌德推崇客观艺术，强调诗的根基在于外部现实，希望“给现实以诗的形态”。晚年，他还这样讲述诗同客观现实的关

①［德］艾克曼：《歌德谈话录》，朱光潜译，人民文学出版社1983年版，第97页。

② 参见［德］卡·罗·曼德尔柯夫：《德国古典文学和浪漫派的文艺理论》，载《文艺学手册》（第14卷），第63页。

系:“只要他(诗人)仅仅表达他的一些主观感受,他还称不上诗人;但他一旦懂得把握并表达世界,他就是一位诗人”。[①]歌德之所以对古希腊罗马艺术推崇备至,就是因为古希腊罗马诗人一切从实际出发,“紧紧抓住身边的东西,真正的东西,实在的东西,甚至就是他们的幻想也都是有血有肉的。”[②]

如果说古希腊罗马艺术始终是歌德心目中的典范,那么自然就是他仰慕的另一个样板了。对歌德来说,艺术与自然有着血肉般亲密的关系,自然知识构成了他的艺术理论与实践的基础,他的自然科学著作成了他的艺术理论的一个不可缺少的来源。在如何看待艺术与自然的关系问题上,歌德不但同浪漫派发生了严重的碰撞,而且同他的密友席勒也产生了分歧。对于席勒和浪漫派来说,既然社会现实丑恶,超越现实、与之保持距离是诗人的使命,那么亚里士多德关于摹仿自然的原则就理应是过时的创作方法了。而对歌德来说,艺术必须遵循自然,研究自然,摹仿自然,亚里士多德的原则是古典的创作原则,必须坚持。当然,歌德的观点也并不是铁板一块,一成不变的,早年,在狂飙突进时期,他固守艺术等于自然的原则,但他的首次意大利之行以后,就看出艺术与自然情况各异,各具特性,需要加以区别。他在《神殿前廊入门》(Einleitung in die Propyläen)一文中还承认,“自然同艺术之间有一道鸿沟”,尽管如此,歌德仍然认为摹仿自然是接近现实的一个最初阶段,艺术是受自然制约的。

歌德通过他的意大利之行,看清了古人是如何处理艺术同自然的关系的。在意大利,他目睹了古人的伟大作品,发现它们达到了

---

①[德]艾克曼:《歌德谈话录》,柏林建设出版社1956年版,第233页。

②[德]歌德:《温克尔曼》,参见《欧美古典作家论现实主义和浪漫主义》(二),中国社会科学出版社1981年版,第295页。

艺术与自然的高度统一。在《意大利游记》(1787年9月6日)中,联系到荷马的创作,歌德有一段精彩的论述,他说:“这些水平高超的艺术品,都是遵循真正的和自然的规律创作出来的忠于自然的作品(Naturwerke)。任何随心所欲的,想象出来的东西都是行不通的。这就是必然性,这就是上帝。”寥寥数语概括了歌德早期古典主义的艺术主张。按照诗人的主张,伟大艺术品的创作,务必“遵循真正的和自然的规律”。这是诗人考察了古人艺术实践后得出的结论。不言而喻,这里的所谓“真正的和自然的规律”,同诗人一贯强调的艺术“要忠于自然,要恭顺地摹仿自然”,是一脉相承的。对于主观随意性,诗人一贯持批判态度,他把“纯粹的主观性看作是现时代的病态”。①

歌德并不一概反对幻想和虚构,恰恰相反,他认为在艺术创作中,虚构是必要的:“……在艺术创造的较高境界里,一幅画要真正是一幅画,艺术家就可以挥洒自如,可以求助于虚构……”②

晚年,歌德对艺术与自然的关系作了明确的概括:“艺术家对于自然有着双重关系:他既是自然的主宰,又是自然的奴隶。他是自然的奴隶,因为他必须用人世间的材料来进行工作,才能使人理解;同时他又是自然的主宰,因为他使这种人世间的材料服从他的较高的意旨,并为这较高的意旨服务。”③这段精辟的论述告诉我们,艺术家同自然的关系是相互制约的。一方面,艺术家既然是自然的奴隶,那就“要忠于自然”,“要恭顺地摹仿自然”,从而排除了创作中的主观随意性;另一

① 见歌德1830年1月28日同艾克曼的谈话,转引自[美]R·韦勒克:《文学批评史》(第1卷),第212页。

②《欧美古典作家论现实主义和浪漫主义》(二),中国社会科学出版社1981年版,第308页。

③《欧美古典作家论现实主义和浪漫主义》(二),中国社会科学出版社1981年版,第308页。

方面，他又是“自然的主宰”，那就可以使自然屈从于个人的意志，借助虚构，使幻想同自然（现实）、理想同现实、主观同客观达到完美的一致。

在歌德看来，艺术家同自然的这种双重关系，乃是文艺创作的重要法则。艺术家只有尊重这种关系，遵循这一法则才能创造出高水平的作品来。而浪漫派崇尚主观随意性，这势必把艺术家同自然的关系变成单一的主仆关系：前者成了可以滥施淫威的主人，后者是前者随便使唤的婢女。这种单一的关系，势必把艺术引入歧途，因而遭到歌德的激烈反对。

随着一些浪漫派作家政治思想和文艺观点上的倒退，歌德对浪漫派的反感也愈来愈强烈，以致晚年说出了“古典的是健康的，浪漫的是病态的”这句名言。这绝非歌德老人偶然失言或感情冲动所致。除同艾克曼的谈话（1829年4月2日）外，在《格言与感想》中谈到罗马诗人奥维德的创作方法时，[①] 诗人也说过这样的话。为什么说“古典的是健康的，浪漫的是病态的”呢？诗人的唯一标准是自然、客观、现实、真实。在歌德看来，这些词的词义从根本上说是一致的。如上所述，歌德之所以把古希腊罗马人奉为典范，正是因为他们都“紧紧抓住身边的东西，真正的东西，实在的东西，甚至就是他们的幻想也都是有血有肉的”。“浪漫的”之所以是“病态的”，主要是因为浪漫派推崇主观随意性，从而违背了“自然、客观、现实、真实”的标准。歌德把主观性或纯粹的主观性称为现代的通病或现时代的疾病，1808年8月28日，他在同里默尔的谈话中把不真实的和不可能的同pathologisch（病态的）和浪漫的等量齐观。[②] 霍夫曼的《金宝瓶》（惯

---

① 参见［德］歌德：《歌德的格言和感想集》，中国社会科学出版社1982年版，第87页。

② ［美］R·韦勒克：《文学批评史》（1750–1950，第1卷），第224页。

译《金罐》)是一部充满幻想的艺术童话。歌德在日记里这样记下他的读后感:"着手读《金杯》(指《金宝瓶》),感到不舒服,我诅咒金色的小蛇。"此事多少说明歌德对浪漫主义的态度。在歌德看来,主观性、不自然、不现实、不真实都是同义词或近义词,又都是"病态"的征兆。

歌德无疑是位伟大的思想家,对问题的观察敏锐、深邃,对文艺问题有不少精辟的见解,但他关于"浪漫的是病态的"这个论断,实在不敢苟同,理由有三:

其一,把"浪漫的"笼而统之称为"病态的"实有主观武断之嫌。倘若"浪漫的"是指流派而言,确切地说,如果仅指德国浪漫派,持论也似欠公允。不可否认,浪漫派有不少不健康的因素(诸如宗教神秘倾向),理应受到批判。浪漫派的成分毕竟很复杂,绝不能说所有浪漫派作家都沉湎于幻想,都是脱离现实,因而都是"病态的"。众所周知,德国浪漫派本身是个派中有派的文艺流派,其成员的思想倾向、文艺观点、作品风格并非"清一色"。譬如,海涅把诺瓦利斯同E. T. A·霍夫曼对比时就指出:"诺瓦利斯连同他笔下的那些虚幻的人物一直飘浮在蓝色的太空之中,而霍夫曼跟他描写的那些千奇百怪的鬼脸,却始终牢牢地依附着人间的现实。"①而如果"浪漫的"是指浪漫主义创作方法而言,那简直是"横扫一切"了。尽人皆知,浪漫主义作为创作方法,源远流长,古往今来,世上不知有多少作家同它结下了不解之缘,歌德把自己摆到古典主义一边,他没有意识到,他本人在某种意义上说也是浪漫主义大家族的一员,席勒也称他是浪漫主义诗人,他不自觉进入了他的"横扫"之列。他的这一论断岂不是搬起石头砸自己的脚吗?

---

①[德]海涅:《论浪漫派》,人民文学出版社1979年版,第109页。

其二，根据现实主义理论的新发展，人们今天正重新审视文艺领域中主观幻想的内涵。从今天的认识水平出发，主观幻想与文艺的真实性并非毫无缘分。在现实主义反映论的探索中，民主德国一些著名作家指出，应该拓宽“现实”与“真实”的含义。在安娜·西格斯看来，现实不仅仅是独立于人的思想意识之外的客观世界，不仅仅是可以看得见、摸得着、感觉得到的事物，而且也包括人的思想感情、幻想、愿望；作品在反映生活真实时也应表现“幻想真实”，表现人的主观世界。克里斯塔·沃尔夫认为，主观真实（或内心真实）是比外部真实更加本质的真实，因此只有在反映外部真实的同时着力表现内心真实，才能完整而又深刻地反映现实。

其三，歌德的所谓“浪漫的”是“病态的”论断，不利于正确地批判继承文化遗产。歌德在文坛上至高无上的权威赋予他的论断以极大的威力。毫无疑问，他的论断给浪漫派以沉重的打击。它成了后代批判乃至全盘否定浪漫派的重要依据。德国浪漫派作为德国文学史上的重要流派留下极为丰富的宝贵遗产，只有对它作出公正的评价，才能有利于批判继承这份遗产。

四、美学上的对比

约在1800年后，以施莱格尔兄弟和诺瓦利斯为代表的德国浪漫派得到迅速发展，它的美学思想日趋成熟，渐渐形成一个完整的美学体系，在一系列问题上同魏玛古典文学（姑且称为古典派文学）适成鲜明的对照。

在对待文艺法则问题上，崇尚理性的古典派尊重文艺法则，力主维持各艺术门类之间的界线。歌德和席勒在通信中以史诗和戏剧为例，专门讨论了文艺种类的诗艺学问题。他们在探讨这两个文学种类的区别时，引证了亚里士多德的诗学。歌德的《论史诗与戏剧的文学创作》(1827年印发)一文，就是他们讨论的结果，在歌德看来，混淆各艺术门类的界限，是“幼稚野蛮的乏味倾向”，艺术家理应竭尽全力加以反对，借助令人难以捉摸的魔圈(undurchdringliche Zauberkreise)使艺术品同艺术品区分开来，让每个艺术品都保留其特性和特征。① 与此相反，浪漫派则置文艺法则于不顾，主张打破艺术的条条框框，取消各艺术种类的界限。弗·施莱格尔在《断片》中写道：“浪漫主义的诗是包罗万象的渐进的诗。它的使命不仅在于把一切独特的诗的样式重新合并在一起，使诗同哲学和雄辩术沟通起来。它力求而且应该把诗和散文、天才和批评、人为的诗和自然的诗时而掺杂起来、时而融合起来……”②

在题材的选择上，崇尚客观的古典派面向现实，重视现实生活题材，提倡写真人真事。而推崇主观性的浪漫派则热衷于写超现实的事物，或者“有趣的”东西，因此，当时艺术童话颇为盛行。当席勒以“朴素的”诗和“伤感的”诗，来区分古代诗和近代诗的界限时，弗·施莱格尔在《论希腊诗的研究》里，试图以“客观的”和“有趣的”作为区分古代诗和近代诗的标准。浪漫派作家喜欢描写丑恶的残暴的令人心碎的事物，时尚驱使他们抓住富有刺激的性爱题材，或者虚构惊心动魄、引人入胜的场景，以期达到“有趣的”目的。

在人物的塑造上，古典派力求塑造内心和谐、平静的人物，调和理想与现实的矛盾与冲突；而浪漫派则喜欢写内心充满矛盾冲突，有时

---

① 参见歌德1797年12月23日为《论史诗与戏剧的文学创作》一文写的注释，转引自[德]卡·罗·曼德尔柯夫：《德国古典文学与浪漫派的文艺理论》，载《文艺学手册》(第14卷)，第70页。

②《欧美古典作家论现实主义和浪漫主义》(二)，中国社会科学出版社1981年版，第385页。

甚至精神分裂的人物。

在文艺形式上，古典派追求尽善尽美、完美无缺的事物；浪漫派则喜欢残缺不全、支离破碎的东西。如果说尽善尽美、完美无缺（Vollendung）是古典派的艺术理想，那么浪漫派的理想则是无穷无尽、无边无际的事物（Unendlichkeit）。浪漫派作家自知他们的理想是无法实现的，因此他们特别喜欢“断片”这一文艺形式。弗·施莱格尔和诺瓦利斯都写了数量可观、具有格言、警句性质的断片，以表达他们哲学和美学方面的见解。除了这些格言式的断片外，浪漫派作家还以断片形式创作了不少作品，例如诺瓦利斯的《海因里希·冯·奥弗特丁根》和《花粉》、霍夫曼的《雄猫穆尔的生活观》、阿尼姆的《皇冠守护者》。

在文艺风格上，古典派强调立体感，形象化，图像清晰，明确具体，写法上接近造型艺术；浪漫派则要求把事物写得朦胧复杂，抽象晦涩，富有想象性，写法上接近音乐。

的确，古典派和浪漫派在一系列美学问题上的分歧和对立是严重的，但是把这些分歧和对立绝对化，不但理论上站不住脚，而且也不符合历史真实。一个作家或者一个流派都不是生活在真空中，难免受到其他流派的某些影响。文学史上不同流派“杂交”的艺术之花屡见不鲜，其中不少还是艺术奇葩，备受青睐。事实上，德国古典派因其基本倾向属于现实主义，也被称为古典现实主义或魏玛古典现实主义，它同浪漫派除了彼此对立矛盾的一面外，还存在相互作用，相互影响乃至相互结合的另一面，后者过去常常为世人所忽略。浪漫派作为后起的流派固然受惠于古典派，差不多所有浪漫派作家都或多或少受过歌德、席勒的影响。从基本倾向看来，霍夫曼当属浪漫派作家，但他的创作吸收了不少现实主义因素，他的某些作品堪称浪漫主义与现实主义的结合，但是歌德和席勒也无法阻挡浪漫派和浪漫主义作为当时欧洲文艺主潮的“光辐射”和“冲击波”。他们自觉或不自觉地在各自的创作（特别是后期创作）中吸收了浪漫主义的养分。《威廉·迈斯特的漫游年代》从主题思想到结构形式都富有浪漫主义色彩，小说所反映的并非当时德国的现实生活，而是表达了诗人乌托邦式的社会理想和教育主张。作品结构松散，它包含了一系列短篇小说、格言、书信、日记，这种写法同浪漫派要创建并发展“包罗万象的诗”的主张是一脉相承的。诗剧《浮士德》通过主人公一生自强不息的探索，真实地反映了文艺复兴以来德国和欧洲的社会现实，然而浮士德的许多经历，诸如同魔鬼的结盟，他的云游世界、返老还童、同市民少女格蕾欣的爱情；他的神游希腊、同海伦娜的结合、填海辟地；等等，无不打上了浪漫主义的烙印，体现了古典现实主义（或现实主义）同浪漫主义的结合。

晚年，歌德意识到这种结合的重要意义，1827年，他就欧洲古典主义者同浪漫主义者之间的论争发表了看法，认为论争是不必要的，并强调指出，正如古典的需要“浪漫主义的”情绪一样，浪漫的也需要“古典主义的”塑造。①

---

① 参见《歌德时代的古典主义、古典文学和浪漫派》，载《文艺学手册》（第14卷），第389页。

第五章　海涅与德国浪漫派

海涅同德国浪漫派的关系既密切又复杂，他早年追随浪漫派，后来背弃它，但感情上依旧藕断丝连，末了还声称自己是“浪漫主义末代寓言之王”。在探索诗人同浪漫派关系时，难免遇到一连串问题，诸如：海涅为什么背弃浪漫派？他究竟算是浪漫派的敌人，还是属于浪漫派作家之列？我们应该如何评价诗人对浪漫派的批判？这里试就这些问题作些探讨。

一、海涅背弃浪漫派的原因

一个作家艺术家的成长，总要借鉴吸收前人的经验，继承民族的传统，才能继往开来，推陈出新。海涅也不例外。当他开始摸索创作道路时，浪漫主义正风靡德国和欧洲。对海涅来说，浪漫派既是传统，又是眼前的事物。他作为青年学生就已熟悉霍夫曼、富凯、乌兰德和米勒等著名浪漫派作家的作品。1819年在波恩大学求学时，他受到奥·威·施莱格尔的精心培养，这位浪漫派代表人物指导他学习音韵艺术。海涅赋诗三首敬献给奥·威·施莱格尔，以表达他对恩师的感激之情。随后在柏林读书时，海涅同霍夫曼、富凯和阿尔尼姆都有个人接触。在慕尼黑当编辑时，他生活在谢林和格雷斯身边。毫无疑问，他是“吃浪漫主义的乳汁长大的”。海涅早期的一些作品，如《歌集》，继承了浪漫主义的内容和形式。现在的问题不是青年海涅是否追随过浪漫派，而是他后来为什么要脱掉“袈裟”，逃离浪漫派的“寺院”，还要来个“反戈一击”。

海涅对浪漫派的批判并非一时心血来潮，而是经过激烈而痛苦的思想斗争的。事情有两个方面的原因：一方面，海涅的思想认识有个发展变化过程；另一方面，浪漫派也有个发展演变过程。

虽说海涅早年追随浪漫派，但他同浪漫派的分歧也是由来已久的，这从青年海涅1820年发表的一篇评论文章《评浪漫派》中可以看出某些端倪。海涅这篇散文处女作，虽为捍卫浪漫派而作，表达了他对这个流派的信仰和对奥·威·施莱格尔的感激之情，却也表明这位未来大诗人并不愿意毫无保留地继承浪漫派的传统。在海涅看来，浪漫主义的描写应该是“形象的”、“真正的浪漫主义”，绝非“西班牙法琅、苏格兰雾霭和意大利音响的大杂烩”，绝非“那些杂乱无章、模糊不清的景象，它们仿佛从魔灯发射出来，通过五彩缤纷的色彩变幻和惊人的映照，奇怪地使人心情激动，感到赏心悦目”。① 更为重要的是，海涅呼吁文艺要走出基督教的中世纪，回到现实生活中来，他说“德意志的文艺女神又应是个容光焕发、不矫揉造作、真正德国的自由少女，而不是多愁善感的修女，也不是以祖先自豪的骑士小姐。”② 显然，青年海涅这些要求同浪漫派要把事物描写得朦胧、模糊、复杂的美学主张，与该派某些人物迷恋中世纪、逃避现实的倾向是格格不

① [德] 海涅：《海涅文集》，柏林建设出版社1955年版，第6卷第168、169页；第5卷第542页。

② [德] 海涅：《海涅文集》，柏林建设出版社1955年版，第6卷第168、169页；第5卷第542页。

人的。当然,海涅当时还不可能清楚地意识到这一点。

19世纪20年代中期以后,海涅开始同浪漫派疏远。这是促使他思想转变的一个重要因素,使他开始同黑格尔及其美学接触。海涅于1823年在柏林同黑格尔相识,并开始听他的课,他从黑格尔的美学中获得了他所渴望的知识。对青年海涅来说,黑格尔美学最重要的一点是,诗人"务必从里到外熟悉人的生活,把广阔世界及其众多的现象接纳进他的胸怀里,在里边去感受钻研、深化和美化它们。"① 黑格尔的美学帮助海涅澄清了对浪漫派的模糊认识。据说黑格尔对海涅的影响,主要不是通过他的讲课和他的论著,而是通过私人接触和交往。卢卡契认为:"黑格尔在海涅(思想)发展上所起的作用是难以充分估计的""海涅的全部历史见解,对希腊人和基督教的理解,对文艺复兴、宗教改革、法国革命、拿破仑的意义的认识,等等,和海涅的全部艺术理论,古典和近代的对立,对浪漫派的理解等,都是由黑格尔决定的。"②

在黑格尔的影响下,海涅意识到,他同浪漫派在美学上的一个根本分歧,是艺术同现实生活的关系问题。如上所述,诗人在他的散文处女作《评浪漫派》里已初步触及这个问题。19世纪30年代初,诗人又以佛罗伦萨和雅典为例进行探索,使它认识到,这些地方即使在兵荒马乱的年代也产生了伟大的作家和不朽的名作,就是因为艺术家们置身于生活之中,描写了时代的问题:但丁在流放中创作《神曲》时并不诉说自己的苦难,而是描写自由的消亡;埃斯库罗斯在《波斯人》里也不是哀叹个人的痛苦,而是描写民族的命运。在海涅

① 转引自劳拉·霍夫里希特:《海涅对传统的斗争》,载《海涅研究论文集》,赫·柯普曼选编,达姆施塔特科学图书出版社1975年版,第99、100页。

② [匈]乔治·卢卡契:《海因里希·海涅作为民族诗人》,载《海涅文集》(第1卷),第94页。

看来，伟大的作品总是其时代的一面镜子，因而探索与反映时代问题就成了创作具有艺术生命作品的前提。[①]在《论浪漫派》一书中，诗人进一步阐述了艺术同现实生活的关系问题，他以诺瓦利斯为例批判了一些浪漫派作家“飘浮在蓝色太空之中”的艺术，赞赏霍夫曼作品“始终牢牢地依附着人间的现实”，指出：“诗人也只有在不脱离现实的土地时，才是坚强有力的，一旦神思恍惚地在蓝色太空中东飘西荡，便会变得软弱无力。”[②]

美学上的分歧固然是促使海涅同浪漫派疏远的因素，而浪漫派代表人物政治思想上的倒退，则是海涅背弃浪漫派的主要原因。在海涅看来，天主教从本质上说是“古老精神的囚牢”，它严重地束缚着人们的思想自由，它与欺骗是一对孪生姐妹，“使罪孽和伪善来到人世”，它“变成专制主义的最得力的支柱”，[③]而皈依天主教一开始就是浪漫派的内在倾向。弗·施莱格尔早在1808年就已皈依天主教。格雷斯、布伦塔诺等人生来就是天主教徒，连加入教会的仪式也免去了。浓厚的宗教神秘色彩，构成浪漫派固有的特征。1814－1815年维也纳会议以后，宗教反动势力与地方恶势力进一步勾结，使社会变得更加黑暗。在复辟年代，浪漫派内部反动倒退倾向更加严重突出。弗·施莱格尔、亚当·米勒、约瑟夫·格雷斯等公然与反动势力为伍，他们的行为自然激起诗人的义愤。与此同时，法国七月革命给了诗人极大的鼓舞，加速了海涅民主主义思想的发展。正是在这样的形势下，诗人以“我是剑，我是火焰”的姿态，向浪漫派发起了猛烈攻击。

① 转引自劳拉·霍夫里希特：《海涅对传统的斗争》，载《海涅研究论文集》，赫·柯普曼选编，达姆施塔特科学图书出版社1975年版，第99、100页。

② [德] 海涅：《论浪漫派》，张玉书译，人民文学出版社1979年版，第110、6、5页。

③ [德] 海涅：《论浪漫派》，张玉书译，人民文学出版社1979年版，第110、6、5页。

二、海涅与浪漫派的关系

由于海涅同浪漫派的关系表现了某种复杂性，曾经在德国文学史界引发了一场旷日持久的笔墨官司，论争的核心是诗人的流派归属问题。关于这个问题，众说纷纭，莫衷一是。有人将他列为“青年德意志派”；有人称他是“没有传统的启蒙学派”，“天生的启蒙学派”；有人将他置于德国古典作家之列，以拓宽并加厚以歌德和席勒为代表的德国古典文学原有的浅薄基础；有人称他为浪漫派的敌人或背叛者。传统的德国文学史通常把他排除在德国浪漫主义运动之外；也有人称他为革命的浪漫主义诗人或积极的浪漫主义诗人；有人称他为欧洲浪漫主义诗人或法国浪漫主义诗人；有人也许为了回避棘手的流派归属问题，遂按诗人的政治思想倾向性，称他为革命民主主义诗人；等等，不一而足。浪漫派与浪漫主义是两个既有联系又有区别的概念。就德国而言，前者是指18世纪90年代末至19世纪30年代以施莱格尔兄弟和诺瓦利斯等为代表的一场文学运动（或思潮），属文学史范畴；后者是指创作方法，属美学范畴。就创作方法而论，海涅当属浪漫主义诗人。但他是否也算浪漫派作家，这个问题还得从他同浪漫派的实际关系，从他的创作实践中去寻求解答。

不可否认，海涅对浪漫派的看法和态度前后是有矛盾的，有变化的。如上所述，海涅早年同浪漫派作家过从甚密，他是在浪漫派影响下开始创作生涯的。不仅他早期的诗歌，如《歌集》充满浪漫主义情调，就是他的游记，如《哈尔茨山游记》也富有浪漫主义特色，这些游记熔政论、警句、神话、传说、诗歌与散文于一炉，令人想起浪漫派理论家要打破各艺术门类界限，建立“包罗万象的文学”的美学主张。19世纪30年代，在黑格尔的影响下，特别是在法国七月革命的影响下，海涅经过痛苦的内心斗争，毅然背弃了浪漫派，但是他此后同浪漫派的关系并未“一刀两断”。40年代，他在叙事长诗《阿塔·特罗尔》(1843)和政治讽刺长诗《德国，一个冬天的童话》(1844)里，还继续使用浪漫主义手法，文学评论家赫伯特·克拉森在论证海涅同浪漫派关系时强调指出：海涅对浪漫派进行毁灭性打击以后，在30年代后半期的一系列著作里，探讨了浪漫派所传播的思想财富；在40年代，这位《阿塔·特罗尔》的作者把浪漫派诸多“典型的”主题和结构因素采纳进他的叙事长诗里，这样他就同浪漫派“重新建立了直接的积极的关系”[①]；40年代末，当浪漫派快要销声匿迹之时，海涅在《自白》里很欣赏法国人称他为“残留的浪漫主义者”(romantique defroque)，他在回顾自己的一生时，曾经这样评价自己：“我虽然向浪漫派发起过毁灭性的讨伐，但我本人始终是个浪漫派作家，并且是个比我本人预料的还要高一级的浪漫派作家。”他在给浪漫派以“最致命的打击”之后，又“无限思念浪漫主义梦乡中的蓝色之花”。[②]

综上所述，海涅同浪漫派的关系是复杂的，他既是德国浪漫主义运动的参加者和浪漫派遗产的批判继承者，同时在政治上又是浪漫派的批判者或背弃者。倘若仅仅依据《论浪漫派》对这个流派的批判就断定海涅是浪漫派的敌人，把他排除在浪漫主义运动之外，那是不妥当的。看待海涅同浪漫派的关系问题，或者说，探讨他的流派归属问题，我们不可割断历史，而要全面地看，辩证地看，既要看到他30年代对浪漫派的无情批判，又要看到他在此前此后与浪漫派的联系。应该说，海涅本人晚年的《自白》，也应该是我们考虑问题的一个根据。综观海涅同浪漫派的关系，我认为不能把他排除在德国浪漫派作

① 参见格哈德·赫恩：《海涅手册》，斯图加特：梅茨勒出版社1987年版，第257页。

② [德] 海涅：《海涅文集》(第5卷)，柏林：建设出版社1955年版，第542页。

家行列之外。对于海涅的流派归属问题，苏联德国文学专家作过不少的探索，他们倾向于把海涅并入浪漫派作家之列，但主张把浪漫派分成积极的和消极的两派，海涅自然属于前者。A. B · 德米特耶夫认为："沙米索和海涅在德国文学发展内部地位问题的探讨，应予以特别重视。我们民主德国的同事们荒唐地遵循德国资产阶级文艺的传统，把这些作家排斥在浪漫主义运动之外，这一立场的荒唐性是显而易见的。沙米索，特别是海涅——主要是作为《歌集》和《游记》的作者——是德国积极浪漫主义的杰出代表。"①

浪漫主义运动能否分为积极的和消极的两派，这个问题是浪漫派研究中的老大难问题。笔者以为，这种分法很不可取。它不是一种科学的分法，而是形而上学的分法。马克思主义活的灵魂是具体问题具体分析。就德国浪漫派而言，问题颇为复杂，很难把它截然分成积极的和消极的，或者分成革命的和保守的或反动的两派。在浪漫派作家中，甚至在19世纪德国作家中，海涅无疑属于进步作家之列，但是能否把海涅和沙米索以外的其他浪漫派作家统统划为消极的或者反动的一派，这是个需要慎重对待的问题。

三、海涅对浪漫派的批判

像歌德讨厌十字架如同讨厌臭虫、大蒜和烟草一样，海涅对天主教也是深恶痛绝的，在论战性著作《论浪漫派》里，海涅把主攻方向对准浪漫派某些代表人物与天主教的关系，他还严厉地批判了浪漫派一些诗人面向基督教的中世纪、逃避现实的不良倾向。应该说，诗

---

① A. S · 德米特里耶夫：《德国浪漫派与欧洲文学》，载《魏玛评论》1977年第2期，第101页。

人看出并抓住了浪漫派的致命弱点。因此他的批判切中要害，鞭辟入里。但是海涅的某些论述，例如关于施莱格尔兄弟等浪漫派代表人物的论述，特别是关于浪漫派本质特征的论述，就很值得商榷。

在海涅看来，浪漫派的主要代表人物和理论家弗·施莱格尔是个货真价实"朝后看的先知"，罪恶的天主教卫道士，复辟倒退的典型，他自然成了诗人笔下"横扫"的主要对象。的确，弗·施莱格尔中年以后，政治思想渐趋保守，1808年就已皈依天主教，复辟年代甚至一度充当梅特涅的公使馆参赞（1815－1818）。这些理应受到指责。但是我们还应该看到，早年的弗·施莱格尔政治思想是较为开明的，有进取精神的。法国大革命爆发时，他和几乎所有的德国知识分子一样，都为伟大的邻邦推翻封建统治而感到欢欣鼓舞，即使在革命逐渐深入，尤其在1793年雅各宾党专政时期，他和一些浪漫派作家，如瓦肯罗德、诺瓦利斯，仍然没有改变对法国大革命的态度。1798年，他在《雅典娜神殿》上发表的《断片》第116则里还热烈称赞法国大革命与费希特的《科学原理》和歌德的《威廉·迈斯特》一样，是"我们时代的最伟大倾向。谁不同意这种对比，谁不认为还未公开表现为物质形式的革命十分重要，他便是没有提升到全人类历史的广阔眼界。"[①] 当然，弗·施莱格尔和他的派友，终究不是革命家，对法国大革命的认识和态度不是前后一贯、始终如一的，但总的来说，还是比较积极的，他们胜过当时德国大部分或绝大部分知识分子，他们对法国大革命的认识和态度表明，他们的思想基础是资产阶级的，他们政治上所追求的是自由解放，而不是复辟中世纪的封建统治。纵观弗·施莱格尔的发展，问题比较复杂，只有对这位历史人物的功过是非进行

① 《欧美古典作家论现实主义和浪漫主义》（二），中国社科出版社1981年版，第385页。

全面的分析,才能作出比较公平的评价。①

浪漫派的另一位代表人物奥·威·施莱格尔,也成了海涅在《论浪漫派》中主要攻击的靶子,批判昔日老师的错误,无可指摘,但问题是批评什么,采取什么态度。批评奥·威·施莱格尔脱离现实、迷恋过去的思想倾向,无可厚非,但海涅大肆嘲弄的是奥·威·施莱格尔如何平庸无能、爱慕虚荣、狂妄自大之类的作风问题,在海涅笔下,奥·威·施莱格尔成了一个可怜可悲的凡夫俗子。当然,奥·威·施莱格尔也不是什么大人物,没有资格登上"德意志伟人"的宝座,但是他在文艺批评、美学理论和文学翻译等方面还是有建树的,海涅在他的作风问题上大作文章,有失公允。此外,海涅对其他浪漫派作家,如霍夫曼的评价也是偏低的。

海涅对整个浪漫派的评价更值得我们探讨,在海涅看来,德国浪漫派无非是"中世纪文艺的复活",是"一朵从基督鲜血里萌生出来的苦难之花"。② 换句话说,浪漫派文艺是以中世纪历史为题材,表现宗教的主题思想,为复辟封建宗法统治效劳的文艺。这种文艺,当然不是什么香花,而只配称为毒草,属于要根除的东西。海涅虽然没有,也不可能一笔抹杀浪漫派的功绩,但从《论浪漫派》一书对这一流派代表人物的贬斥和嘲弄,从书的基调,特别是从浪漫主义艺术本质特征的论述诸方面来看,海涅的评论,就是要在政治上、整体上根本否定浪漫派。如上所述,海涅晚年承认自己曾经给浪漫派以"最致

---

① 第二次大战后,弗·施莱格尔受到民主德国和联邦德国学术界和出版界的重视,魏玛古典文学纪念与研究所前所长瓦尔特·迪茨,把他排在"德意志伟人"之列。联邦德国一家出版社早已着手编辑卷帙浩繁的《施莱格尔全集》(评注版),计划发行35卷,已出20多卷。这项工作被认为是德国在浪漫派研究上所取得的最重要成果。

② [德]海涅:《论浪漫派》,张玉书译,人民文学出版社1979年版,第110、6、5页。

命的打击”，进入19世纪30年代，浪漫主义运动已接近尾声，海涅此举自然会加速它的消亡。

事物发展有其自身的规律，浪漫派的消亡毕竟是自身矛盾发展的结果，谁也不能把它归咎于海涅给予它的“最致命的打击”，问题在于海涅的评论是否公平客观。《论浪漫派》是海涅为反驳法国著名女作家斯塔尔夫人而写的一部论战性著作，写于他19世纪30年代流亡法国期间。斯塔尔夫人作为法国一位著名人物，在拿破仑时代曾经流亡德国，她于1809-1810年间按照奥·威·施莱格尔的观点写成《论德国》一书，这部著作从哲学、宗教、文学诸方面美化了落后的封建德国，带有一定的偏见。海涅在《论浪漫派》里执意要同斯塔尔夫人唱反调。海涅关于浪漫派的论述，似乎主观激情有余，客观、冷静、辩证、全面的分析不足，给人以偏见对偏见，立论失之偏颇的感觉。

一个半多世纪以来，德国浪漫派问题，特别是对它的评价问题，一直是人们争论的热点。这场旷日持久大论战的产生，究其原因，除了争论者的立场、观点、方法这些因素外，主要在于浪漫派本身的复杂性和矛盾性。浪漫派是个“派中有派”的文艺流派，它本身有耶拿派、柏林派、海德堡派、施瓦本派等，各小派系及其成员思想倾向不同，贡献大小各异。另外，浪漫派自身也是发展变化的，随着历史的进程，浪漫派自身的发展经历了早期、中期（盛期）和晚期等不同阶段。这些阶段的划分，标志着浪漫派内部世界观和美学思想的某些变化，年长的耶拿派和年轻的海德堡派互相反目就是例证。在政治风云变幻不定的年代里，有人在前进，有人在倒退，本不足为奇。弗·施莱格尔和格雷斯早年思想比较进步，但后来倒退了。格雷斯1824年以前一直是爱国的浪漫主义者，但此后却堕落为教会反动势力的代言人。霍夫曼早年思想比较保守，但晚年逐渐面向现实，趋向进步。

鉴于德国浪漫派问题的复杂性和矛盾性，在评价其功过是非时，就要遵循实事求是的原则，采取辩证的态度，具体问题具体分析。海涅思想虽然比较进步，但他毕竟受时代和世界观的局限，他没有也不可能全面深入地了解浪漫派，所以他也很难对浪漫派作出客观公正的评价。

在德国，海涅是继歌德之后批判浪漫派的名宿，由于他在文坛上具有权威性，所以他对浪漫派的评论产生了深远影响。不过，对此我们也要一分为二，要作辩证客观的分析。海涅的评论固然有积极的一面，即它有助于我们对浪漫派的了解，特别是有助于我们对其消极倾向的认识，从而有助于发扬德意志民族文化的优良传统，但同时我们也要看到，海涅的评论也产生了消极的作用。他的评论构成了日后人们给浪漫派扣上“反动”、“消极”之类政治帽子的重要根据，因而不利于世人对浪漫派作出客观、科学、全面、公正的评价。事实上，只有正确看待浪漫派，才能正确看待和处理其文化艺术传统和遗产的继承问题。过去，德国浪漫派被视为反动文艺流派时，其文化遗产长期遭到冷遇，甚至无人问津，这方面的教训，也是值得我国德国文学界同仁汲取的。

第六章 从德国浪漫派看“积极”与“消极”浪漫主义的划分问题

多年来,人们或者把德国浪漫派划定为“消极”浪漫派,而且还是典型的“消极”浪漫派;或者把德国浪漫派区分为“积极”与“消极”两派。前者以施莱格尔兄弟、诺瓦利斯和霍夫曼等为代表人物,后者以海涅和沙米索为代表人物。就德国浪漫派而言,我以为很难作这样的划分。

首先,困难在于德国浪漫派是个既复杂又矛盾的文学现象,从德国文学史的角度来看,德国浪漫派既是德国文学史上一个重要篇章,同时又是一个问题最复杂、争议最多的领域。一个半多世纪以来,围绕对德国浪漫派的评价,在德国和西方展开了一场旷日持久的大论战。我在《德国浪漫派及其评价问题》[①]一文里,把这场论战概括为四个特点:1. 延续时间长久,历时170多年,至今尚未结束;2. “战线”长,范围广,遍及德国和其他欧洲国家;3. 涉及问题多,遍及美学、政治、哲学、宗教等领域;4. 形势复杂,褒贬双方“阵线”并不明朗。考察浪漫派问题之所以令人感到困难重重,除了考察者的立场、观点和方法诸因素之外,我在论述海涅对浪漫派的批判一节提到,问题的关

---

① 参见《外国文学研究集刊》(第9辑),中国社会科学出版社1984年版。

键在于评价德国浪漫派，要充分考虑它自身的复杂性和矛盾性。以弗·施莱格尔和霍夫曼为例，我们必须实事求是地对待他们，既不能用弗·施莱格尔早年的光彩来掩盖他后来的倒退，也不能因他后来的倒退而抹杀他早年的进步倾向；同样，我们既不能因为霍夫曼早年的保守就否定他晚年的进步，也不能以他晚年的进步来为他早年的保守辩护。

德国浪漫派本身的复杂性和矛盾性表现是多方面的，如在对待法国大革命的态度上，在同以歌德和席勒为代表的魏玛古典文学的关系上，在同启蒙运动的关系上，等等。

受时代和世界观的局限，德国浪漫派对待法国大革命的态度不是始终如一的，是有矛盾的，他们拥护法国大革命的理想，但又不能正确看待革命的暴力，不能接受革命的现实。以弗·施莱格尔为例，他一方面称赞法国大革命，把它称作时代最伟大的倾向之一，把它视为历史上最伟大和最值得重视的现象；另一方面却又污蔑它几乎是“政治领域一次全球性的地震”，“一场极大的洪水”。①

关于德国浪漫派与魏玛古典文学的关系，传统的观点总是强调两者的对立，借以否定前者。其实，两者除了彼此对立的一面外，还有互相作用、影响和结合的一面。魏玛古典文学与浪漫派这种特殊关系，构成了这个时期德国文学的一个显著特征。1975年，当浪漫派在民主德国开始走出“冷宫”的时候，该国权威文艺评论家克劳斯·特雷格在《浪漫派的起源和地位》一文中，对魏玛古典文学与浪漫派的关系重新作了评价，他认为，作为“一种时代特征”，两者休戚相关，构成了一个辩证统一体，在这个统一体中，歌德和黑格尔的古典文献显示出“较大的智慧”，弗·施莱格尔和诺瓦利斯的浪漫派显示出“较大

---

①《法国革命在德国文学中的反映》，莱比锡：雷克拉姆出版社1979年版，第401页。

的坚定性”。

关于浪漫派同启蒙运动的关系，传统的看法总是把前者视为敌视后者的运动，卢卡契就认为，“同启蒙运动的破裂”乃是浪漫派的“主要倾向”。这种看法虽然并非毫无根据，但带有很大的片面性。启蒙运动的目的是竭尽全力地把世人从教会的监督、从宗教的思想牢笼中解放出来，以求得思想上独立自主的全面发展。思想上的独立自主是启蒙运动的理想。它为世人打开了一切思想和幻想的闸门，为浪漫主义的产生和发展铺平了道路。浪漫主义是资产阶级的一种文艺思潮，政治上，它追求自由解放，摆脱封建专制统治。由此，我们不难理解浪漫主义作家为什么会那样狂热地欢呼启蒙思想孕育下爆发的法国大革命。在艺术上，浪漫派向往创作自由，浪漫主义的诗歌强调诗人的主观随意性。浪漫派理论家弗·施莱格尔在著名的《断片》中提倡浪漫主义文艺不受任何文艺法则的约束，他声称，诗人不容忍任何法规约束，是浪漫主义诗的“第一条法则”。[①] 诺瓦利斯也是自由幻想的倡导者，他在1798年曾经这样表示：“可理智不是要求人人都是他自己的立法者吗？人们应该只服从他自己的法则。”[②] 早期浪漫派作家对幻想的绝对自由的追求，没有启蒙运动奋斗得来的思想独立自主性是无法实现的。由此可见，浪漫派的政治目的和艺术主张，与启蒙运动的理想是一脉相承的。

弗·施莱格尔对启蒙运动的主要代表人物莱辛总是赞不绝口，他赞扬莱辛具有“无所顾忌的独立自主”精神，赞扬他具有坚定的性格，在著名的《论莱辛》一文里，他高度赞扬了莱辛的人格和革命精神，

---

① 转引自沃尔夫迪特里希·拉施：《关于浪漫派同启蒙运动的关系》，见恩斯特·巴里特主编：《浪漫派》，雅典娜神殿出版社1979年版，第10页。

② 转引自沃尔夫迪特里希·拉施：《关于浪漫派同启蒙运动的关系》，见恩斯特·巴里特主编：《浪漫派》，雅典娜神殿出版社1979年版，第10页。

他也称赞伏尔泰是具有那种独立自主精神的人。

从20世纪60年代起，对浪漫派与启蒙运动关系的传统观点，不时遭到挑战，一些学者，如赫尔穆特·山策（Helmut Schanze）和彼得·皮茨（Peter Pütz）经过深入考证研究后指出，早期浪漫派继承并发展了启蒙运动的思想，并且提出论据反驳所谓浪漫派是非理性的传统偏见。

早期浪漫派同晚期浪漫派的一个重要区别，就在于他们对待启蒙运动的态度是有差别的。在后期浪漫派作家中，艾兴多夫的观点有一定的代表性，他在其专著《18世纪小说》（1851）里对启蒙运动进行了全面的攻击，据称，他之所以否定启蒙运动，是因为在他看来，启蒙运动"蔑视任何现行宗教（Positive Religion），特别是天主教"。他持这种态度并不奇怪，因为他是个天生的天主教徒，判断问题的是非，总是以天主教为准绳。在批判启蒙运动方面，弗·卡尔·冯·萨维尼（Friedrich Carl von Savigny）是个与他志同道合的人，此人是"历史法律学派"的创建人，对启蒙运动持敌对态度。

的确，后期浪漫派问题比较多，问题的性质也比较严重。政治上，一些浪漫派作家倒退了，弗·施莱格尔堕落为梅特涅公使馆参赞，格雷斯充当了反动教会的代言人。思想上，一些浪漫派作家趋于保守，他们企图从宗教信仰中去寻求精神寄托，从而皈依天主教。创作上，消极的因素，非理性的因素有所增长，如克莱斯特的《彭泰西勒亚》和《安菲特里翁》、扎哈里亚斯·维尔纳的《谷之子》和霍夫曼的《魔鬼的万灵药水》等作品，都存在宗教神秘和荒诞不经的倾向。《魔鬼的万灵药水》宣扬了所谓灵交术和精神感应术这类唯心主义的异端邪说。神秘主义驱使亚当·弥勒研究"云的神秘生活"。所有这些无疑都是事实，对这些作品理应采取批判接受的态度。但是据此就能宣判后期浪漫派为消极的、反动的吗？阿尼姆、沙米索和霍夫曼等人的发展道路和创作实践表明,这样的宣判是错误的。

阿尼姆创作的短篇小说《社会的变化》(1826)尖锐地批判了普鲁士当局和普鲁士贵族。沙米索的名作《波得·施莱密尔的奇妙故事》(1814)对资产阶级金钱万能的丑恶现象作了入木三分的批判,他19世纪20年代及30年代初期的诗歌,具有强烈的社会批判性,矛头主要对准欧洲的复辟势力和教会反动派,同时也针砭国内社会时弊,抨击德国的反动制度。霍夫曼的经历和创作道路更能说明问题,长期以来,他被贬斥为“反动浪漫主义的最大代表”,现代“颓废派的祖师爷”,鉴于霍夫曼在19世纪的世界文坛上,是个与歌德、席勒、海涅并列的最负盛名的作家,其地位和影响非同一般,同时也鉴于他长期蒙受曲解,这里有必要就他对普鲁士的立场和创作的思想倾向多说几句,以便纠正过去的偏见,正确理解霍夫曼及其文学成就。

身为普鲁士的法官,霍夫曼具有秉公执法、刚正不阿、目光锐利等良好品格,这导致他晚年同普鲁士当局发生了一场严重冲突。1819年是个多事之秋,普鲁士反动政府肆无忌惮地迫害社会上的志士仁人。霍夫曼被任命为所谓“叛逆集团及其他危险活动直属调查委员会”成员,并被授权审理爱国志士、著名的德国“体操之父”雅恩。霍夫曼在办案过程中,看破了以卡姆普茨为首的警察当局弄虚作假、目无法纪、专横独断的恶劣行径,不愿与之同流合污。他先是抵制对雅恩的起诉,继而接受这位受害者对卡姆普茨提出的反诉,他这种在太岁头上动土的举动,令当局怒火中烧。后来,由于普鲁士国王的干预,霍夫曼才被迫放弃审理此案。但是他反对当局的斗争并未就此了结。后来,他在《跳蚤师傅》里对普鲁士当局的专横和办案的卑劣行径作了无情的揭露和讽刺。作品中的枢密顾问克纳尔潘蒂,就是卡姆普茨的真实写照。有关的章节在付印时被抽出来,一直封存在普鲁士秘密档案馆里，直到1905年才被发现。《跳蚤师傅》原稿于1908年发表以后，霍夫曼晚年的思想状况才为世人知悉。除《跳蚤师傅》外，晚年的霍夫曼还写了一系列堪称世界文学名著的作品，如《小矮人扎克斯传奇》(1819)、《雄猫穆尔的生活观》(1819)和《堂兄弟屋隅之窗》(1822)。

上述情况，足以说明德国浪漫派本身的复杂性和矛盾性。

其次，"积极"与"消极"两种倾向划分的困难，还在于一些作家的流派归属问题难以解决。这里涉及的都是些重要作家，他们同浪漫派都有着这样那样的联系，但其流派归属问题，一直是仁者见仁，智者见智。例如荷尔德林，他时而被称作浪漫派作家，时而被称为浪漫派的先驱，卢那察尔斯基曾经称他为"德国第一个伟大的浪漫主义作家"，鲁道夫·海姆(Rudolf Haym)却称他为"浪漫派的一个旁系后代"(einen Seitensproß der Romantik)。克莱斯特时而被称为现实主义作家，时而被称为浪漫派作家。在德国人写的德国文学史里，荷尔德林、让·保尔和克莱斯特，常常被赋予古典文学与浪漫派之间的特殊地位。霍夫曼，一般被认为是浪漫派作家，但卢卡契却称他为"伟大的现实主义者"。诗人海涅的流派归属问题，更是众说纷纭，莫衷一是。有人称他为"青年德意志派"；有人称他为"没有传统的启蒙学派"，"天生的启蒙学派"；有人将他置于古典作家之列，有人称他为浪漫派的敌人或叛逆者。在苏联，海涅被称为革命浪漫主义诗人或积极浪漫主义诗人。在西方国家，他有时被称为欧洲浪漫主义诗人，有时又被称为法国浪漫主义诗人。而在他的祖国，传统的文学史通常把他排除在浪漫主义运动之外。晚年，海涅声称自己是"浪漫主义末代寓言之王"。

如果说在德国人眼里上述作家的流派归属是个棘手问题，那么在英国和法国的德国文学专家看来，问题似乎就简单得多了。他们从欧洲浪漫主义运动作为一个整体出发，把歌德生活的时代看作浪漫主义时代，不但将上述流派归属尚存争议的作家统统归于浪漫主义作家之列，甚至连歌德、席勒也是这个浪漫主义大家族的成员。歌德被称为古典浪漫主义诗人。西方学者这些说法并非信口雌黄，他们不仅从这两位魏玛古典文学的代表人物的创作实践中见到浪漫主义因素，而且还从德国浪漫派理论家、学者和名流的论述中找到根据。19世纪初，奥·威·施莱格尔从风格类型上对古典的和浪漫的这对概念作出了区分，据此他称歌德为浪漫主义的先驱。让·保尔在他的《美学入门》(1804)，黑格尔在他的《艺术哲学》(1826)里，也都把歌德和席勒的合作，纳入浪漫主义文学范畴。1820年，海涅把歌德和他本人的老师奥·威·施莱格尔称为“我们两位最伟大的浪漫主义者”，“我们最伟大的造型艺术家”。但是后来的德国文学评论就很少或者不再把歌德和席勒称为浪漫主义诗人了。

再次，“积极”与“消极”两种倾向划分的困难，似乎也涉及现实主义与浪漫主义的界限问题。根据早先的文艺理论，现实主义与浪漫主义区分的主要标志，是前者强调客观真实，后者崇尚主观幻想。今天，人们根据现实主义理论的新发展，正在重新审视这一标志，重新审视文艺领域中主观幻想的内涵。从今天的认识水平出发，主观幻想与文艺真实性并非毫无缘分。在近年来现实主义反映论的探索中，前民主德国一些著名作家指出，应该拓宽“现实”与“真实”的涵义。在安娜·西格斯看来，“现实”不仅仅是看得见、摸得着、感觉得到的事物，而且也包括人的思想感情、幻想、愿望，等等，作品在反映生活真实时也应表现“幻想真实”，表现人的主观世界。克里斯塔·沃尔夫认为，“主观真实”(或内心真实)是比外部真实更加本质的真实，因此只有在反映外部真实的同时，着力表现内心真实，才能完整而又深刻地反映现实。由此看来，现实主义与浪漫主义的界限似乎并非泾渭分明，并非像水与火那样互不相容。

既然德国浪漫派问题如此复杂，内部又是那样充满矛盾，不同时期政治思想上有不同的表现，既有进步倾向，又有反动的表现；既有积极的因素，也有消极的因素；既有功，也有过，既然它是如此的流派，我们又怎能给它作出一个总的评价，给它戴上“积极”或“消极”浪漫主义的帽子呢？既然一些作家甚至重要作家的流派归属问题难以解决，流派阵营无法划清，既然现实主义与浪漫主义的关系如此亲密，界限难以区分，又怎能把浪漫主义截然分成“积极”与“消极”两派呢？

把浪漫主义划分为“积极”与“消极”两派是不可取的，因为从研究方法上说，这不是一种科学的方法，不是辩证的、从实际出发具体问题具体分析的方法；而是一种孤立地、静止地、片面地看问题的方法，是一种形而上学的方法。从客观效果上看，这种分法是很有害的。1928年，高尔基在《谈谈我怎样学习写作》一文中，首次提出“积极”与“消极”的划分问题，那时他的划分依据是作家对待现实生活的态度。但是后来“积极”和“消极”被赋予新的内涵，前者成了“革命”的代名词或同义语；后者成了“反动”的代名词或同义语。这种划分势必在文学评论中引起混乱，不利于对浪漫主义作出客观、公正、全面、科学的评价，从而也不利于正确看待和批判地继承这份文化艺术遗产。

第七章　德国浪漫派与欧洲浪漫主义

一、概述

(一) 欧洲浪漫主义的特征和影响

浪漫派或浪漫主义，德语称Romantik，英语称Romanticism，是在1789年法国大革命影响下，产生于18世纪末年到19世纪中叶之间的一个文艺流派，或称文艺运动。它反映新兴资产阶级政治上反对封建专制主义；思想上反对平庸和“万能”的理性主义，提倡个性解放和思想自由；艺术上反对古典主义的清规戒律与条条框框，诸如戏剧创作的“三一律”、文艺体裁的严格界限等束缚，主张文学艺术创作不拘一格。它是历史上一场伟大的文艺运动，规模空前巨大，涉及的面异常宽广：不仅涉及文学艺术领域的方方面面，同时也涉及哲学、政治、经济和法学诸领域。在欧洲，可以说，没有哪个国家，哪个领域不曾领略过它的巨大影响力和“冲击波”。

这个流派的遗产不仅为随后的批判现实主义发展铺平了道路，而且也为社会主义现实主义提供了借鉴。它与现代主义（现代派）的密切关系，早已为人所共知，后者是前者的嫡系流派。从两者的某些思想倾向、文艺观点、艺术手法和风格诸方面来看，它们之间存在渊源关系。难怪有人把德国后期(晚期)浪漫派代表人物E. T. A·霍夫曼称为现代主义的鼻祖。

(二) 时代背景

1789年爆发的法国大革命,震撼了欧洲的封建专制主义统治,推动了资产阶级民族、民主运动的发展,开辟了资本主义全面发展的新时期,从而开创了人类历史的新纪元。欧洲浪漫主义运动正是在它的直接影响下产生的,或者说,是它带来的后果。

浪漫主义产生与发展时期,欧洲各国国情不尽相同,政治经济发展状况差别较大。以德国为例,当时的德意志名义上称作"德意志民族神圣罗马帝国",但其实帝国内部诸侯割据,小邦国林立(约有300个小邦国),其中只有普鲁士和奥地利是欧洲级的强国。其资本主义发展远远落在英国、法国、西班牙、葡萄牙和俄国等国之后,显然是个经济落后的封建国家。但在文学、音乐和哲学诸文化领域,却呈现出人才辈出、群星璀璨、欣欣向荣的景象。文化领域的繁荣昌盛与政治经济和社会情况"一团糟糕"(恩格斯语)形成鲜明的反差。如果说当时的德意志经济上是个侏儒,那么文化上则是个巨人。政治腐朽、经济落后和文化发达,构成了那个时代德意志的基本特征。

浪漫主义文学运动兴起之际,正是德国古典唯心主义哲学盛行之时,两者从一开始就呈现一种密不可分的关系:前者表现为"诗化的唯心主义"(诺瓦利斯语),后者则构成了"哲学领域里的浪漫运动"(朱光潜语),这种极富浪漫色彩的唯心主义哲学构成了浪漫主义文学运动的理论基础。

1789年法国大革命到1830年法国七月革命,是浪漫主义所处的历史时期,这个时期的欧洲,正经历着一场政治和社会的动荡。法国大革命无疑是史无前例的伟大历史事件,它在欧洲各国影响的广度和深度，或者说欧洲各国对它的接受情况，是不尽相同的。对于德国来说，法国大革命的影响在思想文化领域远比政治经济领域强烈和深刻。革命爆发时，年轻的浪漫派作家与所有知识界人士一样，无不热情欢呼革命，问题在于当革命深入发展时，他们的态度是否有所改变。从浪漫派代表人物弗·施莱格尔和诺瓦利斯的著述来看，他们的言论和态度虽然有所变化，但总的来说，他们对待法国大革命的态度还是积极的，关于这个问题，本篇第三章《法国大革命与德国早期浪漫派》已经有所论述。

1799年11月9日（雾月十八日），拿破仑·波拿巴通过雾月政变而成了第一执政官。拿破仑时代是欧洲近代史上最为动荡的时期。首先受到拿破仑战争冲击的是法国的邻国——德意志。对于拿破仑所发动的战争要作具体分析，它具有矛盾的双重性：1806年，拿破仑击败普鲁士后在德国西部建立了一个由16个邦国组成的"莱茵同盟"，所谓的"德意志民族神圣罗马帝国"从此寿终正寝，从此拿破仑成了德意志命运的主宰者。在拿破仑统治区，法国部队推行一系列改革，诸如人身依附关系、等级制度、贵族和僧侣的特权均被废除，代之而起的是资产阶级的平等、宗教自由、犹太人地位的平等；经济领域中的种种束缚被取消，司法改革推行，德国知识界要求统一使用民法典，等等。所有这些措施，摧毁了封建统治的基础，促进了德意志社会的进步和资本主义的发展。从这方面意义上说，拿破仑战争带有某种进步性和革命性；但是另一方面，以拿破仑为总代表的法国大资产阶级，随着其统治地位的巩固和国内资本主义的发展，其对外扩张与侵略的欲望与日俱增。法兰西原先正义的防卫战争，逐渐蜕变为掠夺战争和侵略战争。权欲熏心的拿破仑总是运用残酷手段强迫被占领国人民为其战争效劳。他的战争给欧洲各国人民（包括他本国的人民）带来了深重灾难，迫使他们奋起自卫和反抗。

在异族统治下，德意志人民与欧洲其他各民族一样，在生死存亡的紧要关头，纷纷奋起反抗，以拯救自己的国家和民族。在爱国情绪和运动不断高涨的形势下，德国出现了一些有胆有识的改革家，例如冯·哈登贝格侯爵、冯·施泰因男爵等，同时也涌现出了一些具有爱国主义情怀的人士，如诗人阿恩特、哲学家费希特、学者洪堡、著名的"体操之父"雅恩，他们以不同形式唤起民众反抗拿破仑的异族统治。

拿破仑垮台后，接踵而至的是封建复辟，德意志四分五裂的局面依然如故，德国知识界要求国家统一的愿望落了空。悲观失望的诗人和哲学家，只好在幻想世界里寻求精神寄托，去设计自己的理想王国。

（三）浪漫派问题的复杂性

欧洲各国浪漫派的产生，虽有相同或近似的时代背景，例如都经历了法国大革命，但情况颇为复杂，它们与各自国家内部文学流派的关系不尽相同。譬如，以施莱格尔兄弟和诺瓦利斯为代表的德国浪漫派，同以歌德和席勒为代表的魏玛古典文学，两者既有友好合作的一面，又有相互矛盾与斗争的另一面。而当时罗马语地区新兴的浪漫派，尤其是意大利浪漫派，同居于统治地位的古典主义正展开殊死的搏斗。英国和德国，同属日耳曼语系国家，两国的浪漫派可谓"同宗同族"，同姓"浪漫"，可双方关系并不亲近。英国浪漫派更为熟悉和亲近的，是以歌德和席勒为代表的魏玛古典文学，而对德国的浪漫文学来说，它那独特的文艺理论让人感到颇为陌生，它的"反语"（或反讽）简直是让人一窍不通。

在欧洲浪漫主义运动中，问题最为复杂的文艺流派，莫过于德国浪漫派。前面曾经说过，德国浪漫派本身充满各种矛盾，内部小派系众多，各种派系及其成员在一些重大问题上观点不尽相同，而且随着时间推移,各种矛盾也在不断变化发展,因此在看待德国浪漫派问题上,须坚持统观全局,力求辩证的分析方法,竭力避免抓住一点不计其余的片面性。像荷尔德林、让·保尔和克莱斯特等重量级作家,他们既与浪漫派存在某些关系,但人们对其流派属性问题又存在分歧,对这样的作家尤其需要坚持辩证分析的方法看待,不可一叶障目。另外,德国浪漫派问题的复杂性,还表现在人们对德国浪漫派一词的概念或含义,也有不同的理解。

与欧洲其他国家关于"浪漫派"一词的解释不同,德国的"浪漫派"一词有狭义解释与广义解释之分。狭义(或本义)是指以施莱格尔兄弟和诺瓦利斯等为代表人物的文艺流派,它产生于18世纪末年,延续到19世纪30年代,个别现象或人物例如蒂克,甚至延续到50年代。从广义来说,不存在上面提及的一些作家的流派归属问题,连歌德时代的作家,统统都归为浪漫主义大家庭。这种看法,首先或主要来自德国以外的西方国家,主要是英国和法国的德国文学研究者。这些"德国通"把欧洲浪漫主义视为一个整体,把浪漫主义在欧洲各国兴盛的时期称为浪漫主义时代,把在这个时代生存和创作的作家,统统称为浪漫主义者,歌德和席勒被称为古典的浪漫主义诗人。这些西方学者并非信口雌黄,他们的说法也是有根据的,这些根据是:

其一,歌德和席勒的文学实践。魏玛古典文学的代表人物歌德和席勒所创作的某些作品,也带有浪漫主义因素或倾向,上文提到过歌德的诗剧《浮士德》就是这方面的突出例证,席勒的剧本《奥尔良的姑娘》和诗歌《欢乐颂》等,也都富于浪漫主义的想象。

其二,德国之外的西方著名学者的论述。法国女作家斯塔尔夫人,在流亡国外期间曾经写作了一部《论德国》,由于作者是拿破仑的政敌,这本书于1810年遭拿破仑撕毁,1813年在伦敦推出法文版和英文版,成为1870/1871年前向法国和其他西方国家传播歌德时代德国文学的开拓性作品。这部文艺评论性著作被誉为当时卓越的文化交流史，它从风俗习惯、文学艺术、哲学和宗教诸方面向法国读者介绍了德国的精神生活，高度评价了以施莱格尔兄弟、布伦塔诺、蒂克等为代表的浪漫派文学，热情有加地称赞了歌德和席勒具有叛逆精神的早期作品。在斯塔尔夫人的影响下，西方国家把魏玛视为浪漫文学的基地，把歌德和席勒视为古典浪漫主义者。美国当代著名学者雷内·韦勒克（Rene Wellek）[①] 也根据欧洲浪漫主义文艺思潮具有统一性的论述，把歌德和席勒归入浪漫派之列。

其三，德国早期浪漫派代表人物关于浪漫主义的时代概念的论述。为提高德国文学的国际地位，替已经摆脱了法国古典主义文学形式束缚的德国文学进行辩护，继赫尔德之后，施莱格尔兄弟积极倡导浪漫主义文学的概念。奥·威·施莱格尔从风格类型的角度对"古典的"和"浪漫的"这对概念作了区分，他认为前者植根于古希腊罗马文学，后者源出于基督教的中世纪；前者是形象的，一目了然的，后者是音乐的，美丽如画的。在弗·施莱格尔看来，现代文学（或称浪漫文学）始于古希腊罗马文学终结后的中世纪末年，包括15和16世纪，从但丁（1265－1321）到莎士比亚（1564－1616），构成了它的头一个黄金时代。但丁、阿里奥斯托、塞万提斯和莎士比亚是这个时期的代表人物。由于莎士比亚的作品全面而又集中地体现了现代文学（moderne Poesie）的各种特征，"把浪漫主义幻想最迷人的花朵、哥特式英雄时代的伟大意义，同现代交际最高贵文雅的特点，同最深邃和最丰富多彩、富有诗意的哲学结合起来"，因此弗·施莱格尔把

---

①［美］雷内·韦勒克的代表作《近代文学批评史》论述了从1750年到1950年跨度长达200年的西方各国文学批评的历史，涵盖英、法、德、俄、美、意等7国，共8卷，杨自伍译，上海：译文出版社2006年版。

这位英国大文豪奉为现代文艺（即浪漫文艺）的顶峰[①]。施莱格尔兄弟和诺瓦利斯从他们的浪漫主义时代观念出发，根据歌德和席勒某些作品具有浪漫主义倾向或因素，一度把这两位古典文学大师视为他们的代表。弗·施莱格尔称赞歌德的诗为“真正的艺术与完美无缺的美之曙光”，把法国大革命、费希特的《科学原理》和歌德的《威廉·迈斯特》并列为“时代最伟大的倾向”。诺瓦利斯把歌德誉为“真正富有诗才的总督”，把歌德的《威廉·迈斯特》称为浪漫小说的理想，并以它为样板，动手写作了《赛斯的学徒》。

其四，德国文化界名流的论述。让·保尔的《美学入门》（1804）和黑格尔的《艺术哲学》（1826）都把歌德和席勒的创作归纳为浪漫主义文学范畴。诗人海涅曾于1820年把歌德和他本人的老师奥·威·施莱格尔，称为“我们两位最伟大的浪漫主义者”，“我们最伟大的造型艺术家”。那时的海涅还是个20出头的小青年，正处于“吃浪漫主义乳汁”的成长时期，他这些表述在当时不大可能引起世人关注，但在他成名之后，这些话都会成为西方学者评论德国文学的依据。

二、欧洲浪漫主义的特征

欧洲各国的浪漫主义，作为一种文艺运动，除发生在欧洲这个相同的地域之外，还有1789年法国大革命这个相同的历史背景、相同或基本相同的历史渊源和相同的阶级（资产阶级）基础。欧洲各国的浪漫主义自然存在着天然的联系，他们的共同特性，相同或近似的特

① 参见Friedrich Schlegel in Selbstzeugnissen und Bilddokumenten, dargestellt von Ernst Behler, Rowohlts Monographien, 1966. S. 40.

征，主要表现在以下几个方面：

1. 重主观幻想，轻客观现实。浪漫主义的文学艺术，强调抒发个人感情，表现人的主观精神和内心世界。浪漫派文艺家这种追求，与资产阶级社会对利益的追求形成矛盾对立的关系。对现实生活的不满，驱使浪漫主义者不得不到精神生活、内心世界里去寻求出路，同时也激发了他们抒发个人感受的强烈愿望。浪漫主义风行欧洲的年代，正是德国古典唯心主义哲学盛行之际，以康德、费希特和谢林为代表的德国唯心主义哲学，是一种强调"自我"，突出人的主观意识和主观能动作用的哲学。浪漫派的精神追求与德国古典哲学的结合，使浪漫主义重主观幻想、轻客观现实的特征更加鲜明突出，促使人们更积极地去追求解放思想，驰骋幻想，表现人的主观世界。

2. 强调创作自由。在法国大革命的影响下，浪漫主义作家和艺术家们表现了摆脱陈旧僵化的古典主义文艺规则的强烈愿望。如果说浪漫派作家在政治上表现为反对封建专制主义和教会的双重压迫，思想上力争个性的全面发展和解放，那么在艺术上则表现为反对僵化的理性主义和古典主义形式与规律的约束，为文学艺术创作争取更多自由。浪漫派在要求打破陈旧文艺法则的同时，主张打破艺术上的条条框框，取消各艺术门类的界限，使艺术从门类界限的制约下获得自由。弗·施莱格尔在著名的《断片》中提倡浪漫主义文艺不受任何文艺法则约束，他声称"诗人不容忍任何法规约束"，这是浪漫主义文艺的"第一条法则"。① 德国浪漫派另一位代表人物诺瓦利斯1798年也做过这样的表述："可理智不是要求人人都是他自己的立

① 参见Friedrich Schlegel: Fragmente（Athenäum-Fragmente）Nr.116.

法者吗？人们应该只服从他自己的法则。”①

3. 向往中世纪。浪漫派作家对于中世纪虽然各有各的看法，但都把中世纪视为理想的时代，德国人从这里发现他们所渴望的自然状态、北方神话、“世界文学”和“异类混合”（Heterogenität der Mischungen，奥·威·施莱格尔语）的理想风格。所谓“异类混合”，按照奥·威·施莱格尔的说法，就是指古罗文化传统与基督教文化传统、德国北方神秘主义与宗教的东方唯心主义、骑士阶层精神与僧侣阶层精神的混合。中世纪被浪漫派作家视为“幻想居支配地位的时期”，是宗教改革和启蒙运动之前的世俗化阶段。在蒂克的想象中，中世纪是个“奇妙和幻想的王国”，像蒂克、诺瓦利斯、阿尔尼姆、乌兰德、艾兴多夫和格林这样的浪漫派作家，都选择中世纪作为他们作品中童话世界的背景。在浪漫派作家看来，中世纪应该包括15和16世纪，莎士比亚、弥尔顿、塞万提斯、卡尔德隆、丢勒、彼特拉克和阿里奥斯托，都是在中世纪环境里进行创作的作家，他们的作品中都洋溢着奇妙的幻想。

中世纪是个以哥特式艺术著称的时代。从前，中世纪艺术和哥特式艺术名声不佳，它们被贬为野蛮时代的艺术，“哥特式”几乎就是粗野、不文明和索然无味的代名词。自从英国人伯克（1756）、赫德（1764）和沃顿（1774）发现“哥特式”是一个反古典主义的风格概念之后，哥特式艺术就与骑士时代、骑士艺术联系起来了，哥特式艺术被看作是“宏伟的、崇高的”艺术，是与希腊艺术平起平坐的艺术。与此同时，莎士比亚的重新发现，惊险小说以及中世纪英雄诗歌的盛

---

① 参见Wolfdietrich Rasch: Zum Verhältnis der Romantik zur Aufklärung. In: Ernst Ribbat（Hrsg.）: Romantik. Ein literaturwissenschaftliches Studienbuch, Athenäum Verlag, 1979, S. 10.

行，也引起人们对哥特式艺术的兴趣。在德国，赫尔德为恢复中世纪哥特式风格的名声，作出了重大努力和贡献，到18世纪90年代，人们普遍改变了对哥特式艺术的不公正评价。德国早期浪漫派作家瓦肯罗德，提出了要以宽容的态度对待“哥特式寺院”的要求，他没有遇到任何麻烦。随着诺瓦利斯的名著《基督教或欧罗巴》的问世，人们最终改变了对中世纪的评价。在法国，人们最先从德国和英国获得启发，开始重新评价中世纪哥特式艺术风格。夏多布里昂怀着敬畏的心情，把中世纪的基督教建筑看作是法兰西的历史文物；雨果在他的叙事诗和颂诗集中表达了对哥特式中世纪的仰慕，据称，哥特式风格对他撰写美学理论著作发挥了推动作用；J·米什莱则用他的著述激发了法国人对哥特式艺术的兴趣。斯塔尔夫人的《论德国》使意大利人注意到了德国作家戈·奥·毕尔格，人们把他的叙事诗《莱诺蕾》和《疯狂的猎人》翻译成意大利文，由此引起了意大利人对中世纪的兴趣。

浪漫主义作家提出“回到中世纪”的口号，表明他们在接受传统方面特别重视中世纪民间文学。这种文学，想象丰富，感情真挚，语言生动，表达自由，同浪漫派所厌恶的古典主义文学适成对照，他们把中世纪的民间文学看作是文学艺术的源泉，特别是在蒙受异族侵略和压迫时期，他们对民族传统和民间文艺的重视，蕴含着以此唤起民族意识和鼓舞民族精神的因素，并在搜集、整理和出版民间文学方面作出了巨大贡献。以德国浪漫派为例，阿尔尼姆和布伦塔诺合编的《男童的神奇号角》、格林兄弟的《儿童和家庭童话》以及格雷斯的《德意志民间故事书》（或译为《德意志民间话本》）等，是他们在这方面所取得的突出成就。

4. 歌颂大自然。由于对资本主义城市文明和城市工业化的厌恶，浪漫主义文学艺术着力歌颂大自然，描写大自然的美和崇高，借以反衬资本主义城市生活的丑恶和鄙俗。浪漫主义者崇尚自然，与当时流行的泛神论，特别是与德国古典哲学家谢林的自然哲学有着密切关系。一些浪漫主义者接受了“神即自然、自然即神”、神存在于自然界一切事物中这种泛神论观点，在他们的作品，特别是在诗歌中，反映了人与自然在感情上的和谐与共鸣。前面谈到，谢林及其哲学与浪漫派的关系非同一般，在德国古典哲学家中，唯独他一人属于德国浪漫派之列。他的哲学，主要是他的自然哲学，是浪漫派理论的重要依据。他的自然哲学的基本出发点是，自然与精神是一个无法分割的统一体，他称“自然是看得见的精神，精神是看不见的自然”，人与自然之间存在着亲密无间的关系。由此我们不难理解浪漫派作家为什么那样崇拜大自然，着力描写大自然，表现人与大自然之间的密切关系。

在浪漫主义时代，人与大自然建立了一种新型的关系，歌颂大自然成了一种时尚。在启蒙运动时代，大自然对于作家来说还是陌生的，人们很少游览名山大川，更不会去歌颂大自然。欧洲学术界普遍认为，人与大自然之间新型关系的建立，首先得归功于卢梭，是他把大自然从“无生命的机械论”（toter Mechanismus）（谢林语）中解救出来，用泛神论思想赋予它以生命。他的口号“回归自然”，在欧洲各国浪漫主义者中引起共鸣。

浪漫主义者格外喜爱名山大川。在斯拉夫世界，普希金、莱蒙托夫和密茨凯维奇，他们发现了高加索和克里米亚风光。阿尔卑斯山被让·保尔称为“大自然中的奥林帕斯”，它那巍峨雄伟的英姿，令浪漫主义者无限神往，在这里，人们不仅可以观赏它那旖旎的风光，而且还能感受到大自然那鬼斧神工的创造力。在欧洲的大江大河中，莱茵河对浪漫主义者特别富有魅力，它不仅风景如画，而且河畔还有中世纪留下的破旧城堡和宫殿，它们迎合了富有怀古癖好、对废墟风光情有独钟的浪漫主义者的情趣。莱茵河的风景不仅为德国诗人海涅、布伦塔诺所赏识，同时也受到欧洲其他国家文人墨客，如雨果、奈瓦尔和拜伦等人的赞美。

浪漫主义者不仅歌颂大自然的美丽和广阔，而且也赞美它的静谧。静谧成了一些浪漫主义作家创作的主题，例如蒂克的《森林的静谧》、阿尔尼姆的《令人安慰的静谧》等。

5. 向往异国风情。这实际上是一种对新奇事物的憧憬，它也是产生自对资本主义城市文明的厌恶，对现实生活的烦闷。浪漫主义者一方面向往时间上的远方，如中世纪和古希腊罗马；另一方面也渴慕空间上的远方，他们寻找不受城市文明牵累的“简朴生活”，渴望去不受世俗习惯和道德规范约束的异国他乡经历奇遇和艳遇。东方是浪漫主义者梦寐以求的地方，因为那是智慧与神秘、放荡与充满异国情调的所在。他们心目中的东方不仅是近东或地中海诸国，也包括印度和西班牙。

西班牙是个令浪漫主义者神往的国度，这是因为西班牙有过以宗教感情、英雄气概、荣誉和爱情为基础的浪漫主义诗歌繁荣昌盛的时期。德国早期浪漫派非常推崇西班牙文学，奥·威·施莱格尔著有两卷本的《西班牙戏剧史》(1803－1809)，他还与蒂克一道把《堂吉诃德》翻译成德文。他们的译文既忠于原创精神，又顾及其独特风格，备受读者和评论界赞赏。布伦塔诺的西班牙文学研究，受到蒂克和奥·威·施莱格尔的启发，他的叙事歌谣《到塞维利亚去，到塞维利亚去》，表达了他对西班牙的仰慕。他还著有描写朝圣的童话《阿兰布拉宫》①(完成于1803年)，作品充满浪漫情调。布伦塔诺

① 阿兰布拉宫，西班牙安达卢西亚地区格拉纳达摩尔人王国的宫殿和城堡，建于1238－1358年，宫殿内部装饰华丽，后遭毁坏。

笔下的"阿兰布拉宫"，仿佛是一座梦幻的宫殿，它把读者从平淡无奇的生活带进充满诗情画意的幻境。在法国，雨果的《短曲与民谣集》(1826)、《东方集》(1829)、《吕伊·布拉斯》(1838)；缪塞的叙事长诗《纳慕娜》(1833)；戈蒂埃的诗集《西班牙》(1845)、《西班牙游记》(1840)和《东方》(游记，1854)等作品都对东方和西班牙表现了浓厚的兴趣。在英国，诗人拜伦的"东方叙事诗"或"浪漫主义叙事诗"《异教徒》(1813)、《阿比徒斯的新娘》(1813)、《海盗》(1814)、《莱拉》(1814)等均洋溢着浓郁的异国情调，具有吸引读者向往东方的艺术魅力。

在德国浪漫主义者谢林和施莱格尔兄弟看来，印度首先是个"智慧的故乡"，施莱格尔兄弟也是东方学学者，对梵文和东方语言颇有研究。奥·威·施莱格尔在德国创建了梵文研究所，创办了梵文印刷厂，在波恩出版了三卷本学术性著作《印度文库》(1820－1830)。他的胞弟弗·施莱格尔在巴黎研究过梵文，发表了《印度人的语言和智慧》(1808)，这是比较印欧语言学的第一次尝试，开了德国学术界研究印度语言和比较语言学的先河。施莱格尔兄弟的梵文和东方语言研究，对当时和后世产生了积极影响。

三、德国浪漫派的个性特征

欧洲各国的浪漫主义文学，确实具有不少共同之处，但是由于各个国家，各个民族的差异，历史文化传统的不同，各国的浪漫主义文学无不带有本民族的特性，带有本民族的特殊烙印。以德国和英国浪漫派为例，两者对待民族传统的态度，两者的文学思维方式和文学情趣，都存在着差异。譬如，在对待本民族文化文学传统方面，英国不存在浪漫派作家与古典作家之间的斗争，不存在浪漫派作家与文化文学传统实行决裂的问题；而在德国，浪漫派既要同启蒙运动僵化、片面的理性主义分道扬镳，又要对以歌德和席勒为代表的魏玛古典主义奉行既合作又斗争的两手策略。在思维方式方面，英国人倾向于经验主义，德国人则崇尚抽象思辨，偏爱主观想象，热衷于内心生活的探索。在文学情趣方面，英国人偏爱诗歌，而德国人则钟情于断片（Fragmente）、反语（Ironie）、怪诞（Grotesk）、民间童话（Volksmaerchen）和艺术童话（Kunstmärchen）。美国当代著名学者雷内·韦勒克指出：英国浪漫派作家对德国浪漫派作家所热衷的“怪诞”“反语”等文学表现形式，简直一窍不通。同样，德国浪漫派与欧洲其他国家的浪漫派之间也存在着这样或那样的差别，这是不足为怪的。总的来说，德国浪漫派有如下五个方面的个性特征：

1. 重理论，轻实践。德意志民族是个以擅长思辨著称的民族，自十八世纪以来，先后出现了众多举世闻名的哲学家、思想家和理论家。浪漫派在德国兴起时期，探索理论的热潮正方兴未艾。德国的古典哲学家康德、费希特、谢林、黑格尔等人的学术活动，把德国“理论热”推向一个前所未有的高峰，难怪诗人歌德情不自禁地发出了“少一点哲学，多一点活力（Tatkraft），少一点理论，多一点实践”的感慨和呼吁。

德国早期浪漫派深受这种“理论热”感染，他们经常聚在一起，探讨宗教、哲学等学科的问题，“共同寻找世间万事万物的真谛”，从而践行了弗·施莱格尔倡导的“协作哲学”（Symphilosophie）主张。早期浪漫派代表人物施莱格尔兄弟和诺瓦利斯，都具有理论家应有的素质，他们具有敏锐的观察力、广博的知识和过人的思辨能力，理论著述颇丰。奥·威·施莱格尔的《论文学与艺术》（1801－1804），特别是《论戏剧艺术与文学》（1808），曾经名噪一时，在欧洲产生了广泛的影响。英年早逝的诗人诺瓦利斯（1772－1801）留下了大量理论著作遗稿，尚待整理出版。理论家弗·施莱格尔，更是著作等身，由恩斯特·贝勒（Ernst Behler）主编的《弗·施莱格尔全集（评注本）》多达35卷，足见这位浪漫派理论大家的建树是何等的不同凡响。

2. 热衷于“断片”创作。早期浪漫派代表人物诺瓦利斯和弗·施莱格尔，都格外偏爱断片（Fragment）创作，诺瓦利斯著有《花粉》《信仰与博爱》等断片集。如果说这位浪漫派诗人由于英年早逝（享年仅29岁），所作断片数量相对少些，那么他的挚友弗·施莱格尔所作断简残篇的数量，简直浩如烟海。弗·施莱格尔不仅偏爱而且也擅长写断片，先后写了《评注性断片》（即《艺苑断片》）、《雅典娜神殿断片》（绝大部分出自他的手笔）、《哲学见习期》和《诗与文学断片》等多种断片集，数量多达万则以上。

早期浪漫派代表人物之所以热衷于断简残篇的创作，同他们的思维方式、所谓的体系观念、关于文学艺术的理想，都是密切相关的（参见本书第二篇第三章《断片德国浪漫派文艺理论的独特形式》）。耐人寻味的是，除了大量断简残篇式的理论著述外，浪漫派作家还留下了一些断片式的小说，诸如诺瓦利斯的《海因里希·冯·奥弗特丁根》、E. T. A·霍夫曼的《雄猫穆尔的生活观》和阿尼姆的《皇冠守护者》。

3. 偏爱写内心生活、精神世界、幻想世界，或者“有趣”的事物。浪漫派作家崇尚主观幻想，认为诗人作家应该带头创建一个真正的内心世界，以对抗虚伪的现实世界，他们认为现实世界是以经验为基础，以客观事实为依据的，带有很大的狭隘性和局限性，而诗人的精神世界、内心生活，可以直通广阔无垠的宇宙。浪漫派作家看重内心生活和精神世界的描写，与当时社会现实涌现出来的诸多弊端密切相关。当时的德意志是个政治腐败、经济落后、社会状况“一团糟糕”的封建割据国家，敌视艺术和艺术家的情况异常严重，因而在浪漫派作家中要求改变现状的呼声甚高，这是他们当初拥护法国大革命的重要原因。但法国大革命的后果却令他们悲观失望，欧洲封建复辟的丑恶现实，促使浪漫派产生了逃避现实，从内心生活出发构建自己的精神世界的倾向，借以获得精神上的安慰和解脱。

4. 崇尚宗教艺术，宣扬艺术与宗教的联姻。皈依天主教，一开始就是浪漫派的内在倾向。浪漫派内部各成员皈依教会的情况不尽相同，有的是天生的天主教徒，终生虔诚，笃信宗教，如艾兴多夫；有的从小接受教会思想熏陶，如诺瓦利斯和施莱尔马赫；有的是个人陷入精神危机而不能自拔时，投入天主教怀抱的，如弗·施莱格尔、布伦塔诺和扎哈里亚斯·维尔纳；但也有终生没有入教的浪漫派作家，如克莱斯特和霍夫曼。不管怎样，崇尚和鼓吹宗教艺术，宣扬艺术与宗教结合，乃是德国浪漫派的一个本质特征。早期浪漫派作家瓦肯罗德，1793年与学友蒂克一道赴纽伦堡作了一次艺术考察，然后创作了《一个热爱艺术的修士的内心倾诉》，这部作品于1797年由蒂克协助完成，并匿名发表，它是德国浪漫派最早的纲领性作品①。作者以散文、韵文等不同文学形式表达对文艺复兴艺术，尤其是对丢勒等古代绘画大师的由衷敬佩之情。他们把拉斐尔的杰作奉为令人沉思冥想的宗教艺术典范，声称最高的创造力源自艺术与宗教虔诚的结合。弗·施莱格尔也鼓吹艺术与宗教的结合，在《1802－1804年间巴黎和荷兰绘画的描写》《对基督教艺术的见解》(1823)等著作里，他声称“艺术自身不消亡，就永远离不开与宗教的结合”。诺瓦利斯

① 这部作品由17篇短文构成，其中4篇和篇首的《致读者》出自蒂克之手，1797年由蒂克匿名发表。书中含有散文、韵文、随笔、传记、评论等不同形式的文章，很像一部散文集，有人称之为小说，但作者未曾这样称呼过。

是个双料的崇拜基督教的人，他不但创作以宗教为题材的诗歌，而且还发表过以宗教为题材的政论，他的政论文章《基督教或欧罗巴》，写于1799年，公开发表于1826年。他认为："诗人和牧师起初是合二为一的，后来才一分为二。真正的诗人总是牧师，正如真正的牧师总是诗人一样。"他甚至发问道："难道将来不该回归原来的状况吗？"奥·威·施莱格尔写过一首长诗，名为《教会同艺术家的联盟》，诗的名称本身就足以表明作者的立场和思想倾向，此外他还写过《18世纪德国小说与基督教的关系》（1851），以论说文的形式宣扬文艺与宗教的结合。

更能说明问题的是布伦塔诺的生活与创作道路。这位成就卓著的中期浪漫派诗人之所以皈依天主教，与其不幸的婚姻息息相关。三次不幸的婚姻失败后，又与一个十分虔诚的牧师女儿相恋。女友要求他务必在唯美主义与自觉笃信宗教之间作出抉择。这件事情促使布伦塔诺长期积压的思想危机，井喷似地爆发出来，从1817年开始，他下决心皈依天主教，还对自己的一生作了一次"总忏悔"，表示悔恨自己的生活与创作道路，全盘、彻底否定自己的文学创作，他说："我失去了我的整个生活，部分是在罪恶中，部分是在错误的奋斗中。我已终止了我的文学奋斗，它同我天生的错误道路联系过于密切。"布伦塔诺从此在文坛上"销声匿迹"，但绝非无所作为，而是去从事符合他的宗教理念的工作。他按照圣徒传记的要求，为一名修女记录并加工整理出版她的幻想经历，还不倦地从事宗教诗文写作，从而成了一个知名的天主教修炼作家，他在这方面所获得的成就和声誉，是同时代同行不能望其项背的。他写的宗教书籍《我们的主耶稣基督的深重苦难》（1833年匿名发表）和《圣母玛利亚和我们的救世主耶稣的生活》（作者死后于1852/1855年发表），不仅印数高，而且译成所有重要的欧洲语言。

5. 浓厚的宗教神秘主义色彩和荒诞不经的倾向。所谓宗教神秘主义，其实是一种笃信宗教的形式，一种宗教理论体系，它声称通过神秘莫测、不可思议的方式，例如双目紧闭，精神专注，沉思冥想等方式，探索人与神(超自然事物)或神圣事物之间一种可感受到的联系，找到人与神相结合的途径。德国后期浪漫派，宗教神秘主义倾向尤为明显，这种倾向与丑恶的社会现实不无关系，在封建复辟年代，人民大众渴望祖国统一的基本要求和愿望遭到蔑视，在反拿破仑战争中发展起来的进步思想倾向和战后青年学生与民主人士发出的正义呼声遭到扼杀，人民大众在这种形势下滋生起来的悲观失望情绪，正是人们皈依宗教和宗教神秘主义倾向增长的气候和土壤。同时，这种倾向的增长与两个人物的影响是有关系的，他们是维也纳红衣主教会议副总牧师霍夫鲍尔(P. Clemens Maria Hofbauer, 1751－1820)和哲学家谢林。在维也纳，这位副总牧师同布伦塔诺、扎哈里亚斯·维尔纳，特别是同弗·施莱格尔夫妇过从甚密，他的言行直接影响了这些浪漫派作家。而谢林哲学中的神秘主义倾向，则是通过其弟子里特和斯特芬斯间接地影响了弗·施莱格尔、诺瓦利斯和蒂克等人。格雷斯和弗·施莱格尔后期思想的倒退，突出地反映了浪漫派，尤其是后期浪漫派对宗教神秘主义的沉迷程度。两人情况各不相同，但有一致的地方：早年政治思想较进步，有过辉煌的成就，后来随着个人思想危机而渐趋思想保守，皈依宗教，陷入神秘主义而不能自拔。

格雷斯(Johann Joseph von Görres, 1776－1848)早年热情拥护法国大革命。作为学者，他以《德国民间故事书》(6卷本，1802)为挽救民族文化遗产作出了杰出的贡献。作为报人，他办的《莱茵水星报》(1814－1816)备受称赞，在抗击异族侵略与统治的斗争中，发挥了特别突出的作用。拿破仑溃败后，格雷斯又把尖锐的批判矛头对准了封建复辟势力。后来被反动派视为蛊惑民心者而遭到追捕。流亡瑞士期间（1819–1826），格雷斯在政治和思想方面发生了变化，转向神秘主义，1822年皈依天主教后积极参加《天主教徒》杂志工作，晚年完成多卷本的代表作《基督教神秘主义》（1836–1842），该书内容丰富，从神秘主义生理学、圣徒教义到魔鬼学和鬼怪故事，可谓一应俱全。

弗·施莱格尔（1772–1829）晚年的神秘主义倾向，突出地反映在他与一个有夫之妇的特殊私人关系上。这个女人，是个医生的妻子，名叫克里斯蒂妮·冯·斯特兰斯基，住在奥格斯堡市，终日沉湎于神秘主义。自1820年起，这个容貌漂亮，却疾病缠身、婚姻不幸的女人，与弗·施莱格尔保持着一种极为独特的通信联系。弗·施莱格尔称她为“我的灵魂妹妹”，“我的生命中心”。他俩在通信中经常探讨某种极为荒唐的所谓“传心术”的操作方法，互相勉励如何通过神秘主义的祈祷，力争达到基督徒的信仰和神的赦免的高级阶段。两人在亲密无间的私人交谈中，逐渐形成了一种所谓“来世论”的历史哲学，这是一种关于世界末日的幻想。

德国浪漫派是个“党中有党”、“派里有派”的文艺流派，没有统一的组织和统一的文艺纲领，政治倾向和美学观念不尽相同，随着时代风云的变化，各个成员及其所属的小派系也在变化发展。鉴于问题的复杂性和矛盾性，因而不宜用浪漫派的上述个性特征来套用在每个成员身上及其所属的小派系，具体问题具体分析，应该是认识德国浪漫派的最佳方法。

四、德国浪漫文学在西方国家的接受

如上所述，所谓德国浪漫派，狭义上是指施莱格尔兄弟、诺瓦利斯、蒂克等及其派友；广义上是指歌德时代的德国文学。在欧洲人的心目中，歌德和席勒是德国浪漫主义的样板，他们是浪漫主义的古典作家，或者古典的浪漫主义作家；歌德时代的德国文学，就是德国的浪漫主义文学。这种观点植根于法国著名作家斯塔尔夫人的著作《论德国》。综观歌德与席勒的全部创作，浪漫主义因素确实不少。同时，歌德时代正是欧洲浪漫主义兴盛的时期。鉴于上述情况，这里在谈论德国浪漫主义文学在欧洲一些国家的接受情况时，也把歌德和席勒及其同时代的德国作家，一并归入浪漫主义作家之列。

在19世纪，德国浪漫主义文学在欧洲的影响，主要是通过歌德、席勒、施莱格尔兄弟、霍夫曼和海涅等人实现的。当然，从当今的认识水平出发，荷尔德林和诺瓦利斯无疑是举足轻重的作家，但他们的重要性当时还不为世人所认识，只是到了20世纪，情况才发生了大变化。

（一）在法国的接受情况

德国浪漫主义文学对法国产生影响，首先得归功于斯塔尔夫人。这位法国名流在流亡国外期间，成了欧洲思想文化交流的促进者和核心人物。在瑞士科佩逗留期间，她会见了不少欧洲流亡者和文化名人，包括施莱格尔兄弟、扎哈利亚斯·维尔纳、沙米索、贡斯当、拜伦、欧伦施莱厄等，曾经与他们有过密切交往。她曾两次游历德国，第一次是1803－1804年；第二次是1807－1808年。自1804年起，奥·威·施莱格尔经常陪伴她在德国各地旅游。她根据旅游见闻与采访，于1810年撰写了《论德国》，全书分四个部分：第一部分“论德意志与德国人的风俗”；第二部分“论德国的文学与艺术”；第三部分“论哲学与道德”；第四部分“论宗教与热情”。不难看出，她这部著作是在德国浪漫派的影响下创作的。她笔下的德国成了浪漫主义的典范国家。斯塔尔夫人把德国奉为典范，是想要把法国文学从新古典主义时期的“荒芜与贫乏”的状态中解救出来。过去，法国人惯于以法兰西为中心看欧洲和世界，心目中只有他们的拉辛、高乃依、布瓦洛等，现在，他们从斯塔尔夫人的书中看到了一个崭新的世界，耳目为之一新。

除斯塔尔夫人外，法国象征派和超现实主义作家奈瓦尔（Gèrard de Nerval，1808－1855）在扩大德国浪漫主义文学影响方面也立下了汗马功劳。他先后把歌德的诗剧《浮士德》和海涅的某些作品翻译成法文，让法国读者开了眼界。

在法国，歌德和席勒成了颇有影响的作家。歌德像神一样受到推崇，他的书信体小说《少年维特的烦恼》，成了年轻一代法国读者最喜爱的读物。这部小说在1776－1796年间，一共重译了15次。瑟南古等法国作家的感伤小说，字里行间浮动着《维特》的影子。不过除《维特》以外，歌德的其他作品却很少有人问津。席勒在法国的影响比歌德要大些，他塑造的妇女形象，为法国同行树立了样板。他的名剧《玛利亚·斯图亚特》于1820年被翻译成法文后，巴黎甚至流行开了玛利亚·斯图亚特的时装式样。席勒讲究修辞的戏剧风格，他对民族历史题材的选择，他组织故事情节，制造紧张气氛的技巧，给法国作家留下了深刻印象，人们在雨果的《玛丽·都铎》里，可以看到《玛利亚·斯图亚特》的影子，在他的《克伦威尔》里，可以发现《华伦斯坦》的影响；在缪塞的《罗朗萨丘》里，可以找到《唐·卡洛斯》的蛛丝马迹。席勒的长诗《钟之歌》因其混杂的风格而备受拉马丁和维尼的赏识，在拉马丁的《若斯兰》和维尼的《Le Bal》里都可以发现席勒《钟之歌》的影子。

在19世纪的法国，霍夫曼的作品引起了广泛而经久不衰的兴趣。

司各特那篇恶意攻击霍夫曼的文章[1]在法国发表以后，招致了法国人的持久批判。翻译家洛埃夫·魏玛尔在他编译的12卷本霍夫曼幻想小说集里，附上了司各特文章的译文，以表达他对这位英国诗人的反驳，说明他对霍夫曼及其作品的评论是如何之不公平。许多读者怀着对霍夫曼的同情，参与了这场笔墨官司，最后，争论以霍夫曼的胜利告终。在19世纪30年代，多家法国出版社竞相出版霍夫曼的作品，他们的竞争甚至导致一场官司。1881年奥芬巴赫取材于霍夫曼作品的歌剧《霍夫曼的故事》，成功地被搬上舞台，这出歌剧的公演，也为提高霍夫曼在法国的声誉作出了贡献。当然，为霍夫曼在法国读者中奠定基础的，主要是他的艺术，特别是他那现实与幻想相结合的写作方法，是他那非同凡俗的幻想。像巴尔扎克这样的现实主义大师，也为霍夫曼的艺术而倾倒，他把霍夫曼誉为“东方魔术师”。巴尔扎克在霍夫曼《魔鬼的迷魂汤》启迪下，写出了《长寿药水》(1837)，他的《驴皮记》中也有霍夫曼艺术的痕迹。此外例如戈蒂埃、雨果、缪塞、大仲马、诺迪耶、乔治·桑、波德莱尔、于斯曼、兰波、奈瓦尔等，都从霍夫曼的作品中获得过教益。奈瓦尔甚至像霍夫曼一样，也采用过所谓“面貌酷似者”(Doppelgänger)题材，在作品中描写梦幻世界与现实世界的交织融合。他们中的一些人对这位德国同行推崇备至，例如波德莱尔非常赞赏霍夫曼的艺术童话，把他的《布拉姆比拉公主》

① 1827年，英国作家司各特(Walter Scott，1771–1832)在新创办的《外国评论季刊》上发表一篇长文，题为《论虚构中的超自然——并评论E. T. A·霍夫曼的作品》。文章从古典主义立场出发批判霍夫曼。司各特虽承认霍夫曼的才华，却埋怨其“离经叛道的幻想”，说霍夫曼在精神上和肉体上都是“病态”的。声称“霍夫曼的灵感，似乎是过多地使用鸦片所产生的思想”，说他这种情况“与其说需要批评，不如说需要医生的帮助”。司各特的文章常被复印和引用，广为流传，歌德无疑也受其影响。

誉为“高级美学问答手册”。奈瓦尔把霍夫曼与歌德、席勒并列，称德国为“歌德、席勒和霍夫曼的国家”。诺迪耶甚至毫不迟疑地将霍夫曼与莎士比亚相提并论，这当然不妥，但它足以说明一些法国作家对霍夫曼倾倒的程度。

（二）在西班牙和意大利的接受情况

德国浪漫主义文学对西班牙和意大利的影响，主要是通过法国，通过斯塔尔夫人，因此，从接受影响的时间来说，比较晚些；从接受影响的强度来说，比较弱些；从接受影响的途径来说，更多是间接的。

自从文艺复兴以来，西班牙文学曾经启发了德国作家的文学创作，促进了德国早期浪漫派对世界文学的认识，推动了德国浪漫派“渐进的万象文艺”的形成。但是到了浪漫主义时代，西班牙文学却仍然处于古典主义的影响之下，难以对哲学和文学上处于主导地位的德意志民族发生影响。时移势迁，德意志可以在文学方面向西班牙清偿其所欠的情意了。

在翻译介绍德国浪漫主义文学，促进本国浪漫主义文学发展方面，Böhr de Faber是功不可没的，他以其论著、译作和出版物，推动了反抗伪古典主义的斗争。他熟悉赫尔德的著作，赞赏奥·威·施莱格尔的文学讲座，向知识界推荐席勒的美学理论。他那关于席勒和卡尔德隆的比较评论，引发了早期浪漫主义者与古典主义卫士之间的激烈论争；他的思想还影响了巴塞罗那的杂志《欧罗巴》，吸引学者在这家杂志上对席勒、奥·威·施莱格尔和康德的美学展开热烈讨论。

在西班牙，歌德和席勒被看作是浪漫派的原型，起初他们在西班牙的影响都比较弱，只有歌德的《少年维特的烦恼》于1819年根据法文翻译成西班牙文以后，受到读者欢迎。自此以后西班牙人才对歌德和席勒这两位德国文坛巨擘发生较浓厚的兴趣。浪漫诗人埃斯普龙塞达·德尔加多，接受歌德《浮士德》的影响，创作了哲理性长诗《恶魔世界》[①]。不少西班牙诗人发现自己与席勒的美学主张十分近似，因此格外青睐他的叙事诗。

人们常谈海涅与西班牙诗人贝克尔（Gustavo Adolfo Bécquer, 1836－1870）之间的相似性，却说不清楚海涅对贝克尔到底发生了什么样的直接影响。据说贝克尔的《诗韵集》（Rimas）之所以与海涅的《抒情插曲》之间有某些相似的地方，是因为贝克尔通过法国的中介作用间接受到过海涅的影响。如果说海涅对贝克尔的影响尚存疑问，那么他对女作家卡斯特罗（Rosalia de Castro, 1837－1885）的影响是不存在争议的，1870年以后，海涅的抒情诗曾经在西班牙各地受到读者追捧。

霍夫曼以他那充满幻想的小说赢得了西班牙读者的青睐。从他的西班牙同行贝克尔的《传说集》、德·卡斯特罗的《蓝靴子骑士》直到索里利亚（Jose Zorrilia y Moral, 1817－1893）的堂胡安故事可以看出，他们曾经对霍夫曼的《幻想小品》怀有浓厚的兴趣，他们赞赏霍夫曼的现实与幻想相结合的写作方法，这一方法迎合了西班牙文学从浪漫主义向现实主义过渡的需要。

德国浪漫派对意大利的影响来得晚些。德国浪漫派文学来到意大利的时候，已经是1820年左右了，促使意大利人接触德国浪漫派文学并对其进行深入探索的，是法国女作家斯塔尔夫人。在她的影响下，意大利人把歌德、席勒和毕尔格（Gottfried August Buerger, 1747－1794）视为德国浪漫派的主要代表，因为这些作家全都强调用

---

① 埃斯普龙塞达·德尔加多（1808－1842）：西班牙浪漫主义诗人，革命家，被称为“西班牙的拜伦”。未完成的长诗《恶魔世界》（1841）包含着许多意识形态方面的思考，被认为是他的最佳作品。

激情对抗文艺界占统治地位的“利己主义的理性”和“冷酷无情的自私自利”(斯塔尔夫人语)。

在意大利,歌德的《维特》使文艺界崇拜感情的倾向,出现了一波新的高潮。《维特》这部作品在蒙蒂(Vincenzo Monti, 1754)、莱奥帕尔迪(Giacomo Leopardi, 1798－1837)和福斯科洛(Ugo Foscolo, 1778－1827)等作家中引起了强烈反响。如同歌德的《维特》一样,福斯科洛著名的书信体作品《雅科波·奥尔蒂斯的最后书简》(1798),也是写主人公因恋爱失败而最终自杀身亡,从情节模式、艺术形象和表现技巧诸方面看,福斯科洛这部名作被认为是《维特》的翻版。

歌德与意大利浪漫主义重要代表人物曼佐尼[①]的交往,对我们了解欧洲浪漫主义文学之间的关系颇有裨益。歌德高度评价曼佐尼的才能和创作,1827年7月23日,他对艾克曼说:“如同席勒一样,曼佐尼是一位天生的诗人。”歌德翻译了曼佐尼的诗《拿破仑颂歌》和历史剧《卡马尼奥拉伯爵》(1821,选译),还发表评论,称赞他的作品是“经典”。1821年1月23日,曼佐尼致信歌德,对歌德的“关注”表示感谢。他在信中说,歌德的话就是“大师之音”,给他以勇气,激励他一往无前,去战胜自我和古典主义敌人的抗议风暴。

席勒在意大利获得巨大的成功,也是借助法国的中介。他的剧本先后被意大利作曲家改编成歌剧,例如罗西尼[②]于1829年改编了《威廉·退尔》,唐尼采蒂[③]于1834年改编了《玛丽娅·斯图亚特》,威尔第[④]于1867年改编了《唐·卡洛斯》等。曼佐尼很熟悉席勒的作品,

---

① 曼佐尼(Alessandro Manzoni, 1785－1873):意大利作家、诗人、剧作家,意大利浪漫主义文学重要代表人物。

② 罗西尼(Gioacchino Rossini, 1792－1868):19世纪意大利主要歌剧作曲家。

③ 唐尼采蒂(Gaetano Donizetti, 1797－1848):19世纪意大利最多产的歌剧作曲家。

④ 维尔第(Giuseppe Verdi, 1813－1901):意大利杰出的歌剧作曲家。

他的历史剧《卡马尼奥拉伯爵》和《阿德尔齐》都有席勒作品影响的蛛丝马迹。

除了所谓古典的浪漫主义作家外，狭义的德国浪漫派对意大利文学也有一定的影响。当年的意大利文学从霍夫曼的《可怕之客》、《魔鬼的迷魂汤》和《失去影像的故事》、艾兴多夫的《废物传》《大理石像》和海涅的《佛罗伦萨之夜》等作品中，汲取了超自然的异教因素。另外，海涅的《论浪漫派》与斯塔尔夫人的《论德国》，是两部唱对台戏的论著，它们使当时意大利文学界的权威人物如德·桑克蒂斯[①]、卡尔杜齐[②]等，在比较阅读中对德国浪漫派有了清醒的认识。

(三) 在英国的接受情况

在英国，以歌德和席勒为代表的所谓德国古典浪漫主义，仍是人们关注的焦点。柯勒律治（Samuel Taylor Coleridge，1772－1834）、卡莱尔（Thomas Carlyle，1795－1881）和司各特（Walter Scott，1771－1832）等都热衷于把所谓德国古典派浪漫诗人介绍给英国读者。

1798年，柯勒律治与“湖畔派”的另一位诗人华兹华斯一起游历了德国。柯勒律治进入哥廷根大学深造，半年后掌握了德语，翻译了席勒剧本《华伦斯坦》中的第二部《皮柯洛米尼父子》。大学深造期间他为德国古典主义哲学所倾倒，潜心研究康德、费希特、谢林和席勒的理论，力图以此为借鉴，创建自己的艺术理论。

卡莱尔是英国的德国文学研究专家。1828年10月11日，歌德在同艾克曼的谈话中曾经夸奖他说：“他在我们的文学方面比我们自己

① 德·桑克蒂斯（Francesco de Sanctis，1817－1883）：意大利著名文艺评论家，文学史家。

② 卡尔杜齐（Giosui Carducci，1835－1907）：意大利诗人。

还在行。”卡莱尔曾经致力于翻译歌德时代的德国文学，特别是歌德和席勒的作品。他译了歌德的长篇小说《威廉·迈斯特》（1824年出版），还撰写了传记著作《席勒的生平》。诗人司各特早年醉心于德国狂飙突进时期的文学，以翻译德国文学开始他的文学生涯。他翻译了歌德的叙事谣曲《魔王》和剧作《铁手骑士葛兹·冯·贝利欣根》。他与歌德有过友好的交往，在1827年7月5日写给歌德的信中，表达了他对歌德的崇敬。他承认，自1798年起，他就成了歌德的崇拜者，认为他是自己心目中的浪漫派首领。

除了歌德和席勒外，德国二三流的作家如扎哈利亚斯·维尔纳、奥·科策布和戈·奥·毕尔格也都受到英国读者的欢迎。据说直到19世纪20年代，科策布是德国作家中最受英国读者欢迎的人。另外，毕尔格的叙事诗《野蛮的猎人》，特别是描写一位德国少女控诉“七年战争”夺去了她的未婚夫的《莱格蕾》，最受英国读者赏识。1796年，《莱格蕾》在英国同时出现了4个译本，其中的一个译者是司各特，其受欢迎的程度，可想而知。这部作品对刘易斯①的哥特式小说《僧人》（1796）和司各特的创作都产生了影响。

英语和德语同属日耳曼语系，按照常理两国的浪漫派文学应该更为接近，其实不然。德国浪漫派同英国浪漫派的关系，还不如同罗马语系或斯拉夫语系的浪漫派关系密切。文学评论家格·霍夫迈斯特（Gerhart Hoffmeister）指出：当时英国人几乎只对萨洛蒙·盖斯纳（Salomon Gessner）、歌德时期的文学感兴趣，而对德国浪漫派几乎没有注意；反过来说也是一样，德国浪漫派作家对同时代的英国作家只表示出微弱的兴趣。卡莱尔虽然写了不少关于德国浪漫派的杂文，但

---

① 刘易斯（Matthew Gregory, 1775–1818）：英国哥特小说作家、剧作家。以哥特式小说《僧人》（1796）一举成名。随后以“僧人刘易斯”闻名于世。

他清教徒式的道德观使他难以真正理解和接受德国浪漫派。因此，直到1815年，狭义的德国浪漫派作家只有很少数被英国人翻译和评论。奥·威·施莱格尔的《论戏剧艺术与文学》(1815)、富凯的《温亭娜》(1818)、沙米索的《彼得·施莱米尔的奇妙故事》(1824)和扎哈利亚斯·维尔纳的戏剧，是这“很少数”作家中的幸运者。

霍夫曼在欧美国家，特别是在法国和俄国，都获得巨大成功。但是在英国，却是无可奈何。当然，他的作品对狄更斯和斯蒂文生有过一定的影响，但总的来说是不受欢迎的。19世纪20年代，英国一些翻译家力图把他的作品翻译介绍给英国读者，结果是徒劳无益。霍夫曼在英国遭到冷遇，与司各特1827年发表的那篇攻击霍夫曼的文章①所产生的影响是息息相关的。

总的来说，英国人对德国浪漫派个别作家作品虽有些了解，但对1795年以来德国文学的发展倾向还是模糊不清的。时移势迁，到了19世纪20年代，情况开始发生变化。卡莱尔、托马斯·德·昆西和吉利斯(R.P.Gillies)等人从1815年起，以爱丁堡为活动中心，以《黑森林杂志》(Blackwoods Magazine)为阵地，致力于系统地介绍德国文学知识。经过近10年的努力，情况终于发生了根本性变化。虽然人们对德国浪漫派的本质始终还是认识不清，但对德语和德国文学的兴趣与日俱增。进入30年代，德语成了受人追捧的时髦外语，人们热衷于读德文书，去德国观光旅游。当德国文化流行的鼎盛时期即将结束的时候，歌德时代的德国灿烂文化开始对英国发生了重要影响，对维多利亚时代精神作出了有益的贡献。

① 埃斯普龙塞达·德尔加多(1808-1842)：西班牙浪漫主义诗人，革命家，被称为“西班牙的拜伦”。未完成的长诗《恶魔世界》(1841)包含着许多意识形态方面的思考，被认为是他的最佳作品。

(四) 在波兰的接受情况

波兰虽是德国的近邻,但在接受德国浪漫主义文学影响方面却是比较晚的。在波兰,歌德与席勒的作品很受欢迎,他的影响主要是通过《维特》和《浮士德》实现的。他的诗剧《浮士德》曾经启发克拉辛斯基[①]创作了他的剧本《伊里迪翁》(1836),启发斯沃瓦茨基[②]创作了他的诗剧《科尔迪安》(1832–1836)。波兰的伟大诗人密茨凯维奇曾读过大量歌德和席勒的作品,他的成长同这两位德国诗人的影响是分不开的,人们在他的诗剧《先人祭》第三、第四部分,可以发现《维特》和《浮士德》影响的痕迹。席勒的创作对密茨凯维奇的《青春颂》《康拉德·华伦罗德》,对斯沃瓦茨基的诗剧《玛利亚·斯图亚特》都产生过影响。与此同时,德国浪漫派理论家弗·施莱格尔关于古典诗与浪漫诗的思想,在密茨凯维奇和布罗金斯基(Brodzinski)[③]的理论著作中留下了痕迹。1818年波兰浪漫主义文学运动兴起之际,布罗金斯基宣布了他的浪漫主义文学纲领《论古典的与浪漫的并论波兰文学的精神》,他根据赫尔德、施莱格尔兄弟和斯塔尔夫人的论述,对古典诗与浪漫诗的不同风格作了区分,并要求波兰诗人重视民族传统。1800年前后,在德国作家中,同波兰有直接联系的,只有扎哈利亚斯·维尔纳一人,这位德国浪漫派剧作家因为执行公务,曾于1793年来到波兰,1796–1805年逗留华沙期间,利用波兰题材从事文学创作,他的作品影响了克拉辛斯基的《未完成的长诗》和《非

---

① 克拉辛斯基(Zygmunti Krasinski, 1812–1859):波兰诗人、剧作家。

② 斯沃瓦茨基(Juliusz Slowacki, 1809–1849):波兰诗人、剧作家。

③ 布罗金斯基(Kazimiez Brodzinski, 1791–1835):波兰诗人和文艺理论家,1818年发表波兰浪漫主义文学行动纲领《论古典的和浪漫的并论波兰文学的精神》。

神曲》的创作。此外，德国作家毕尔格和科策布也颇受波兰读者青睐，波兰诗人聂姆策维奇在毕尔格和英国作家珀西（Thomas Percy，1729－1811）的启发下，创作了歌颂波兰历史上的光辉业绩和英雄人物的诗集《历史之歌》，他的戏剧作品一度成为欧洲各地和华沙舞台经常演出的剧目。

（五）在俄国的接受情况

在俄国，歌德的小说《维特》和剧本《葛兹·冯·贝利欣根》，席勒的剧本《强盗》和《唐·卡洛斯》最为引人注目，他们两人被视为德国浪漫主义文学的代表人物。此外，毕尔格和乌兰德等人的作品也被翻译介绍给俄国读者。普希金把歌德尊为"浪漫主义的泰坦神（Titan）"①，有人说他的历史剧《鲍里斯·戈都诺夫》（1825）掺杂了歌德、席勒和莎士比亚的风格，他的《强盗兄弟》和《叶甫盖尼·奥涅金》也受到了席勒的启发。普希金不懂德语，可能是通过斯塔尔夫人的书和其他法文译作了解德国文学的，他对奥·威·施莱格尔的文学讲座和谢林的《艺术哲学》也都有所了解。俄国的诗人们把谢林视为杰出的浪漫主义思想家，热衷于探索他那具有浪漫主义特色的唯心主义哲学，特别是他的"同一哲学"、"艺术哲学"和"有机论"（Organismuslehre）。据称谢林的自然观同歌德的自然观交错地反映在奥多耶夫斯基（V.Odojewsiki）的《俄罗斯的夜晚》里。

除歌德、席勒和谢林之外，德国作家中只有霍夫曼一个人在俄国享有巨大声望。自1822年起，他的《斯居戴里小姐》等小说，陆续在报刊上发表，1829年，司格特那篇攻击霍夫曼的文章从法文转译成俄文，这不但无损于被批评者的声誉，反而为他作了宣传，19世纪

① Titan（泰坦），希腊神话中的巨神，因反抗宙斯而被打入地狱。

三四十年代，俄国一度出现了一股“霍夫曼热”，在当时的俄国文坛上，任何著名的诗人作家，都摆脱不了这位德国人的影响。1836年，赫尔岑在《望远镜》（Teleskop）杂志上发表一篇评论霍夫曼的文章，就幽默问题把霍夫曼同拜伦作了比较。普希金借助法文译本读过霍夫曼的作品，他的一些小说如《驿站长》《黑桃皇后》都有霍夫曼艺术的痕迹。在果戈里早期的作品如《狄康卡近乡夜话》《肖像》里，也可以发现霍夫曼艺术的印记。霍夫曼的作品对别林斯基世界观的形成也产生过影响，苏联学者沃尔夫·迪维尔在1957年写的一篇题为《俄国革命民主主义者们对霍夫曼的印象》的文章里写道：“先前，别林斯基对德国多少抱有浪漫主义的幻想，霍夫曼的作品有助于他扑灭这些幻想，这是因为霍夫曼作品中的现实主义因素对他发挥了这样的作用。他从霍夫曼作品里找到了否定的原则，同样他从莱蒙托夫的《恶魔》里也找到了这样的原则，恰恰是这一原则使他真正进入批判的、并且必然是革命的世界观的自由里”①。1840－1841年，别林斯基除撰写了评论霍夫曼的文章外，还努力翻译他的文学作品，后来，他发现霍夫曼作品中有一些消极因素，觉得他似乎进入了一个“朦胧的幻想境界”，从而同他保持了一定的距离。在19世纪50年代，霍夫曼对俄国革命民主主义者的影响显著减弱了，车尔尼雪夫斯基认为霍夫曼作品的基本特征是敌视人类的，非人性的，称他的《跳蚤师傅》是“一篇可怕的小说”。尽管霍夫曼的影响在俄国呈现时强时弱的态势，但它并没有中断。从普希金、果戈里到年轻的托尔斯泰和陀思妥耶夫斯基的作品中，都可以发现霍夫曼艺术影响的蛛丝马迹。甚至从陀思妥耶夫斯基晚年的长篇小说《卡拉马佐夫兄弟》里，可以看到《魔鬼的迷魂汤》的影子。

---

① 原文载于民主德国《建设》杂志1957年第12期。

(六) 在美国的接受情况

在法国作家斯塔尔夫人、英国作家柯勒律治和卡莱尔等人的推动之下，德国浪漫主义文学之风也吹进了美国。美国人不仅参考外国人有关德国浪漫派的论述，同时还把施莱格尔兄弟的著名文学讲稿，如《论古代与现代文学》《论戏剧文学与艺术》等，翻译成英文出版。这样，美国人通过直接和间接的途径，认识了德国唯心主义理论与文学作品。当然也有些美国学者亲自去德国游学，到德国现实环境中去经历和体验德国文化的现状，例如J. Qincy·亚当斯、G·蒂克纳、H. W·朗费罗、华盛顿·欧文和R. W·爱默生等，曾经先后到德国游历，见识德国的风土人情，人文景观。

欧洲之行使爱默生的思想发生了深刻的变化，他在英国时结识了他一向崇拜的卡莱尔、华兹华斯和柯勒律治，经这些英国人的指引，他对德国唯心主义哲学产生了浓厚的兴趣，德国古典唯心主义哲学对他的超验主义文学理论的形成起了决定性作用。回国后，他先后发表了《论自然》(1836)、《论自助》、《论超灵》、《神学院献词》、《论美国学者》(1837)等散文著作，阐明他的先验主义观点。后来他把这些著作汇编成两卷本《散文集》，第一集出版于1841年，第二集出版于1844年。1836－1844年，爱默生在他定居的康科德与几位志同道合的人开始不定期聚会，探讨他们关心的神学、哲学问题。他们的聚会被人称作“超验主义俱乐部”，这伙人形成了一个超验主义运动的核心，后来他们还在这里创办了《太阳仪》杂志，爱默生一度担任主编，康科德成了美国超验主义的圣地。通过不断发表新作和公开演说，爱默生的影响与日俱增，成了超验主义运动的领袖，他对当时的文艺思想与创作，对梭罗、霍桑、麦尔维尔等许多作家都产生了很大的影响。随着爱默生和他领导的超验主义运动影响的扩大与深入，人们对德意志文化的兴趣空前增长,形成一股男女青年阅读德国诗人和思想家著作的风气,其中有不少人甚至潜心研究诺瓦利斯的《海因里希·冯·奥夫特丁根》。

关于爱伦·坡与E. T. A·霍夫曼的关系问题,100多年来众说纷纭,德国著名学者汉斯·马耶尔教授在《E. T. A·霍夫曼的现实》一文中指出:霍夫曼开创了一种全然新颖的恐怖事件写法,爱伦·坡在他的《述异集》里、斯蒂文生在他的《杰克尔博士和海德先生》里、卡夫卡在他的《变形记》里都继承和发扬了这一传统。

五、结语

德国浪漫派兴起于歌德时代,它是德国文学史上异常繁荣昌盛的黄金时期,文坛上群星璀璨、人才辈出。仅就狭义的德国浪漫派而言,它就拥有众多重量级的人物,诸如:诺瓦利斯、施莱格尔兄弟、谢林、蒂克、克莱斯特、布伦塔诺、霍夫曼、海涅和艾兴多夫等。从广义的德国浪漫派来说,作家队伍的规模和声势,可谓浩浩荡荡。文坛上百花争艳,形形色色的作品琳琅满目,欣欣向荣的景象蔚为壮观。这在当时的欧洲,是绝无仅有的。文化文学的繁荣景象自然为吸引西方国家关注、扩大自身对外的影响,创造了必要的前提条件。

事实上,19世纪的德意志成了浪漫主义思想的传播中心。它的传播主要是通过歌德、席勒、施莱格尔兄弟、霍夫曼和海涅等颇具影响能量的人物实现的;法国女作家斯塔尔夫人,也在其中发挥了独特作用和积极影响,她那部影响广泛的《论德国》,通过直接或间接渠道,把浪漫主义精神传播到欧洲,有力地推动了浪漫主义思潮在欧洲的兴起和发展。难怪有人把德国称为浪漫主义故乡。

第四篇

人 物 研 究

第一章　浪漫派理论家弗·施莱格尔

一、家庭出身

弗·施莱格尔出身于一个声名显赫,传统久远的新教家庭。这个家族中的不少人都是当年的著名知识分子,有的人甚至与文学有千丝万缕的关系,有人认为这个家族中的文学人物能够排列成一个方阵,组成德国文学批评和文学理论界的一支精锐部队。的确,自17世纪起,施莱格尔家族里就出现了不少有名望的牧师、法学家、历史学家、诗人、文学理论家和文学批评家,从而使施莱格尔家族成为德国历史上声名远播的家族。

施莱格尔家族的故乡是德国瓷都,萨克森的迈森。这个家族一度迁居罗马尼亚的特兰西瓦尼亚,那是个罗马尼亚人、匈牙利人和德意志人杂居的地方。弗·施莱格尔的曾祖父克里斯托弗·施莱格尔,曾经担任当地的牧师,对当地文化建设作出过贡献,被册封为贵族。到了18世纪,施莱格尔家族的后裔当中逐渐出现了更有名望的人物。弗·施莱格尔的祖父约翰·弗里德里希·施莱格尔是迈森地区诉讼法院参事和教会养老院法律顾问,算得上是新教的高级神职人员,他对诗歌有浓厚兴趣,也对子女的文学修养给予关注。这位法律顾问闲时喜欢作诗，一生中孜孜不倦地创作了一部诗集，但从未公之于众。他有作诗的爱好，但却无法与他的公职协调起来，所以始终处于做个市民还是做个艺术家，关注日常生活还是关注精神创造的矛盾之中。这是德国知识分子的典型矛盾，这一矛盾曾经成为德国作家偏爱的写作主题。

老约翰的孩子中，即弗·施莱格尔的父辈中出现了三个著名的知识分子。弗·施莱格尔的伯父埃利亚斯和父亲阿道尔夫，与文学的关系更为密切，他们幼年时都在著名的贵族学校（舒尔普佛塔）接受过精英教育。他的伯父约翰·埃利亚斯·施莱格尔（1718–1749）是莱辛之前德国启蒙运动文学最优秀的剧作家和戏剧理论家。文学史家奥斯卡·瓦尔策（Oskar Walzel，1864–1944）称赞他为莱辛之前德国“最聪慧的批评家”。莱辛和他的朋友、哲学家莫塞斯·门德尔松（1729–1756），都把他视为当时德国最伟大的戏剧家。埃利亚斯曾经结识丹麦剧作家霍尔贝克，为繁荣丹麦戏剧作出过贡献。著有喜剧《寡言的漂亮姐》和《善女的胜利》，表现市民向往聪明、伶俐、自然的教育理想；重要戏剧理论著作有《论摹仿》《关于繁荣丹麦戏剧的想法》等，阐述了摹仿的真实性与可能性之间的辩证关系，初步突破了欧洲大陆文学理论界对亚里士多德摹仿说的歪曲理解，指出真实的艺术描写在某种情况下可以不必是自然事物的再现，艺术允许作家表现人物性格时集多种典型于一身，允许运用夸张的讽刺。他不认为戏剧有所谓普遍适用的规则，他认为不同民族的生活习俗会造成不同民族戏剧的特殊性。显然他的艺术观影响了他的两个侄子的浪漫主义艺术观。

弗·施莱格尔的父亲约翰·阿道尔夫·施莱格尔（1721–1793），曾经担任过中学神学和形而上学教授，还先后在汉诺威和诺伊施塔特担任教会牧师，曾以布道的雄辩口才、激越的情绪而闻名遐迩。在莱比锡读书时，经过他哥哥埃利亚斯引导，结识了莱比锡一些著名新派知识分子，他们在艺术思维方面都倾向于摆脱当时文学界大名鼎鼎的高特舍特理论教条的束缚，反对片面追随法国新古典主义戏剧规则，走创新的民族戏剧道路。阿道尔夫虽然在新教仕途上一帆风顺，平步青云，但他始终矢志于文学，一生创作出版了两卷混合体诗歌、一卷布道词。这些作品表明，他是一位具有启蒙思想、能言善辩、才华横溢的神学家。

弗·施莱格尔的一位叔父，名叫约翰·海因里希·施莱格尔（1724－1780），曾经攻读法律，历任丹麦哥本哈根大学历史学和地理学教授，还担任过丹麦皇家图书馆馆员和皇家撰史官，代表性的著述有两卷本的《奥尔登堡部族以降丹麦列王传》（1769－1771）。

18世纪40年代，埃利亚斯和阿道尔夫两兄弟在文学上所取得的成就，使施莱格尔这个姓氏在当时德国文学界已经家喻户晓。青出于蓝而胜于蓝，阿道尔夫的两个儿子——弗·施莱格尔和他的哥哥奥·威·施莱格尔在文学上的杰出成就，更是使施莱格尔这一姓氏的声望远远地越出了德国的国界。

弗·施莱格尔1772年3月10日出生于汉诺威市。其父为该市市场教堂牧师，后来晋升为（汉诺威所属的）诺伊施塔教会监理会成员和总牧师。其母约·克·埃德穆特（Johanna Christiane Erdmuthe，1735－1811）出生于当地一位数学教授家庭，是位贤妻良母，在家中专心料理家务和照顾7个孩子（五男二女）。弗·施莱格尔的大哥和二哥继承家庭传统，操持牧师职业。三哥偏爱冒险活动，20出头就随同一个汉诺威军团受英国国王差遣远赴印度，不久便亡命于东印度的马德拉斯。两个姐姐亨丽埃特和夏洛苔分别嫁给比利时安特卫普（省）的两个贵族子弟——恩斯特兄弟。夏洛苔在弗·施莱格尔的生活中曾经扮演过重要角色，她的丈夫路德维希·埃曼努埃尔·恩斯特曾经在德累斯顿担任萨克森王国宫廷财务秘书，她的弟弟弗·施莱格尔当年曾经一度生活没有着落，不断得到她的物质接济，晚年又以清醒的意识批评过弟弟搞什么神秘主义的“传心术”。弗·施莱格尔与哥哥奥·威·施莱格尔是家里年龄最小的两个男孩，它们之间的关系也最为密切，他们的文学成就为施莱格尔家族赢得了空前的荣誉。

二、青少年时期

青少年时期的弗·施莱格尔，在性格方面与其四哥奥·威·施莱格尔表现出鲜明的反差。四哥纪律观念强，勤奋好学，读小学时就开始写诗，很快成了父母的宠儿和骄傲。而弗·施莱格尔却郁郁寡欢，沉默少言，性格内向，喜欢沉思冥想，不善与人交流，是个让父母操心和不安的孩子，后来母亲称他“脾气古怪”(muckisch)。他的四哥在文科中学读书时就给人以早熟的印象，曾经在校庆典礼上以自创的诗歌形式朗诵德国文学的历史，他的才华引起师生们的关注。弗·施莱格尔却因为难以调教，让父母对他的未来心生忧虑，于是被父亲送到一位舅舅家里，期盼他在新的环境里得到健康成长，后来又被送到弗·施莱格尔的大哥莫里茨家里。他的舅舅和大哥都在汉诺威农村担任牧师。后来弗·施莱格尔又被父亲送到莱比锡一个银行家那儿去当学徒，希望他能学会独立生活。但是，这种接二连三的尝试由于讳背了孩子的兴趣和意愿，全都失败了。数月后，父母对这孩子感到无可奈何，又不得不把他接回汉诺威。日后弗·施莱格尔在文学领域取得骄人成就，他的传记作家卡尔·恩得斯写道：施莱格尔家族从未料到，他们家的花园里竟然开出这样一朵鲜艳夺目，芬芳四射的奇葩，简直令一家人手足无措。说不上恰恰是这一段生活经历，在这位少年心灵里埋下了创造性的种子。读者从他日后写的“断片”里可以读到关于“孤独”对于人的教育，对于人的独立自主性格的形成，会有怎样的价值思考。无疑，在那段时间的生活里，少年弗·施莱格尔养成了在忧郁中进行自我反思和分析的性格特点，这种性格特点对他日后的文学创作和理论思考是大有益处的。日后弗·施莱格尔在思考文学艺术的起源时，总是把它与文学艺术家的内省反思行为联系起来，他认为现代文学最奇妙的因素就是作者的内心独白，这不是恰恰道出了弗·施莱格尔青少年时代的切身体验吗？

在家中，最了解、最关爱弗·施莱格尔的，莫过于他的四哥奥·威·施莱格尔。这位仅仅年长他4岁的兄长，既是亲密的胞兄，又是真挚的朋友、优秀的引路人和教育者。他的成长和发展，与这位胞兄的关爱和帮助是分不开的。而弗·施莱格尔对哥哥也同样怀有深厚的感情，充满信赖，就连15岁初恋时的感受也写信告诉他。兄弟两人几乎终生保持着深厚的情谊和密切的关系，由于他们在文学事业上创造了骄人的佳绩，被世人称为“评论界的哥俩好”（Dioskuren der Kritik）。

当弗·施莱格尔的父亲为了改变他内向的性格，锻炼应付现实生活的能力，让他离开家庭去接受实用教育的时候，他的四哥奥·威·施莱格尔已进入哥廷根大学去攻读语言文学了。在那里，他很快便显示出自己是个才华横溢的青年。他为语言文学老师克里斯蒂安·郭特里布·海涅主编的维吉尔著作编写了一篇附录，得到古典文化科学研究界的一致好评。他写了一篇《荷马著作中的地理研究》，论文获得了大学的奖励。他还写了一首形式相当完美的诗歌，向著名的民谣诗《雷奥诺莱》作者毕尔格（G. A. Bürger, 1747－1795）表示敬意和崇拜之情。毕尔格同样也作诗一首，回答他的仰慕，夸奖他是个“富有诗才的孩子”、“可爱的青年”，称赞它是一只“年轻的鹰”。哥廷根大学时期，奥·威·施莱格尔还结识了他后来的妻子卡罗利妮（Caroline Boehmer），她是东方学家米夏埃里斯的女儿，前夫伯梅尔医生（Dr. Boehmer）去世后，这个既美丽又风趣的年轻寡妇，成了活跃在哥廷根文化圈子里的缪斯，与施莱格尔兄弟关系密切。

大概是由于受到四哥在大学里的出色表现的鼓舞和激励，16岁的弗·施莱格尔突然产生了进大学读书的强烈欲望，他也要步其胞兄的后尘，进入哥廷根大学深造。为了进入高等学府，他必须通过自学途径，来弥补中学时期耽误的学业。这对他来说是一次严峻的考验，这个平时显得忧郁孤僻的少年，却以极大的勤奋和惊人的毅力通过了这次考验，他的读书热情和卓越的天分，令全家人感到震惊。在短短的两年时间内，他完全掌握了拉丁语和古希腊语，同时还掌握了必要的文科知识和渊博的古希腊罗马思想史知识。这期间，弗·施莱格尔如饥似渴地阅读柏拉图的著作，正是在这位希腊哲学家的启发下，他产生了“追求无限”（Sehnsucht nach dem Unendlichen）的思想，为日后的浪漫主义理论奠定了思想基础。数十年后，他在讲授《生命哲学》时还提到，自己第一次接触这位古希腊哲学家，便留下了难以忘怀的印象，他说：“自从我怀着无法描述的求知欲望，通读柏拉图的全部著作以来，已经过去39个年头，迄今为止，我除了研究其他学科之外，哲学始终是我的主要研究课题。”

1790-1791年冬季学期，弗·施莱格尔跟随他的哥哥进入哥廷根大学，选修法学。刚刚开始的时候，他似乎还十分用心学习这门课程，要不了多久，他那强烈的求知欲望，唆使他不再满足于为求职而选修的课程。任由包罗万象和毫无规律的求知欲摆布，在法学专业课外，他还选修了数学、医学和物理学，旁听他哥哥的导师海涅开的古代语文学，还选修古典哲学和历史课。他喜欢博览群书，无论是古典的，中古的，还是现代的欧洲文学，也不论是哲学、美学，还是历史图书，凡要能抓到手的，他都读得津津有味。他在哥廷根阅读过的图书中，最值得一提的是赫尔德、康德、温克尔曼等人的著作。但他对自己一味接受别人的知识，自己却没有任何创造性行动感到不满，他觉得这样下去自己会成为一个只会重复别人的知识，自身毫无创新能力的人。他厌烦了这样的学习生活。

1791年的复活节，他终于下定决心离开四哥，选择了去莱比锡大学继续深造的道路。弗·施莱格尔与他的胞兄暂时各奔西东。他的哥哥在大学期间凭着突出的学业和在翻译方面取得的成就，引起学术界的关注。他在赫尔德的鼓励下选译了但丁《神曲》的部分章节，并与毕尔格一道翻译了莎士比亚的《仲夏夜之梦》。1791年大学毕业后，他拒绝在哥廷根担任中学教师，而是去了荷兰的阿姆斯特丹，那里有一位富商给他提供了一个无忧无虑的家庭教师岗位，他在阿姆斯特丹既有丰厚的收入，又有安定的生活，在教书之余还可以从事他的研究工作。

弗·施莱格尔则于1791年5月转到莱比锡大学，继续他的法学专业学习，刚开始，他还能以难以忍受的严格纪律约束自己，继续他那毫无兴趣的法学学业。但法学专业毕竟不是他的所爱，他在哥廷根读书时就已经对人文科学发生了兴趣，在莱比锡他用了大量时间阅读赫尔德、莱辛、温克尔曼、伏尔泰、但丁、莎士比亚等人的著作，用杂乱无章的阅读来满足自己的读书欲望。他曾经写信告诉四哥，说他自己仍旧在“博览群书”。其实他在当时以华丽浮躁、花天酒地著称的城市里，很难坚持那种毫无兴趣的学业和漫无目的地阅读，他想冲破离群索居，郁郁寡欢的生活，投入时尚的“社交活动”，做一个“善于社交的人”。于是他遵循当时的习俗，在莱比锡上流社会找了一个情妇，为踏入这种新的生活方式迈出了第一步。在专业学习领域，他结识了同一专业的诺瓦利斯，两人一道认识了莱比锡银行家豪克的一对女儿,诺瓦利斯爱上了银行家的小女儿玉尔欣·豪克,弗·施莱格尔则把劳拉·豪克当作了自己的意中人,实际上劳拉已经嫁给了一位“领事”。弗·施莱格尔在情场上是个不谙此道的门外汉,行为方式显得笨手笨脚,他从诺瓦利斯那里得知,劳拉在社交场合奚落他,却陶醉在弗·施莱格尔的恭维羡慕之中。得知这个真相之后,弗·施莱格尔下决心忘掉这段花花公子式的经历。为了从事这种社交生活,他到处借钱,弄得自己债台高筑,为了应对那些咄咄逼人的债主,他只能求助于四哥,短短几个月的时间,他花掉了四哥在阿姆斯特丹的大部分积蓄。

此事过后不久,他的四哥委托他做一件私人事情:求他就近照顾卡罗利妮·伯梅尔。这件事情花了他不少时间和精力,但执行这个任务又使弗·施莱格尔重又恢复了旧日的生活乐趣。原来,奥·威·施莱格尔离开哥廷根以后,卡罗利妮也途经马尔堡去了美因兹,投奔德国民主共和运动领导人格奥尔格·福斯特(Georg Forster,1754-1794),可福斯特当时已经结婚,扑了个空的卡罗利妮在美因兹留了下来。当时的美因兹正处于法国革命军占领下,热烈憧憬共和主义理想的卡罗利妮,与法国驻军上层人士多有来往,一时之间社会上盛传开来关于卡罗利妮的绯闻,说她成了法国驻军库斯蒂涅将军的情妇。由于她与共和派人士往来密切,曾被美因兹选帝侯政府逮捕下狱,两个月后虽然被释放,但她却陷入了绝望,因为卡罗利妮发现自己已经怀孕,腹中婴儿的父亲是个年轻气盛,当然也毫无责任感的法国军官,名叫克兰茨,他们是在一次夜间舞会上相识的,这位热情美丽的年轻寡妇,未能把持住自己,为自己酿造了一杯苦酒。正在她走投无路之际,奥·威·施莱格尔从阿姆斯特丹赶来,伸出他那颇具骑士风度的援手,于1793年8月把这个遭到警察通缉的女人,送往莱比锡近郊的卢卡,把她安置在一位远方亲戚家里,此人是一位当地颇有名气的接生婆，并委托弟弟弗·施莱格尔就近照顾。弗里德里希对哥哥委托的事情十分认真，一连几个月，几乎每周都去卢卡住几天，精心照顾这位哥哥的女友，不但使卡罗利妮恢复了生活的勇气，还在交谈中得到这个女人对自己才华和追求的理解，使他恢复了对未来的信心。同时卡罗利妮也用自己的共和主义理想感染了他，使他对政治问题发生兴趣，开始认识法国大革命的历史意义，通过她的影响，弗·施莱格尔在政治态度方面发生了根本性的转变。后来他在1796年8月2日写给卡罗利妮的一封信里说："您回忆一下吧，我是怎样站在您的面前，默默地感谢您为我所作的一切的——。我现在及将来的存在，归功于我自己；而我的成就，部分地归功于您。"① 显然，卡罗利妮对他的才华的认可，对他的追求的肯定，以及在政治方向方面的引导，给了他很大鼓舞，不仅坚定了他的信心，还唤醒了他进行学术研究的紧迫感。

一年以后，卡罗利妮的孩子降临人世，弗·施莱格尔当了为孩子命名和洗礼的教父，他欣慰地看着她们母子健康平安，感到自己的使命也该结束了。同时他也意识到，自己必须离开莱比锡，因为在这里他没有任何经济保障，无法进行他的研究工作，尽管他可以借贷，但是债务像滚雪球一样增长，令他不知是福还是祸。于是他决定于1794年1月，怀着做一场温克尔曼一样的学问家的梦，动身前往德累斯顿，投奔姐姐夏洛苔。这时的德累斯顿是萨克森公国的首都，他的姐夫路德维希·恩斯特是萨克森公国王宫财务秘书，凭着他的职务，足以供养这个没有任何收入的内弟进行他的研究工作。弗·施莱格尔的这一行动，意味着他结束了自己的大学生涯，也意味着他结束了

---

①［德］恩斯特·贝勒：《弗·施勒格尔》，李伯杰译，生活·读书·新知三联书店出版社1991年版，第31页。

一味吸纳别人知识的时期，开始了创造性自学的道路。

从1794年1月至1796年夏，弗·施莱格尔在德累斯顿居住了两年半的时间，在这段时间里，他继承了在哥廷根和莱比锡形成的读书狂热，阅读了大量古典作家的著作，撰写了数量相当可观的论文，这一段阅读和研究经历为弗·施莱格尔的学术生涯奠定了一个坚实的基础。

弗·施莱格尔在德累斯顿的阅读和研究，始终围绕着一个中心，那就是研究古希腊的历史和文化。这种研究兴趣，显然与温克尔曼《古代艺术史》的影响是分不开的。这部著作在18世纪的德国文化界具有广泛影响，大大地启发和推动了德国知识界对古代希腊文化的认识和理解，激起了德国学术界研究古希腊文化的热情。上文提到，弗·施莱格尔离开莱比锡时，就怀有一个做温克尔曼式学者的梦想，只是他们的着眼点不同，温克尔曼从古希腊造型艺术入手，探讨美的本质，认为美是某种理想的东西，神圣的东西；弗·施莱格尔则从古希腊的诗歌[①]入手，认为美是对深深植根于人心中的两种截然不同的冲动，进行成功综合的结果。在弗·施莱格尔看来，人是有思想的生物，每个人都是由两种不同的本性构成的：自然和文明、生命和精神、感性和理性等。文学创作如果偏向于“自然”、“生命”、“感性”的一面，其结果可能使不受制约的、野蛮的冲动泛滥成灾，令人变得粗野，没有爱；相反，如果对立的本性得到充分宣泄，很可能给人以冷酷、抽象和千篇一律的印象，使艺术变得苍白无力。所以，弗·施莱格尔主张美是一朵“综合之花”，在他看来，所谓审美教育，就是把对立的两种冲动成功地综合起来。德国弗·施莱格尔研究专家认为，他的主

① 这里所说的“诗歌”，按照古希腊人的理解，指的是史诗、抒情诗、戏剧诗，亦即今人所说的“文学”。

张当中活跃着席勒和康德的美学思想。

弗·施莱格尔研究专家还认为，他在德累斯顿时期完成的论文，可以归纳成两部分，一部分是专门研究美学的，可以称为“美和文学”；另一部分是专门研究古希腊文学史的，又称“希腊诗的历史”。在关于美学研究的论文中，有一篇长达250页的论文，标题为《论希腊诗的研究》。这篇论文的重要性在于，如同席勒把文学区分为“朴素的诗”和“伤感的诗”一样，弗·施莱格尔提出了“客观的诗”和“有趣的诗”的分野，这一对概念的提出，具有划时代的意义，即为他的浪漫主义文学理论奠定了基础，在观念上完成了从古典文学向现代文学的转变。

在18世纪的德国文化界，弗·施莱格尔的古典文化观主要受温克尔曼的影响，他在1755年发表了一篇论文，标题是《关于在绘画和雕塑中模仿希腊作品的一些意见》，在这篇论文里，他提出了后来的《古代艺术史》美学思想的雏形。他说无论是就姿态来说，还是就表情来说，古希腊艺术作品的优点都是“高贵的单纯和静穆的伟大”。这句著名的言论，在相当长一段时间里左右了德国人对古希腊文学艺术的理解和认识。温克尔曼认为，希腊人用他们的艺术形象，表现了一个处于激烈感情里面的伟大而沉静的灵魂，正如海面上是惊涛骇浪，而海底的水依旧是寂静一片。他以“拉奥孔”群像为例，说雕塑家把他们父子“身体的痛苦”和“精神的伟大”均衡地分布在群像的结构中，拉奥孔父子身体的极端痛苦，并未在面容和姿态上表现得多么激烈。[①] 温克尔曼的研究后来启发莱辛撰写了著名的《拉奥孔》。

弗·施莱格尔对古希腊文化的研究，虽然受了温克尔曼的启发，但它的研究路线却不同于温克尔曼，他是以学者的眼光观察每个作

---

① 参见朱光潜：《西方美学史》（上卷），人民文学出版社1964年版，第285页。

家的艺术特点，把希腊人的“高贵”与他们的“节日的欢乐”联系起来研究，从中认识了希腊人为何会投身于节日的狂欢，陶醉在音乐之中，为何会产生热烈的激情等。他认为，希腊人的种种自然的冲动，是在高超的艺术美中爆发出来的，这就是希腊人文化教养的奥秘。他把古希腊作家的艺术美概括为“客观”，所谓客观美的事物，必然是增一分嫌多，减一分嫌少，这充分体现了完美和静穆的理想。他总结说：文学创作领域里体现这种特征的典型，在史诗中是荷马，在抒情诗中是品达，在悲剧里是索福克勒斯。

现代文学与以上提及的古代文学有所不同，在弗·施莱格尔看来，自中世纪但丁以来的现代文学，逐渐取消了各种文学体裁的界限，把叙事、抒情、说教或哲理、音乐、绘画等糅杂在一起，成了一种包罗万象的时尚文学。在题材方面，现代文学愈来愈倾向于捕捉富于刺激性的素材，不断地编造更加“刺激”的故事，直至最终在文学描写中突出“趣味性”，用“有趣的个性”描写来满足读者的审美欲望，逐渐成为文学的时尚。早期，古希腊文学凭着对自然文明过程的描写，形成了一种对周期性圆满的崇尚；现代文学由于追求“趣味性”，而有趣的事物是无限的，所以现代文学呈现出一种无限的渐进性或渐进的无限性。在现代文学里性格化的、个性化的、有趣的事物占绝对优势，作家不断追求新奇、刺激性和惊人之笔。不过这一切都是永远得不到满足的，这是一种无限的追求。在文学创作的历史长河里，能够最完美地体现这种特征的典型是莎士比亚。在弗·施莱格尔看来，“客观的诗”在索福克勒斯的作品中达到登峰造极之后，便渐趋衰落下来，继之而起的是具有另外特色的诗，是但丁和莎士比亚引领着“有趣的诗”攀登上了一个新的高峰，而到了歌德时代，一向彼此分离的“客观的诗”和“有趣的诗”融合了起来，从而展现了一个审美教育的新阶段。弗·施莱格尔认为，把“客观”和“有趣”融为统一体，这是歌德对文学所作的新贡献。

弗·施莱格尔的书尚未印出来,他就发现自己在理论阐述上是有毛病的,他觉得自己在比较古代诗与现代诗的特征时,有意无意地贬低了现代诗。他发现,席勒在《论朴素的诗与伤感的诗》一文里,评述古代诗与现代诗的口吻是公允的,席勒通常不是谈论孰优孰劣,而是毫不含糊地赋予它们平等地位。弗·施莱格尔认识到,对现代诗与古代诗,采取“抑此扬彼”,是一种过分简单化的态度,他认为还是席勒的说法更公正:古代诗人以其“限制的艺术”见长,现代诗人以其“无限的艺术”取胜。弗·施莱格尔若是在自己的文章付印之前就读过席勒的文章,他在论述现代诗的那些段落,就不会流露出贬低现代诗的倾向,就会避免片面性和不完善的论述。

三、动荡的生活,丰硕的成就

在德累斯顿期间,弗·施莱格尔的姐姐和姐夫为他那些莱比锡的债主们付了一笔保证金,免得他们来讨债,影响他的学习和研究。弗·施莱格尔也确实十分勤奋,在学术研究领域取得了不少成绩。在莱比锡出版商约翰·弗·赖夏特的鼎力相助之下,他凭着可观的预支稿酬偿清了在莱比锡欠下的所有债务。

弗·施莱格尔不想在德累斯顿久留,他一直想着与他尊敬的哥哥奥·威·施莱格尔住在一起,时刻与他切磋学问。他在德累斯顿逗留期间,哥哥奥·威·施莱格尔应席勒之邀,放弃阿姆斯特丹的家庭教师职位,于1795年年底赶赴耶拿,帮助席勒编辑《季节女神》和《文学汇报》刊物,当起了文学评论家。1797年与卡罗利妮结婚,1798年擢升为耶拿大学副教授。德累斯顿距离耶拿不远,它们同属萨克森公国管辖,弗·施莱格尔于1796年夏天来到耶拿,重逢久违的哥哥。

弗·施莱格尔抵达这座魏玛附近的大学城之日，就是他正式跨入德国文学和哲学界之时。当时的耶拿是德国的一个文化重镇，费希特、谢林、席勒等哲学家、作家都在那里教书，青年诗人诺瓦利斯家住耶拿附近的魏森费尔斯，诗人蒂克也是这座城市的名人。不过弗·施莱格尔进入德国学界的这个开端并不顺利，由于他在来耶拿之前，在赖夏特的《德意志》杂志上，发表了一篇评论席勒《1796年缪斯年鉴》的文章，这篇文章里的一些话尖锐地讽刺了席勒《妇女的尊严》这首诗，说他存心把男人和女人对立起来，执意褒奖女人。他不但指责这首诗写得太理想化，而且还拿席勒与歌德作比较。这就犯了席勒的大忌。席勒向来最不喜欢人家拿他与歌德作比较。为此，席勒不仅写了一些格言诗（Xenien）“回敬”弗·施莱格尔，而且还解除了他哥哥在编辑部的工作，宣布断绝与他们兄弟在文学方面的交往，拒绝他们在自己的刊物上登载作品。歌德得知此事之后，并不赞成席勒这种缺乏雅量的做法，歌德很喜欢施莱格尔兄弟的才华，称他们为“评论界的哥俩好”（Dioskuren der Kritik）。他们对歌德的评论，特别是对《威廉·迈斯特》的高度评价，使歌德的声望不再停留在被认为仅仅是《维特》和《葛兹》的作者，而是令读书界理解了歌德文学创作的伟大时代意义。这种对歌德文学价值的发现，可以称之为施莱格尔兄弟文学评论的一个重大贡献。

弗·施莱格尔在耶拿期间，写了许多颇为引人注目的哲学论文和哲学评论。作为费希特和尼特哈默主编的《哲学杂志》的撰稿人，在一篇评论文章中十分中肯地评论了费希特的《知识学》。早在来耶拿之前，他就研究过费希特的哲学思想，他认为费希特的“存在观”过于单调，只承认纯粹的存在是有生命的，不承认存在的多样性。他很想用诸如爱情、独创性、社交、文化教养、机智或艺术等浪漫元素，来丰富《知识学》的内涵。但弗·施莱格尔十分欣赏费希特哲学的“发生学”方法。从现象的变化中来解释现象，这一点深深影响了弗·施莱格尔的文学批评方法，他在评论文学作品的时候，不是根据某种美学理论下判断，而是从作品发生学的角度，追根溯源，探寻隐藏在作品机理中的意义，揭示具体作品的个性特点。他赞成费希特所说的生命是流动的，没有任何存在是停滞的。他接受了这个思想，并把它加以改造，用历史来说明精神科学，从而形成了他的浪漫主义文学批评的理论基础。他的文学评论的缺点在于，越来越重视哲学分析，忽略了文学的审美效应。

弗·施莱格尔还在《论民主主义的概念》这篇论文里，阐释了他当时的政治理想。歌德虽然十分赏识施莱格尔兄弟的才华，但对他们那早已露出苗头的民主主义思想也不无担心，这样的文章肯定会令歌德感到震惊。弗·施莱格尔针对康德代议制国家的主张，提出了一个"民主主义"的概念，主张在国家活动中实行纯粹的民主，所谓纯粹的民主，是直接来自民众的，从民众中产生的，这种民主的理想范例，就是古代希腊非代议制共和国。弗·施莱格尔也不同意康德用"民族联盟"来促进"永恒的和平"的主张。他提出大众民主的概念，在这个基础上建立共和主义的国际，弗·施莱格尔力图从理论上证明，一个由许多民族共和国组成的世界共和国思想，在实践上是完全可行的。后来，即1802年，弗·施莱格尔夫妇赴巴黎谋生的时候，应蒂克之约撰写了一篇《法兰西之旅》，发表在蒂克主编的《欧罗巴》杂志上。弗·施莱格尔从"德意志和法兰西两个民族，由于都具有精神文化的悠久传统，有朝一日应该融汇成一个民族"的设想出发，通过德法两个民族的接近，逐步达到整个欧洲的联合。德国学者恩斯特·罗伯特·库尔提乌斯认为，弗·施莱格尔这种欧洲理念具有"历史的必然性"。奥·威·施莱格尔甚至称他弟弟的欧洲意识为"欧洲爱国主义"。由此可见，今日的欧洲联盟思想，早在19世纪的德国思想家中就形成了雏形。在弗·施莱格尔这样的论文中，文学的浪漫派具有了政治和社会的性质。这是弗·施莱格尔理论上的又一个不可小觑的建树。

弗·施莱格尔在耶拿期间还写作了一系列评论文章，其中最能体现他的评论风格的有《论莱辛》《论雅科比的"沃特马尔"》和《格奥尔格·福斯特》等论文。他在方法论上接受了费希特的"发生学"方法，强调对研究对象的个性进行深入详尽的探讨，直至深入到对象的细枝末节，揭示其盘根错节的相关意义。他称这种时尚的批评形式为"性格刻划"，不论是评论个人、个别作品，还是评论某一个时代，弗·施莱格尔都强调讨论对象的个性，强调对艺术现象的性格刻划，在他看来，正确把握一种思想体系的发展，或者一种精神现象的发展，都不是轻而易举的事情，尤其是讨论一个具有独创性的天才，更要花费力气去仔细刻划，重新构建他的思想，这样才有可能了解他的细部的特点和整体的状况。评论家只有能够仿制一件作品，或者一种思想的形成过程，才可以说理解了这部作品，或者这种思想。弗·施莱格尔称这样的评论为"内行评论"，评论文章写成这样才算达到了评论的本质。《论莱辛》一文至今还受到学术界的重视。弗·施莱格尔一直很看重雅科比的哲学思想，他甚至称雅科比与康德、谢林、费希特一起，构成德国哲学"体系四巨头"。这篇文章的结尾引用了雅科比一句名言："在空中翻了个筋斗，一头栽进上帝恩典的深渊"，借以形容雅科比的主观主义的形而上学。有趣的是后来的评论家们也借用同一句话评价弗·施莱格尔晚年的哲学思想。

弗·施莱格尔的一生，如同水上浮萍一般，一直没有找到稳定职业，他的文学创作和学术研究，始终是在动荡不定的状态中进行的，一方面是兴趣使然，另一方面也是生活所迫，不得不凭着勤奋写作来养家糊口。19世纪初期，他像欧洲许多流浪艺人一样，为当年巴黎丰富多彩的文化生活和充满浪漫气氛的繁华景象所吸引，漂泊到这个被人誉为"世界之都"的法国首府来谋生。1802年7月至1804年4

月，他和妻子多罗苔娅在巴黎居住了将近两年，主要是依靠作学术报告和多罗苔娅出租“食宿公寓”维持生计。他在巴黎居住时间虽然不长，但却做了两件在学术史上具有非凡意义的事情。

一是从1803年秋到1804年春天，他为来自德国科隆的三位富商子弟，开了一门文学史课，讲授从古希腊到当代的欧洲文学。[①]弗·施莱格尔根据学生的具体需要，宏观地讲述了欧洲文学，他以希腊精神文化作为背景，把欧洲文学理解为统一的、“渐进的”、包罗万象的文学，概述了法国、意大利、西班牙、葡萄牙、英国、北欧和德国等国的文学发展，在这个基础上描绘了一幅欧洲各民族精神的画卷。他在这部皇皇巨著前面写了一篇致梅特涅的献辞，说明他写这部著作“首要的愿望”，是为了“弥合一向把文学世界和人的精神生活与实际现实分割开来的鸿沟，展示民族精神如何深刻频繁地影响世界大事的进程和国家的命运。”[②]这部著作被学术界认为是开了文学史撰写方法的新时代的标志。这三位富商子弟用黄金这种硬通货，回报他的授课。这次讲座对于德国文学科学建设来说称得上是一个浩大的文学工程，后来，弗·施莱格尔根据学生的笔记把它整理成书，命名为《古

① 19世纪初期的巴黎，是一个被称为“艺术和科学的宝藏堆积如山”的城市，吸引了欧洲各地的知识分子，纷纷来这个思想文化蓬勃发展的大都会，接受文化熏陶。从德国科隆来了几位富商子弟，特意聘请弗·施莱格尔给自己授课。他们当中有苏尔普里茨和梅尔希奥·布瓦斯雷兄弟，后来成为著名的艺术品收藏家和研究家，为慕尼黑艺术博物馆的创立作出过重要贡献。此外还有一位名叫约翰·巴布斯特·贝特兰的人和一位德国女记者赫尔明内·冯·哈夫斯特，此人后来嫁给巴黎国家图书馆手稿管理部负责人，更名为赫尔明内·德塞希。这四位听众，成就了弗·施莱格尔一部文学理论著作。

② [德]恩斯特·贝勒：《弗·施莱格尔》，李伯杰译，生活·读书·新知三联书店1991年版，第145页。弗·施莱格尔于1813年底承梅特涅之命起草了一份德国未来的宪法，曾任梅特涅手下的宫廷秘书。

今文学史》，并于1814年年底出版，这本书与他哥哥的《戏剧艺术和文学的历史》一书，并称为德国浪漫派最重要的两部人文科学学术著作。

二是弗·施莱格尔在巴黎期间，结识了一位出生在印度的苏格兰人，名叫亚历山大·汉密尔顿，花了几个月的时间，向他学会了梵文。同时他还结识了在巴黎国家图书馆供职的法国人安东尼·莱昂·德塞西，除了向他学习波斯文之外，还利用那里的梵文文献，进行了梵文和比较语言学研究。他在1803年5月给哥哥的一封信里说："我掌握了梵文。4个月后，我将能读原文的《沙恭达罗》。"① 后来他在科隆虽然生活十分拮据，但在他哥哥资助下经过精心构思，撰写了《论印度人的语言和智慧》一书，于1808年出版。这本著作的重要意义在于，在德国第一次创立了印度学和比较语言学，这是弗·施莱格尔在德国学术史上一大贡献。

1808年，漂泊在科隆的弗·施莱格尔，在他哥哥奥·威·施莱格尔的安排引荐之下，来到奥地利首都维也纳。从学术角度来说，他在这里取得的重要成绩，是研究了奥地利历史，并开办了关于欧洲历史的讲座，在这个基础上，他撰写了一部《近代史论》。从1810年2月到5月，他在维也纳为一批地位显赫的听众举行了一系列历史讲座，据他自己说，光是订票就有120多张，其中有20位公爵夫人和侯爵夫人，还有从不缺席的符腾堡公爵，即德国符腾堡公国国王的弟弟和年轻的列支敦士登公爵夫人。这部讲稿于1811年出版后，翻译成多种欧洲文字，产生了广泛影响，弗·施莱格尔也因这部著作具有直率的语言，雄辩的文体而被称为一流的历史风格大师。这部著作的中心思想在于，从国家政体的角度进一步论述了国家的超欧洲性质，阐释

---

①［德］恩斯特·贝勒:《弗·施莱格尔》，李伯杰译，生活·读书·新知三联书店1991年版，第115页。

了他的欧洲联盟设想，在他看来，统一的联盟国家并不妨碍单一民族的自由、独立发展。这就是他的在欧洲建立“世界共和国”的理想。

弗·施莱格尔在奥地利梅特涅政府供职几年之后，产生了插手外交活动的野心，梅特涅虽然欣赏他的才华，却并不认为它适合做外事工作。被免职后，弗·施莱格尔产生了专门从事学术研究的想法，在妻子多罗苔娅支持下，开始了早在德累斯顿就进行的哲学研究。他曾经称那个时期是他的“哲学的学习年代”。他对哲学问题的思考，不同于当时的唯心主义哲学体系，他不相信哲学思考一定要遵循封闭的哲学体系，他始终相信哲学是一条永无止境的思维之路，他主张用“开放的体系”来定义哲学研究。经过多年读书，据他妻子统计，来维也纳之前，他写了20本哲学笔记，记录了他在“哲学的学习年代”所作的努力。从1807年到1828年，他又写了42本笔记，其用功之勤可想而知。从1827年开始，弗·施莱格尔设计开办三个系列讲座，借以创立一种新的哲学思想。从1827年3月到5月，他在维也纳分成18次交叉讲授了《生命哲学》和《历史哲学》。1828年年底，他把第三次讲座有意识地安排在德累斯顿波兰酒店里，这是他从事哲学研究起步的地方，遗憾的是，他的《语言哲学》尚未讲完，死神就命令他中止了这项宏伟的工程。弗·施莱格尔于1829年1月11日夜里，因心脏病突然发作而辞世，享年仅仅57岁。他的这些哲学讲稿分别在1828年和1830年出版。

弗·施莱格尔辞世后，他的朋友们，如作家蒂克、哲学家C. H. J·温迪士曼，包括奥地利首相梅特涅和他哥哥奥·威·施莱格尔，还有德国、奥地利的出版家，纷纷向他的遗孀伸出援手，帮助她抢救、整理弗·施莱格尔遗稿，并组织出版。由于插手的人过多，弗·施莱格尔遗稿损失相当严重。在众多弗·施莱格尔的出版物当中，维也纳出版家伊格纳茨·克朗编辑的5卷本《施莱格尔文集》影响最为广泛，几乎翻译成欧洲所有语言和斯拉夫语言，甚至还传到了美洲大陆。那时的弗·施莱格尔，诚如法国女作家斯塔尔夫人所说，是个“思想独特”的人，在德国作家中，像席勒一样，比其他批评家远为高明，他总是通过广泛的研究才肯说出自己的观点，如果不悉心研究前人的遗产，决不单凭个人观点讲话。[①]19世纪70年代以后，德国又出版了《施莱格尔青年散文集》《施莱格尔兄弟书信集》，弗·施莱格尔早期的生活经历引起了读书界的关注。威廉·狄尔泰的《施莱尔马赫生平》和鲁道夫·海姆的《论浪漫派》两本书，以令人信服的史料和论述，凸显了弗·施莱格尔在浪漫派中的显赫地位。不过，随着时间的流逝，评论界和读书界对他的兴趣逐渐淡漠，人们在文学方面的兴趣转向莱辛、歌德、席勒、海涅、霍夫曼等人；在哲学方面，人们的兴趣转向康德、黑格尔、谢林和费希特。除了兴趣的转变之外，评论界对弗·施莱格尔的某些指责，也是弗·施莱格尔遭冷淡的重要原因，如他与多罗苔娅一同皈依天主教，为梅特涅封建政权服务，一度醉心于探讨神秘主义的“传心术”等。此外，他曾经攻击席勒的《大钟歌》写得滑稽可笑，也曾引起人们反感。在生活作风方面，这位天赋甚高，但相当任性的弗·施莱格尔遭到的责备更多。直到20世纪初期，学术界发现了一些从未发表过的弗·施莱格尔遗稿，此外还找到了一些未署名发表的文稿的手稿，这为全面理解弗·施莱格尔，重新塑造他的形象，还原欧洲文化史上一位重要人物，提供了可贵的材料。第二次世界大战以后，随着学术界对德国浪漫派的重新评价，弗·施莱格尔作为浪漫派首领的功绩，作为德国文学史上最伟大批评家的地位，也得到了首肯。

---

① 参见[法]斯塔尔夫人：《德国的文学与艺术》，人民文学出版社1981年版，第31章。

第二章　浪漫派诗人诺瓦利斯

一、文学史论争中的诺瓦利斯

诺瓦利斯，原名格奥尔格·弗里德里希·菲利普·冯·哈登贝格（Georg Friedrich Philipp von Hardenberg），1772年5月2日生于萨克森选帝侯领地的欧伯威德施太特一处贵族庄园城堡里，祖上是有爵位的世袭贵族，所以他常常被称为"弗里德里希·冯·哈登贝格男爵"（Friedrich Freiherr von Hardenberg）。诺瓦利斯是他1798年在《雅典娜神殿》杂志上发表《花粉》断片使用的笔名，意思是"拓荒者"，这是他祖上在中古时代为自家庄园取的名字，诺瓦利斯承认"这是我家的古老姓氏"，原文为"Novali"，现在加了一个字母"s"，他自认为用"Novalis"做自己的笔名"没有什么不体面"，并未贬低自家的身份，事实上他祖上确实是当地的"拓荒者"。诺瓦利斯有时引申这个词的原意，称自己的作品为"文学种子"，它们当中可能会有不成熟的籽粒，但他相信其中有一些一定会生根发芽。

诺瓦利斯为何用笔名而不用真名实姓发表作品？这有两方面的原因，一是杂志主编施莱格尔兄弟，为了突出《雅典娜神殿》杂志鼓吹"协作哲学"（Symphilosophie）的主张，要求作者一律不署名，或者用笔名；二是按照当时的社会风俗，文学写作是事业上不成功人士做的事情，公职人员和军人发表作品，一定要隐姓埋名，免得对职务升迁产生不利影响。

诺瓦利斯出生在一个多子女家庭，他排行老二，前面有一个比他仅仅年长一岁的姐姐卡萝莉内。诺瓦利斯姐弟11人，像那时的多数多子女家庭一样，没有一人长寿，老八伯恩哈德13岁夭折，老六安东寿命最长，也只活到44岁。诺瓦利斯29岁死于肺结核，算是英年早逝，与他同一年去世的，还有大姐卡萝莉内和五妹茜多尼。这里所以要交待这些家庭琐事，是因为在我国有关诺瓦利斯的文献中流传着一些不确切的说法，例如说诺瓦利斯是哈登贝格家的"独生子"，又如说埃拉斯姆斯是诺瓦利斯的哥哥等。诺瓦利斯非但不是"独生子"，埃拉斯姆斯也不是他的哥哥，应该是他的三弟，诺瓦利斯行二，埃拉斯姆斯行三。

诺瓦利斯身后留下为数不多的诗歌、小说和哲学著作，成为早期德国浪漫派代表性作品，它们在德国文学史上曾经引起长期的误解和争议。德国学术界普遍认为，诺瓦利斯在文学史上引起误解和争议的始作俑者，是他最亲密朋友蒂克和弗·施莱格尔，准确地说是诺瓦利斯英年早逝后，由他们两人于1802年编辑出版的《诺瓦利斯文集》引起的，这中间蒂克等人关于诺瓦利斯的评论，起了重要的误导作用。

蒂克在评论诺瓦利斯作品时，十分看重他的未婚妻索菲·昆的早逝对他心理和人格所产生的影响。索菲是个早夭的少女，她15岁时死于肺病，他们刚刚相识三年。未婚妻的早逝对于诺瓦利斯来说，在感情上无疑是个沉重打击，由此引发他情绪动荡，作出某些呼天抢地的表达，是完全可以理解的。问题在于蒂克把诺瓦利斯日记和作品中的这类情绪，作了夸张地描述和引申，从而得出一些片面性的结论，误导了后来的人们对诺瓦利斯和浪漫派的理解和评论。在蒂克看来，诺瓦利斯对索菲的死表现出来的伤感是十分真诚的，他甚至在索菲坟前做出殉情的表示，这是十分令人敬佩的，这种表示体现了一种纯洁的、高尚的、不朽的精神。他说诺瓦利斯虽然生命短暂，却自始至终是个神秘主义者和追求梦想的人（Mysticker und Traeumer）。正是蒂克关于诺瓦利斯的这种议论，为后世构建了一个影响颇为深远的所谓"索菲神话"，说明诺瓦利斯的痛苦是多么圣洁，他对索菲的爱是多么深沉，他的寻死念头是多么虔诚。蒂克关于诺瓦利斯的解读，不仅影响了诺瓦利斯的弟弟卡尔·冯·哈登贝格，而且还影响了施莱尔马赫、施特芬斯和文学史家格尔维努斯等人，并且逐渐形成一种颇具迷信色彩的公式，不断地为后人重复、发挥和引申，成了理解诺瓦利斯人生和作品的指南。

蒂克在他1815年撰写的诺瓦利斯传记中说："这段时间由于悲伤过甚，在他的心灵里生出死亡的萌芽，这是完全可能的……唯一重要的人生时刻，深刻的痛苦和失落，构成了他的诗歌和人生体验的重要内容，在新派人物当中，只有他才像崇高的但丁一样，为我们歌唱了一曲深不可测的神秘的歌。"[①] 浪漫派自然哲学家亨利克·斯特芬斯，在他的《我的经历》（Was ich erlebte）一书中，描绘了诺瓦利斯的所谓"超凡脱俗的风格"，突出了他那所谓"超凡脱俗的精神"，说他作为人生活在"神话世界"中，他的作品描绘的也是"神话世界"，对于他来说，全部存在都消融在"神话"的深渊里。[②] 格尔维努斯在他的

---

① Hans Joachim Maehl:《弗里德里希·冯·哈登贝格》，参见本诺·冯·韦塞主编:《德国浪漫派诗人》，Erich Schmidt Verlag Berlin，1983.第224-225页。

② 同上，或参见Henrik Steffens: Was ich erlebte. Hrsg. von W. A. Koch, Leipzig, 1938（Sammlung Dieterich 12）, S. 140f.

《德国人的诗意的民族文学史》一书中，则用“文学神秘化”一词概括描绘诺瓦利斯作为诗人的形象，在他看来，诺瓦利斯犹如《圣经》里所描绘的“圣徒”和“殉道者”。[①] 这种所谓“神秘化”的说法，在整个19世纪成了评价诺瓦利斯的常用语，人们在评论他的《夜颂》这首诗歌时，一再重复说他通过歌颂爱情、梦幻和死亡，表达他那逃避现实的思想，说他歌颂的是非理性世界的人生经历和体验；说他在《海因里希·冯·奥夫特丁根》这部小说里，采用童话笔法把“蓝花”描绘成了浪漫主义追求的象征，最终把世界和历史变成了童话，表达了对魔幻一般的奇迹的信仰。

从“知人论世”的角度来说，上述关于诺瓦利斯的判断，虽然都是可以用事实来证明的，并非空穴来风，但显然都是片面的，是用简单化的方式，突出诺瓦利斯人格和作品的某些特点。人们在19世纪初期对诺瓦利斯形象所作的这种描绘，显然都具有正面赞赏的特点，至少都是客观描述，但也引起一些思想敏锐的人们的批判，其中尤其以海涅和“青年德意志派”诸位评论家的反应最为强烈。海涅在他的《论浪漫派》一书中对诺瓦利斯和德国浪漫派极尽夸张、讽刺、嘲笑之能事，与蒂克等人的评论形成鲜明对比，他把诺瓦利斯描绘成了一个消极反面的形象。在他的笔下诺瓦利斯非但不具备“超凡脱俗”的特点，反而与诺瓦利斯的肺病联系起来，把他的文学创作和人格特点解释成为一种“病态”的现象。在他看来，诺瓦利斯的诗歌就是人身上的一块病体，犹如蚌壳里的珍珠，它只不过是给牡蛎带来痛苦的一种“病态的物质”；他说：诺瓦利斯是个体弱多病的人，他的人生既是一场梦，也是对死亡的追求，评价他的文学作品，不是评论家的事情，

---

① 参见G. G. Gervinus: Geschichite der poetischen National-Literatur der Deutschen. BD. V（1842），2. Aufl., Leipzig, 1844, S. 582f. u. 587ff.

而是应该由医生来做的事情。海涅把自己的意思表达得十分形象,但也挖苦得足够厉害。在此后相当长一段时间里,这个比喻性的判断成了诺瓦利斯评论的惯用语,人们在劳伯(laube)、蒙德(Mundt)、席赖布兰德(Hillebrandt)、巴特尔(Bartel)等人的文学评论和文学史著作中,常常能够发现这样的表述方式,即使在赞扬他作品的文章中,有的人也还是认为诺瓦利斯在精神上具有"病态的气质"。丹麦文学史家勃兰兑斯在提到诺瓦利斯爱情经历时就认为,23岁的诺瓦利斯居然爱上12岁的少女索菲,似乎说明他身上具有"反常的病态",而在索菲死后一年便又爱上尤丽·冯·夏本蒂埃,"更增强了我们的这种印象"。[①] 在这些评论家看来,正是因为诺瓦利斯有这样的"气质",才决定了他的小说《海因里希·冯·奥夫特丁根》当中出现了"梦幻一般混乱的"人物形象。

海涅是个诗人,写起散文来同样词藻华丽,比喻既形象又生动,具有很强的感染力和说服力。正是因为如此,他的《论浪漫派》在国内外文化界产生了广泛影响,凡是阅读这本书的人,由不得不被他那飞扬的文采所折服,从而相信他的话都是真理。按照海涅的思路,人们很容易把诺瓦利斯理解成一个处于精神错乱边缘的人,说得直截了当一些,是"半个疯子"。这样的判断如果就此打住,不再走得更远,也算万幸。不幸的是后来学术界的部分人,在想象和推论的路上越滑越远,以至于对诺瓦利斯(包括德国浪漫派)得出一个"反动"的结论。我国自20世纪60年代曾经流行过一部《十九世纪外国文学史》,作者是苏联学者伊瓦肖娃。这位女学者在谈到德国浪漫派和诺瓦利斯时,常常采用中国"文革"时期的大批判语言,说什么诺瓦利斯加入

---

① 参见[丹麦]勃兰兑斯:《十九世纪文学主流·德国的浪漫派》,刘半九译,人民文学出版社1981年版,第183页。

耶拿浪漫派集团以后，便马上“恬不知耻地、彰明较著地”为自己，也为浪漫派提出了“反动任务”，即用“恢复世界的诗的面貌”的方式，宣传恢复“封建制度的反动纲领”。在她看来，诺瓦利斯的诗歌《夜颂》、小说《海因里希·冯·奥夫特丁根》都是“站在反动政治家的立场上”，为了达到这个最终目标而创作的，不论作家采用了什么样的抽象符号，“都具有极具体的反动的社会意义”。①

伊瓦肖娃这部文学史，显然是苏联外国文学史界的代表性著作，书中泛滥着被那个时代歪曲的所谓“批判精神”，在中国虽然出版于20世纪60年代初期，但它的影响早在50年代就已传入中国，我国德语文学界在新中国建立后撰写的第一部《德国文学简史》，关于德国浪漫派和诺瓦利斯的章节，显然是接受了当年那种“批判”思想的影响，重复了诺瓦利斯如何“反动”的论断。这与该书主要作者冯至先生在德国读书时写的博士论文判若出自不同人之手，冯至先生在他的论文《自然与精神的类比——诺瓦利斯的文体原则》中，是这样评价诺瓦利斯遗作的：若不是作者早逝，它们会成为一座“高高耸立起来的”“雄伟的建筑”。② 由此可见，《德国文学简史》关于诺瓦利斯的批判性语言，并非作者的研究心得，而是当年国家政治上的“一边倒”所带来的学术结果。

关于诺瓦利斯，当然也包括关于德国浪漫派的这些误读和误判，直到20世纪60年代初期，随着德国学术界开始重新评价浪漫派，才发生根本性变化。人们惊讶地发现，诺瓦利斯既是德国浪漫派的著名诗人，又是重要的理论家，他甚至是德国乃至欧洲现代艺术和诗歌

① 参见［苏联］伊瓦肖娃：《十九世纪外国文学史》，人民文学出版社1962年版，第355页。

② 参见《冯至全集》（第7卷），河北教育出版社1999年版，第4页。

的先驱，是他开了欧洲现代文艺的先河。德国学者指出，法国文学界早在19世纪末期就认识到诺瓦利斯是个“杰出的现代人物”，称他为“新诗”（Nouvelle Poesie）的“首倡者”（Initiateur），说他的诗歌创作曾经影响了法国象征派诗人热拉·德·内瓦尔、比利时诗人梅特林克、英国诗人济慈、北美诗人艾德加·爱伦·坡等人。① 德国作家托马斯·曼、霍夫曼斯塔尔、罗伯特·穆西尔、赫尔曼·布洛赫、戈特弗里德·贝恩等人在文学观念、创作技巧和风格方面都接受过诺瓦利斯的影响。霍夫曼斯塔尔在创作中曾经不断借鉴诺瓦利斯，他觉得诺瓦利斯作品中的神秘成分很能够帮助他认识现实世界，表现时代的问题。罗伯特·穆西尔在创作他的小说《没有个性的人》过程中，不断研究诺瓦利斯的小说《海因里希·冯·奥夫特丁根》，他在《新美学的萌芽》一文中毫不掩饰地承认，是诺瓦利斯帮助他理解了那些“伟大而奇妙的经历”。剧作家布莱希特根据诺瓦利斯关于“浪漫诗学”的创作，就是采用令人愉快的方式，制造令人惊讶的效果，把对象陌生化，却又令人感到熟悉和魅力十足的论述，构建了他那“史诗剧”的“陌生化理论”。戈特弗里德·贝恩在谈到现代抒情诗问题时也说，诺瓦利斯的诗歌是“新诗存在的萌芽”，从他开始形成了诗歌创作的“现代观念”。学术界对他作品的技巧与风格、感情与理智、想象与现实的关系所作的发现，大大推动了人们对现代艺术的理解，人们认识到，现代抒情诗接受了诺瓦利斯诗歌创作的启发，现代小说创作受到了他的艺术理论的推动，几乎所有艺术领域都接受了他那颇具预见性的见解的影响。

人们不禁要问，对于诺瓦利斯这样一个具有划时代意义的诗人，

---

① 参见W. Vordtriede: Novalis und die franzoesischen Symbolisten. Stuttgart, 1963（Sprache u. Literatur），S. 30ff.或参见Deutsche Dichter der Romantik，S. 226.

对于他的作品和人格的那些误读和误解是如何产生的？根据德国学术界对这个问题的检讨，可以归纳为以下几点：

第一，上文提到，德国学术界普遍认为，诺瓦利斯在德国文学史上引起误解和争议的始作俑者，是他的朋友蒂克和弗·施莱格尔编辑出版的第一部《诺瓦利斯文集》。从今天的角度来看，这部文集编选得十分草率，尤其是理论部分的选目很不得体，给读者的印象，仿佛诺瓦利斯只是个充满幻想、精神恍惚、情绪不稳、做事马虎的青年；作为诗人是个逃避现实的神秘主义者，只知道歌颂爱情、梦幻和死亡；作为小说家则是个把"蓝花"作为浪漫主义追求来描写的"童话作家"。

第二，诺瓦利斯生前创作的那些断片和哲学研究的思想成就，在19世纪的相当长时间内要么被人们忽略，要么被人当成了无关紧要的玄思，它们在整个19世纪都未能与读者见面，诺瓦利斯作为思想家，实际上是被埋没了。

第三，作为一个活生生的人，当年的文学评论只是突出他与索菲的关系，几乎忽略了他在职业生涯中所接受的多方面的自然科学知识，忽略了他作为行政官员所接受的专业训练，甚至误以为这一切都妨碍了他的诗歌创作。他的第一位传记作家尤斯提努斯·克尔纳（Justinus Kerner）就认为，诺瓦利斯当过行政官员，干过盐务，这些经历都玷污了他作为诗人的形象，连他的第二任女友尤丽·冯·夏本蒂埃的存在，都对他的诗歌创作产生了不利影响。如此脱离实际地评价诺瓦利斯，只能使他的形象越来越"神秘"，距离"知人论世"的认知方式越来越远。

第四，也是导致对诺瓦利斯人格和作品误读和争议的最重要的一点，就是随着时代的变迁，人们的审美观念发生了根本性变化，一些人敏锐地捕捉到了这种变化的趋势，在审美观念的实践上走在了前头，成为时代的先锋，另外一些人则由于种种原因而未能跟上潮流，甚至成为新潮流的阻力。恩格斯在《反杜林论》中指出，自然、历史和人类的精神活动，都是由种种联系和互相作用无穷无尽地交织在一起的，没有任何东西是不动的和不变的，一切都是运动的、变化的、转变的、发展的。审美活动就是人类精神活动中的一种，18世纪末和19世纪初期，欧洲历史随着法国大革命的爆发，欧洲人的精神活动，包括审美活动，发生了剧烈而明显变化，出现了许多崭新的文化现象。打个比方，这种变化颇似我国历史上从秦汉文化到魏晋文化的转变，为欧洲人的精神文化发展开创了一个新局面。歌德、海涅虽然是那个时代的伟大诗人、思想家，歌德在晚年甚至完成了《浮士德》那样完全符合新的审美取向的作品，但他们的审美观念和理论主张却未能跟上时代的变迁，他们给浪漫派贴过“病态”的标签。在这一点上倒是席勒以其《论朴素的诗和伤感的诗〉(范大灿译为《论质朴的和多情的文学》)这部长篇论文，开了新时代的文学理论和审美观念的先河，作为文学理论家，席勒显然高出歌德、海涅一筹。

二、诺瓦利斯诗歌代表作：《夜颂》

诺瓦利斯作为诗人，在耶拿浪漫派作家当中是个非常有魅力的人，不但智慧过人，外表也给人以风流倜傥，卓尔不群之感，可惜他寿命不长，像一颗流星般匆匆消逝在人类存在的夜空。正如冯至先生所说，诺瓦利斯倘不是英年早逝，他的诗歌一定会成为雄伟的建筑物，高高耸立在德国文学史上。

由于英年早逝，诺瓦利斯留下的作品不多，不过一个作家在文学史上所占地位如何，对后世文学发展有何贡献，并不取决于留下多少作品，更重要的还是看他的作品有无独创性。我国有学者曾经作过统计，说诺瓦利斯诗歌可以分为三类，第一类是他的21首代表作，其中包括《夜颂》6首和《圣歌》15首；第二类是32首杂诗，它们创作于1794－1800年，其中有的创作于魏森费尔斯（1794），有的创作于滕施泰德—格吕宁根（1795－1797），有的创作于弗莱贝格（1798－1799），还有一部分称为“最后的诗”，创作于1799－1800年；第三类称为“佚诗”，共117首，创作于1785－1793年。[①]在这170首诗歌当中，《夜颂》最受读者推崇，在学术界引起的争议也最多，对于这首诗的解读历来众说纷纭，莫衷一是。

《夜颂》创作于1799－1800年，最初发表在1800年8月份出版的《雅典娜神殿》第6卷上。1801年3月25日，诺瓦利斯去世，《夜颂》可以说是他诗歌创作的绝唱。这首诗的创作，与诺瓦利斯的个人遭遇有密不可分的关系。1794年冬季，诺瓦利斯在滕施泰德县政府任文书的时候，结识了家住格吕宁根的贵族小姐索菲·冯·昆，当年她刚刚12岁，生着一双美丽的眼睛，一头蓬松的卷发，她那高贵优雅的容貌，矜持的谈吐，透露出她的早熟。这位风姿绰约的少女，立刻赢得诺瓦利斯的爱慕，经过一年的接触相恋，次年3月两人订婚。对于诺瓦利斯与索菲的婚恋，丹麦文学史家勃兰兑斯颇为不屑，在他看来，一个23岁的青年爱上年仅12岁的少女，这是一种“反常的病态”。这说法显然是偏见，与他对德国浪漫派的整体评价不无关系。其实，在19世纪的欧洲，尤其是在贵族圈子里，老夫少妻是常见现象，犹如旧中国大户人家的小丈夫娶个年长媳妇一样。读者从勃兰兑斯的书里不难看出，他虽然认为诺瓦利斯对索菲的爱是一种“反常的现象”，但他不得不承认，这种爱情是现实环境的产物。索菲与诺瓦利斯相识的时

---

① 参见韩笑：《诺瓦利斯的“浪漫化”诗学思想》，载《绵阳师范学院学报》2011年4月号。

候，已经是个早熟的孩子，她同时具备了“孩子和少女的魅力，她的容貌高雅，卷发蓬松地披在优美的身躯上，幽深的双眸一顾之下，仿佛擒住了整个世界”[①]，加之索菲的家庭里有一种开朗、随意的气氛，与诺瓦利斯家那种庄重、刻板形成鲜明对比。环境的轻松，少女的美貌，促成了诺瓦利斯对索菲的爱情，这是很自然的事情，谈不上什么“反常。”后世有学者推测说，诺瓦利斯与索菲的婚恋可能不会长久，但那只是推测，不足为凭。

遗憾的是两年后，即1797年3月19日，索菲因肺病而离开人世；7年以后，诺瓦利斯也死于同一种疾病。19世纪的欧洲医学界尚未发现抗生素，文化史上的名人死于肺结核的记载比比皆是，例如德国作家席勒、诺瓦利斯、沙米索，音乐家韦伯；英国诗人拜伦、雪莱、济慈，小说家勃兰特姐妹三人；俄国作家契诃夫；挪威音乐家格里格；法国作家米尔热，等等。后世学者有人从心理素质方面研究过肺结核产生的原因，认为“肺结核病患者大多都智力聪慧，才华洋溢，而且往往多情善感，尤其是感情特别强烈且纤细，甚至到了过度敏感，过度脆弱的地步。”[②]那时的人们并不了解这种传染病的危害，也不懂得互相规避。诺瓦利斯自己是个肺结核病人，订婚之后深深爱着索菲，沉浸在甜蜜而美好的爱情之中，她视索菲为自己的女神。在他看来，索菲是人世间一切美好事物的聚合体，是完美人性的典范，可突然之间，他却要面对未婚妻的早逝。这位年轻诗人无法承受这种意外的失恋和

---

① [丹麦] 勃兰兑斯：《十九世纪文学主流·德国的浪漫派》，刘半九译，人民文学出版社1981年版，第183–184页。

② 余凤高：《飘零的秋叶——肺结核文化史》，山东画报出版社2004年8月版，第128页。余凤高教授是位学识渊博的西方文化学者，他的夫人、公子和儿媳全都是医生，他在“医学与文化”的关系领域出版了一系列著作，令读者和学界同仁羡慕尊敬爱。

悲伤，陷入了长时间的痛苦和思念之中，甚至意欲追随恋人而去。此后他常去探望索菲墓地，凭吊未婚妻，寄托自己的哀思。《夜颂》的创作与这段经历有密不可分的关系。

从时间上说，《夜颂》创作于1799－1800年，即索菲死后3年。这时，诺瓦利斯虽与第二个女友尤丽·冯·夏本蒂埃已经订婚，但索菲的形象依旧萦绕在他的心头，他在文字创作中从不回避对已故未婚妻的思念，甚至不惜淋漓尽致地表达他那痛不欲生的伤感之情。《夜颂》是一部组诗，原稿由6首诗歌组成，发表时改为诗与散文穿插而成的作品，但其散文部分依旧不失诗意盎然的特点，后世读者仍然把它们当作诗歌来阅读，学术界也依然把它们作为诗歌来评论。《夜颂》奠定了诺瓦利斯浪漫派诗人的声誉，他以诗人悼念未婚妻索菲为题材，以热情恣肆、深沉瑰丽、哲理丰沛的语言，表达了对人生的哲理性思考。通常学术界把这6首诗划分为三组，第一首与第二首作为第一组，是点题之作。诗人从描写“可怜而幼稚”的光明开始，转向对黑夜的礼赞，在诗人笔下，夜显示了包容一切的魅力，对光的渴望让位于对神圣之夜的理解。在诗人看来，黑夜能使他心灵充满喜悦，在他身上打开千万只比灿烂群星更为神圣的眼睛，对事物产生全新的认识；黑夜能使他与恋人重逢，感受到恋人就在身边并实现与恋人的永久结合。这种对夜的礼赞，完全不同于传统文化对夜的消极理解，在德国文学史上乃至欧洲文学史上，都是独一无二的，难怪长期遭到人们的误解，被扣上“颓废”、“神秘主义”的帽子。第三首与第四首作为第二组，咏叹的是对尘世生活的感悟。诗人由于丧失恋人，感到生活颇为孤独彷徨，不知如何进退，当他来到恋人墓旁，在夜幕的笼罩之下，诗人却感到更亲近了恋人，仿佛看到了她那神化的容颜，握住了她的手，流着眼泪与她倾诉衷肠。这时的诗人仿佛获得了解放和新生的灵气，对旧日的恋人也产生了永恒的信仰，并把这种信仰与耶稣甘愿为世人受难联系起来，内心充满大爱，充满对生命的无限憧憬。人们通常称第三首诗为“颂诗的开端”或者“颂诗的核心”，它的内容与诺瓦利斯1797年5月13日凭吊索菲墓地以后写的日记是相同的，《夜颂》的创作就来源于这次凭吊的灵感 。第五首与第六首作为第三组，表达的是丧失恋人的痛苦与反思。其篇幅之长相当于前4首的总和，这是一组典型的德国哲理诗，依照德国学者伍文灵斯的说法，诺瓦利斯试图从历史哲学和宗教史的角度来表达对古今西方历史的理解和认识，[①] 他所遵循的方法，是浪漫主义的三段论原则：起源—衰落—新生。在诺瓦利斯看来，由于基督教的出现，耶稣基督的为世人受难，死而复生，使死亡之谜得到破解，使死亡行为在道德方面得到升华，故而死亡不再是恐怖的事情，它意味着超生和永恒。这是诺瓦利斯对死亡所作的诗意的阐释，在他看来，只有对世界进行诗意的阐释，才能最贴切地阐释世界，诗中的所谓“投身死亡”（Einweihung zum Tod）在这位浪漫派诗人看来，实际上就是生命的提升，就是精神通过“投身死亡”而获得新生。

诺瓦利斯对夜与黑暗、昼与光明的理解，为何如此与众不同？这与他的阅读经历有密不可分的关系。1799年至1800年间，也就是他在创作组诗《夜颂》和小说《海因里希 · 冯 · 奥夫特丁根》的时候，如饥似渴地研读了德国古代哲学家雅可布 · 伯麦（Jakob Boehme，1757－1624）的著作，这位神秘主义哲学家对微观世界的与众不同的理解，给他留下了挥之不去的印象，深刻影响了他的哲学思考和当前的文学实践。雅可布 · 伯麦是德国东部戈利茨Goerlitz）地方的一位鞋匠，一生大部分时间借此维持生计，还经营过棉线生意。他是德国

---

① 伍文灵斯著，贺骥译：《诺瓦利斯的属灵诗歌》，参见林克译：《夜颂中的革命和宗教——诺瓦利斯选集》（卷一），华夏出版社2007年版，第247－277页。

文化史上第一个用德文，而不是用拉丁文，撰写哲学著作的人，著有《奥罗拉，或曙光初现》(1612)、《对神的本质三原则的描述》(1619)、《伟大的神秘主义》(1623)和《通向基督之路》(1624)。他的著作在当时属于禁书之列，本人也遭到迫害。伯麦称他的哲学思想是通过与上帝交流后才写出来的，他的哲学思考的中心是神与人世间恶的关系问题，他认为没有恶，也就没有善的对立面，而没有善的对立面，神就是不可知的，因为神自身包含否定的原则。他强调善与恶存在于所有实体存在之中，善与恶的冲突、斗争是宇宙创造力量之源，在宇宙间没有黑暗，光明是难以想象的，宇宙也包含着否定的原则。他的思想颇类似中国哲学史上的“人性恶”，更类似老子的“福祸相倚”“正复为奇，善复为妖”思想，可见中西哲学思想常有相通之处。伯麦这种颇具辩证法色彩的哲学思想，对黑格尔、谢林、叔本华、巴德尔等人都产生过影响，自然也影响了诺瓦利斯的哲学思考和文学创作，在《夜颂》这组诗里，他对生与死、夜与昼、黑暗与光明的理解就带有浓郁的辩证法色彩。

《夜颂》顾名思义是对夜的礼赞，通常人们把它解释成“歌颂黑暗，向往死亡”，借以表达诗人消极、遁世、颓废的人生态度。这种解释虽然曾经盛行一时，不少评论家跟着人云亦云，但是随着对德国浪漫派研究的深入，人们开始认识到这种看法无疑是肤浅的，表面的，读者从诗中歌颂耶稣为世人受难，死而复生的段落可以看出，诗人笔下的死亡具有回归、新生和升华的寓意。这种寓意性笔法恰恰是诺瓦利斯独特审美主张的标志，下文在谈到他的小说创作时，还将重点提到这个问题。诺瓦利斯之所以在这组诗里沉湎于对死亡与黑夜的歌颂，是与他个人的遭遇有十分密切关系的，他的未婚妻索菲死后不到一个月，他的弟弟埃拉斯姆斯也过早地离开了人世，他自己正在患着索菲那样的不治之症。这种痛失恋人、亲人的哀伤，自身疾病的困扰，很自然地令这位年轻诗人产生一种内心动力，对生与死的问题进行哲理性思考。我国学者已经注意到，波德莱尔等西方诗人在描写黑夜、死亡问题时，沿袭传统理解，运用了大量丑恶阴冷的意象，以丑写美。诺瓦利斯则不然，他在歌颂黑夜和死亡时，很少使用丑恶意象。他歌颂黑夜和死亡，是心怀憧憬的，是要达到光明和永恒的境界，表达人类历尽艰险，最终抵达光明的殿堂，获得永生的权利的期冀。① 诺瓦利斯在《夜颂》里重点歌颂了耶稣的形象，他称耶稣是“爱的英雄”，说他为了人类甘愿付出生命，他的行为体现了博爱精神，而这种无私的大爱，最终会永存人间，成为诗人的毕生追求，永恒信念。

研究诺瓦利斯的学者普遍认识到，他的《夜颂》这组诗歌，明显是在受到英国诗人艾德华·扬格（1683－1765）的长诗《夜思录》的启发而创作的。《夜思录》，又名《哀怨，或关于生、死和永生的夜思》，是扬格失去妻子、女儿和女婿之后，在悲伤、痛苦之中创作的，该诗共九卷一万余行，是他的传世之作，为此，后世称他为“墓园诗派”的创始人。读者从两首诗的标题、创作背景和它们所表达的内容，不难看出它们之间的联系。不同的是，诺瓦利斯笔下的夜，具有明显的寓意性和形而上的意义。按照传统观念，夜是令人恐怖的黑暗王国，死亡王国。诺瓦利斯在他的《夜颂》里突破了这种传统观念和想象的窠臼，把它诗化为爱的象征，诗人在诗化的夜里，与逝去的未婚妻达到完美结合；把它浪漫化为无限的时间和空间，光的世界是有限的世界，夜的世界是无限的世界，在这样的世界里，诗人可以沉湎于永恒的爱情里，沉浸在对美好事物的不懈追求中，所以诗人歌颂黑夜，并不是传统的消极意义上的黑夜，他对夜的歌颂只是一种诗化

① 参见郑文慧：《歌颂黑夜——诺瓦利斯的艺术秉性》，载《外国文学研究》2009年第12期。

的，浪漫化的手法。

学者们还注意到，《夜颂》与席勒的《希腊的群神》一诗也有渊源关系。诺瓦利斯在耶拿学习时，是诗人席勒的崇拜者，曾经与同学一道在病榻前伺候过他们的教授，他的未完成小说《塞斯的学徒》，就是在席勒叙事诗《塞斯城蒙着纱幕的肖像》(das verschleierte Bild zu Sais)的启发下创作的。诺瓦利斯创作《夜颂》第五首的原意，是讨论现代的合法性问题。在当年的德国诗歌领域，有过三首诗歌讨论这个问题，它们是席勒的《希腊的群神》、诺瓦利斯的《夜颂》、荷尔德林的《面包与酒》。席勒的《希腊的群神》是讨论这个问题的始作俑者，他把古希腊描绘成是神、人与自然和谐相处，自由交往的世界，对古希腊人的死亡给予了积极评价，在他看来，希腊是个多神世界，基督教产生以后，多神教为一神教所取代，这些在人世间消亡的群神则进入诗歌世界，在诗歌之中成为"永垂不朽"的存在。诺瓦利斯对这种看法进行了批评，他认为席勒笔下希腊人的死亡观等于否定了死亡的存在。诺瓦利斯认为，死亡如同性情狂躁的恶魔，人们无论怎样祈祷，奉献何种祭品，都无法阻止它的到来，它是注定要用恐惧、痛苦和泪水破坏人世间欢乐宴席的。在对世界进行解释的时候，诺瓦利斯也不像席勒那样例举众神的名字，而是把自然力和自然现象作了诗意的改写，把它们人格化为神明。在他看来，席勒对古希腊人和古代世界的解释是陈旧的、错误的，观念都是过时的。诺瓦利斯则把古代世界、基督教世界和现代世界三者进行互相对照，所得出的结论是：古代神话、基督教和现代文明，都是人对世界进行解释的产物。席勒和诺瓦利斯都有意识地在诗歌里描绘了古希腊文化和基督教文化的图景，目的在于探讨他们自己时代的问题，两首诗的共同基调是："现代是冷漠的。"它们揭示了科学对自然的解释与神话对自然的解释的不同。席勒认为，人类如果不能靠科学真理而活着，就只能靠艺术而活着，因为艺术能以美学的方式再现世界的整体。诺瓦利斯则干脆以神话的方式再现世界、阐释世界，这恰恰是他的浪漫主义美学主张的重要特点，而运用神话方式再现世界、阐释世界的文学作品，则像寓言一般具有浓郁的寓意色彩，按照诺瓦利斯的说法：寓言中包含了原型世界的历史，它能深刻反映远古、现实和未来。诺瓦利斯《夜颂》以其寓意性和内心化的特点，为德国浪漫主义诗歌树立了新的范式，产生了广泛而深远的影响。不过任何事情都有个“度”，如果把内心化的手法推向极致，文学作品也容易成为脱离生活的无本之木。

三、诺瓦利斯长篇小说：《海因里希·冯·奥夫特丁根》

《海因里希·冯·奥夫特丁根》（以下简称《奥夫特丁根》）是诺瓦利斯唯一一部生前完成的长篇小说。据他的朋友路德维希·蒂克说，这部小说共分两部分，第一部分取名“期待”，第二部分取名“实现”。年仅29岁的作者完成第一部分后，便匆匆离世。蒂克根据诺瓦利斯创作计划，为第二部分续写了一个详细提纲。这个提纲遭到后世读者和学术界质疑，只能供学者参考，无法作为读物在读书界流传。

作者是怎样想到创作这部小说的？据德国学者狄尔泰（Wilhelm Dilthey，1833－1911）说，[①] 诺瓦利斯在魏森费尔斯任制盐场候补官员期间，时常去屈夫豪森的阿恩特视察工作，在那里结识了当地驻军的骑兵上尉和历史学家冯克，在他家的藏书中发现了奥夫特丁根的故事。奥夫特丁根是德国中世纪传说中的情歌诗人，德国中世纪长诗《瓦特堡赛歌会》（Saengerkrieg auf der Wartburg）中提到过他。

---

① 参见［德］威廉·狄尔泰：《体验与诗——莱辛、歌德、诺瓦利斯和荷尔德林》，胡其鼎译，生活·读书·新知三联书店2003年版，第276页。

该诗描绘了13世纪初期图林根侯爵（Landgraf）赫尔曼在瓦特堡举办著名赛歌会的盛况（史书并无记载），参赛者有德国中世纪著名情歌诗人沃尔弗拉姆·冯·埃申巴赫、瓦尔特·冯·德尔·佛格尔魏德、赖因马尔·冯·茨威特尔（一说是赖因马尔·冯·哈格瑙）、海因里希·冯·奥夫特丁根等人。除此之外，还有一位是魔法师克灵索尔。诗里重点描写了沃尔弗拉姆与魔法师克灵索尔的猜谜竞赛，沃尔弗拉姆凭着他的宗教热忱赢得胜利。诺瓦利斯创作《奥夫特丁根》，所依据的材料除这部长诗外，还有约翰内斯·罗特的《图林根编年史》《圣伊丽莎白生平》（后世音乐家里夏德·瓦格纳的浪漫歌剧《唐豪瑟》，也是根据这些材料创作的）。诺瓦利斯的《奥夫特丁根》，终因作者忙于当地地理考察，未能全部完成，只留下第一部《期待》的书稿。

据狄尔泰说，自从歌德长篇小说《威廉·迈斯特的学习时代》出版以来，诺瓦利斯对这部美妙的小说进行了仔细研读，从而产生了用小说形式来表达世界观的想法。最初他计划写一部小说，定名为《塞斯的学徒》。我国学者曹霞教授称它是一部“自然哲学小说”，她说这部小说的手法迥异于通常的叙事文学风格，更接近于用诗歌的形式表达内心感受，所以又称它为“诗化小说”。作为一部小说，其中的人物既无姓名，又无性别，更无具体形象，字里行间只透露了他们是师徒关系，读者从中知道的不是他们之间的关系和由此演绎的故事，人们读到的都是他们之间的对话，而且是诗意盎然的对话。曹霞教授把这些对话概括为：《塞斯的学徒》主要涉及各种认识自然的经验之路，人与自然之间的关系问题。小说主要以谈话的形式展开情节。谈话者从哲学、物理学、神学、诗意等不同的角度来阐述自己对自然的看法。诺瓦利斯通过其中一个被称为“严肃的人”的人物之口，暗示了赛斯学校的最终宗旨：并非仅仅是讨论关于自然的理论，它更多的是为成长过程中的学徒们答疑解惑，并用自然和谐的理念来对他们进行引导和教育。教育在此由个体延及人类整体，亦即让整个人类形成对自然的融合意识。①

上文提到，诺瓦利斯的《塞斯的学徒》是受席勒叙事诗《塞斯城蒙着纱幕的肖像》（Das verschleierte Bild zu Sais，1795）的启发而创作的。塞斯城是古埃及一个城邦的首府，位于尼罗河三角洲西部，这里以供奉古埃及庇护丰产和母亲的女神伊西斯的庙宇而著称。据普鲁塔克《论埃及神学与哲学》记载，塞斯城这座神庙的三角楣上有这样的文字："我是生命的从前、现在和未来，任何凡人都未曾揭开过我的面纱。"席勒在这首诗里讲述了一个求知欲强烈的年轻人，为了追求真理，执意揭开塞斯城这座神像纱幕的故事。席勒的结论是：通过犯罪获得的真理，永远不会给人带来乐趣。② 从诺瓦利斯这部小说的标题和大概的内容判断，它与席勒这首叙事诗的关系是十分密切的，它们都涉及追求知识的问题。

不过，关于这部小说，诺瓦利斯写了一些片断之后，忽然在阿恩特小镇的冯克家里，发现了关于德国中世纪情歌诗人海因里希·冯·奥夫特丁根的素材，立即被它所吸引，决心暂时放弃《塞斯的学徒》，全力以赴投入长篇小说《奥夫特丁根》的创作。据狄尔泰说，诺瓦利斯认为把《塞斯的学徒》搁置下来是件好事，它本来应该写成一部真正的象征性的自然小说，但必须先完成《奥夫特丁根》，事情总得一样接着一样地做，否则什么都做不成。为此他不仅把塞斯小说搁置下来，还搁置了一篇布道词。

---

① 参见曹霞：《从〈塞斯的学徒〉看诺瓦利斯的三段论》，载《湘潭大学学报（哲学社会科学版）》2014年1月期。

② 参见《席勒文集》（第1卷），柏林：建设出版社1953年版，第207-210页。

说来也巧,《塞斯的学徒》受席勒启发而创作,《奥夫特丁根》则与歌德有着割舍不断的关系。文学史家普遍认识到,理解《奥夫特丁根》在德国文学史上的地位,离不开歌德小说《威廉·迈斯特的学习时代》对德国浪漫派创作活动的影响。狄尔泰在《体验与诗》一书中指出,蒂克的《施特恩巴尔德》、多罗苔娅·法伊特的《弗洛伦丁》和让·保尔的《提坦神》等小说,无论在作品题材、形象塑造、写作套路和故事布局等方面,都显露出歌德《威廉·迈斯特》小说模式的影响。前文提到弗·施莱格尔曾经把歌德的《威廉·迈斯特的学习时代》与法国大革命、费希特的《科学原理》并称为那个时代的"三个最伟大倾向"。但在他的《文学笔记》中却指责它是"并非完美的浪漫主义作品",甚至带有"反浪漫主义倾向",不但在艺术上不能令人满意,内容方面也过分拘泥于描写尘世的现实。诺瓦利斯读过这部小说之后,也曾经称赞它是浪漫派文学创作的典范,称赞歌德为"当今世界诗学精神的真正化身",后来因受费希特哲学影响,主张作家为了拯救世界,须从治疗新时代的分裂意识入手,借助先验的行动消除自我与非自我、主观与客观的分裂。据此他认为《威廉·迈斯特》这部作品了无诗意,说它过分务实,过分理智,作品中不和谐的丑陋现实战胜了诗,认为它是一部幼稚可笑的书。他在1800年2月23日致蒂克的信中说"歌德是个完全务实的人。他的作品就像英国人的商品一样:简单、干净、便利、耐用……他像英国人一样,有一种天生的节俭性格,一种通过理智获得的高雅趣味……《威廉·迈斯特的学习时代》似乎全然是近代散文。浪漫气息,还有天然的诗意,还有神奇的现象,都从这里消失了。这本书只写普通常见的人事,自然和神秘主义却被忘得一干二净。他是一个以诗的形式出现的市民家庭故事,里面把神奇现象当作诗和空想来处理。艺术家的无神论就是这本书的精神。”[①] 在他看来，歌德这部小说是“理性的产物”，是按照理性这个“奇怪的概念”结构起来的，理性像天真的幽灵一样无处不在，甚至说歌德用“稻草和木屑”烹饪了一道可口的菜肴。他相信，与歌德相比，新一代浪漫派作家一定会创作出美妙无比的艺术作品。诺瓦利斯认为，歌德必须被超过，一定会被超过，但不是作为艺术家，作为艺术家他是很难被超过的，因为它的正确性和严格性，比表面看来更卓越，它只能像老年人那样被超过，亦即在作品的内涵与力量、多样性与深思方面被超过。[②] 出于这种信念，诺瓦利斯决定亲自写一部在美学上与歌德的《威廉·迈斯特》针锋相对的小说。

据狄尔泰说，诺瓦利斯有意识地要同歌德展开竞争，按照他的想法，这本书出版的时候，从印刷到装帧，从字体到开本都要让人一眼便能辨别出来，《奥夫特丁根》是《威廉·迈斯特》的对立物。准确地说：《奥夫特丁根》是《威廉·迈斯特的学习时代》的对立物，因为诺瓦利斯创作《奥夫特丁根》的时候，《威廉·迈斯特》第二卷，即《威廉·迈斯特的漫游时代》尚未出版，当年浪漫派作家关于《威廉·迈斯特》的议论，不论是赞扬还是批评，其实都是针对《威廉·迈斯特》第一卷的。

那么这两部小说的“对立”是怎样表现的？下面对这两部小说内容作个对比叙述。《威廉·迈斯特的学习时代》的原稿称《威廉·迈斯特的戏剧使命》，歌德原拟通过描写主人公威廉改革德国戏剧，创立民族剧院的活动，把剧场办成教育人的场所，以实现其改变世界的抱负。意大利旅行之后，歌德对人与社会关系的认识发生了变化，不

---

① [丹麦] 勃兰兑斯：《十九世纪文学主流·德国的浪漫派》，刘半九译，人民文学出版社1981年版，第213页。

② 参见[德] 威廉·狄尔泰：《体验与诗——莱辛、歌德、诺瓦利斯、荷尔德林》，胡其鼎译，生活·读书·新知三联书店2003年版，第269页。

再描写主人公如何意识到自己肩负伟大使命，并为完成这个“使命”不惜任何代价而奋斗的故事，而是着意描写主人公在生活实践中如何成长，于是把小说标题改成现在这样。小说的着眼点不再是主人公如何按照自己的理想改造社会，而是如何在社会交往中驾驭自己，塑造自己，提高自己，使自己成为理想社会的合格成员，成为作者期望的“完整的人”。按照德国人的体裁分类法，这部小说称为“成长小说”（Bildungsroman），也称“发展小说”（Entwicklungsroman），它的特点就是通过描写主人公在生活和社会实践中历经各种磨炼，逐渐认识什么是人生的真谛，并成长为“完整的人”的过程。

故事的主人公威廉是个市民阶级知识分子，他出生于富商家庭，却鄙视经商，不满于父亲为他安排的人生道路，却醉心于戏剧艺术，致力于在德国建立民族剧院，发展演剧事业，实现用戏剧教育观众，改革现实的伟大抱负。他结识了当地的流动戏班子，参与他们的演出活动，还与伯爵府一个叫雅诺的人一起研究莎士比亚戏剧，开阔了他的艺术视野，并认识到自己与汉姆雷特有相同的性格弱点。这一觉悟促使他反省自己在信念与行动之间的矛盾。与此同时，他也发现戏班子里的同仁，个个都是既无教养又无理想，大都是拘泥于个人利害的庸庸碌碌之辈，他觉得与这些人为伍，迟早会迷失方向，再加上爱情经历的不顺，他毅然选择离开戏班子，另觅出路，去追求更高的理想。后来经高人指点，威廉参加了一个称为“塔社”（Turmgesellschaft）的具有“共济会”（Freimaurerei）性质的社团，在这里他结识了许多有文化素养和道德修养的人，与他们一道为实现一个人人平等、和睦相处的社会而奋斗。他还与一个叫罗塔利奥的开明贵族知识分子一道推行农业和土地改革计划，从中找到了自己的生活目标，理解了人生的真谛，并与罗塔利奥的妹妹，一个具有“美丽心灵”的姑娘娜塔利娅结成连理。就这样，威廉完成了自己的“学习时代”。

与威廉·迈斯特不同,诺瓦利斯《奥夫特丁根》的主人公,不是现实世界中的人物,而是一个传说中的历史人物,但他无意据此写一部历史小说,他只是利用这个人物的姓氏,选取他所属的时代作为故事的背景,所以小说的内容全然是虚构的,与传说中奥夫特丁根参加赛歌会的经历全不相干。小说主人公海因里希·冯·奥夫特丁根,刚刚年满20岁,是个贵族出身的知识分子,在埃森纳赫与父母一道过着宁静的家庭生活。他的身世颇似诗人诺瓦利斯自己。小说开头讲述主人公海因里希听见一个来自异乡的陌生人向他讲述一个故事之后,其中的"蓝花"在他的内心里引起一股莫名的憧憬,令他心神不定,辗转反侧,夜不能寐。这蓝花预示着他将成为诗人,也预示着他所钟爱的对象。它在小说中是一条贯穿始终的主线。

有一天,刚刚度过施洗约翰节,母亲要带海因里希去奥格斯堡,拜访他生来尚未谋面的外祖父。母亲的故乡是个"货币、劳动和商品互相繁衍,快速流通,国家和城镇一片兴旺"的地方。海因里希应该走出封闭的图林根,去见识一番外面世界的精彩,理解货币与商品流通的道理,是"人类自我完善"的必经之路。他们母子与一伙商人结伴同行,这些商人都是他父亲的朋友,去奥格斯堡处理商务。商人知道海因里希不愿继承父业,而醉心于钻研学问,大家都喜欢他"诗人的天赋"。旅途中商人对他讲述了许多有趣的故事,如一个诗人因随身携带许多珍宝,在海上遭船夫抢劫的故事;亚特兰蒂斯岛上的国王为女儿招婿的故事;在旅途中一座城堡的主人向他讲述十字军东征的故事;他在城堡附近森林里巧遇波斯女俘祖莉玛的经历;一位波西米亚老人向他讲述自己如何成为矿工的故事,等等。所有的讲述和经历,始终不离诗和诗人,甚至还提出诗人应该集中各种可爱的、令人愉悦的因素,制造成艺术品,让它存留于一切时间,一切地点,供人欣赏享受这样的艺术主张。作家的行文词藻华丽,诗意盎然,字里行间泛滥着"蓝花"的芬芳。旅行到达奥格斯堡以后，海因里希在外祖父家的晚会上，结识了诗人克灵索尔和他那美丽的女儿玛蒂尔黛，他感觉自己见到玛蒂尔黛那一刻的心情，犹如见到那个异乡人所讲的故事中的蓝花一般，原来玛蒂尔黛就是他理想中的爱。海因里希对玛蒂尔黛的爱，是一见钟情的爱，没有任何波折，也未经历任何考验。

海因里希通过这次游历，丰富了知识，扩大了眼界，完成了自我修养，唤醒了沉睡在心中的诗，不但成为诗人，而且还收获了爱情。不过海因里希的成长道路，完全不同于歌德笔下的迈斯特，他未经历任何冲突、坎坷和波折。他离家时也不像迈斯特那样，满怀变革世界的抱负，他只有朦胧的憧憬，对远方世界的向往。旅途的见闻和经历使他茅塞顿开，他发现认识人类历史有两条道路：一条路艰难而漫长，有着数不清的曲折，这是经验之路；另一条路几乎只需向前跨进一步，在生动而复杂的关联中观照事物，这是一条内心观照之路，在这条路上可以直接看到事物的本质。后者就是诗人诺瓦利斯的认识事物的道路，他借此说明自己与歌德的审美选择是不同的，这也是他创作《奥夫特丁根》的动机，后世学者常常称它为《反〈迈斯特〉》(Anti-Meister)小说。

我国学者韩瑞祥教授认为这种说法并不全面，他从审美历史变迁的角度指出：无论是诺瓦利斯对《威廉·迈斯特的学习时代》的批评，还是他的小说《奥夫特丁根》，都不是直接针对歌德的，而是两种诗学思想的对立，两种审美感知的碰撞。作为浪漫派作家，诺瓦利斯反思的是传统，挑战的是一个以歌德为代表的启蒙理性和古典现实主义诗学思想。他批评理性的片面性，强调在无限中感悟诗的真谛……歌德的诗学思想是现实主义的，它立足于现实，又直接作用于现实。诺瓦利斯的诗学观念是浪漫主义的，他把目光投向了一个无限而神秘的王国。歌德的审美感知是理性的，他深深扎根于对具体事物的观察中，始终在追寻着普遍存在的逻辑原则；诺瓦利斯的审美感知则是非理性的，他把想象力推到了至高无上的地步，让生存获得了无限的空间。歌德的迈斯特是现实中的人，在实实在在的生存环境中追寻着走向完美的成长之路；而诺瓦利斯的海因里希则是个理想中的人，他在完美的幻想中不断地在内心感悟着彼岸的家园，“永远走在回家的路上”。①

两部小说和两位作家审美观念的不同，不禁令人想到狄尔泰对歌德以后那一代人的评论，也就是对诺瓦利斯那一代浪漫派作家的评论。他认为歌德以后的一代人，是在抽象的、完全理想主义的哲学影响下成长的。他们从文学吸取营养，而在文学创作中却从未与生活建立直接的联系，因此，艺术形式、艺术教条、理想化等与现实内容相比，必然被看得更为重要。他们很少传达对现实世界的新看法，但是他们却提高了自己那些特殊的艺术形式的地位。在这一点上克莱斯特却与他们有着本质区别，他的艺术手法、表现形式虽然给人以光怪陆离的印象，但题材选择却始终不脱离现实。为了适应他们这种提高了的形式，这种精心完善的理想主义，在表现手法上执意突出世界的异样性，表达对事物的奇特感觉，他们仿佛是隔着一块有色玻璃看世界。就这样，他们笔下的世界呈现的是他们自己的主观色彩。这样还不算完，他们还要不倦地去发现世界的奇妙、异样和稀奇。他们的文学创作始终浮动在事物的现实性和他们的哲学情绪、艺术情绪之间。诺瓦利斯就是在这样的情况下，遵循这样的方向创作《奥夫特丁根》的。②

---

① 韩瑞祥：《审美感知的碰撞——评诺瓦利斯对歌德〈威廉·迈斯特的学习时代〉的反思》，参见《外国文学》2010年11月期，第6页。

② [德] 威廉·狄尔泰：《体验与诗——莱辛、歌德、诺瓦利斯、荷尔德林》，胡其鼎译，生活·读书·新知三联书店2003年版，第271页。

文学史家普遍注意到,《奥夫特丁根》这部小说,开辟了重新评价中世纪的全新视野,诺瓦利斯把小说的时代背景放在中世纪,旨在为中世纪文化争得一个积极的评价。在欧洲主流文化史上,自文艺复兴以来,中世纪被贬低为“黑暗的过渡时代”,这种评价到启蒙运动几乎成了定论。与贬低中世纪的主流倾向相反,诺瓦利斯追随崇尚中世纪的倾向,认为中世纪是一个有利于精神产品创造的时期。这种看法在博德默(Joh Jakob Bodmer)那里早已有之,当代文化人如赫尔德(Herder)、伊泽林(Iselin)、格莱姆(Gleim)、冯克(Funk)等,都不同程度地持这种看法。赫尔德认为中世纪的宫廷抒情诗,属于欧洲新文化的开端之列。这个观点为德国浪漫派所接受,他们在实践中抢救了不少中世纪史诗、民间歌谣、民间童话、民间故事书等,为德国传统文化的弘扬作出了重要贡献。德国浪漫派与贬低中世纪的倾向划清了界限,由此也形成了自己的鲜明特征。《奥夫特丁根》不仅是对中世纪文化的肯定,而且开了重新评价中世纪这个时代的先河。

《奥夫特丁根》的另一个重要贡献是,它作为“寓意”性文学作品,在德国乃至欧洲文学中产生了持续而广泛的影响,成了现代文学艺术的典范。小说开头,主人公海因里希听见一个陌生人讲的故事,其中的“蓝花”在他的内心里引发了起伏不定的波澜,使他产生了某种朦胧的憧憬、渴望和追求。他认为“蓝花”的出现不是偶然的,应该是某种神秘的召唤和启示,于是他觉得自己有了一种使命感。这使命是什么,他说不清楚,只是听随行的商人们说,他身上有一种“诗人”的潜质。他在旅途中的所见所闻,无不蕴含着一个唯一的“寓意”,那就是他将成为一个诗人。途遇波斯女俘祖莉玛,她欲送他一把琉特琴,被他婉言谢绝,因为那时他还不相信自己已经是个诗艺成熟的人。直到在奥格斯堡遇见诗人克灵索尔,聆听了他那些关于诗歌的教诲,他才敢于相信自己完成了一次诗歌的旅行,成了一个诗人。这种寓意性的故事，也可以称其为寓言，它的特点就是故事本身蕴涵着抽象的道理。例如，瓦格纳的“四联歌剧”《尼伯龙人的指环》、波德莱尔的诗集《恶之花》、布莱希特的剧本《四川好人》、奥地利小说家卡夫卡的《变形记》等，都是这类作品的佼佼者。实践证明，这类“寓意”性文学作品，因为具有风格化、隐喻性特点，有些作品会出现语言晦涩、意义不确定、令人费解的毛病。《奥夫特丁根》中的克灵索尔童话就是一例。

小说《奥夫特丁根》的第九章，即最后一章，是一篇童话，一篇与小说故事没有直接关系的童话。它讲的是大角星王国亡而复兴的故事。这是一个时而发生在天上，时而发生在人间，时而发生在黑暗世界的故事：大角星王国的国王通过占卜，得到永世太平的信息，于是他命令战神刀枪入库，马放南山，尽享永恒的太平盛世。岂知早就揶揄王位的录事，趁爱神厄洛斯与乳母金尼斯坦外出旅行之机，发动政变，囚禁国王，烧死王后，冰封国王的女儿弗莱雅，使其沉睡不醒。国王的另一对儿女，爱神厄洛斯和他的妹妹寓言，联手战胜了录事，平息了叛乱。大家畅饮王后骨灰化成的圣水，一个美丽的春天立即重回大地：公主弗莱雅苏醒了，爱神厄洛斯和他的妹妹寓言，作为国王和王后登上王位，大角星王国重又恢复了秩序。顺便交待一句，在人类文明发展史上，有一个阶段，哥哥娶妹妹做新娘，不是什么新鲜事。

这样的童话不同于《格林童话》，它显然被作家赋予了复杂的寓意，文风华丽雕琢有余，朴素简洁不足。德国人称这样的童话为“艺术童话”（Kunstmaerchen）。关于这则童话的寓意，它与《奥夫特丁根》的关系，学术界历来众说纷纭，学者根据不同的方法进行不同的解释，必然是见仁见智。有一点大家的认识是统一的，即它体现了德国浪漫派打破文学作品的“体裁界限”，创立“综合艺术作品”（Gesammtkunstwerk）的美学主张。这种主张推动了德国乃至欧洲文学艺术向多样化方向发展，不再拘泥于传统艺术体裁的条条框框。

第三章 怪诞小说艺术大师霍夫曼

霍夫曼是德国后期浪漫派的代表人物，是一位享誉世界的重量级小说大家。近两个世纪以来，他那别具一格的作品，独特的叙事艺术，备受世人关注。同时，他又是一位颇具争议的人物，围绕着他的问题，尤其是流派属性和评价问题，在德国和国际上展开过激烈、持久的论战，论战双方都不乏社会名流。一方面，司各特和歌德充当了批判霍夫曼的急先锋，声称他的作品是“病态的”；接着，海涅、黑格尔和车尔尼雪夫斯基等也都异口同声地告诫世人要当心霍夫曼“病毒”的感染。另一方面，为霍夫曼这位“多病患者”唱赞歌的，也有巴尔扎克、波德莱尔、爱伦·坡、陀思妥耶夫斯基、赫尔岑和卢卡契等大作家和评论家。可见这位德国人和他的艺术、他的问题确实值得我们重视和探讨。

一、霍夫曼生平，从音乐家到小说家

恩斯特·特奥多尔·阿马丢斯·霍夫曼（Ernst Theodor Amadeus Hoffmann）1776年1月24日出生于普鲁士柯尼斯堡市，即现在的俄罗斯加里宁格勒。父亲克·路·霍夫曼（1736–1797）为当地律师，母亲路·阿·霍夫曼（1748–1786），娘家姓多尔费，出生于律师家庭，是父亲的表妹，一个身患癔病、终日哭闹的家庭妇女。父母于1778年离异，两岁的小霍夫曼跟随母亲来到外祖母家，外祖父其时已经去世。在多尔费家，小霍夫曼与他的大舅奥·威·多尔费，一个小气、死板、伪善和愚蠢的普鲁士官吏，同住一室，受其普鲁士式的严格家规管教，失去了任何行动自由。在这样一种怪诞、鄙俗的家庭环境里，霍夫曼郁郁寡欢地度过了自己的青少年时代。

尽管家庭环境不利于霍夫曼成长，特别不利于心理状态的成熟，但他还是接受了良好教育，除了正规学校文化知识之外，他还在家教中接受了音乐和绘画技巧训练，进入大学之前，他在这两个方面已经达到了相当高的造诣。1792年，遵照家庭传统和旨意，霍夫曼进入柯尼斯堡大学攻读法律，但他的兴趣始终倾向于艺术，课余的大部分时间都用来作曲、弹琴和绘画。大约从1809年起，出于对音乐天才沃尔夫冈·阿马丢斯·莫扎特的崇敬和热爱，他把自己的名字中的“威廉”（Wilhelm）改为“阿马丢斯”（Amadeus），从此，人们习惯上称他为“E. T. A·霍夫曼”，其中的字母A，即Amadeus（阿马丢斯）的缩写。职业和兴趣的矛盾，给他带来了巨大的痛苦，他常常在书信里发泄对仕途生涯的厌恶。早在1798年，即大学毕业后第三年，他就抱怨自己“被拴在司法的车轮上”，1806年，他又哀叹自己在“公务活动”中像个令人讨厌的傀儡，这些“公务活动”把他那艺术天才的美丽翅膀捆绑得死死的，仿佛不彻底折断它便不肯罢休。到了1816年，他被任命为柏林高等法院律师顾问时，还把法院的公务活动比作“被迫从事苦役的囚徒的镣铐”。不论是1796－1798年在格洛高当见习陪审员，1798－1800年在柏林任候补法官，1800－1802年在波兹南当陪审推事，1802－1804年被遣送到普沃茨克任职①的时候，还是1804－1807

① 1802年，霍夫曼卷入波兹南市民与当地普鲁士军方的一场冲突，他在当地狂欢节化装舞会上，散发由他自己制作的讽刺普军军官的漫画，引起轰动，后被当局查出，霍夫曼被调到小城普沃茨克任职，以示惩罚。

年在华沙[1]任行政专区顾问的时候，霍夫曼总是觉得，唯有当个艺术家才是他的天职。

霍夫曼尽管厌恶仕途生活，却又不情愿抛弃它，因为他意识到，作个自由职业的艺术家，没有固定收入，是无法保障他的生计的，为了谋生，他不得不从事那些他不情愿的公务活动，只能利用业余时间去提高自己的艺术才能。1806年发生的普法战争，才把他从普鲁士官职的“奴役”中解放出来。1789年的法国大革命，搅乱了欧洲封建秩序的一潭死水，特别是从拿破仑1799年雾月政变上台以后的15年间，欧洲一直是战火弥漫，时局动荡不定。1806年10月，法军在拿破仑亲自指挥下，长驱直入，开进柏林和东普鲁士，他正在供职的华沙为法国军队占领，所有不愿意为新政权效忠的普鲁士官员，因拒绝在誓言书上签字，统统丢掉了乌纱帽，霍夫曼是其中的一个。从此，他由官员变成了“自由职业”的艺术家，开始了小说家生活。

官职被革除后，霍夫曼很快就体会到，一个自由职业艺术家能享受到的，无非是行动的自由，但他为此得付出高昂的代价，蒙受物质生活的困难和社会的凌辱。虽然他多才多艺，被人誉为全才，并且从柯尼斯堡时期起，就已创作了许多歌曲、歌剧、小歌剧、前奏曲、奏鸣曲和交响乐，却难以找到收入丰厚、稳定可靠的职业。他在给他的好友希佩尔的信里这样诉说自己的遭遇：“这里做的一切努力，都已落空……我累得浑身无力，健康不断损坏，却两手空空，一无所获！我不愿向你叙述我的困难，它已到了无以复加的地步。五天来，除面包外，我什么也没有吃过。——如此的困境，从未有过！”

1808年4月中旬，经过两年的劳碌，霍夫曼终于弄到班贝格市剧

---

① 1795年波兰第三次被瓜分后，华沙以及波兹南、普沃茨克等地为普鲁士所吞并。

院乐队指挥的职位。这本是夙愿得偿的事情，但是由于他不能对付高傲自负的音乐界同行策划的那些阴谋诡计，很快就不得不放弃这一职位，而只能满足于剧院作曲家的工作，另外还兼任家庭音乐教师。时来运转，1810年，班贝格剧院新院长弗·冯·霍尔拜因慧眼识贤人，启用霍夫曼为“院长助理”，于是他又获得了在剧院里施展艺术才华的机会。霍夫曼既是编剧、导演和作曲家，又是舞台设计师和布景画家。他与院长通力合作，成功地把卡尔德隆和莎士比亚这两位大师的戏剧作品搬上舞台，使该剧院迎来了一个黄金时期。可惜好景不长，1812年2月末，霍夫曼又因霍尔拜因院长的辞职而丢掉了饭碗。为了维持生计，在充当家庭音乐教师的同时，他还找了一分为莱比锡一家出版公司在班贝克销售乐谱的工作。

人都有七情六欲，恋爱婚姻无疑是生活的重要组成部分。在班贝格担任家庭音乐教师期间，霍夫曼爱上了他的学生尤莉娅（1809年时她才13岁）。她是已故领事菲·马尔克的独生女，一个既聪明伶俐，又有音乐天赋和一副美妙歌喉的少女。从1811年起，随着少女的成长发育，霍夫曼的追求日益狂热。这逃不过尤莉娅母亲的目光。一心追求金钱地位的马尔克夫人毫不迟疑地要把女儿许配给一个家庭富有却道德败坏、身患性病的汉堡商人的儿子，而尤莉娅竟屈从母亲的意志，这使霍夫曼悲痛欲绝。1812年11月初，尤莉娅订婚数周后，霍夫曼趁一次同马尔克一家到郊区游玩之机，狠狠地羞辱了尤莉娅的未婚夫一番，这一行动导致他与马尔克夫人一家的彻底决裂。

霍夫曼1798年同波兰女子米莎结成伉俪之前，曾经先后与两个女子有过婚恋关系，或者说感情纠葛。一个是在柯尼斯堡读书时期跟着他学习音乐的女学生多拉·哈特，这是一个比他年长九岁的有夫之妇。这场师生恋在当地引起一些闲言碎语，令他姥姥和舅舅等人感到非常难堪，他们借此机会把他调到二舅约·路·多尔费身边去供职，以促使他跟多拉疏远。他的二舅当时正在西里西亚地区格洛高高等法院任顾问。调虎离山这一招果然奏效，但到格洛高不久又发生了第二次感情纠葛，这一次他爱上了二舅的女儿，他的表姐明娜·多尔费。这一场姐弟恋也以失败告终。这两桩婚恋事件持续时间都不算长，对霍夫曼的影响也不大，它们只不过是他生活中的两个小插曲。如果说它们曾经在霍夫曼生活长河中激起过几片浪花，那么他与尤莉娅的恋爱事件在霍夫曼的感情生活中所激起的则是滔天巨浪，它对霍夫曼的生活和创作均产生了巨大而深远的影响，堪称霍夫曼生活中的重要篇章。在尤莉娅投入他人怀抱不久，激动不已的霍夫曼就已拟好写作一部长篇小说的计划，定名为《一个发疯的音乐家恍然大悟的时刻》。虽然自那次郊游之后，他再也没有见到过他钟情的学生，但是尤莉娅的音容笑貌总是不断地浮现在他的脑海里，后来他在《仿卡洛风格的幻想作品》(1814-1815)、《有关贝尔甘察犬新近遭遇的信息》(1814)和《雄猫穆尔的生活观》里，借助尤莉娅和卡齐莉娅这样的文学形象，反映了他当年的感情经历。

1813年春天，莱比锡剧院院长塞康达聘请霍夫曼担任该院乐队指挥，这次任命未能使他的生活有多少改善。不久，他与塞康达发生了矛盾，难以共事。次年9月反对拿破仑的解放战争胜利后，霍夫曼回到柏林，重操律师职业，结束了他那漂泊不定的自由艺术家生涯。

1808-1814年，霍夫曼颠沛流离，浪迹班贝格、莱比锡和德累斯顿等地，这一段岁月是他物质生活最困难，精神上最压抑的年代，也是他从艺术家向小说家转变的过渡时期。在这期间，他除了创作大量乐曲和撰写高水平的音乐评论外，还写了若干中短篇小说。1809年，他发表了以德国音乐家格鲁克为题材的小说《骑士格鲁克》，在德国文坛上初露头角，而后《唐璜》《克赖斯勒故事集》和多卷本小说集《仿卡洛风格的幻想作品》陆续问世。他重返柏林以后，在生命最后的8

年里，他的艺术创作逐渐为文学创作所取代。

霍夫曼步入文坛时已经33岁。他既然那样酷爱艺术，把它视为最神圣的事业，愿意为之奋斗终生，而且他又才华出众，硕果累累，为何过了"而立"之年还要改弦易辙呢？这是霍夫曼研究者普遍感兴趣，并且常常提出的问题。在我看来，霍夫曼之所以改弦易辙，与他作为艺术家在班贝格的不幸遭遇有密不可分的关系。在这座风景如画的城市里，这位沉醉于艺术，把它视为天职的艺术家，面对的却是个敌视艺术和艺术家的社会。充当乐谱代销商，做名门闺秀的家庭音乐教师在当时被认为是"低贱的"工作，这使他深感羞耻。社会地位的低下招致爱情的不幸结局，更让他难以接受。他深切感到，在班贝格社会中，他并非地位平等的成员。对这个为资产阶级市侩恶习严重污染的上流社会，他恨之入骨。由于抽象的音乐语言不宜于表达他的坎坷道路和生活感受，不便于直抒胸臆，这就不难理解他为什么要改用语言艺术的手段了。

作为音乐家，霍夫曼无疑取得了一定的成就。他那出色的音乐评论曾经受到贝多芬等人的赏识、称赞，他本人被誉为德国浪漫主义音乐评论的先驱。他根据他的朋友富凯[①]的同名艺术童话改编的歌剧《温亭娜》，获得了巨大成功。但除此之外，他没有留下不朽名曲。使他名垂史册、流芳后世的，主要不是原先被他视为"天职"，并打算为之奋斗终生的音乐，而是原先被他视为次要才能的文学创作。在霍夫曼身上，音乐与文学结下了不解之缘。音乐家霍夫曼广博的音乐理论、音乐史知识和丰富的音乐创作实践，为小说家霍夫曼的文学创作

① 富凯(Friedrich Heinrich Karl de la Motte Fouque 1777–1842)：德国浪漫派作家，法国贵族后裔。写过剧作、诗歌等，但只有童话《温亭娜》是他的传世之作，描写水妖与骑士的恋爱故事，不少画家为之作插图，1913年由徐志摩译成汉语，名为《涡堤孩》。

提供了独特的养分。艺术和艺术家问题是霍夫曼创作的重要题材。音乐史上的一些名流(诸如格鲁克)常常是他作品中的主角。他所塑造的最著名、最成功的艺术形象——乐队指挥克赖斯勒,没有他作为音乐家在班贝格的不幸遭遇和切身感受,是创作不出来的。可以说,霍夫曼的文学作品是从音乐精神中孕育出来的,没有音乐家霍夫曼,就没有小说家霍夫曼。

霍夫曼是以他的小说《骑士格鲁克》(1809)和4卷本小说集《仿卡洛风格的幻想作品》,在德国文坛上崭露头角的。1814年10月底,当他重又返回柏林高等法院供职时,已经是小有名气的作家了,他周围聚拢了一批朋友,其中包括作家沙米索和富凯。返回柏林后,霍夫曼白天忙于公务,晚上或者与朋友们在咖啡馆里聊天,谈论戏剧、音乐和文学问题,或者伏案写作。尽管他不喜欢法院这份工作,还是坚持做下去,因为它不仅能保障霍夫曼有个稳定、安逸的生活,而且这个职业对他的文学创作也大有好处。借助职务之便,他有机会广泛接触到时代与社会的实际问题,熟悉国家官僚机构的腐败情况,从而有助于开阔视野,促进他的思想越来越面向现实。他的一系列优秀作品,都是在他重返法官岗位后创作出来的。在小说写作方面,他堪称“快手”。在生命的最后8年里,除了长篇小说《魔鬼的迷魂汤》和《雄猫穆尔的生活观》之外,他还写了一系列优秀艺术童话和脍炙人口的中短篇小说。

身为普鲁士法官,霍夫曼工作非常出色,具有尽忠守职、秉公执法、刚正不阿等良好品格,这导致他晚年时候同普鲁士当局发生了一场严重的冲突。1813-1815年的反拿破仑解放战争以后,俄罗斯、奥地利和普鲁士结成神圣同盟,力图恢复欧洲封建制序,使人们盼望已久的德国统一和民主发展化为泡影。1817年德国大学生在瓦特堡集会,成立“大学生协会”(Burschenschaft),号召实现德国统一。这一行动遭到在俄军中服役的作家柯采布(August von Kotzebue)的反对,他在自己主办的《文学周报》上发表文章,对大学生们极尽讽刺嘲笑之能事。此举在大学生当中引起民愤,一位名叫卡尔·路德维希·桑德的学生,用暗杀的方法惩罚了他。1819年9月20日,梅特涅召开卡尔斯巴德会议,做出决议,严格监视大学教授和学生的言论行为,对报刊实行严格审查,不准刊登革命性或者煽动性言论。普鲁士反动派根据《卡尔斯巴德决议》,肆无忌惮地迫害那些敢于反抗的志士仁人。霍夫曼被任命为所谓"叛逆集团及其他危险活动直属调查委员会"成员,并被委托审理爱国志士、著名的德国"体操之父"雅恩。霍夫曼在办案过程中看出了以卡姆普茨为首的警察当局弄虚作假、目无法纪、专横独断的恶劣行径,不愿与之同流合污。他先是抵制对雅恩的起诉,继而甚至受理这位受害者对卡姆普茨提出的反诉。他这种在太岁头上动土的义举,使当局怒火中烧。接着,霍夫曼又以他的艺术童话《跳蚤师傅》影射和抨击卡姆普茨一伙办案的卑劣行径,与反动当局继续进行斗争。

自1822年1月中旬起,霍夫曼备受骨髓结核病的折磨,四肢瘫痪。虽然如此,但他意志顽强,不肯向病魔低头。在他生命垂危的最后四个月里,他依旧争分夺秒,继续创作。以口授的方式,完成了《表兄的楼角窗口》等作品。1月24日,他的朋友们前来庆贺他的46岁生日。有朋友说席勒有一句有名的格言:"生命并非最宝贵的财富"。霍夫曼激动地答道:"不对,不对,不管在什么条件下,生存,生存,唯有生存才是最宝贵的。"

1822年6月25日,霍夫曼终于撒手人寰,享年仅46岁。他的朋友们敬献的墓碑上赫然铭刻着:

恩·特·威·霍夫曼

1776年1月24日出生于普鲁士柯尼斯堡——1822年6月25日卒于柏林

杰出的法律顾问、诗人、音乐家、画家。

如前面所述，霍夫曼一生酷爱艺术，曾经把献身艺术视为自己的天职，出于对音乐家莫扎特的崇敬和热爱，他把自己的名字“威廉”改成了“阿马丢斯”。这个墓志铭表明，他的朋友们更重视他的官场生涯，把他的官职置于优先于艺术家的地位，他们还是在他的姓名中用“威”(威廉)取代了“阿”(阿马丢斯)。这种做法显然是违背了霍夫曼的生前意愿。文学史家和评论家们不愿意因袭这种社会陋习，依旧遵照诗人的意愿，称他为恩·特·阿·霍夫曼。

二、霍夫曼小说创作巡礼

文艺作品的思想倾向，往往是艺术家世界观的流露，同时也与艺术家所处的特定历史环境和社会关系有密不可分的关系。霍夫曼从未意识到自己是个天生的作家，具有成为作家的天赋。他与文学结缘是从音乐开始的，他是通过音乐评论走向文学创作的，而这条人生道路，完全是由欧洲和德国的现实关系决定的。1804年，法国宣布成为帝国，拿破仑举行加冕称帝以后，连年发动对外战争，掠夺欧洲财富和土地，抢占殖民地，为法国资产阶级建立海外贸易霸权。拿破仑的扩张活动引起俄国、普鲁士的不安，1806年10月，俄国与普鲁士联合起来，发动了反法战争。法军在耶拿打败普军，并攻占柏林，1807年春天，法军又在东普鲁士打败俄军，迫使俄国、普鲁士与法国签订了《提尔西特和约》。

根据和约，俄国退出反法联盟，普鲁士损失了易北河以西全部领土,这部分土地成了新成立的威斯特伐利亚王国的一部分。拿破仑在波兰建立了由他控制的华沙大公国,本来在华沙任行政专区顾问的霍夫曼,像其他德国人一样,由于不与法国人合作而丢掉了职业。为了维持生计,他不得不走上小说创作的道路。由此可见,霍夫曼成为小说家是环境使然,但也并非偶然,作为作曲家、音乐教员、乐谱代销商和音乐评论家的经历,为他最初创作音乐题材小说,成为作家奠定了基础。他的第一篇小说《骑士格鲁克》一问世,便得到读者和评论界的肯定,被人称为"杰作"(Meisterwerk)。这篇小说具有霍夫曼日后小说常见的幻想因素、恐怖性描写和关于音乐的有趣思想。

霍夫曼的主要文学创作活动始于1815年,即1814年10月在柏林高等法院任职以后。1815年以后德国历史的主要标志,是封建专制主义的全面复辟。1812年拿破仑率领70万大军出征俄国失败以后,又于1813年在德国莱比锡被反法联军打得落花流水。拿破仑被迫退位以后,法国出现了波旁王朝复辟,其时整个欧洲都出现了封建复辟的局面。普鲁士国王和其他德意志国家的诸侯并不履行他们在解放战争(1813-1815)期间许下的美好诺言,只热衷于恢复旧日的封建制度,人民群众呼吁建立自由独立统一的德意志国家的合理要求和美好愿望却落空了。在德意志各国当中处于霸主地位的普鲁士王国,如马克思说的那样,成了一个"专制政体、官僚制度和封建主义的大杂烩"。为巩固他们的统治地位,封建君主疯狂镇压以青年学生为代表的进步势力。在这种形势下,知识分子中产生了不满现状的情绪,却又找不到出路,只好像梅林说的那样,逃到"美丽的幻想王国"中去。1815年以后的德国文学,虽然依旧是浪漫主义与以歌德和席勒为代表的魏玛古典文学并立的局面,但是浪漫主义自身固有的宗教神秘主义和非理性主义倾向,在复辟年代得到了加强,浪漫主义从它的盛期走向了衰落和瓦解的阶段,人称后期浪漫主义。

霍夫曼所处的就是这样一个黑暗时代。作为一个有理想的艺术家和作家，他对周围的鄙俗环境、丑恶现实是深恶痛绝的。他希望改变现状，但他的世界观却又使他深信现状无法改变。理想和现实的矛盾，艺术和艺术家同社会的冲突，使霍夫曼陷入深刻的思想危机。这种矛盾，促使他向往和接受浪漫主义，并以别具一格的文艺形式去反映现实，以求得精神上的解脱。

艺术家问题，艺术与社会的关系问题，在德国文学史上，从大诗人歌德到现代批判现实主义小说大师托马斯·曼，是屡见不鲜的主题，在霍夫曼的作品中更占据了中心的位置。从他的第一部小说集《仿卡洛风格的幻想作品》，到他最著名的小说集《谢拉皮翁兄弟》，直到他晚年的代表作《雄猫穆尔的生活观》，无一不被这样一个敏感的社会问题所浸淫。霍夫曼笔下的一些艺术家，往往是狂人或者半疯半癫的怪人。丑恶的现实使霍夫曼同时代的著名诗人荷尔德林神经错乱，无法继续进行文学创作。霍夫曼要把荷尔德林式的艺术家悲剧，通过他笔下的人物形象，特别是通过《雄猫穆尔的生活观》中的乐队指挥克赖斯勒表现出来，借以揭示艺术家同社会的冲突，批判那种把艺术家贬为“二等”公民，把艺术视为荣华富贵装饰品的主张。在他看来，艺术是一种超感觉的东西，是现实与“无法理解的超尘世的世界”之间的纽带。显然，这种超阶级、超现实、带有神秘主义色彩的艺术观也是值得怀疑的。

在德国，艺术童话这一体裁，从18世纪末年起，开始成为一种时尚。它以奇妙和神秘莫测为主要特征，大多面向成年读者，不同于以善与恶的斗争、善良终将战胜邪恶、正义得以伸张为主题，主要面向少年儿童的所谓民间童话。大诗人歌德堪称为这一文学形式的开拓者，他在1795年创作的《童话》，1807年创作的《新梅卢西娜》，开了这类文学形式的先河。在他之后，不少浪漫派作家都对这类题材产生了浓厚兴趣，例如诺瓦利斯创作了《风信子和玫瑰花》，蒂克于1797年创作了《金发埃克贝特》，富凯于1811年创作了《温亭娜》，沙米索于1814年创作了《彼得·施莱米尔奇遇记》，布伦塔诺于1838年创作了《雄鸡和雏鸡咯咯叫》，豪夫也创作了《1826/1827年的童话历书》，等等。后期浪漫派作家霍夫曼对它更是情有独钟。他的艺术童话富有神奇浪漫色彩，却又不脱离现实，《金宝瓶》《小矮人扎克斯传奇》和《跳蚤师傅》等是他在这一领域的代表作。

霍夫曼的《金宝瓶》（一译《金罐》），创作于1814年，是霍夫曼短篇小说集《仿卡洛风格的幻想作品》中的一篇。卡洛（Jacques Callot, 1592－1635）是霍夫曼喜欢的17世纪法国版画家，擅长描绘平民生活场景和战争苦难，作品具有社会批判倾向，无论在艺术上，还是在人格上，都颇受霍夫曼推崇。小说《金宝瓶》以幽默风趣的笔调，描写大学生安泽穆斯意欲摆脱令人感到压抑的小市民环境，偶然进入一个异想天开的奇妙世界的种种经历。在一次复活节郊游时，安泽穆斯突然发现树枝上有三条金光闪闪的小蛇，它们一边翩翩起舞，一边说着人话。它们当中一条蓝眼睛的小蛇，含情脉脉地向他频送秋波，他自然也对那小蛇产生了好感。其实那三条小蛇是德累斯顿王室档案保管员林德霍斯特的女儿，这位档案保管员本来是古代神话中的一条大蝾螈，因遭天谴被发配来人间，只有他的三个女儿嫁给童心未泯的诗人，他才能解脱尘世的系累。回到城里以后，安泽穆斯在与副校长保尔曼的长女薇萝尼卡接触中，才暂时驱散了头脑中“三条小蛇”的“幻影”，但是他并不知道薇罗尼卡对他并不感兴趣，一心想着要成为宫廷顾问的太太。有一次，安泽穆斯被推荐给皇家档案保管员林德霍斯特，代他复写外语手稿。借这个机会，林德霍斯特把他引进一个神奇而诡秘的幻想世界，并告诉他那条蓝眼睛的小蛇，是他的幼女泽尔彭蒂娜。安泽穆斯喜出望外，他深深爱上了这个时而变成蛇，时而变成人的女孩，向她表白了自己的爱情，还看见了她的嫁妆，一只能给占有者带来幸福的闪闪发亮的金宝瓶。一个偶然机会，他向女巫的金属镜里望了一眼，他顿时神志“清醒”，对神奇世界失去了兴趣，并确信自己挚爱的是副校长的女儿，那个梦想当宫廷顾问太太的薇萝尼卡。就这样，他在女巫的魔法作用下，丧失了“天真无邪的诗意情感”，被囚禁在一个由图书馆变成的“水晶瓶”里。他看见别人在水晶瓶里活得无比自在，唯独自己感到这瓶子令人窒息，他更向往林德霍斯特向他展示的那个充满幻想的神秘世界。童话的结局是，林德霍斯特打败了女巫，安泽穆斯获得解放，成了诗人，与爱妻泽尔彭蒂娜躲到太平洋上一个岛国，那是一个万物和谐共生的诗意世界，他们在那里过起了安逸的隐居生活。

这篇童话显示了作者丰富的想象力。林德霍斯特家中展示的仙境，太平洋上的自由理想王国，无疑都是超现实的诗一般的幻想世界，但是作者并没有让幻想纵横驰骋而不加以约束。作品的副标题是《新时代的一部童话》。这个副标题表明，作者分明是让小说的内容牢牢地附着在所谓“新时代”，即欧洲封建复辟年代的社会现实里，对以德累斯顿为背景的小市民世界，以副校长保尔曼父女和公文登记官赫尔勃兰德为代表的市侩恶习，作了细致的描写，深刻的揭示。主人公安泽穆斯，属于作者同情的所谓“热情人”，摆脱了社会庸俗习气，有理想，有追求，他是个富有幻想与理想的艺术家类型。作品借助安泽穆斯这个艺术形象，表现了艺术家在资本主义社会的遭遇。关于安泽穆斯被囚禁在“水晶瓶”的描写，是独具匠心的。一些人被囚禁在水晶瓶里，却活得十分惬意，人们习惯于那里的陈规陋习，忙于追逐功名利禄；而经历过神奇世界的人，却忍受不了这种鄙陋环境，一心冲出它的樊篱，走向充满诗意和自由的美好世界。作者以形象、夸张的笔法，揭示艺术家在敌视艺术的社会中的困窘处境，幻想通过艺术去摆脱它,恰是这部艺术童话构思的匠心所在。

《小矮人扎克斯传奇》(一译《侏儒查赫斯》,1819),是霍夫曼最为珍视的作品,也是德国浪漫派最重要的讽刺性童话小说,曾经受到马克思的赏识。主人公扎克斯生来就是个奇丑无比的怪物。3岁半的孩子身高却只有40厘米,脊背状如南瓜,双腿瘦如干柴棍,不会走路,也不会说话。一个仙女同情他,对他施以魔术,让他头上长出三根具有神奇魔力的红色的头发,凡是他人在他面前所想、所说、所做的一切好事,统统都能被现场的人视为他的所想、所说、所为。凭借这种魔力,扎克斯混进了一个德意志小公国的首府,招摇过市,飞黄腾达,时而被夸奖为卓越的诗人,时而被捧为杰出的物理学家,时而又被视为小提琴大师、优秀的歌唱家,最后甚至被抬举上了小公国大臣的宝座。同样,靠着这种魔法,他还能成为妇女心目中的美男子,使大学生巴尔塔沙的情人坎狄达投入自己的怀抱。最后,巴尔塔沙在魔术师阿尔巴努斯的帮助下,在坎狄达与扎克斯订婚典礼上,拔掉了这个骗子的三根红头发,扎克斯才原形毕露,遭到众人嘲笑,羞得无地自容,终因害怕民众暴乱,一头钻进尿桶里自溺身亡。

从这部小说的内容可以看出,霍夫曼以童话的形式,艺术地描写了自己作为法律工作者,在普鲁士政法机构任职时,亲身体验过的形形色色社会和政治问题,这是一部具有尖锐政治倾向的文学作品。小说出版于1819年,读者可以从中感受到德国1813－1814年解放战争中民众运动的气氛,也能感受到1814－1815年维也纳会议以后,由奥地利宰相梅特涅开创的封建复辟时代的气氛。梅特涅在那个时代所采取的各种镇压民主活动的政治措施,激起了霍夫曼的正义感,他自己于1822年所经历的严厉纪律制裁,更是唤醒了他维护自身权益的法律意识。在这部小说里,霍夫曼大胆地采用尖刻的讽刺笔法,表达了事物的真相,说出了自己对现实的真实感受和认识,在他看来,德意志小公国的所谓“开明君主制”,实际上是独裁政治借用另外一种手段的延续,人们只不过是用美丽的语言对它进行了装饰而已。这是一部既幽默又富于深刻讽刺意味的小说,主人公扎克斯是封建势力的象征,在当时的读者看来,扎克斯这样的胖侏儒既是德意志小公国官僚体制的讽刺性漫画人物,同时也反映了梅特涅时代欧洲封建复辟体制的特点。作者通过扎克斯这个没有真才实学,只会弄虚作假、招摇撞骗的人物,尖锐地抨击了不劳而获,靠骗人伎俩侵吞他人劳动果实的社会时弊,同时也讽刺了德意志土地上四分五裂的政治局面和封建宫廷的腐败。小扎克斯作为最底层出身的丑八怪,接受了蔷薇观景楼仙女的魔法,平步青云,直至享受到人世间的最高荣誉,作者对他的生活经历的描写,既能做到针砭时弊,又有妙趣横生的艺术效果,淋漓尽致地反映了那个时代扭曲而愚蠢的现实。当年的《文学周刊》认为《小矮人扎克斯传奇》是一部不同凡响的作品,它引起很大的轰动,赢得最多的掌声,被称为作者的“顶峰之作”。

在《跳蚤师傅》(1822)里,现实世界和超现实世界交织在一起,童话中的人物形象具有两重性,他们既是现实中的人物,又是超现实的幻想中的人物。读者所看到的“现实事物”,实际上是发生在超现实世界里的事物的延续。《跳蚤师傅》中的主要人物佩雷格利努斯·蒂斯,是个与世隔绝,终日耽于幻想的年轻人,类似《金宝瓶》中的安泽穆斯或者《小矮人扎克斯传奇》中的巴尔塔沙那样的“热情人”。作品结构层次繁多,情节复杂,故事围绕着佩雷格利努斯与其他人争夺驯蚤者魔术师洛伊文荷克漂亮的侄女德特耶·埃尔弗丁克(原称加玛赫公主)展开。与自然科学家斯瓦默达姆和魔术师洛伊文荷克一样,德特耶也竭尽全力要控制跳蚤师傅为自己服务,因为这个跳蚤王国的国王有一副神奇的超微型显微镜,借此甚至能透视他人的思想。出于本身安全的需要,跳蚤师傅请求佩雷格利努斯保护它，表示愿意把自己的"思想显微镜"不时供给他使用，以作报答。在跳蚤师傅的帮助下，佩雷格利努斯终于了解到自己的遭遇与法玛古斯塔童话世界诸人物的奇妙关系，同时也懂得了一些事情的来龙去脉。最后，他把德特耶献给他的朋友格奥尔格·佩普施。佩普施与德特耶消除误解以后结为情侣，随后他们分别化为盛开的蓟草策黑里特与花仙加玛赫公主离开尘世。佩雷格利努斯与穷书商莱默希特的女儿勒森结婚，当了仙国沙基斯的国王。——在《小矮人扎克斯传奇》里，霍夫曼曾经借助植物学教授莫施·特尔品这个人物抨击了当时的自然科学。在《跳蚤师傅》里，作者用浪漫主义看待生活与自然的观点，批评斯瓦默达姆与洛伊文荷克两位自然科学家的理性经验主义方法，指责他们研究自然，却不知道其最内在的本质意义。

最引人注目和最令人感兴趣的，是霍夫曼在这部童话里探讨的他那个时代的现实政治问题。前面提及，身为普鲁士法官的霍夫曼同以卡姆普茨为首的普鲁士警察局进行过斗争，但是这场斗争并未了结。在这部作品里，他根据法院的审讯记录，对卡姆普茨一伙知法犯法的卑劣行径作了无情的揭露和批判。童话中的枢密顾问克纳潘蒂就是卡姆普茨的化身，这个家伙是一个小郡主宫廷中的"主管"，他最喜欢搞宗教法庭式的秘密审讯，借以诬陷无辜。他明明知道小朝廷里没有任何一个公主被人拐骗，却蓄意编造谎言，怀疑佩雷格利努斯拐走了一个公主。他的重要"根据"是，佩雷格利努斯的日记里，有一个地方称自己"懒于谋杀"。"谋杀"两字下还划了三道线，克纳潘蒂据此推断，佩雷格利努斯为自己今天没有搞"谋杀"而感到遗憾，这4个字暴露了罪犯的邪恶念头。他还认为，弄清了谁是罪犯，犯罪行为自然就清楚了 。克纳潘蒂的思维方式，暴露了他作为司法官僚喜欢捕风捉影、热衷于搞逼供信的嘴脸。

《跳蚤师傅》手稿在法兰克福出版商维尔曼斯处被当局查出。卡姆普茨随即向内务部头子弗·冯·舒克曼控告作者“违背纪律”,“公然粗暴地诽谤一位行政官员”。舒克曼在致首相哈登堡的公函中称霍夫曼是个“玩忽职守、极不可信、甚至是危险的行政官员”,并声称要把霍夫曼此前在“直调会”任职审案中的态度,以及当年在波兹南用漫画讽刺当地普鲁士驻军的事件一并进行清算。1822年2月7日,怒不可遏的普鲁士国王下令,24小时内务必审讯霍夫曼。2月8日,医生海·迈尔对霍夫曼的健康状况作出结论,断定他没有出庭受审的能力,这才使这位生命垂危的患者得以幸免。

《跳蚤师傅》后来虽然发表了,但经过当局审查机构的删节,已变成面目全非的东西。那些揭露卡姆普茨一伙办案中弄虚作假,恶意诬陷的章节被抽了出来,一直封存在普鲁士档案馆里,直到20世纪初的1905年才被发现。《跳蚤师傅》的原稿于1908年(一说1906年)公开发表后,霍夫曼晚年的政治思想状况才为世人知悉。

歌德时代的中篇小说(Novelle),多以故事的“新奇”和“闻所未闻”为主要特征。霍夫曼发展了这些特征,使之具有了神秘莫测和令人恐惧不安的色彩。中短篇小说在他的整个文学创作中占有独特地位,它们大多收入《仿卡洛风格的幻想作品》(1814)、《夜谭》(1816–1817)和《谢拉皮翁兄弟》(1819–1821)等3个多卷本小说集里。此外还有个集子名为《最后的小说》,收入了他的14个中短篇作品。这说明在霍夫曼文学创作中,中短篇小说数量占有很大比重,虽说它们并非篇篇都是精品,却不乏脍炙人口的名优佳作,诸如:《骑士格鲁克》《除夕之夜的离奇经历》《赌运》《斯居戴里小姐》《德·拉皮瓦埃迪尔侯爵夫人》《虱子海玛托哈》《美丽的曼陀罗》和《表兄的楼角窗口》等。

《骑士格鲁克》(1809)是霍夫曼的处女作,这是一篇文学随笔,描写故事的叙述者“我”同早已亡故的德国18世纪作曲家克里斯多夫·格鲁克(1714-1787)于19世纪某年一个秋日在柏林的“奇遇”。“我”所遇见的这个人虽说举止古怪,但他的艺术见地不凡,因此“我”乐意了解他,并跟随他去了他的住处,欣赏他弹唱《阿尔米达》(格鲁克的代表作之一),但他始终不知道这个怪人姓甚名谁。临别时,怪人才自报家门称“我是骑士格鲁克”。作品通过这个怪人的言论批判了当时的艺术现状、批判了音乐界的半瓶醋水平。在作者看来,他的主人公虽然举止古怪,其艺术追求却是高尚的,在他身上体现了真正艺术家的气质。今日的读者阅读这篇小说,一定会想到安娜·西格斯描写卡夫卡与果戈里在布拉格“奇遇”的故事,作者仿效霍夫曼,让不同国度,不同时代的作家奇迹般地坐在一起,议论文学领域的是是非非。由此可见,霍夫曼小说艺术的影响是多么久远。

《除夕之夜的离奇经历》(1815年春)是霍夫曼受到密友沙米索《彼得·施莱米尔奇遇记》(又名《失去影子的人》,1814)的启发而创作的。《彼得·施莱米尔奇遇记》写一个穷愁潦倒的年轻人外出谋生时,被一个魔鬼装扮的人所迷惑,用自己的影子去换取对方的魔袋。虽然他从此要什么有什么,顿时成了富豪,但因为没有影子而处处遭人嘲笑,不敢白天和月夜外出,而且还失去了女友。《除夕之夜的离奇经历》的主人公施皮克尔,是一个已婚德国画家,同样受到幽灵的捉弄,使他如醉如痴地爱上天仙般美貌的女子朱丽塔。除夕之夜他与朋友来到意大利的佛罗伦萨,在这里他又见到自己梦寐以求的情人。归国时,他愿意把自己镜中的影像留给对方,以表示其爱的真诚。从此他因为没有镜中的影像而坠入无边的苦海,处处遭人嘲笑,还被妻子拒之门外。绝望之际,他表示愿意把自己的身体、生命和灵魂献给朱丽塔,以换回自己的镜中影像。朱丽塔要求他向自己和她的一个神医朋友发誓,断绝与其家庭的关系,永远忠于自己。正当他用鲜血书写誓言时，他的发妻闯进来，警告他不要上当。这时他才恍然大悟，迷途知返，扔掉纸和笔，怒斥对方是地狱中的恶棍。朱丽塔和她的神医朋友顿时消逝。施皮克尔的荒唐行为得到妻子的谅解，不过他仍然需要找回自己的镜中影像。小说的结尾颇为耐人寻味，施皮克尔外出寻找自己的镜中影像途中，遇见了为失去自己的影子而苦恼的彼得·施莱米尔。两人结伴而行，但动机各异，前者想得到后者的镜中影像，后者则想得到前者的影子，但结果事与愿违，两人的希望都成了泡影。这样的结局似乎表明，蒙受黑暗势力捉弄的人，虽然迷途知返，但却苦海无涯。

《赌运》(1818－1819)的故事围绕着一个骑士的赌博运气和冒险经历展开。骑士梅内尔原先鄙视和厌恶赌博，涉足赌场后却成了狂热的赌棍。运气总是与他相伴，因而赌运亨通。他逢赌必赢，很快就成了巴黎最富有的人。后来头上的“吉星”离他而去，变成逢赌即输。末了，不仅把全部家财输光，而且还赔上了夫人。小说通过骑士梅内尔这个人物，揭露和批判了赌博的危害：它使人丧失良好的品德，甚至失去人性，变成冷酷无情的人，最终倾家荡产、家破人亡、身败名裂。《赌运》属于欧洲和德国传统的框架结构小说之列，如《一千零一夜》、博伽丘的《十日谈》、歌德的《威廉·迈斯特》等。所谓框架结构小说，是一种传统的文学形式：一篇小说插进一个或多个故事，或者说，一个故事引出一个或多个故事来。霍夫曼的《谢拉皮翁兄弟》中的一些作品，所采用的就是这种框架结构形式。《赌运》是一篇构思巧妙，情节引人入胜的小说。

中篇小说《斯居戴里小姐》(1819)在霍夫曼最著名的小说集《谢拉皮翁兄弟》中占有特殊地位。近两个世纪以来，它被不断重版，还多次被改编成戏剧或广播剧，成了作者传颂最为广泛的作品，对它的介绍和评价需要多花费一些笔墨。小说以17世纪路易十四统治时期的巴黎为背景，写一个古怪艺术家的离奇故事。金首饰匠卡迪亚克为无法克制的占有欲驱使，经常深夜外出谋杀他的顾客，夺回已卖出的首饰，致使全巴黎笼罩在一片恐怖之中，连女作家斯居戴里小姐也被卷入刑事案件中来。卡迪亚克在一次作案中被人刺死，巴黎人终于结束了多年来的恐惧与不安。

这篇小说被人称为“真正谢拉皮翁式的小说”，这是因为它既有历史依据，又是想象的产物，这就是说，从小说创作所依据的素材与构成的成分来看，它是历史事实与作家幻想结合的产物。霍夫曼一生未曾到过巴黎，对100多年前的巴黎社会与法国宫廷生活并无直观的了解。但他涉猎过大量有关的历史文献和资料，诸如伏尔泰的文化史巨著《路易十四时代》(1751)、法国学者皮塔瓦尔的《独特稀奇的诉讼事件》(德文先后出版于1782；1792年)等，特别是德国历史学教授瓦根赛尔的《纽伦堡编年史》为霍夫曼提供了非常有用的资料，他从中了解到法国女作家斯居戴里小姐的奇闻轶事，接触到许多发生在当年巴黎贵族社会触目惊心的诉讼案件。根据这些史料，霍夫曼为小说绘制了一幅现实主义或者近乎现实主义的社会历史背景图，并在此基础上虚构了一个古怪艺术家的离奇故事。

主人公卡迪亚克是个古怪的人，也是个狂人。他不仅外貌古怪，而且心灵和举止也很反常。此人作为一个手艺人，“技艺十分精湛”，他不情愿也不能容忍自己的杰作落入他人手里。强烈的占有欲和变态心理，驱使他成为艺术狂人，堕落为强盗和杀人犯，最终落得个遇刺身亡的下场。小说在追溯“艺术狂人”疯癫与犯罪原因时，提出了所谓生物遗传学问题。作品把主人公的变态心理和无法克制的占有欲，归因于母亲怀他时一次可怕的外遇对胎儿产生的奇妙影响。也就是说，主人公的问题是遗传的，天生的。这种神秘主义的解释，这种宿命论观点，流露了作者对主人公的同情和怜悯。其实，霍夫曼笔下的卡迪亚克，并非彻头彻尾的坏人，而是个精神分裂、双重性格的悲剧人物。

《斯居戴里小姐》产生于德国侦探小说的滥觞时期，比美国爱伦·坡的《莫格街谋杀案》早25年问世，一些评论家称它为德国文学史上“第一部重要的侦探小说”，对后世此类小说产生过一定影响。无疑，这部小说含有众多侦探小说因素，诸如特定的故事背景、谋杀、侦探活动等，作者还运用了一些侦探小说的技巧，例如把无辜的人描写成犯罪嫌疑人，把罪犯却描成无可怀疑的人，还有暗示谁是案犯，等等，当然也还描写了案情是如何查清与处理的。人们有理由将这样一篇作品归入侦探小说之列，但从小说内容和结构来看，它却并非纯粹的和典型的侦探小说。也许作者本来就不打算把它写成这样的作品，而是要借助侦探小说模式，通过扣人心弦的描写，引导读者窥探一个艺术家的心灵世界。

如上所述，霍夫曼身为法官，具有秉公执法、办事认真等诸多良好品格。他的《斯居戴里小姐》《跳蚤师傅》，还有《德·拉皮瓦迪埃尔侯爵夫人》等作品都表明，他曾经密切关注过国内外的司法和诉讼事件。《德·拉皮瓦迪埃尔侯爵夫人》这篇小说取材于法国律师弗朗索瓦·里歇尔20卷本的《名探搜奇》（1718－1870），小说描写巴黎上流社会一位清白无辜的女士如何蒙受冤屈，被怀疑为凶杀嫌疑犯，最后又是如何雪冤的故事。德·拉皮瓦迪埃尔侯爵夫人婚后与丈夫不和，侯爵应征入伍后，一天晚上突然返回家中，次日早晨却又从家中“蒸发”了。于是侯爵夫人被人怀疑成了杀夫嫌疑犯，家中两个女仆的口供和其他一些迹象表明，她罪责难逃。正当她受审时，侯爵却突然在法庭上现身，事情至此本该还侯爵夫人一个清白，但当事者们却一味对侯爵夫人纠缠不休，要么把侯爵视为他的鬼魂，要么把他视为一个与侯爵相貌酷似的人。后经深入查证，方把案情理清。作者似乎要以这篇作品告诫世人：办理案件，一定要作深入的调查研究，仔细分析，切勿偏听偏信，搞逼供信。这里显然流露了作者职业生涯的经验和体悟。

诗人、小说家兼自然科学家沙米索是霍夫曼的好友，也是谢拉皮翁兄弟联盟的成员，霍夫曼根据他这位朋友提供的素材，创作了短篇小说《虱子海玛托哈》和中篇小说《美丽的曼陀罗》。

书信体小说《虱子海玛托哈》(1819)以讽刺幽默的笔调，写两位原本友好的自然科学家前往瓦胡岛(今美国夏威夷的火山岛)考察，后来竟为争夺一只异常娇小玲珑、俊俏秀丽、招人喜爱的虱子而反目成仇。小说风格独特，颇具异国情调。

《美丽的曼陀罗》(1822)写一个年轻大学生离奇的婚姻恋爱故事。植物学家黑尔姆教授把他的助手、大学生欧根纽斯留在家里一起生活，以便更好地开展科学研究。他去世后留下了大量植物标本，还有世上珍稀的奇花异木，其中也有教授夫人格外钟爱的曼陀罗。这位24岁的大学生与年近60岁的师母以及教授的一个养女三人相依为命。为避免他人闲言碎语，师母要求大学生名正言顺地跟她结为连理，让她充当母亲和妻子双重角色。涉世不深、酷爱植物学的欧根纽斯不假思索就同意了。其实，他俩只是名义上的夫妻。婚后，欧根纽斯整天埋头工作，过着隐居生活。后经教授夫人劝告，他改变了隐居生活方式。随后他结识了一个西班牙男子，通过此人而在一位伯爵家的花园里与老伯爵的娇丽女儿加布里埃拉伯爵夫人相遇，并对她一见钟情。为赢得这个女人的爱，他一时鬼迷心窍，竟听从那个西班牙人的指使，把毒药撒在曼陀罗花萼上，想借助教授夫人清晨喜欢闻曼陀罗花香气的习惯，中毒身亡，只是阴差阳错，才避免了这场悲剧。不久，欧根纽斯发现自己遭到那个西班牙人和女伯爵的愚弄，正想要报复，他的一位忠实朋友出来制止，并告诉他实情。对欧根纽斯的举止反常有了预感和警惕的教授夫人，虽然没有被毒死，但是很快被病魔夺去了生命。后来，欧根纽斯与黑尔姆教授的养女，一位一直暗中爱恋着他的少女，结为伉俪。

《表兄的楼角窗口》(1822)是一篇对话体小说，写一位重病缠身、四肢瘫痪的作家，在垂暮之年的一段生活插曲。"表兄"这位身残志坚的作家，预感到自己的末日即将来临，抱怨两腿不听使唤，致使他脱离民众生活。不过他的楼角窗口成了他的安慰。因为他借此可以观察、体验柏林市场(现时柏林的亚历山大广场)上光怪陆离的生活，发现生活的矛盾与典型人物，与民众生活保持联系，从而又获得生活的勇气和力量。他谆谆教导他的"表弟"，要以诗人的慧眼，现实地观察市场上纷繁复杂的生活："老弟呀，我看出来了，你连一点儿作家的才干都没有。你缺乏步你这位四肢瘫痪、却值得尊敬的表兄后尘的最起码要求，就是说，你缺乏一双真实地观察现实的慧眼。窗口下面集市在你眼前呈现的，无非是人头攒动、民众熙来攘往，令人眼花缭乱的景象。嘿，我的朋友，而我从中看到了形形色色的市民生活图景。我像画风泼辣的卡洛[①]或者像具有现代派风格的霍多维茨基[②]那样，总是一副接一副地画出常常够潇洒的速写来。"诚然，"表兄"这个人物是作者的真实写照。这无疑是具有文献价值的重要作品，不但体现了作者晚年对待生活与人民的态度，同时也表达了他要求文艺作品要描写生活真实的艺术主张，可以说，这篇小说是霍夫曼的一篇文学遗嘱。

霍夫曼文学创作以中短篇小说为主，他在短暂的一生中先后写了两部长篇小说，他们是《魔鬼的迷魂汤，卡卜齐修士梅达杜斯遗稿》和

① 雅克・卡洛(1594-1635)：法国铜版画家，其作品备受霍夫曼赏识。
② 丹尼尔・霍多维茨基(1726-1801)：波兰裔的德国版画家。

《雄猫穆尔的生活观》。

在抗击拿破仑的解放战争时期，社会上一度盛行诸如“传心术”、“精神感应术”、“千里眼”之类的所谓心灵、心理问题的探讨，与此同时，浪漫派代表人物发现在文学创作中可以描写城市生活中的幽灵鬼怪。正是在这种社会思潮的影响下，霍夫曼完成了他的小说集《夜谭》(1816–1817)和第一部长篇小说《魔鬼的迷魂汤》(又译《魔鬼的万灵药水》《魔酒》等，1816)。这些作品大多写不可思议的怪异势力如何干预世人的生活，而世人无法主宰自己的命运，在这些黑暗势力操纵下，被迫从事犯罪活动，最终身败名裂，或者成为疯子。

《魔鬼的迷魂汤》(Die Elixiere des Teufels)是一部以意大利为背景的小说，描写一个年轻修士梅达杜斯因喝了“迷魂汤”，犯下累累罪行的故事。小说主人公梅达杜斯是个卡卜齐修道士，在好奇心驱使下，偷喝了修道院秘藏的“魔鬼的迷魂汤”，顿生邪念，爱上来修道院做忏悔的美貌少女奥莱丽。他在逃出修道院，寻找美貌少女途中，看见维克托林伯爵坠入山谷，而他自己因与伯爵容貌酷似，被人误认为是维克托林，他则将错就错，冒充伯爵与他的情人欧菲尼斯混在一起。他发现欧菲尼的女儿就是他苦苦寻找的奥莱丽，可是欧菲尼和奥莱丽的哥哥却千方百计阻挠他与奥莱丽寻欢作乐，一时气恼便杀了欧菲尼和奥莱丽的哥哥。梅达杜斯行凶后遁入一位侯爵的府邸，不巧在这里他又遇见奥莱丽，作为凶手，他遭到拘捕。孰料他的那位“同貌人”维克托林突然出现，承认自己是杀人凶手。原来他虽坠入山谷，但并未死，只是失去理智，成了一个疯疯癫癫的人。梅达杜斯获释后，佯称自己是莱昂纳特，与奥莱丽相爱。他们结婚那天，梅达杜斯忽然看见，囚车押着维克托林去行刑，情急之中他高喊自己才是那个凶手。他意识到自己暴露身份，凶多吉少，便用刀刺倒奥莱丽，仓皇逃跑，路上昏厥倒地，被人送进罗马附近一家修道院。醒来后，他在那里阅读了一位老画家的手稿，从中得知自己的身世。原来他是意大利画家达·芬奇的学生弗兰西斯科(Francesco)的后代，他的祖先由于背弃基督教，耽于感官享乐，用艺术亵渎神灵，与女模特野合生子而遭天谴，其后代注定要成为罪人。他还弄清楚了，原来欧菲尼、奥莱丽兄妹、他那个“同貌人”维克托林，都是他的同父异母兄弟姐妹！他们也像梅达杜斯一样，在承受着命运的诅咒。梅达杜斯决心回到自己原来的卡卜齐修道院，改邪归正，在这里他又亲眼目睹参加受戒礼的奥莱丽，被疯疯癫癫的维克托林用刀刺死。奥莱丽的死让梅达杜斯从“迷魂汤”的迷惑中彻底清醒过来，他接受修道院长的建议，把自己一生非凡的经历记录下来，以警戒后人。小说《魔鬼的迷魂汤》就是梅达杜斯的真实记录，他写完这部自述，在奥莱丽去世一周年之际，在修道院里平静地结束了自己的一生。

《魔鬼的迷魂汤》这部小说，充满宗教神秘主义色彩和听天由命的思想倾向。画家弗兰齐斯寇因耽于肉欲和亵渎神灵而遭天谴，致使他的后人陷入疯狂、乱伦、凶杀等罪恶之中而无法自拔。霍夫曼小说里描写的爱情，已不具有任何神圣、浪漫和美丽的性质，只是一种令人沉沦的肉欲，这种灵与肉的冲突，最终导致人的毁灭。小说中唯一理智健全而又没有恶行的人物，就是那位美貌少女奥莱丽，她的行动本来可以消除压在家族身上的诅咒，最终却死在维克托林手下。她的死亡是一个残酷的象征，说明生在这个家族里的人，即使像奥莱丽这样白璧无瑕，也难逃天谴的命运。梅达杜斯的觉醒象征着理性最终战胜了肉欲，同时也象征着弗兰西斯科罪恶家族的彻底灭亡。在西方文化中有“恶”的品性可以遗传后代子孙，导致家族毁灭的说法，法国的所谓“萨德主义”(Sadismus)，就是这种文化传统最有说服力的一个例子。从这个角度来说，霍夫曼的《魔鬼的迷魂汤》具有惩恶扬善的美学效果，也是一部情节紧张，引人入胜，可读性很强的小说。

《雄猫穆尔的生活观》第一卷完成于1819年；第二卷完成于1821年；计划中的第三卷未来得及写。这部小说是霍夫曼创作高峰的标志，是他的代表作，也是德国浪漫派文学的一部优秀作品。小说在结构上由两部分组成，一部分写的是雄猫穆尔的传记，另一部分写的是乐队指挥克赖斯勒的传记。

穆尔传记从社会性讽刺的需要出发，在方法上模仿歌德的《威廉·迈斯特》发展小说，描写主人公的成长过程。主人公穆尔是一只有教养，会舞文弄墨的雄猫，它以自述的形式追溯自己的成长道路，描写了它的童年如何接受初级教育，后来又如何接受深造，如何开始文学创作活动，如何与狮子狗庞托结下友谊，如何与雌猫米米斯产生爱情，并经历了种种情海风波，如何参加青年学生社团活动，受到挫折后，又如何“重返”艺术和科学界，等等。霍夫曼自己的经历，特别是在班贝格的漂泊经历，使他深深感受到市侩思想和市侩恶习，对他作为艺术家的地位和他的爱情生活所带来的危害，令他一生深恶痛绝。他通过穆尔这个人物及其经历，描绘了一个典型的市侩作家形象，揭示和讽刺了一个典型的资产阶级市侩世界。霍夫曼笔下的穆尔，是个披着动物外衣的市侩知识分子，他知书达礼，却又高傲自负，喜欢夸夸其谈，自我陶醉。自私自利是他的本性，“人不为己，天诛地灭”是他的处世哲学。而他所处的社会，是个利令智昏、尔虞我诈、男盗女娼、兄弟反目、罪犯冒充圣贤的世界。从他的老于世故、善于交际的朋友庞托那里，穆尔听到这个世界的种种趣事逸闻，诸如摩苏斯和瓦尔特是一对朋友，他们彼此阿谀奉承，表面上极为友好：这个愿为那个献出妻子，那个愿为这个放弃职业，其实都是只顾自身利益，最终彼此都识破了对方的不诚实，可为了自身目的和需要，仍然保持着“密友”关系；美学教授洛塔里奥年轻漂亮的太太，表面上是个忠实可爱的妻子，背地里却充当某男爵的情妇，狮子狗庞托为他俩充当义务“通信员”。这些事例表明,在穆尔所处的市侩世界里,难以找到真挚的友谊和爱情,欺骗是这个社会的最高生活准则。

克赖斯勒传记部分记述了一个天才艺术家一段坎坷的人生轨迹。克赖斯勒是一个具有独立艺术见解的作曲家和乐队指挥,逃离大公爵的宫廷后,经父辈朋友、管风琴制造师、“讽刺魔术师”亚伯拉罕·利斯科夫介绍,来到一个弹丸之地的侯爵小宫廷供职。这个小侯国已被大公国吞并,伊雷诺伊斯侯爵实际上已经退位,只是表面上依旧维持执政的局面。这个小宫廷的实际操纵者是侯爵昔日的情妇、女参事本聪,这个女人像伊雷诺伊斯侯爵一样,在对待各自女儿的婚事问题上,各有各的打算,但都是以维护自身的封建权位、利益为出发点。前者不顾自家千金尤莉亚与克赖斯勒相恋的事实,硬要把黄花闺女尤莉娅许配给侯爵的痴呆公子,企图借此使自己在宫中的地位合法化;后者则要把自家的公主黑德维佳嫁给富有的那不勒斯王子黑克托,而此人是个罪犯,为霸占弟媳安格拉(侯爵与本聪的私生女)竟杀害自己的弟弟。赫克托并不满足于娶黑德维佳公主,他还死死追求尤莉娅,在向她求婚时,不断使用猥亵语言,同时还指使手下人暗杀他的情敌。克赖斯勒忍无可忍,在与对方手下人冲突时,杀死赫克托的副官,然后逃入一个本笃教派修道院里去避难。他本来想在修道院里静下心来作曲,却陷入深深的内心危机,他无法摆脱现实的矛盾,作个脱离社会的艺术家。正在他即将陷入精神崩溃的时候,他的朋友亚伯拉罕来信告诉他,本聪太太已晋升为贵族,尤莉娅和侯爵的痴呆公子、黑德维佳和赫克托即将一块举行婚礼。亚伯拉罕还邀请他参加自己策划并导演的这场“暴风雨般的宫廷庆典”。小说写到这里戛然而止,第三部尚未动手,霍夫曼便结束了尚年轻的生命。

《雄猫穆尔的生活观》虽然由两个部分组成,但从小说整体结构可以看出,前者是作品的主体,后者则是它的核心,两者的主题是一致的,即描写艺术家与社会的关系。不过,它们的写法和着眼点不同,穆尔传记揭示的是八面玲珑、随波逐流的资产阶级市侩作家与他们那个市侩世界的同流合污。以穆尔为代表的时髦作家竭力适应、顺从周围环境,甘愿与之妥协,以求得加官晋爵、青云直上,过舒服安逸的生活;而克赖斯勒传记部分所表现的,却是怀才不遇的艺术家同社会的冲突及其悲剧性结局。在敌视艺术的大公爵王国里,克赖斯勒待不下去,侯爵的小公国,显然也不是他的久留之地。本聪看出克赖斯勒出现在宫中,对她的"嫁女计划"是个威胁,当他与赫克托发生冲突,逃进一所修道院时,这个诡计多端的女参事便设法让他永远消失在那里,以绝后患。由此可见,作为一个有良知的献身艺术的音乐家,在这个充满虚荣、欺诈的社会里,是没有栖身之地的。小说第二卷末尾写他收到朋友亚伯拉罕的急件,邀他火速回宫,参加他爱恋的尤莉娅与痴呆公子的婚礼,预示着小说第三卷将围绕争夺尤利亚,展开一场色彩斑斓,令人眼花缭乱的冲突。不过,结局不难设想,作者只能描写那种在超现实的幻想世界中获得的幸福,并实现自己的艺术理想。

在克赖斯勒这个人物形象身上,霍夫曼呕心沥血,把他塑造成一个有理想、道德高尚、热爱自由、感情真挚,却又孤芳自赏、性格怪癖的艺术家。在配偶的选择上,他的出发点不是名利权位,而是思想感情,兴趣爱好。他对美丽聪明的侯爵公主黑德维佳的追求没有作出反应,却狂热而又真诚地恋爱着文静、平和、喜爱音乐的姑娘尤利娅。音乐在他们之间甚至扮演了"红娘"的角色。

不难看出,克赖斯勒传记反映了作者在班贝格漂泊时的经历和体验,这个人物形象很容易让读者联想起霍夫曼自己,他笔下的主人公乐队指挥克赖斯勒,不但具有近似他本人的生活经历,而且还赋予他与自己相似的外貌、性格和幽默语言。虽说克赖斯勒是个艺术形象,不能与作者本人画等号,但他本质上就是作者的真实写照。小说里那个控制着侯爵宫廷的女参事本聪，显然是以班贝格那个财迷心窍，把自己的女儿作为摇钱树，嫁给一个患有性病的汉堡商人儿子的马尔克夫人为原型塑造的，她打断了女儿的师生恋，不但葬送了女儿的幸福，还害得霍夫曼肝肠寸断、痛不欲生。尤其引人注目的是，克赖斯勒这个人物形象和作者霍夫曼所钟爱的女友，连名字都相同，都叫尤莉娅。所有这些相似，或者说雷同，都不是偶然的巧合，它们都是作者根据切身经历，精心设计的结果。

《雄猫穆尔的生活观》的小说结构，表面上似乎杂乱无章，其实是独辟蹊径。穆尔的传记与克赖斯勒的传记，按一定的艺术要求互相交织和穿插，构成一个统一整体。全书分为34个章节，一个情节的发展往往在最扣人心弦的地方中断，插入其他情节。著名学者汉斯·马耶尔在评价小说结构特点时称："《雄猫穆尔的生活观》在形式上是断片，没有自成一体，但结构上却是自成一家。"小说的两个组成部分，虽然都是传记，写法却并不相同。穆尔的传记，多采用漫画式的夸张笔法，是讽刺喜剧的一种形式。而克赖斯勒的传记正面叙述主人公同社会的冲突，是一种悲剧形式。两者有机结合，别出心裁，在文学史上绝无仅有。这种喜剧形式与悲剧形式的结合，使小说在反映、揭露和批判现实方面，达到了较大的广度和深度。但是由于小说结构复杂、风格怪异而曲高和寡，可能会令读者，甚至一些行家感到费解。

三、霍夫曼小说创作三原则

毫无疑问，霍夫曼在小说艺术方面，有丰富的创作实践经验，尽管他不曾系统总结过文学创作理论，但从他的小说创作实践所取得的成就，可以看出他有一套独特的艺术主张，我们可以把它们概括为三个创作原则：

(一) 卡洛风格原则

所谓卡洛风格，按照德国当代著名文学史家赫尔曼·奥古斯特·科尔夫的理解，是指“带有深刻浪漫主义含义的幻想现实主义”。霍夫曼赋予他的头一部小说集以《仿卡洛风格的幻想作品》的名称，既是表达他对卡洛这位17世纪法国版画家的崇敬和热爱，对其别具一格的艺术风格的倾慕，同时也是借以表达他本人的艺术主张。按照霍夫曼的说法，卡洛画作令他沉醉之处，概括起来有两点：其一是卡洛借助奇妙诡异的想象，描绘了许多匪夷所思的怪异人物形象，编造了许多离奇古怪的故事；其二是卡洛本质上是忠于现实的，但笔下事务带有夸张、歪曲甚至变形的倾向，或者说带有浓郁的讽刺漫画色彩。卡洛的画作变形不离真实，怪诞透着讽刺，在霍夫曼看来，这位法国人在他的绘画作品中，运用十分活跃的想象力，像玩弄魔术一般，真实地再现了这个世界上全部异想天开的奇妙现象。霍夫曼在小说创作中刻意追求的就是这种艺术效果。

(二) 谢拉皮翁原则

提到“谢拉皮翁原则”，我们须从霍夫曼的朋友圈子说起。1814年，霍夫曼结束了在班贝克的漂泊生活，返回柏林重操法官旧业，他与沙米索、富凯等好友经常在家中，或者在咖啡馆里聚会，谈论文艺创作问题，慢慢地形成了一个以他为中心的文学沙龙。1815年，沙米索参加俄罗斯环球航行科学考察，他们这个文学圈子便中断了活动。1818年11月，霍夫曼得到一笔预支稿酬，便在圣·谢拉皮翁日那天，邀请志同道合的旧友来家中欢聚，朋友们一致同意恢复当年的文学沙龙，每周聚会一次，并风趣地称自己这一伙人为“谢拉皮翁兄弟”。上文提到，“谢拉皮翁”是埃及4世纪一位教徒圣者，因患有精神病，殉教而死。霍夫曼和朋友们自称为“谢拉皮翁兄弟”，目的在于倡导一种艺术理念，即所谓“谢拉皮翁原则”，倡导文学创作关注想象与现实、癫狂与理智之间的关系，把有意识与无意识贯通起来，使文学创作超越现实的狭隘性与理智的局限性。在4卷本小说集《谢拉皮翁兄弟》的《隐士谢拉皮翁》这个短篇里，霍夫曼形象地描绘了这种艺术理念。这个短篇小说中的“齐普里安”是作家沙米索的化身，他给兄弟们讲述了拜访一位隐士的故事：这位隐士原本是受人拥戴的社会名流，一位有才华的诗人，后来成了一个疯疯癫癫的人，隐居在德国南部某城市附近一座森林里，自称是基督教早期的圣徒“谢拉皮翁”，称自己生活的环境是圣经里所说的“忒拜的沙漠”，自己本来是19世纪的人，却把周围的人视为“谢拉皮翁”时代的人物。这位隐士，人虽然疯疯癫癫，却极善于讲述生动形象的故事，以表达他那疯癫的想象和感受，他所讲述的故事和人物，令人陶醉，具有十分引人入胜的魔力。讲故事人齐普里安和他的兄弟们，都对隐士这种本领赞叹不已，认为这种“引人入胜的魔力”就是他们所追求的震撼心灵的创作方法的重要基础。

霍夫曼用隐士的故事，形象生动地阐明了他的“谢拉皮翁创作方法”。像瓦格纳的音乐创作影响了欧洲现代音乐一样，霍夫曼的小说创作主张和实践，也对欧洲现代小说创作方法的革新，产生了重要启发和推动作用，例如美国作家爱伦·坡、俄国作家果戈里、法国作家巴尔扎克、日本作家夏目漱石、捷克作家卡夫卡，等等，都从他的艺术主张和方法里汲取了小说创作灵感。音乐家雅克·奥芬巴赫根据霍夫曼生活经历和小说故事，创作了歌剧《霍夫曼的故事》；柴可夫斯基根据霍夫曼同名小说，创作了芭蕾舞剧《胡桃夹子》。20世纪初期，在霍夫曼影响下，苏联甚至出现了以“谢拉皮翁兄弟”命名的文学社团，其重要成员有伊凡诺夫、左琴科、斯洛尼姆茨基、吉洪诺夫、费定、列夫·隆茨、卡维林和尼茨基等人，文艺理论家什克洛夫斯基，被认为是这个文学社团的灵魂。这些人十分重视艺术形式的探索与创新，倡导"每个人敲自己的鼓"。后来这个文学社团遭到苏联官方反对，于1926年解散。霍夫曼所向往的创作方法，十分重视文学作品如何让读者"宛如堕入梦乡，为魔力所吸引和着迷"，相信作家虚构的事件和人物。对于霍夫曼来说，小说家面临的问题，关键不在于他所描写的事件和人物是否真实，是否来源于现实，而在于作家是否有一双"心灵的眼睛"，霍夫曼称其为"内眼"（Das innere Auge），作家应该用它来捕捉"内心的图景"，并将其形成文字来表现外在的世界，让读者觉得作家的幻想和虚构具有真实感。

霍夫曼这种艺术主张，曾经在学术界引起误解，有人说他背离了"卡洛风格原则"，有人说他鼓吹纯幻想文学，等等。其实，霍夫曼在强调主观幻想的同时，也很重视作品的真实性。在他看来，幻想与理智必须融为一体，理智的使命在于限制幻想的主观随意性，这样，借助幻想描绘的事物才是真实可信的。他于1820年年底曾经指出，"谢拉皮翁原则"是以理智与幻想这个永恒不变的忠诚婚姻联盟为前提的，作家若想写出像样的作品，必须保持理智与幻想的联盟。

（三）楼角窗口原则

"楼角窗口"这个概念，是从霍夫曼的短篇小说《表兄的楼角窗口》借用来的，所谓"楼角窗口原则"，就是以这篇小说的表达方式为依据总结出来的。上文说过，这篇小说写的是一位瘫痪作家临终前的一段生活，实际上是作者真实生活经历的写照。故事叙述者去柏林一条街道的拐角，在一栋楼房里，探访他的作家"表兄"，两人通过楼角窗口，有时借助望远镜，一边观察，一边交谈窗口下面市场上斑驳陆离的市民生活。小说以对话体形式，如实记录了两人的所见、所闻和观感。这篇缺乏故事情节的小说，是作者在重病缠身、四肢瘫痪的情况下，以口授形式完成的。不过，所谓“楼角窗口原则”并非“纪实文学”的同义语，其实他的含义还要宽泛，它含有现代人们所理解的“现实主义创作方法”的意思，这条创作原则除了涵盖《表兄的楼角窗口》，还能涵盖诸如《格鲁克骑士》《箍桶匠马丁师傅及其伙计》等类似的小说，它们的故事既有现实生活基础的可靠性，又是作家丰富想象的结晶，既有细节的真实性，又有历史的具体性。从内容、形式和风格来看，它们既不同于《斯居戴里小姐》的诡异、奇趣，也区别于《金宝瓶》和《小矮人扎克斯传奇》的怪诞、夸张甚至变形等艺术特点。人们把这种创作方法归结为“楼角窗口原则”。

对于上述三种创作原则和它们之间的关系，评论家们是仁者见仁，智者见智。有人认为霍夫曼的小说艺术创作方法存在两个极端：即“谢拉皮翁原则”是浪漫主义的，而“楼角窗口原则”是现实主义的。有人认为“卡洛风格原则”与“谢拉皮翁原则”是对立的，譬如著名文学史家赫尔曼·奥古斯特·科尔夫称《仿卡洛风格的幻想作品》描绘的是幻想的现实，但现实是首要的；而称《谢拉皮翁兄弟》所描绘的是现实主义的幻想，是用幻想创造自己的现实。不管怎样说，人们对“谢拉皮翁原则”看法有两点是一致的：其一，评论家越来越认识到这条原则对于理解霍夫曼小说艺术和主张是重要的，具有关键作用；其二，认为幻想与现实的结合是“谢拉皮翁原则”的实质。

霍夫曼按照自己的主张，创造了别具一格的小说艺术，概括起来，有以下四个显著的特点：

其一，风格怪诞。怪诞乃是一种尖锐的讽刺漫画式的艺术手法，是艺术家反映生活真实，从思想和审美角度评价生活真实的一种方式。它是德国浪漫派惯用的手法，霍夫曼把它发展到了令人羡慕的艺术境界。丑恶的现实，理想与现实的深刻矛盾，艰难的生活处境，驱使霍夫曼采用夸张的形式，描写稀奇的场景和情节，塑造古怪的人物，借以嘲弄时弊，反映生活中的悖理现象。他的一系列作品，尤其是艺术童话，从故事情节到人物形象，都颇为离奇古怪。譬如《金宝瓶》中那个卖苹果的丑老妇，它能够随时变换面貌和形体，查其身份，原来她是一头黑龙翅膀上掉下的羽毛与一个萝卜相结合的产物。大学生安泽穆斯的爱妻原来是一个中了魔法的公主，她体态多变，时而变为小蛇，时而变为美女，其父原是一条火蛇，如此等等，这些描写都超出了人类生活常识的范围，给人以不可思议的印象。作者正是借助这种违背生活常识的手法，表现他对现实生活的理解和评价。

其二，夸张。夸张是文艺创作的一种表现手法，霍夫曼有时用它来突出事物的本质特征，以加强艺术效果。譬如在《赌运》中，作者浓墨重彩渲染了主人公梅尔内骑士的鸿运和厄运，他的发迹和败落，以黑白对比的方式增强小说的魅力，以主人公起初总是吉星高照、赌运亨通作为反衬，渲染他结局的悲剧色彩。《小矮人扎克斯》的主人公本来是个丑陋不堪的畸形儿，他采用各种隐瞒和欺骗手段，经历了一系列飞黄腾达，成了一个德意志小公国大权在握的重臣，最终一头栽进尿桶里溺死，不仅他的飞黄腾达显得极为不近情理，就连他的结局也在与其身材的对比之中，形成了强烈的讽刺文学效果。在《雄猫穆尔的生活观》里，作者把伊雷诺伊斯王公的小公国，用令人赞叹的精巧手法，描绘成“芝麻大”的国家，从而加强了对当时德意志民族四分五裂状况的讽刺和批判。

其三，现实世界与幻想世界相互对照和交织。在霍夫曼的不少作品里，特别是在他的艺术童话里，可以见到这样的故事布局。作者在构筑故事情节的时候，常常打破时空界限，把数世纪缩短为几天，把历史人物请进童话世界里来，或者在历史性的舞台上，表演童话般的事件，让历史人物、传说中的人物和童话中的人物生活在一起。在

《格鲁克骑士》里，作者让1789年在维也纳去世的作曲家格鲁克出现在1809年的柏林动物园里。在《跳蚤师傅》里，作者让1725年去世的荷兰自然科学家洛伊文荷克漫游19世纪的德国法兰克福。在《金宝瓶》里，两个世界的对照或交织尤为典型，一边是以副校长保尔曼父女及文书赫尔勃兰特为代表的小市民世界，另一边是大学生安泽穆斯和魔术师林德荷斯特的诗意幻想世界，这两个世界时而交织，时而分离。现实世界与超现实世界相互对照或交织，既是一种小说布局形式，也是一种曲折地、折光式地或者说朦胧地反映现实的艺术手法，从文学功能的角度说，它就是一种隐晦的或者含蓄的现实主义手法。作家把它运用于文学创作，是与作家所处的特定历史背景分不开的。

四、霍夫曼小说艺术在后世作家中的反响

霍夫曼的小说创作从故事选材、写作风格、表现形式，都是对德国传统小说艺术的挑战和革新，探索它在不同历史时期，在国内外的遭遇，引起的反响，对我们深入认识和理解这位怪诞小说大家的艺术是有益的。

在他那个时代的德国读者中，霍夫曼是个广受欢迎，深孚众望的作家。自从1814年霍夫曼重返柏林以后，他所创作的小说在读者中，总是供不应求，成了书市上的热门货，他本人成了各出版商和报刊编辑竞相争夺的对象。海涅在他的《论浪漫派》中曾经追忆说：男女老少都在阅读他的作品。1820年前后，除了他的朋友，著名的艺术童话《温亭娜》的作者富凯之外，他是德国浪漫派当中传诵最为广泛的作家。

与此同时，霍夫曼在德国文坛上也有另一番遭遇。让·保尔与蒂克对他持敌视、轻蔑的态度，让·保尔含沙射影地攻击霍夫曼，说现

在的“读书界竟把疯子誉为圣人”，蒂克说他的小说里充满“病态的幻想漫画”。年迈诗人歌德接触霍夫曼作品不多，所发议论虽少，但语出惊人，他在1827年的日记里写道：“霍夫曼的生平，着手读《金宝瓶》，感到不适，我诅咒金色小蛇。”寥寥数语，道出了歌德对霍夫曼的厌恶态度。同年，歌德又在一篇评论文章里把霍夫曼的作品称为“一个多病男子”的“病态作品”。歌德1829年4月2日在同艾克曼谈话中说：“我称古典的为健康的，浪漫的为病态的……把多数近来的作品归之于浪漫，不是因为它们新，而是因为它们软弱、苍白、病态；称古代的作品为古典，并非因为它们古老，而是因为它们强壮、健康、有活力。”歌德对德国浪漫派文学，包括霍夫曼作品的贬抑，虽然有着深刻的美学原因，但同英国作家司各特的观点有着密不可分的关系。1827年，这位英国人在新创办的《外国评论季刊》上发表一篇长文，题为《论虚构中的超自然——兼详论E. T. W·霍夫曼的作品》。司各特尽管承认霍夫曼的才华，却不赞成他那些“离经叛道的幻想”，他认为霍夫曼不论是精神上还是肉体上都是“病的为健康的，浪漫的为病态的”。① 这段话显然是针对霍夫曼说的。

歌德是魏玛古典文学的代表人物，他对后期浪漫派代表人物霍夫曼持否定态度，认为霍夫曼的灵感，是过多服用鸦片产生的，与其说需要评论家的批评，不如说需要医生的治疗。司各特的论文，常被复述和引用，在欧洲文学界广为流传，从歌德评价浪漫派的用语可以看出，司各特的观点无疑引起了歌德的共鸣，歌德曾经把这篇文章译成德文介绍给他的同胞。

歌德关于霍夫曼的论述虽然不多，他的言论却对当时和后世的霍

① 参见［德］艾克曼：《歌德谈话录》，杨武能译，北京：燕山出版社2009年版，第238页。

夫曼评论产生了举足轻重的影响，为后来的德国文学史家评价霍夫曼确立了规范，提供了依据。总的倾向是，文学史家们对霍夫曼大都持否定态度。继歌德之后，德国文坛另一位大诗人海涅，也对这位怪诞小说家挥舞起大棒，他在其《论浪漫派》中重复司各特的观点，声称批判霍夫曼不是评论家的事，而是医生的事，称“霍夫曼《幻想作品》中燃烧的紫焰，并非天才的火焰，而是发高烧上火”。可见海涅对霍夫曼的贬抑，除了个人的审美情趣之外，同样源于司各特和歌德的影响。

尽管霍夫曼长期遭到曲解，但在同行中的影响仍然是不容小觑的。凯勒、施托姆、伊默曼、拉贝等作家，甚至也包括海涅，都从霍夫曼作品中获得过教益。也有些作家如黑贝尔，理直气壮地对霍夫曼个人表示爱戴，对他的小说艺术表示由衷拥护。霍夫曼在音乐界是享有盛名的，音乐家对这位小说家的音乐才能是怀有敬意的。作曲家罗伯特·舒曼在1831年6月6日的日记里写道：“阅读了霍夫曼的作品，一口气读完。暂新的世界。”在霍夫曼作品启发下，舒曼创作了著名的钢琴曲《克赖斯勒故事》（Kreisleriana）。同样，霍夫曼的小说，尤其是霍夫曼小说创作的丰富而诡异的想象力，也受到里夏德·瓦格纳的爱戴和推崇，瓦格纳在他的自传里说：“霍夫曼小说那种令人不可思议的幻想，影响了我青年时代的想象力。‘瓦特堡歌手之争’的文学元素，我最初就是从霍夫曼小说里知道的。”[①] 所谓“瓦特堡歌手之争”，指的是瓦格纳歌剧《汤豪泽》里的情歌赛，他的歌剧《纽伦堡的工匠歌手》，显然也是受霍夫曼著名小说《箍桶匠马丁师傅及其伙计》启发而创作的，这两部作品除了以纽伦堡作为共同

① 霍夫曼：《〈箍桶匠马丁师傅及其伙计〉后记》，德国柏林：亨舍尔出版社1956年版，第166页。

的历史背景，歌颂德国工匠的职业自豪感，对技艺精益求精的优秀传统之外，瓦格纳《工匠歌手》中的金匠珀格纳一定要把女儿嫁给一名工匠，这个主题显然是来源于霍夫曼马丁师傅的嫁女观念；瓦格纳歌剧中那个贵族骑士瓦尔特的形象，明显是霍夫曼小说中那个贵族骑士康拉德形象的翻版。除此之外，两人的作品均取材于德国学者约翰·克里斯多夫·瓦根塞尔的《论神圣罗马帝国自由城市纽伦堡》（1697）一书。

时来运转，随着时代的发展，社会思潮的变化，从19世纪90年代起，在德国长期遭受贬抑的浪漫派迎来了"东山再起"的机会，文学评论界对霍夫曼的评价也出现改变的势头，他的《跳蚤师傅》原稿于20世纪初的发现和发表，也有助于消除人们对他的误解。在此形势下，一时著家蜂起，学派繁多，人们从不同的视角、层面，探索这位风格怪诞的作家的小说艺术。一个以乔治·卢卡契、汉斯·马耶尔等学者为代表的学派，从20世纪三四十年代开始，着重探讨霍夫曼作品的现实性和社会批判因素。卢卡契把霍夫曼与歌德、巴尔扎克相提并论，将他誉为"伟大的现实主义者"，说他以自己的标准，犹如他之前的歌德和他之后的巴尔扎克一样，以感人至深的方式把握时代的发展倾向，并以前所未有的含蓄的现实主义方法描述他的故事，他是歌德与海涅之间产生过国际影响的德国作家。

霍夫曼的文学遗产，在20世纪的德语国家大作家中得到了继承。奥地利的霍夫曼斯塔尔的剧作《法伦采矿场》，就源出于霍夫曼的同名小说，捷克德语作家卡夫卡的《变形记》、海涅的《鲁鲁》、托马斯·曼的《浮士德博士》等作品，都有霍夫曼小说艺术的印迹。不仅现实主义作家、批判现实主义作家，尤其是现代主义作家，都借鉴过霍夫曼小说艺术，社会主义现实主义作家也从中获得过启发。在安娜·西格斯的小说《奇遇》里，霍夫曼、果戈里、卡夫卡等不同国籍，不同时代的作家，在布拉格聚首一堂，共议“幻想现实主义”的本质。克里斯塔·沃尔夫在她的小说《在菩提树下》里，采用幻想现实主义手法，描写当代社会中人的生存问题。这类文学作品显然都是作家主动研究和接受霍夫曼小说艺术遗产的结晶，与当年德国学术界关于浪漫派的讨论，形成互相呼应，推动了关于德国浪漫派的研究。

在德国以外的不同国家和不同历史时期，霍夫曼有着不同的遭遇。在19世纪的英国，霍夫曼小说艺术对狄更斯和斯蒂文生等都产生过影响。狄更斯在他的小说《荒凉山庄》里以夸张对比的手法，描写司法人员施展鬼蜮伎俩，把一宗争夺遗产案，拖延了20年，让一对青年男女本来应该继承的遗产，全部化成诉讼费，进了法官们的腰包，官司的结局是诉讼双方有关人员死的死，疯的疯。小说尖锐地讽刺了英国贵族和资产阶级的司法制度。斯蒂文生的中篇小说《化身博士》，描写哲基尔医生为了探索人性的善恶，服用自己发明的药物，把自己变成一位名叫海德的先生，并把自己身上的所有恶念都赋予他，看他会落个怎样的结果。这位海德先生受恶念驱使，无法控制自己，净干杀人害命的事情，哲基尔医生因无法摆脱海德，自杀而死。这部小说令人想到霍夫曼的《魔鬼的迷魂汤》。但在相当长一段时间里，霍夫曼的小说艺术在英国是不受欢迎的，这大概与司各特的霍夫曼评论有关系。在美国，诗人、小说家爱伦·坡继承霍夫曼开创的全新的恐怖小说传统，一生创作了70篇短篇小说，收入《述异集》里。从书名可以看出，其中的故事大都具有诡异、怪诞、神秘等性质，故事大多发生在奇异诡秘的地方，如断壁残垣的僧院，德国莱茵河两岸城堡的黑夜或黑暗密室，刻意渲染它们那朦胧或凄惨的气氛。爱伦·坡把自己的艺术特点概括为“把滑稽提高到怪诞，把害怕发展到恐惧，把机智夸大成嘲弄，把奇特变成怪异和神秘”（参见《中国大百科全书·外国文学卷2》)。在西班牙,G. A·贝克尔以现实与梦幻相结合的笔法,描写神奇故事的《传说集》、罗·德·卡斯特罗嘲笑贵族阶级庸俗无能的小说《蓝靴子的骑士》、伊·莫拉尔·索里利亚的剧本《鞋匠和国王》等,都是主动接受霍夫曼《幻想作品》影响而创作的作品。在意大利,霍夫曼的《可怕之客》《魔鬼的迷魂汤》和《失去镜中影像的故事》等都引起了读者的兴趣,受到读书界青睐。如果说霍夫曼小说艺术在上述国家的影响还比较薄弱,那么在俄国和苏联,特别是在法国的情况,就大不一样了。

在19世纪的法国,霍夫曼的小说艺术得到法国作家和读书界的广泛瞩目,引起经久不衰的兴趣。司各特那篇批判霍夫曼的文章虽然在法国也广为人知,但法国人对它却持批判态度。翻译家洛埃夫·魏玛尔在其编译的12卷本《霍夫曼幻想小说集》里附上了司各特文章的译文,让读者看看这位英国人对霍夫曼的评价是多么不公平。广大读者怀着对霍夫曼的同情,参加这场国际性的笔墨官司,争论以霍夫曼的胜利告终。为霍夫曼胜利奠定基础的,无疑是他那非凡的小说艺术,是他那现实与幻想相结合的写作手法,是他那非同凡响的想象力。法国文坛诸多名流都为这位东方邻国同行的高超艺术所倾倒,现实主义文学大师巴尔扎克,把霍夫曼誉为“东方的魔术师”,在他的《魔鬼的迷魂汤》启发下,于1837年创作了《长寿药水》。他的小说《驴皮记》也明显地流露了霍夫曼小说艺术影响的痕迹。戈蒂埃、雨果、大仲马、诺迪耶、乔治·桑、奈瓦尔、波德莱尔、于斯曼、兰波等都从霍夫曼作品中获得过教益,他们中的一些人甚至对霍夫曼推崇备至。波德莱尔为霍夫曼的艺术童话所倾倒,把他的《布拉姆比拉公主》誉为“高级美学的问答手册”;奈瓦尔称德国为“歌德、席勒和霍夫曼的国家”;诺迪耶甚至毫不迟疑地把霍夫曼与莎士比亚相提并论。

霍夫曼的小说艺术，对19世纪的俄国文学，也产生了巨大影响。自1822年起，霍夫曼《斯居戴里小姐》等小说的译文，陆续刊登在各种俄文报刊上。1829年，司各特那篇批评霍夫曼的文章，从法文转译成俄文，它非但未能损害霍夫曼的声誉，反而为他作了宣传，他那些具有非凡想象力的小说，在读者当中，尤其是在作家当中引发了一波又一波的阅读兴趣，形成了一股持久的“霍夫曼热”。当年的任何著名诗人、作家，几乎都摆脱不了这位德国同行的影响。普希金不懂德文，他通过法文翻译结识了霍夫曼的小说艺术，读者在他的小说《驿站长》《黑桃皇后》里，都能看到他借鉴霍夫曼小说艺术的痕迹。从果戈里早期的作品，例如《狄康卡近乡夜话》《肖像》里，读者也可以发现霍夫曼小说艺术的影响。尤其引人注目的是，霍夫曼的小说艺术，对别林斯基世界观和文艺观的形成，产生了重要影响，他在1840－1841年，不仅撰写了评论霍夫曼的文章，还翻译了他的小说作品。在俄国文学中，尽管霍夫曼的影响呈现时强时弱的态势，但始终没有中断，从普希金、果戈里到托尔斯泰、陀思妥耶夫斯基，读者在他们的作品中总是能够发现霍夫曼小说艺术的蛛丝马迹，读者从陀思妥耶夫斯基晚年的长篇小说《卡拉马佐夫兄弟》(1879/1880)里，可以看到霍夫曼《魔鬼的迷魂汤》的影子。人们似乎可以说，霍夫曼的小说艺术思维，与俄国作家的小说艺术思维，仿佛具有天生的联系，它们很容易拨动俄国小说家那根敏感的琴弦。

在苏联的不同历史时期，霍夫曼小说艺术的遭遇是不尽相同的。1921年，列宁格勒成立了一个取名为“谢拉皮翁兄弟”的文学社团。这个文学团体的称呼，显然与霍夫曼那部同名小说集的寓意有直接关系，这个文学社团的主要成员包括费定、吉洪诺夫、左琴科等才华横溢的青年作家。这一事实表明，霍夫曼小说艺术在苏联文学界的影响仍然是巨大的，但不可否认的是，苏联文学界的权势者，对霍夫曼的基本评价是消极的。1946年，日丹诺夫在一篇报告里称霍夫曼是“贵族沙龙颓废主义和神秘主义的鼻祖之一”。20世纪50年代，伊瓦肖娃编著的《十九世纪外国文学史》，则把霍夫曼斥之为“反动浪漫主义的一个最大代表”，“资产阶级颓废主义的创始人之一”。直到20世纪60年代中期以后，随着民主德国和苏联文学界对德国浪漫派文学的重新评价，霍夫曼对小说艺术所作的伟大贡献，它们所产生的正当影响，才受到公正的对待。

在新中国成立前的中国读书界，霍夫曼这个名字是十分陌生的，新中国成立以后，由于受苏联官方文艺思想的影响，在相当长一段时间，霍夫曼被文学界权威人士贬斥为“颓废派祖师爷”，声名狼藉，成了一个令人生畏，必须拒之千里的“丑类”。这就不难理解，为什么霍夫曼作品的翻译、研究工作在我国迟迟开展不起来。新时期以来，局面渐渐有了改变，随着“四人帮”文化专制主义的结束，学术界的人们开始重新审视和评价这位在我国蒙受误解的德国作家。从1981年起，他的一些作品，如《斯居戴里小姐》《小扎克斯》《雄猫穆尔的生活观》等，陆续被翻译介绍过来，中国读者从阅读他的作品开始，逐渐改变了那些外来的成见。

纵观霍夫曼两个世纪以来在德国内外的遭遇，我们可以得出这样的结论：第一，在不同国家、不同历史时期，霍夫曼的遭遇是不一样的，他的小说艺术的影响呈现时强时弱的态势，在19世纪，他在德国以外的遭遇远比在德国要好；第二，霍夫曼的命运是与德国浪漫派休戚与共的，他的小说艺术的影响，人们对他的评价，是随着这个流派遭遇的改变而改变的；第三，随着学术界研究、评论工作的深入，国际上（包括我国）对霍夫曼小说艺术的评价越来越积极。

在关于霍夫曼及其小说艺术的争论过程中，学术界逐渐在三个问题上达成了共识：第一，霍夫曼的作品，尤其是晚年的作品，或明或暗，或曲折或隐晦地反映和批判了19世纪头30年的德国社会现实，具有较强的现实性和认识价值；第二，霍夫曼的作品，以风格怪诞著称，以洞察锐利、批判中肯、讽刺辛辣、技巧精湛、语言风趣见长，这些特点是他的小说具有经久不衰魅力的主要原因；第三，尽管霍夫曼和他的小说艺术存在争议，但有一点是无可置疑的，即在19世纪，他与歌德、席勒、海涅一起，是享有国际声誉的德国作家，他的主要作品是属于世界文学之列的。

附录：其余德国浪漫派作家简介

（以德国姓氏开头字母为序）

A

阿尼姆，贝蒂娜·冯（Bettina von Arnim）：德国女作家，浪漫派作家克莱门斯·布伦塔诺之妹，路德维希·阿西姆·冯·阿尼姆之妻。1785年4月4日生于美因河畔的法兰克福，1859年1月20日卒于柏林。

贝蒂娜的父亲彼得·安东·布伦塔诺（Peter Anton Brentano）是从意大利移居汉堡的富裕商人，曾任特里尔选帝侯的总督，管理过莱茵区的金融事业。母亲马克西米利安妮·拉洛舍（Maximiliane Laroche），曾经是歌德所爱慕的少女，17岁嫁给5个孩子的鳏夫布伦塔诺，歌德与其妻子的交往曾经令老布伦塔诺不快，这段故事后来引起贝蒂娜的兴趣，歌德成了她一生的重要关注点。贝蒂娜早年在卡塞尔一家修道院接受教育，父母亲去世后她有时住在法兰克福兄弟姐妹家，有时住在距法兰克福不远的奥芬巴赫外婆家。她的外婆索菲·拉洛舍是一位作家，出版过著名书信体小说《施特恩海姆小姐》，这本书直接影响了歌德的《少年维特之烦恼》。在外婆家里，她结识了一些学者、艺术家、德国雅各宾党人和法国流亡者，贝蒂娜在这里开了眼界，长了见识，这些成为日后从事文学创作的重要源泉。从1802年起，贝蒂娜主要生活在法兰克福，有一段时间住在姐姐家里，她的姐夫萨维尼（Friedrich Karl von Savigny）是普鲁士政客和法学家，"历史法学派"创始人。在这里她结识了女诗人京德罗德（Karoline von Guenderode），她们之间的书信往来，为后来的书信体小说《京德罗德》（1840）创作奠定了基础。1806年，贝蒂娜与诗人歌德的母亲相识，由于知道歌德与母亲的一段情缘，自己也十分崇拜歌德，便常去看望这位老人，记录下老人讲述的许多关于歌德童年的故事，后来歌德在写作《诗与真》时曾利用过她的笔记。次年，时年22岁的贝蒂娜与58岁的歌德建立起亲密的朋友关系，她对歌德的热情追求，招致歌德妻子克里斯蒂安娜的不满，直到1811年，在魏玛举办的一次绘画展览会上，歌德妻子与贝蒂娜发生争吵，克里斯蒂安娜甚至打碎了贝蒂娜的眼镜。这一场争吵，导致歌德与贝蒂娜的关系彻底决裂。这时的贝蒂娜已经与阿尼姆结婚，从此以后，他们夫妇与歌德的关系，再也未能和好。

1811年，贝蒂娜与阿尼姆（Ludwig Achim von Arnim）结婚，20年的婚姻中生育了7个孩子。无巧不成书，贝蒂娜本人也是兄弟姐妹7人。婚后，她与丈夫阿尼姆要么住在他的维珀斯多夫庄园，要么住在柏林。阿尼姆于1831年去世，此后贝蒂娜主要居住在柏林，开始了繁忙的文学创作活动，并与众多时代名流，如蒂克、施莱尔马赫、F. H · 雅各比、格林兄弟、洪堡等人过从甚密。贝蒂纳是个正直而勇敢的女人，积极参与各种政治和社会活动，以大无畏的精神用自己的言论和行动为社会的进步而斗争，比如汉诺威国王公然废除七月革命中通过的国家宪法，并要求国家公职人员签署对他效忠的誓言，哥廷根大学7位教授因发表抗议声明，遭解职并被驱逐出境，史称"哥廷根七君子案"。贝蒂娜公开站出来为7位教授奔走呼号，主持正义，为此她甚至致信当时的普鲁士王储，后来的弗里德里希·威廉四世，请求他帮助解决教授们的任职问题。此外她还曾经为波兰自由战士米罗斯拉维奇、为作家霍夫曼·冯·法莱斯莱本、为被判长期监禁的1848年革命的志士仁人伸张正义。1848年她匿名发表题为《致已被解散的普鲁士国民议会》，声称支持波兰革命事件。与此同时，她还不断地为争取妇女的权利作了许多有益的工作。

贝蒂娜对穷苦人、对被压迫的人和遭到迫害的人，总是表示同情和支持，常常公开站出来为他们伸张正义，她那敢于暴露社会贫困，揭露权势者弊端的大无畏精神，给同代人留下深刻印象，使她成为19世纪德国最杰出的女性之一。年届50岁她才步入文坛，大器晚成，她的代表作是三部通信集：《歌德与一个孩子的通信》（1835）、与京德罗德的通信《京德罗德》（1840）、与她哥哥的通信《克莱门斯·布伦塔诺的春之花环》（1844）。这些书信，部分是真实的，部分是虚构的，因此这些通信集也被文学史家们称为“书信体小说”，它们记录和反映了作者的生存轨迹，也传授了浪漫派开创时期的思想观念。

阿尼姆，路德维希·阿希姆·冯（Ludwig Achim von Arnim）：贝蒂娜的丈夫。1781年1月26日出生于柏林，1831年1月21日卒于波茨坦附近的维珀斯多夫。德国作家，新闻工作者，与布伦塔诺并列为德国中期浪漫派的主要代表人物。

出生于一个古老的上层贵族家庭，母亲在分娩时去世，父亲先后充任普鲁士外交官和柏林歌剧院领导，无暇照顾家务，他是在祖母照料下成长。阿尼姆从小就接受普鲁士容克地主式的传统教育，1793－1798年间，在柏林一所有名望的中学读书。1798年起在哈雷攻读法学，但兴趣却在自然科学和浪漫主义哲学。结识德国著名作曲家赖夏特（Johann Friedrich Reichardt），常在赖氏家中与蒂克等浪漫派作家聚会。赖夏特是舒伯特之前德国著名歌曲作家，曾因把166首歌德诗歌谱成歌曲，名噪一时。1800－1801年，阿尼姆前往哥廷根研究数学，这期间结识了歌德、布伦塔诺等人，在与歌德和浪漫派作家的交往当中，加深了与布伦塔诺的友谊，增强了献身文学事业的兴趣和信心。1802年，去美因河畔的法兰克福拜访他的朋友布伦塔诺，很快就爱上了她的妹妹贝蒂娜，两人建立了亲密关系，并于1811年结为连理。1802年6月，阿尼姆与布伦塔诺一起游历莱茵河，这次旅游的见闻和感受，为他后来的"莱茵河诗歌"创作奠定了基础。1802－1804年，阿尼姆又作了一次周游欧洲诸国的旅游，途经奥地利、瑞士、意大利、法国、英国和苏格兰等国家，以充实和完善自己的知识。当年德国人称这种旅游为"教育旅游"，类似工匠们出徒以后的"漫游"，目的是为了增知识，长见识。阿尼姆和布伦塔诺在旅游当中，收集了大量古老的民歌和民间传说，经过多年的补充整理，两人合编出版了民歌集《男童的神奇号角》(1806/1808)。1805－1808年，阿尼姆与布伦塔诺、格雷斯、尤格、艾兴多夫、克尔纳和蒂克等，组建了一个文艺社团，形成一个新的浪漫派中心，俗称"海德堡浪漫派"，共同出版浪漫派的《隐士报》(1808年4月10日－8月30日)。1809年，阿尼姆移居柏林，外族的侵略和占领，激发了阿尼姆的爱国热情，1813年他作为一名普鲁士上尉参加反拿破仑的解放战争，并主编《普鲁士新闻报》(1813－1814)。战后，1814年返回维珀斯多夫庄园，在家从事园艺，侍弄农场，间或为报社写些文章。

阿尼姆在文学方面的主要贡献是，他与布伦塔诺共同编纂出版了德国民歌集《男童的神奇号角》，这部民歌集的首要意义在于它为德意志民族抢救保存了一份宝贵的文化珍品，使其免遭历史长河的湮没，它的丰富内容与形式，为后来的诗人，如艾兴多夫、乌兰德、威廉·米勒、默里克、海涅、施托姆等人的诗歌创作，提供了很好的借鉴，对德国19世纪诗歌的发展起了积极的作用。这部民歌中的许多精品，还为勃拉姆斯、马勒等作曲家提供了歌曲创作的素材。

阿尼姆的长篇小说《多洛雷斯女伯爵》(1810)、《皇冠守护者》(1817)都已被人遗忘，但他的一些情节动人，有较高艺术水平的中篇，如《埃及的伊莎贝拉》(1812)、《拉托诺要塞上疯狂的伤兵》(1818)等仍有阅读价值。阿尼姆以这些中篇和《男童的神奇号角》在文学史上享有一席之地，但正如海涅所说，他在“人民群众当中”，则是“完全默默无闻”的。

B

布伦塔诺，克莱门斯(Clemens Brentano)：1778年9月9日生于汉堡，1842年7月27日卒于阿沙芬堡。德国诗人，中期浪漫派主要代表人物之一，女作家贝蒂娜的哥哥。

父亲是从意大利移居汉堡的商人，母亲马克西米利安妮·拉洛舍于1793年早逝后，接受过外祖母，女作家索菲·拉洛舍(Sophie Laroche)的栽培。早年在波恩学商，1797年起，先后在哈雷、哥廷根和耶拿攻读采矿学、财政管理学、医学和哲学，却都半途而废。在早期浪漫派中心耶拿，结识弗·施莱格尔和蒂克，从他们那里了解到浪漫派的思想观念，萌生献身文学的愿望，开始过一种“自由的、富有诗意的生活”。在耶拿浪漫派圈子里，结识女抒情诗人和小说家，他后来的妻子索菲·梅雷奥(Sophie Mereau, 1770－1806)。1801年在哥廷根结识阿尼姆，很快成为知心朋友。次年6月，两人一起作了一次莱茵河之旅。1803年，经过5年的感情纠葛、磨合，终于与索菲·梅雷奥结为连理。婚后于1804年迁往海德堡，与随后而来的挚友阿尼姆一道开创了一个文学创作的多产时期，在这里，他们两人实现了此前在莱茵河之旅期间制定的编纂出版古老民歌集《男童的神奇号角》的计划。为了与民歌集配套，他们还计划推出一部名为《金线》（Goldfaden）的古代德国散文集，首卷，也是唯一的一卷问世于1809年。他的妻子于1806年死于分娩，仓促的再婚也失败了，这期间，因为《男童的神奇号角》的真实可靠性问题，与荷马作品译者约翰·海因里希·福斯开展了一场论争。这场争论破坏了布伦塔诺在海德堡久留的兴趣，于1809年，他与阿尼姆一起愤然离开海德堡，他在巴伐利亚逗留一段时间后，又与老友阿尼姆在柏林重逢。1811年离开柏林，赴波希米亚，在这里他于1812年创作了历史剧《布拉格的建立》。在布拉格他进行了游览，探望了亲朋好友，后来又在维也纳拜访了亚当·米勒和克莱门斯·玛利亚·霍夫鲍尔等天主教界人士。

布伦塔诺返回柏林后，于1814年爱上了一个十分虔诚的牧师女儿，她的名字叫路易丝·亨泽尔，这是一次不幸的爱情，路易丝要求他在唯美主义和自觉笃信宗教之间作出抉择，也就是说，布伦塔诺要么爱他的文学，要么爱这个女人，两者只能选择一项。在这个女人的影响下，布伦塔诺逐渐沉湎于天主教神秘主义，并于1817年皈依天主教，成了一位虔诚的天主教徒，他不断地悔恨自己的生活和创作道路，全盘否定自己的文学创作。为了过虔诚的教徒生活，他为自己找到一种符合自己宗教观念的使命，1819年他旅行来到杜尔门，即北莱茵—威斯特法伦州的一个县城，在一家修道院里充当修女安娜·卡塔琳娜·埃梅里克秘书，记录下它叙述的各种事情，其中有这位修女的真实经历，但大部分都是他想象的虚幻的东西。他坚持执行这项自己选定的“终生任务”，直到修女1824年去世。他作为修女的秘书，共记录了16 000多页资料，他把这些资料加工整理成一部圣徒传记。

诗人海涅在他的《德国浪漫派》(1835)里称："布伦塔诺先生近15年来与世隔绝，深居简出，甚至把自己关在天主教里……最近一个时期，他的名字几乎销声匿迹，只有在谈到他与他的已故朋友阿希姆·冯·阿尼姆一起出版的民歌时，人们才提到他。"其实，布伦塔诺对德国文学的贡献不仅有《男童的神奇号角》以及民间文学的搜集、整理和出版，他在诗歌、艺术童话和小说创作方面，也取得了一些成就。他流传下来的诗歌，除一些反映个人意志消沉、郁闷和孤独感的作品外，也有一些浪漫主义诗歌精品，如《小夜曲》《摇篮曲》《重返莱茵》《罗累莱》等。在叙事文学方面，有通俗的艺术童话《公鸡、雏鸡咯咯叫》(1838)和中篇小说《正直的卡斯佩尔和美丽的安妮尔》(1816)等，这都是他较优秀的作品。1817年皈依天主教后，布伦塔诺作为作家，并不像海涅所说的那样，"已经销声匿迹"，作为"修身作家"，他在宗教文化方面作出的贡献，超过了同时代所有同行。他的宗教书籍有《我们的主耶稣基督的深重苦难》，1833年匿名发表；《圣母玛利亚和我们的救世主耶稣的生活》，作者死后出版。它们不仅印数多，而且被翻译成所有重要的欧洲语言，使他成为一位著名的天主教修身作家。

自1833年起，布伦塔诺在"天主教的大本营"(海涅语)慕尼黑，仍然与朋友们生活在一起，在与青年时期的好友格雷斯的密切交往中安度晚年，继续整理有关修女埃梅里克的资料。

Ch

沙米索，阿德尔伯特·冯(Adelbert von Chamisso)：1781年1月30日生于法国洛林地区的香潘邦库尔(Champagne-Boncourt)，1838年8月21日卒于柏林。德国小说家，抒情诗人和自然科学家。

沙米索出生于法国一个古老的贵族家庭，父亲曾为法国军官，法国大革命爆发以后，为逃避革命时期的动乱，举家于1790年途经比利时、荷兰流亡德国，最后定居柏林。少年沙米索成了普鲁士王后路易丝的侍童，由于她聪颖好学，颇受王后青睐，给他提供了良好的受教育机会，不仅快速掌握了德语，在古希腊文和拉丁文方面也打下了扎实基础。1798年，沙米索按照王室侍童的培养惯例，作为最年轻的候补军官参加了普鲁士军队，1801年起晋升为少尉。可他对军旅生涯并无兴趣，他发现自己更喜爱哲学和文学，于是便发奋自学，卢梭、康德、席勒等人对他的影响甚大，最终，沙米索成为一个具有浓厚世界公民意识的人，对贵族阶级持明显批判态度。从1803年起，他开始写诗，起初用法文，后来改用德文，并在这期间与富凯、法伦哈根·冯·恩泽（Karl August Varnhagen von Ense）、希茨西（Julius Edward Hizig）、柯拉普罗特（Julius Heinrich Klaproth）等志同道合的朋友创立文学社团“北极星同盟会”，自费发行《绿色缪斯年鉴》（1804－1806），在这份刊物上，沙米索首次发表自己的诗作。

1808年，沙米索离开普鲁士军队以后，不断穿梭于法国和德国之间，久而久之，他发现自己既不是法国人，也不是德国人，成了一个没有根的人。这种没有归属感的心情，困扰了他一生，尤其是在拿破仑攻占德国，德国人的爱国主义情绪高涨的时候，它作为一个法国出生，却又认同德国文化的人，感到非常尴尬。1810年，沙米索在巴黎结识了奥·威·施莱格尔（August Wilhelm Schlegel），经他介绍认识了法国著名女作家斯塔尔夫人。他们两人都是法国贵族出身，却又都钟情于德国文化，但在时代发生剧变之际，却又都成了沦落他乡的漂泊者，相同的兴趣和爱好，使他们成了莫逆之交。1811年，沙米索跟随这位法国女作家去了瑞士，成了日内瓦湖畔斯达尔夫人家里的常客，在这里他对植物学发生了兴趣，开始从事植物学研究。1812年，沙米索回到柏林，10月份在柏林大学注册攻读自然科学，主要是攻读植物学、动物学和解剖学。1815－1818年，沙米索以自然科学家身份参加俄罗斯探险队的环球科学考察队，它的领导者是德国剧作家科采布之子奥托·冯·科采布，途经太平洋、北极等地，历时三年，收集了许多植物，奠定了沙米索的学术地位。1819年柏林大学授予他名誉博士学位，1835年被选为柏林科学院院士，他花了多年功夫，根据这次航行科考的见闻，用优美的散文写成旅行记《环球航行》（Reise um die Welt），从1821年起陆续发表在航海家科采布的《太平洋上的探险旅行》上，后来收入《沙米索全集》，成为德国19世纪旅行记中的佳作。作为自然科学家，沙米索在植物学、动物学、民俗学、语言学等领域都取得不俗的成就。

1819年，沙米索与一德国市民的女儿结婚，这场婚事招致家庭的不满，也给他增添了许多烦恼，但他越到晚年越相信，贵族统治的时代已经一去不复返，未来的社会中坚必然是“工业贵族”（Industrie-Adel）。沙米索1837年丧妻，1838年因心力交瘁而病故。

作为小说家和诗人，沙米索作出了令人瞩目的成绩，他在1813年反抗拿破仑战争期间创作的童话小说《彼得·施莱米尔的奇妙故事》，使他一举成名。小说主人彼得·施莱米尔虽然并未出卖灵魂，只是用自己的影子从魔鬼那里换来一个钱袋，却因失去影子而被逐出社会，成为无家可归的人。后来他把钱袋退还给魔鬼，穿上“七里靴”去周游世界，最后成为自然科学家和隐士，重新获得过安稳生活的权利。小说反映了作者作为一个出生于法国，认同德国文化的艺术家，在抗击拿破仑战争期间的内心矛盾和痛苦，对有尊严的人际关系的渴望，这部小说对于我们理解作者的生活和创作具有重要意义。这篇小说还象征性地表达了沙米索对他那个时代种种精神错乱现象的热情关注。沙米索文学创作的主要成就在诗歌方面。他的诗歌大多创作于19世纪二三十年代，他十分推崇法国诗人贝朗瑞，曾经把他的一些诗歌翻译成德文，由于受到这位法国诗人的影响，沙米索的诗歌创作，多取材于现实生活，具有强烈的社会批判性，矛头主要对准当年欧洲的复辟势力和教会反动派。许多针砭时弊的诗歌，严厉抨击了德国反动制度，譬如《更夫歌》嘲弄了军警制度，原来当年的警察多是耶稣教徒；又譬如《黄金时代》揭露和讽刺了德国警察的专横。沙米索的诗歌对下层人民深表同情，例如《乞丐和他的狗》《老洗衣妇》等。此外，他的许多诗歌还被谱成歌曲，例如著名组诗《妇女——爱情和生活》等。沙米索的诗歌曾经还博得过海涅和恩格斯的称赞。

E

艾兴多夫，约塞夫·冯（Joseph von Eichendorff）：1788年3月10日生于上西里西亚拉蒂波尔附近的卢博维茨（现属波兰），1857年11月26日卒于尼斯（今属波兰）。德国诗人、小说家、翻译家、文学史家，新闻工作者。

艾兴多夫出生于今日隶属波兰的西里西亚一个虔诚的天主教贵族家庭，父亲是普鲁士军官，家庭出身给他终生虔诚信仰天主教打下牢固基础。上西里西亚美丽的拉蒂波尔丘陵、蜿蜒曲折的尼斯河谷，给童年的艾兴多夫带来许多欢乐和幸福，也是这位日后的浪漫派诗人的精神家园，人们在他日后的文学作品中总能发现关于故乡明媚风光的描写。艾兴多夫在故乡读完天主教中学以后，曾先后在哈雷（1805－1806）和海德堡（1807）攻读法学和哲学，在海德堡期间，适逢德国浪漫派文学的盛期，他在这里结识了自然科学家斯特芬斯，新教神学家施莱尔马赫、阿尼姆、布伦塔诺、格雷斯等浪漫派思想家和诗人，其中格雷斯，对他的影响尤为重要。1809－1810年，艾兴多夫在柏林听过费希特的哲学课，经常与布伦塔诺和阿尼姆交往，在“基督教德意志聚餐会”圈子里结识了海因里希·冯·克莱斯特和亚当·海因里希·米勒。1810年，去维也纳续修法律，并通过国家考试，在维也纳期间结识了弗·施莱格尔夫妇，与多罗苔娅·施莱格尔的儿子，画家菲利普·法伊特，并成为好友。1813年，在抵抗拿破仑战争中加入吕措志愿军团。吕措（Adolf Freiherr von Lützow，1782－1834）是普鲁士陆军少将，抵抗拿破仑战争期间是著名的“吕措志愿军”领袖，曾经指挥这支军队与拿破仑军队开展游击战。战争期间艾兴多夫升任普鲁士军官，率军追击在滑铁卢溃败的法军，并进驻法国首府巴黎。战后，艾兴多夫一度在普鲁士地方政府供职，1831年调入柏林，任文化部委员，1841年调任政府枢密顾问。艾兴多夫仕途并不顺畅，作为天主教徒，他对柏林的新教氛围感到格格不入，于1844年辞去官职，专事文学创作。离职后，艾兴多夫先后在但泽（今波兰的格但斯克）、维也纳、德累斯顿等地生活，1850年返回柏林，1855年，迁回他在尼斯的乡村别墅安度晚年。

艾兴多夫从10岁就开始从事文学创作，一生著作颇丰，著有诗歌、小说、剧本，还翻译过17世纪西班牙作家的剧本（两卷），晚年著有《十八世纪德国长篇小说与基督教的关系》（1851），两卷本的《德国文学史》（1857）。他的作品中相当一部分都已被世人遗忘，能传世的只有他的一些中篇小说和诗歌。像其他浪漫派作家一样，艾兴多夫也是力图从丑恶的现实逃进一个诗意的幻想世界，他早年的小说如《秋天的魔术》（1808/1809）、《大理石雕像》（1819）含有明显的幻想和童话般神奇色彩。他的最重要也是最成功的中篇小说《一个无用人的生涯》（1826），叙述了一个青年人漫无目的的游荡，寻找奇迹和幸福的经历，批判了摧残艺术和人才的社会现实。所谓“无用人”，

(Taugenichts)其实是个怀才不遇的人,他在敌视艺术和人才,唯利是图的市侩习气盛行的社会中,无法施展自己的才能。作品名称含有深刻讽刺意义,它是德国浪漫派文学的优秀作品。艾兴多夫是个杰出的浪漫主义诗人,他的抒情诗成就尤为突出。他擅长描绘骑士、隐士、林中少女、漫游中的手工匠人和美丽的自然风光、沐浴在阳光中的山岭、城堡前的情侣、暮色中的偏僻森林等,从而成为德国浪漫派诗歌的典型代表人物。他的抒情诗语言简朴、清新、格调明快、富有民歌色彩,深受广大读者喜爱,至今仍保持其艺术魅力的,有《月夜》《猎人告别》《在清凉的土地上》《噢,远方的山谷,噢,顶峰》《上帝愿向谁表示真正的爱》等诗歌。由于他的诗句富于旋律和节奏感,有些诗歌被舒曼、舒伯特、门德尔松等作曲家谱成歌曲,在民众中广泛流传,例如《月夜》被舒曼谱成歌曲,那种月光如水的清明景象,思念故国家园的柔情蜜意,在钢琴的伴奏下,被歌声演绎得淋漓尽致。

中年以后,艾兴多夫思想趋于保守,对革命事件无法理解,他在一些现实题材的诗歌,如《我也到过阿卡迪亚》《利乌尔塔斯和她的追求者》里,对革命事件进行了谴责。晚年的诗歌里不见了青年歌手和漫游者那种轻松愉快的格调,也不见了叙事诗般的歌谣诗,取而代之的是一些多愁善感的诗,表现宗教思想的诗。

艾兴多夫对待启蒙运动,始终持敌视态度,他在《18世纪长篇小说与基督教的关系》一书中,站在天主教立场上,对启蒙运动进行了全面的攻击。

F

富凯(Friedrich Heinrich Carl Baron de La Motte Fouqué):1777年2月12日生于勃兰登堡,1843年1月23日卒于柏林。德国小说家,剧

作家，诗人和翻译家。

从姓名就可以看出，富凯出生于一个法裔德国贵族家庭。他的远祖参加过十字军东征，法国迫害胡格诺教徒时，他的祖辈逃到信奉新教的普鲁士。富凯在勃兰登堡的宫廷和庄园中度过他的青少年时代，曾经接受过私塾教育，从少年时代起便倾心于军旅生涯，1794－1803年，曾加入普鲁士军队，担任过骑兵中队长，在解放战争中参加过反抗拿破仑的莱茵战役。富凯在1798年与M·冯·舒伯特结婚，1802年离异，次年与女作家卡罗莉妮·冯·罗霍夫结婚，然后离开军队，迁到柏林郊区拉特诺附近的嫩豪森庄园。富凯在柏林听过奥·威·施莱格尔关于艺术和文学的讲座，并深深为他的浪漫主义理论所吸引，在他的妻子卡罗莉妮影响下创作了不少骑士小说，虽无多大文学价值，却给他带来许多荣誉。他像沙米索一样也是柏林文学社团"北极星同盟会"成员，在1811－1813年间常常参与"基督教德意志聚餐会"活动，并积极从事文学研究和报纸发行工作。1831年他的妻子卡罗莉妮去世以后，富凯于1833年移居哈雷，以私人教师身份讲授历史和文学课。在哈雷期间又与女作家A·托德结婚，1842年被弗·威廉四世召回柏林继续从事教学工作。

在创作方面，富凯遵循奥·威·施莱格尔的建议，把德国有名的史诗《尼伯龙人之歌》改编成戏剧三部曲《北方英雄》(1808－1810)。此外他还写了十几部骑士小说，其中以3卷本的《魔戒》(Der Zauberring，1813)最负盛名。他那部描写水妖与骑士恋爱的童话小说《温亭娜》(旧译《涡堤孩》)是他的传世之作，被他的好友E. T. A·霍夫曼改编成歌剧，后来又被法国人Giraudoux翻译成法文，搬上法国歌剧舞台。歌德曾经被这部小说深深吸引，海涅称这部小说美不胜收，令人陶醉。海涅还在他的《论浪漫派》一书中，称富凯是浪漫派中唯一能打动人心的叙事诗人。

Gr

格林兄弟（雅各布·格林［Jacob Grimm］和威廉·格林［Wilhelm Grimm］）：德国语言学和文艺学奠基人。雅各布和威廉分别于1785年1月4日和1786年2月24日出生于美因河畔的哈瑙，雅各布于1863年9月20日，威廉于1859年12月16日卒于柏林。格林兄弟兴趣相近，经历相似，两人合作研究德国语言和文学，共同搜集整理出版民间童话，为德国语言和文化的发展作出重大贡献。他们既是亲兄弟，在学术上又是密切的合作伙伴，在德国历史上两人的名字总是连在一起。

格林兄弟出生于一个信奉新教的小官吏家庭。父亲于1796年亡故后，家庭经济拮据，从1798年起，兄弟两人一度寄居在卡塞尔的姨妈家里，在那里他们共睡一张床，共用一张桌，直至中学毕业。后来兄弟两人先后（雅各布1802年，威廉1803年）进入马尔堡大学，遵照家庭的意愿，师从德国"历史法学派"创始人萨维尼攻读法律。萨维尼颇为欣赏兄弟两人的才华，向他们开放自家的图书，由此把他们引入浪漫派文学的世界。1805年年初，正当威廉准备毕业考试之际，雅各布放弃学业陪同萨维尼去巴黎，协助他做些文字工作，1808年回国后，进入法国占领区，在拿破仑的弟弟、新任威斯特伐利亚国王热罗默·波拿巴的私人图书馆任管理员，雅各布利用这里的图书和充裕的空闲时间，研究德国古代的文学艺术。

通过萨维尼，格林兄弟结识了布伦塔诺、阿尼姆，两位法学家从他们那里进一步了解了浪漫派的思想观念，很快同海德堡浪漫派建立了密切关系。兄弟两人从1806年春天开始，帮助他们收集德国民歌，完成《男童的神奇号角》出版，与他们共同讨论民间文学的本真性问题。在收集和出版《男童的神奇号角》过程中，兄弟两人受到海德堡浪漫派文艺思想启发，对德国民间文学的兴趣与日俱增，经过多年努力，收集整理并出版了著名的《儿童与家庭童话》，俗称《格林童话》，这是兄弟两人对德国文化的一个重大贡献，这部童话成了世界儿童文学的瑰宝，被翻译成70多种语言，其中有不少篇幅已经家喻户晓。1831年阿尼姆去世后，威廉·格林担负起编辑出版他的全集的任务，为朋友也为德国文化做了一件有益的事情。

1813年10月中旬，拿破仑在莱比锡民族大会战中彻底失败，从当年12月起雅各布便以教皇公使馆秘书身份，先后两次出使巴黎，参加维也纳会议，为制定文化政策出谋划策。1816年雅各布返回卡塞尔，与1814年即在这里工作的弟弟威廉，一同担任该市图书馆管理员。兄弟俩之所以放弃法学家这一被认为较有前途、收入丰厚的行业，主要是为了致力于他们喜爱的古代史、文化、语言学和民间文学的研究。在卡塞尔度过的岁月，对他们事业的发展非常重要。在那里他们有充足的时间从事研究，各自取得了头一批研究成果。雅各布首先完成了《德语语法》的头几卷，接着又完成了《德国古代法律文物》和《德国神话》。威廉则完成了他一生的代表作《古代英雄传说》。这些成果为他们后来登上大学讲坛铺平了道路。1829年，哥俩又一起去哥廷根供职，雅各布被聘任为哥廷根大学考古学教授，威廉开始担任该校图书馆管理员，后被聘为该校教授。

1837年，兄弟两人联合其他5名哥廷根大学教授，其中包括历史学家达尔曼、法律史教授阿尔布莱希特、神学和东方学教授埃瓦尔特、文学史教授格尔维努斯和物理学家韦伯等人，抗议汉诺威公爵破坏宪法的行径，被革除了教授职位，史称“哥廷根七君子”案。后来一些在社会上有影响的朋友在弗·威廉四世（1795－1861）那里为他们说情，1841年，根据这位普鲁士国王的倡议，格林兄弟才被任命为柏林科学院院士，并在柏林大学任教。

雅各布和威廉先后于1848年和1852年放弃教学岗位，专心致志地创作他们那“准备多年”的《德语大字典》，这是一部名副其实的“鸿篇巨制”，他们生前只完成了头4卷。后来这一卷帙浩繁的巨大工程，经过一代又一代德国语言学家的努力，第二次世界大战后又经过东西德两国语言学专家的通力合作，直到1961年才大功告成，历时100多年。

格雷斯(Johann Joseph Görres)：1776年1月25日生于莱茵河畔的科布伦茨市，1848年1月29日卒于慕尼黑。天才政论家、学者。

出生于一个木材商人家庭，母亲是意大利人，在科布伦茨读中学时代曾经是布伦塔诺的学长，布伦塔诺认为他缺乏作诗人的天赋，事实上他也并未创作多少文学作品，倒是写了大量笔锋犀利、文风酣畅淋漓、极具鼓动性和感染力的政论。由于他的政论在德国文化史上发挥过特殊影响，历史学家格罗·曼(Golo Mann)曾在《伟大的德国人》中为他树碑立传。格雷斯早年政治上是个激进分子，热情拥护法国大革命，是一个共和派社团的代言人，要求把莱茵河左岸地区与法国合并。曾经于1798－1799年在科布伦茨编辑出版《红色刊物》(Rotes Blatt，两卷)和《山妖》(Rübezahl)两份杂志，鼓吹革命理念，宣传共和思想。这两份刊物的出版，使他一举成名。1799－1800年，格雷斯曾经率领一批人访问巴黎，近距离观察了法国政局的某些消极层面，亲身体验了法军在占领区的掠夺政策，促使他改变了自己的政治信念。访法后他撰写了《共和八年雾月出使巴黎的结果》，表达了他对革命的失望。此后他任职科布伦茨中学，教授物理和自然史，业余研究谢林自然哲学。1806－1808年，在海德堡大学哲学系任无薪讲师，教授美学、文学和自然哲学，并参与海德堡浪漫派《隐士报》的编辑工作。格雷斯在海德堡浪漫派同仁当中，比阿尼姆、布伦塔诺、格林兄弟年长，有较丰富的生活经历，实际上他是海德堡浪漫派的精神领袖。在文学研究领域受阿尼姆和布伦塔诺的影响，对古代德国文化和中世纪民间文学产生了浓厚兴趣，收集了大量古代民歌、民俗资料。1807年，格雷斯编辑出版了6卷本的《德国民间故事书》(Die teutschen Volksbücher)，与《男童的神奇号角》《格林童话》一起号称浪漫派对德国民间文学发掘的三大贡献。1810年，格雷斯又编写了两卷本的《亚细亚神话史》(Mythengeschiche der asiatischen Welt)，研究了德国文学与波斯神话之间的关系，给后世的神话研究者以重要启发；1817年他又整理出版了《古代德国民歌金曲》(Die altdeutschen Volks-und Meisterlieder)。由于在海德堡大学谋求教席无望，复又返回科布伦茨中学执教，1814-1816年，格雷斯在科布伦茨编辑发行《莱茵水星报》(Rheinischer Merkur)，该杂志以热情洋溢的民族主义激情，呼吁德国人民奋起推翻拿破仑统治。《莱茵水星报》在抗击民族侵略与异族统治的斗争中，发挥了特别杰出的作用，被誉为抗击拿破仑的"世界第五势力"，是"一篇解放战争宣言书"，备受关注和称赞。拿破仑统治崩溃后，《莱茵水星报》则因把批判的矛头指向普鲁士和其他德意志小邦国的复辟政策，遂于1816年被查禁。

1813-1815年抗击拿破仑的解放战争胜利以后，德国人民并未获得渴望已久的统一和自由，德意志小邦国在梅特涅领导下，实现了封建复辟，政治上回到法国大革命以前的状态。这种状况在德国知识界，特别是在大学生和教授中间，引起普遍不满，1817年10月18日，全德国大学生代表，在瓦特堡成立"全德大学生协会"(Allgemeine Deutsche Burschenschaft)，呼吁实现德国的统一，规定以吕措志愿军团士兵服装的颜色——"黑红金"三色为德国国旗。大学生运动招致德意志小邦国当局的嫉恨，剧作家科策布(August von Kotzebue)成了这股反动势力的代言人，他利用自己的刊物《文学周报》，攻击和嘲笑大学生运动。他的行为引起学生们的怀疑，由于他当时正服务于俄国军队，被激进大学生桑德(Ludwig Karl Sand)当作"间谍"在1819

年3月23日于曼海姆暗杀。以此为契机，梅特涅伙同德意志小邦主采取了更为严厉的措施，镇压大学生运动，并于当年9月通过《卡尔斯巴德决议》，宣布大学生协会为非法。面对这种政治形势，格雷斯于1819年夏天，发表了论战文章《德意志与革命》(Teutschland und die Revolution)，尖锐地抨击了德意志各邦政府的昏庸无能和独断专行，诉说了祖国的深重灾难，作者呼吁建立强大帝制，制定一部自由宪法，实行政教分离，确立以财产为基础的选举权等。文章发表后，在柏林引起轩然大波，作者被当局视为蛊惑民众的人而遭到追捕。他先是逃往斯特拉斯堡，继而流亡去了瑞士，在这里居住到1826年，这期间格雷斯从政治到思想都发生了重要变化，转向宗教神秘主义，于1822年皈依天主教。1824年秋天，在斯特拉斯堡参加《天主教徒》杂志的编辑出版工作，发表了一系列宣传小册子，鼓吹"教会自由"。1827年，被巴伐利亚国王路德维希一世召回慕尼黑，担任慕尼黑大学历史和文学史教授，从此格雷斯在巴伐利亚成了一个天主教学者和艺术家圈子的中心，晚年撰写了多卷本的《基督教神秘主义》(Die Christliche Mystik，1836－1842)，内容包括神秘主义的生理学、圣徒教义和魔鬼学，等等，书中不仅收录了五花八门的自然哲学琐事，而且也包含有无数中世纪传说乃至鬼怪故事。

格雷斯一生著述甚丰，但今天大多已经被人遗忘，他的主要贡献是发掘、整理和编辑出版了《德国民间故事书》，为德意志民族抢救了一份宝贵的文化遗产。他早年写的一些文章，文笔优美、表达了一些思想进步。

K

克尔纳(Justinus Andreans Christian Kerner)：1786年9月18日生

于巴登—符腾堡州的路德维希堡，1862年2月21日卒于魏因斯贝格（Weinsberg）。医生、诗人、小说家，施瓦本浪漫派代表人物之一。

出生于官吏家庭，少年丧父，做过纺织厂学徒工。1804年入蒂宾根大学，入学当天在街上拾到一个药方，便认定这是天启，当即决定学医。大学期间开始文学创作，并结识施瓦本浪漫派诗人乌兰德、施瓦布、卡尔·迈尔等。1808年获医学博士学位，1809年周游德国、奥地利，进行了为时一年的“教育旅行”，在柏林结识了沙米索和富凯，在维也纳结识了贝多芬和弗·施莱格尔夫妇。旅游结束后，从1810年开始，在符腾堡州的维尔德巴德（Wildbad）开业行医，这期间他在施瓦本浪漫派当中表现了多方面的才能，除了行医之外，还积极参与编辑出版诗集《1812年诗歌年鉴》《德意志诗人》（1813）。1818年，克尔纳转去魏因斯贝格任主治医生，同时以“自然科学家”身份从事招魂术研究，一度成了远近出名的心灵现象研究专家。克尔纳是施瓦本浪漫派的中心人物，他善于交际，具有亲和力，再加他热情好客，广交朋友，从1822年起，他的家便成了当地作家、艺术家聚会的沙龙，乌兰德、施瓦布、卡尔·迈尔、蒂克、阿尼姆、莱瑙和弗赖利格拉特等文人墨客，经常来他这里聚会。1851年，克尔纳因眼睛部分失明，提前退休。

克尔纳的早年文学创作，虽有地方性的局限，但比较大众化，他的《鲁道夫皇帝骑马奔向坟墓》《我梦见自己恐惧地飞翔》等诗歌，带有民歌风格。他那首轻快的《漫游者之歌》，经舒曼等作曲家谱成歌曲后，广为流传。他的一些叙事歌谣，由于刻意突出地渲染幽灵，给读者以阴森可怕的感觉。19世纪20年代中期以后，由于他致力于心灵学、招魂术的研究，他的文学创作无法摆脱反理性主义和神秘主义倾向。1829年发表了两卷本《普雷福斯特的女先知》（Die Seherin von Prevorst），副标题为《揭示人的内心生活和揭示一个幽灵世界在人世间的出现》，作品借助女先知用招魂术对一个死者病史的观察，企图说明幽灵世界对现实生活的影响，带有浓厚的神秘主义倾向。克尔纳晚年的某些作品流露出落后、保守乃至反动的倾向，他在1852年出版的诗集《最后的花束》中，把攻击的矛头对准1848/1849年革命中的民主党派，对诗人海涅表示厌恶，甚至嘲笑革命诗人赫尔韦格。

M

米勒，亚当（Adam Heinrich Müller）：1779年6月30日生于柏林，1829年1月17日卒于维也纳。新闻工作者、浪漫派政论家、外交官。

父亲是普鲁士王室的一名会计，祖父曾经是一位知名传教士、东方学家和翻译家，亚当·米勒少年时代曾接受祖父教育。自1797年起，亚当·米勒便与政治思想保守的反动政客、新闻工作者弗里德里希·根茨（Friedrich von Gentz 1764－1832）结下终生友谊。1798－1801年在哥廷根大学选修法学、社会学。1802－1803年在一个战时法庭任见习法官。曾去丹麦和瑞典旅行，曾在普鲁士南部一位朋友家里集聚了一段时间，随后继续赴维也纳、柏林和德累斯顿旅行。1805年皈依天主教，在普鲁士南部一位县长家里任家庭教师，并与其一道移居德累斯顿。1806－1809年，亚当·米勒在任家庭教师之余，还在德累斯顿举办了一系列讲座，讲授《论德国科学与文学》。1809－1810年返回柏林，与阿尼姆共同组建“基督教德意志聚餐会”，克莱斯特、布伦塔诺、沙米索等均为会员。1812年，亚当·米勒又去维也纳举办学术讲座，1813年，与奥地利人一道参加反对拿破仑的解放战争，编辑发行《南蒂罗尔信使》杂志，担任蒂罗尔州特派员和行政专员。自1815年起充当奥地利宰相梅特涅的外交官，在莱比锡任总领事，长达12年之久。1826年任奥地利政府枢密顾问，被封为尼特多夫骑士。1827年迁居维也纳。1829年死于心脏病发作。

Schl

施莱格尔，奥古斯特·威廉（August Wilhelm Schlegel）：1767年9月8日出生于汉诺威，1845年5月12日卒于波恩。语言学家、文学批评家，文学史家和翻译家，德国浪漫派主要代表人物之一。

像他的弟弟弗·施莱格尔一样，其生活道路与家庭出身密切相关。伯父约翰·埃利亚斯·施莱格尔（1719–1749）是莱辛之前德国著名剧作家、文艺理论家和翻译家。父亲约翰·阿道夫·施莱格尔也不乏文学天赋，曾撰写过艺术理论书籍。奥·威·施莱格尔在汉诺威读完中学后，于1786年进入哥廷根大学，起初选修神学，很快转为师从著名语文学家克·戈·海涅和诗人戈·奥·毕尔格专修语言文学。毕尔格开设美学和修辞学课程，指导他学习诗歌艺术，推荐发表他的诗歌和文学习作，并一道合译莎士比亚的《仲夏夜之梦》，他们的合作，激励和推动奥·威·施莱格尔日后专门从事莎士比亚戏剧的翻译，成为德国历史上第一个重要的莎士比亚剧本翻译家。1791年哥廷根大学毕业后，奥·威·施莱格尔在阿姆斯特丹一位银行家家里担任家庭教师，工作轻松，收入丰厚，利用这里的充裕时间从事格律学和文艺批评研究，积极探索跻身作家行列的门路，他把自己写的关于但丁《神曲》的语言、诗律的文稿，寄给在耶拿教书的席勒，博得他的赞赏。1795年岁末，席勒建议他来耶拿参加其主办的《季节女神》杂志工作，奥·威·施莱格尔已于7月从荷兰返回德国，正在寻找新的工作岗位，自然愉快地接受了席勒的建议。1796年7月1日，奥·威·施莱格尔在布伦瑞克与卡罗利妮·伯梅尔结婚，八天后夫妻俩迁往耶拿，在这里他除了充当《季节女神》的编辑外，经席勒推荐，还担任了以宣传和介绍古典文学为重点的《文艺汇报》的评论员。

从1795年开始，奥·威·施莱格尔的工作重点从文学评论转向莎士比亚著作的翻译，1797年推出第一卷译文，出色的翻译质量使他在文坛上声名鹊起，1798年便被聘为耶拿大学哲学系副教授，主讲《美学》《德国文学史》《希腊和罗马文学史》，同时与弟弟弗·施莱格尔合办浪漫派刊物《雅典娜神殿》。

同床异梦的婚姻，未能给事业成功的奥·威·施莱格尔带来快乐，妻子卡罗利妮虽然不忘他对自己的搭救，但对他始终缺乏感情，从1798年起便投入了比自己年轻12岁的哲学家谢林的怀抱，直到1803年才与奥·威·施莱格尔离婚。婚姻的失败，早期浪漫派的解体，与弟弟弗·施莱格尔关系的紧张，这一切都使他失去了在耶拿居留下去的兴趣，1801年，奥·威·施莱格尔放弃耶拿大学的教职，孑然一身迁往柏林。在柏林先是担任家庭教师，1804年3月，经歌德介绍结识了法国女作家斯塔尔夫人，此后多年陪伴这位法国女作家在欧洲旅游，有时陪伴她居住在瑞士科珀尔（Copper）庄园，多数时间陪同她游历德国、意大利、法国、瑞士、瑞典、英国等欧洲诸国。1812年，在斯塔尔夫人必须躲避拿破仑部队的时候，奥·威·施莱格尔依旧留在她身边，陪同她去莫斯科、彼得堡和斯德哥尔摩。1813年，奥·威·施莱格尔被任命为瑞典王储公使馆参赞和机要秘书，同年返回德国，接着，他又陪同斯塔尔夫人赴巴黎，一直在那里陪伴她到1817年去世。在与斯塔尔夫人相处的岁月里，奥·威·施莱格尔向这位法国女人系统地阐述了德国早期浪漫派的世界观和美学思想，对她写作《论德国》一书产生了决定性的影响。

1818年，奥·威·施莱格尔回到德国，在新建立的波恩大学任文学艺术史教授，致力于梵文和东方语言文化的研究。1819年前后，他与S·保卢斯结婚，1825年任波恩大学校长兼古代博物馆理事，1828年与弟弟弗里德里希公开决裂。

奥·威·施莱格尔的贡献主要在文艺评论和文学翻译两个方

面。作为文艺评论家和翻译家，他具有语言功底深厚、知识渊博、对作品理解深刻、感悟性强等优良素质。他的评论能力和水平出众，曾为《文艺汇报》写了大约300篇文章，涉及范围很广。他关于歌德的评论，特别是关于《赫尔曼与窦绿苔》和《罗马哀歌》等作品的评论，为增进广大读者对歌德的理解作出了贡献。在他的评论工作中，最值得强调的是他在柏林作的《论文学与艺术》(1801－1804)，以及在维也纳作的《论戏剧艺术与文学》(1809－1811)。上述两部著作以通俗易懂的语言，全面系统地阐明了浪漫派的文艺见解和主张，弥补了早先《雅典娜神殿断片》和《艺苑断片》文字晦涩难懂、不易为广大读者接受的不足。《论戏剧艺术与文学》是德国浪漫派最重要的著作之一，曾多次再版，并被译成多种文字，在德国和欧洲产生了广泛的影响。

在翻译和介绍世界优秀文学方面，奥·威·施莱格尔更是功不可没。他致力于莎士比亚戏剧翻译工作长达13年之久，以无韵诗体裁先后推出了9部译作(共18个剧本)。他原计划独自完成莎士比亚全部剧本的翻译，后因与出版商翁格尔不和以及其他原因，转向卡尔德隆、塔索、但丁、彼特拉克、塞万提斯和蒙特马约等大师作品的翻译。两个多世纪以来，奥·威·施莱格尔的名译一向博得德国读者的赞赏。

施莱格尔，多罗苔娅(Dorothea Schlegel)：1763年10月21日生于柏林，1839年8月3日卒于美因河畔的法兰克福。作家、翻译家，评论家。

多罗苔娅是德国启蒙时期哲学家莫泽斯·门德尔松(Moses Mendelsson，1729－1786)的女儿。1783年遵照父亲的意愿嫁给银行家S. 法伊特。1797年在柏林H.赫茨沙龙与弗里德里希·施莱格尔相识，1798年与法伊特离婚后，随同弗里德里希·施莱格尔迁往耶拿，与奥·威·施莱格尔、卡罗利妮住在一起，直到1802年，因卡罗利妮准备改嫁哲学家谢林,引起两家不和。后随同弗·施莱格尔移居巴黎,两人于1804年正式结婚,后来又从巴黎迁往德国科隆市。1808年夫妻双双皈依天主教,随后不久,夫妻两人相继前往维也纳,弗·施莱格尔于1829年死于德累斯顿,多罗苔娅迁到美因河畔的法兰克福,与她的画家儿子菲利普·法伊特住在一起。

多罗苔娅曾在《雅典娜神殿》等多家刊物发表文章。译作有《奥尔良姑娘的故事》和法国国王亨利四世的王后《玛格丽特的故事》等,此外还有大量信笺。

Sch

谢林,卡罗利妮(Caroline Shelling):1763年10月24日生于柏林,1839年8月3日卒于美因河畔的法兰克福。翻译家,文艺评论家。

卡罗利妮的父亲米夏埃里斯(Michaelis)是哥廷根大学的一位东方学家。1784年,卡罗利妮嫁给伯梅尔(Boehmer)医生,1788年丈夫去世后,她先后在哥廷根和马尔堡安家。1792年为追随革命作家格奥尔格·福斯特从事革命活动,移居美因兹市,加入"自由平等之友协会"。翌年美因兹建立共和国,但不久被普军占领,卡罗利妮连同其8岁的女儿遭到短期拘留。释放后,不仅因为她政治上有亲法兰西思想遭到歧视和迫害,而且还因为她怀着一个法国年轻军官的孩子,道德上也蒙受诽谤。1793年7月,哥廷根时期就深深爱上她的奥·威·施莱格尔,把她搭救出狱,并将其安置在莱比锡附近一个叫卢卡的偏僻村子里,委托当时在莱比锡大学读书的弟弟弗·施莱格尔代为关照。年轻的弗·施莱格尔在同她的接触过程中,对这个落难的女人有了较深入的了解,她的个性,她的成熟,她的才智,她的艺术鉴赏力,她对法国大革命理想的追求,尤其是她那蔑视社会道德习俗的勇气，都给这位年仅21岁的大学生留下了深刻印象。是她改变了这个年轻大学生的政治立场和处世态度。1796年，卡罗利妮与奥·威·施莱格尔结婚，定居在耶拿，他们的婚姻仅仅维持到1801年，随后这女人便投入到比自己年轻12岁的哲学家谢林的怀抱。1802年，卡罗利妮离开耶拿之前，与小叔子弗·施莱格尔及其女友多罗苔娅发生争吵，不仅毁坏了他们兄弟的情谊，也毁掉了她给弗·施莱格尔留下的良好印象。1803年再婚后，她跟随哲学家丈夫谢林迁居维尔茨堡，1806年复又迁往慕尼黑。

卡罗利妮与奥·威·施莱格尔结婚后，曾协助他进行写作、评论、翻译和语言文学研究，也独自发表过一些文章。她的遗物中保留了大量有价值的书信。卡罗利妮并非一般的女流之辈，而是一个具有民主、自由、平等思想的时代新女性，她具有较强的人格魅力，较高的政治觉悟和较好的审美判断力。她对青年弗·施莱格尔的成长产生过举足轻重的影响。1796年，在弗·施莱格尔与席勒的论争中，她让施莱格尔兄弟注意到席勒作品中的道德说教等问题，使兄弟两人改变了对席勒的态度。她以富有远见卓识、见解独到的评论，对早期浪漫派的发展作出了自己的贡献。

U

乌兰德(Ludwig Uhland)：1787年4月26日生于蒂宾根，1862年11月13日卒于蒂宾根。后期德国施瓦本浪漫派诗人、剧作家、日耳曼语言文学家，政治家。

乌兰德的父亲是大学评议会法律顾问，自1805年起，他遵照父亲的意愿，在蒂宾根大学选修法律，此外古代德国文学、文艺学和政治学对他都有很大的吸引力，这种广泛的兴趣决定了他大学毕业后的生活道路。1810年，乌兰德在蒂宾根大学获得法学博士学位，随后去巴黎进修约8个月，但并非在法律专业方面进行深造，而是转向法国古代文学。这期间乌兰德结识了沙米索和克尔纳，并与后者保持了终生友谊。1811年回国后，在蒂宾根担任过短期的律师工作。1812年赴斯图加特，先后担任司法部二等秘书、律师，参加符腾堡争取地方立宪运动。1819－1826年，任符腾堡州议会议员。1829年起担任蒂宾根大学语言文学教授。1832年因参加议会选举活动辞去教授职务。1838年放弃新一届议员竞选，专事学术研究。1848年任维也纳科学院通讯院士，1848年革命期间，被选为法兰克福国民议会议员，他在议会竭力反对王位继承权，力主建立民主共和国。1849年，随同部分左派议员去斯图加特开会，抗议巴登政府实施反社会党人非常法，乌兰德走在议员抗议队伍前头，会议于6月中旬被符腾堡当局军队强行解散。1853年，乌兰德拒绝接受普鲁士授予的最高荣誉勋章Pour le mérite，从此深居简出，隐居家乡蒂宾根，直到1862年去世。

政治上，乌兰德属于资产阶级自由派左翼，直到生命终结，他始终是一位正直、勇敢、为捍卫进步资产阶级利益而奋斗的战士。文学上，乌兰德属于施瓦本浪漫派（德国后期浪漫派的一个分支流派）诗人之列，克尔纳（Justinus Kerner）、默里克（Eduard Mörike）、豪夫（Wilhelm Hauff）和施瓦布（Gustav Schwab）均属于这一派。这一派的诗人都致力于捍卫符腾堡资产阶级的合法权益，他们的作品带有鲜明的民族民主色彩。在德国，来自这一派的浪漫主义文学传播很广。乌兰德的诗歌继承了民间文学的优良传统，具有音韵优美、语言淳朴、生活气息浓厚等优点。不少世界著名作曲家，如勃拉姆斯、舒伯特、舒曼、李斯特和门德尔松等，都乐于为他的诗歌，尤其是爱情诗和风景诗谱曲。反抗拿破仑的解放战争期间，乌兰德以慷慨激昂、富有感染力的诗篇投入战斗，创作了著名的《一位好战友》《致祖国》《一位德国歌手之歌》等。乌兰德的叙事歌谣也颇受称赞，它们借古喻今，用历史题材反映现实问题，有一些甚至公开批判封建专制主义，如《仇恨》《歌手的诅咒》《艾登哈尔的幸福》等，都是他的叙事歌谣中的名篇佳作。他的历史剧《施瓦本公爵恩斯特》（1817）和《巴伐利亚人路德维希》（1818），描写了德意志四分五裂的政治局面，导致人们通过解放战争争取民族统一、民主、建立法治国家的愿望全都成了泡影。

乌兰德在德国古代文学研究方面也颇有造诣，著有《瓦尔特·冯·德尔·福格威德，一位古代德国诗人》（1822）、《传说研究》（第一卷，1836）、《古代高地德语和低地德语民歌集》（附有论文和注释，第一卷，1845；第二至四卷，1865－1873）和8卷本的《诗歌和传说历史文集》（1865－1873，其中包括《古代德国诗歌史》《十五和十六世纪诗艺史》《日耳曼和罗马民族传说》等），他被誉为德国文学研究的奠基人之一。

乌兰德是个有口皆碑的诗人，深受人民群众爱戴。他的第一部诗集自1815年问世到诗人1862年去世，先后印行了60多个版本，不算盗版书，除海涅的《歌集》外，无疑打破了那个时代的销售记录。在他75岁诞辰时，贺电像潮水般涌来，他被誉为“人民诗人”。去世时举国哀悼，数以百计的人群汇成浩浩荡荡的送葬队伍，其中许多人乘专列从斯图加特赶来。

W

瓦肯罗德（Wilhelm Heinrich Wackenroder）：1773年7月13日生于柏林，1798年2月13日卒于柏林。作家，德国早期浪漫派代表人物。

瓦肯罗德出生于一个普鲁士高级官吏家庭。1786－1792年在柏林一所著名中学读书，结交了同龄人，后来的著名诗人蒂克。他们之间的深情厚谊在德国文学史上被传为佳话，两位年轻朋友的亲密合作，标志着德国浪漫派的诞生。遵照父亲的命令，瓦肯罗德先后在埃尔朗根和哥廷根攻读法律（1793－1794），但他的主要兴趣却在文学艺术和音乐方面。1793年，蒂克从哈雷转到哥廷根学习，两位朋友搭伴进行了一次长达半年之久的旅行，考察了班贝格、纽伦堡、爱尔福特、耶拿和拜罗伊特等地的名胜古迹和古代艺术，这次游历的见闻和感受为随后的文学创作提供了素材。1794年秋天，瓦肯罗德大学毕业后返回柏林，在普鲁士政府里供职，起初任柏林市法院陪审员，继而任柏林高等法院见习法官。1798年2月，死于伤寒病，年仅24岁。

瓦肯罗德的代表作《一个热爱艺术的修士的内心倾诉》，是由他的朋友蒂克补充完成并出版的，本书以艺术与现实生活、艺术家与社会的矛盾为题材，通过一个"热爱艺术的僧修士"（作者的代言人），赞美了拉斐尔、达·芬奇、米开朗琪罗、丢勒等艺术大师的艺术成就及其生活的中世纪和文艺复兴时代。作者以拉斐尔的绘画为例，赞颂了古代大师在宗教艺术中表现丰富的内心世界的能力，认为艺术应与宗教融为一体，深信艺术是上帝创造的一个奇迹，信教者的礼拜就是艺术创作和艺术享受。该作品名为长篇小说，其实是把短篇小说、诗歌、对艺术的反思、报道等多种体裁融为一炉的大杂烩，开创了浪漫派打破艺术门类界限的先河，它是早期浪漫派的一部纲领性作品，影响了此后德国浪漫派文学的发展。瓦肯罗德的另一部作品《对艺术的幻想》，是上述作品的续集，也是瓦肯罗德死后由蒂克补充完成并出版的。

图书在版编目(CIP)数据

论德国浪漫派/陈恕林著.—上海：上海社会科学院出版社,2016

ISBN 978-7-5520-1094-7

Ⅰ.①论… Ⅱ.①陈… Ⅲ.①浪漫主义—文学评论—德国—近代 Ⅳ.①I516.064

中国版本图书馆CIP数据核字(2016)第016634号

论德国浪漫派

著　　者：陈恕林
责任编辑：熊　艳
封面设计：黄婧昉
出版发行：上海社会科学院出版社
　　　　　上海淮海中路622弄7号　电话63875741　邮编200020
　　　　　http://www.sassp.org.cn　E-mail:sassp@sass.org.cn
排　　版：南京展望文化发展有限公司
印　　刷：江苏苏中印刷有限公司
开　　本：890×1240毫米　1/32开
印　　张：13.25
插　　页：4
字　　数：313千字
版　　次：2016年6月第1版　2016年6月第1次印刷

ISBN 978-7-5520-1094-7/I·173　　定价：59.80元